Dr. Armin Holtus

Wiedersehen in Torquay

TWENTYSIX – Der Self-Publishing-Verlag
Eine Kooperation zwischen der Verlagsgruppe Random House und BoD
– Books on Demand

© 2015 Armin Holtus

Herstellung und Verlag:
BoD – Books on Demand, Norderstedt

ISBN: 978-3-7407-1053-8

Cover: WEBTECH design & technik Hartmut Breitmeyer
*   Ganderkesee*

Zu diesem Buch:

Danilo Baltius verlässt nach dem tragischen Tod seiner Frau Bremen und siedelt auf Einladung eines Freundes aus Torquay nach Südwestengland über. Dort lebt er fortan auf seiner Yacht in der Marina und bereichert sein Leben durch Malerei und Schreiben von Romanen. Er unterhält eine lockere Beziehung zu Liz, einer der beiden Töchter des dortigen Grafen. Weit weg von seiner Heimat wird er bald durch eine wundersame Begegnung mit dieser konfrontiert, wobei diese Erinnerungen an seine Jugendliebe wachrufen.

Ein Schatz wird gefunden und Familienverhältnisse neu geordnet. Intrigen und anderes Unrecht wecken Lust zu erleben, ob am Ende die Strolche ihrer gerechten Strafe zugeführt werden. Ein heiterer Roman, bei dem auch die Erotik nicht zu kurz kommt.

Dr. jur. Armin Holtus, geboren 1957 in Bremen, arbeitet als Rechtsanwalt in Delmenhorst. In seiner Freizeit steht er gern auf der Improvisations-Theater-Bühne oder erfrischt seine Seele mit dem Schreiben von Gedichten oder Romanen. Mit diesem Roman hat er sich seinen Traum erfüllt, einmal wie Quincy auf einem Schiff zu leben. Aber sein Traum, eines Tages einmal seine Anwaltskanzlei auf seiner Segeljacht an der Schlachte in Bremen zu betreiben, ist noch nicht ausgeträumt.

Barnstaple
Taunton
Exeter
Weymouth
Torquay
Paignton
Plymouth

Kapitel 1

Ein paar Möwen segelten elegant und scheinbar noch nicht ganz wach der Morgensonne entgegen. Hier und da ein müder Flügelschlag, mehr war allerdings auch nicht nötig. Aus Torquay hörte ich die alte Glocke von St. Mary träge und schlaftrunken sieben Male schlagen. Irgendwo bellte ein Hund, als wollte er es sich verbitten, so früh schon von St. Mary geweckt zu werden. Der Bäckerlehrling Jim kurvte gerade mit seinem alten Fahrrad um eine Hausecke und sang verträumt:

„Morning has broken, like the first morning, black bird has singing, like the first bird, praise for the morning, praise for them singing ...“

während er auf das Meer schaute und Fräulein Sonne anhimmelte. In den Körben auf seinem Rad rieben sich die Brötchen vergnügt aneinander und der Wind zupfte seine Lieder an den Lieken der Segeljachten.

Ich stand auf der Mahagonitreppe im Ausgang meiner „Esperanza“ und hatte diese ersten Eindrücke des neuen Tages gut gelaunt aufgenommen. Ich nahm nun die letzten Stufen der Treppe, die unter meiner Last merkwürdigerweise heftig stöhnten. Im Bereich um das schwere eichene Steuerrad herum mit den wunderbaren Instrumenten aus Messing, die auf einer Holzkonsole angebracht waren, befand sich eine gemütliche hölzerne Sitzecke mit einem kleinen runden Tisch in der Mitte. Hier stellte ich mein Tablett ab, sah auf zur Sonne, dankte ihr, dass sie offenbar vorhatte, uns abermals einen schönen Tag zu bescheren, reckte mich und spürte eine große Dankbarkeit im Herzen, dass es mir so gut ging. Liebevoll deckte ich den Tisch, während ich dankbar und genüsslich die frische, salzige Seeluft einatmete. Das Rührei mit Schinken zwinkerte mir zu und ich nahm diesen Wink dankbar und voller Appetit auf. Ich hob jetzt meine Kaffeetasse und prostete der Sonne zu. Ich lauschte dabei den Wellen, die sanft gegen meine Segelyacht klatschten. Ich hatte sie „Esperanza“ getauft, was „Hoffnung“ heißt. Vor fünf Jahren war ich in der Tat voller Hoffnung, als ich meine Anwaltsrobe ausgezogen und beschlossen hatte, meine Hobbys, die Malerei und das Schreiben, zu meinen neuen Berufen zu erheben. Mein Haus in Bremen hatte ich kurzerhand verkauft und von einem Freund dessen 15 m lange Yacht „Schlüssel von Bremen“ erstanden, die ich dann auf „Esperanza“ umgetauft hatte. Es soll ja Unglück bringen, ein Schiff umzutaufen. Das hatte ich aber erst viel später erfahren, als mir zufällig das Buch: „Logbuch der Angst“ in die Hände fiel. Darin ging es um die authentische Geschichte der „Wappen von Bremen“, die von dem Erwerber in „Appollonia“ umgetauft worden war. Und tatsächlich wurde der neue Eigner später von einem Mitsegler auf hoher See erschossen. Als ich das Buch las, erschütterte mich dieses Schicksal schon sehr. Den neuen Schiffsnamen behielt ich aber dennoch bei. Ich glaubte nicht an Dinge, die per se entweder Glück oder Unglück bringen. Die Dinge erzeugen allenfalls in den Menschen eine gewisse Vorstellung, die je nach Persönlichkeit unterschiedliche Kräfte freisetzt und den Menschen ggf. zum Spielball dieser Vorstellung macht.

Mit meiner Esperanza war ich dann nach Torquay in Süd-West-England gesegelt, wo ich früher schon oft mit meinen Eltern Urlaub gemacht hatte und wo es mir sehr gut gefiel. Nicht zuletzt war ich jedoch einer Einladung meines Freundes Robert Hurst gefolgt, der in Torquay eine florierende Kunsthandlung unterhielt. „Dany", hatte Robert damals gesagt, „Du solltest Dein Talent nicht mit Paragrafenreiterei verschwenden. Du bist ein begnadeter Maler, mit Blick für das Motiv und der Fähigkeit, mit künstlerischen Mitteln dieses in Öl so umzusetzen, dass Du vielen Menschen damit eine große Freude bereiten könntest. Du weißt, ich sage das nicht aus reiner Sympathie, sondern als Profi, der den Markt kennt. Die Menschen, die hier leben, und die Touristen, die nach Torquay kommen, haben eine seltsame Affinität zu den maritimen Motiven, die sie ohnehin hier vorfinden – Bildern, auf denen Marinas zu sehen sind und gemütliche Hafenkneipen, vor denen Seeleute oder heimliche Verbündete mit verklärtem Blick auf die Segelschiffe schauen und von der Südsee und kaffeebraunen Schönen träumen. Wenn diese Menschen Deine Bilder sehen, werden sie in diesen ihre Träume wieder finden und – da jeder gern in Tuchfühlung mit seinen Träumen steht – Dir buchstäblich Deine Bilder aus der Hand reißen".

Ich trank meine Tasse leer und schenkte mir nach, während auf irgendeinem Nachbarschiff eine Frau plötzlich so herzhaft und mitreißend lachte, dass auch ich mitlachen musste, ohne zu wissen, warum. Aber war das so wichtig? Das Lachen der Frau hatte in mir die angenehmen Dinge des Lebens erweckt und mich kurz eintauchen lassen in den Strom, der in die Freude mündet.

Über das Gespräch mit Robert hatte ich oft nachgedacht, wenn ich in meiner Kanzlei in Bremen saß und mich mit nicht gerade weltbewegenden Dingen wie zum Beispiel Nachbarstreitigkeiten zu befassen hatte, bei denen sich ein Nachbar darüber beklagte, dass der andere seinen wilden Wein drei Zentimeter in seinen Luftraum hineinragen ließ. Auch mit meiner Frau Roseanne hatte ich dieses Thema eines möglichen Berufs- und Ortswechsels nächtelang diskutiert. Roseanne war wie ich Anwältin, die ich während meines Referendariats in Bremen kennengelernt hatte. Nach 10-jähriger Ehe hatte sie mich plötzlich wegen eines unbestimmten Herzversagens für immer verlassen. Kurze Zeit später war mein Entschluss gefasst, dem Ruf meines Freundes nach Süd-West-England zu folgen – nicht zuletzt auch, um dort die nötige Zerstreuung zu finden, um über ihren Tod hinwegzukommen. Wenn uns auch keine Liebe miteinander verband, so hatten wir uns zeitlebens sehr geschätzt – als Menschen, Vertreter des anderen Geschlechts und nicht zuletzt als Kollegen. Und Zerstreuung konnte ich in der 120.000-Einwohner-Stadt Torquay reichlich finden!
Torquay ist durch die Flussmündungen von Dart im Süden und Exe im Norden begrenzt. Im milden Klima gedeihen Palmen und bei Sonnenschein kommt tatsächlich so etwas wie Riviera-Stimmung auf. Torquay ist auf sieben

Hügeln erbaut. Seine palmengesäumte Promenade, die Hotels und die eleganten viktorianischen Villen, die Bars und Restaurants, die mondäne Atmosphäre und die Vergnügungsmaschinerie aus Bingo-Hallen und Auto-Skootern geraten zu einer einzigartigen Kombination aus Exotik und Englishness. Hier setzen sich die wohlhabenden Geschäftsleute zur Ruhe und ihre Witwen finden hier genügend Abwechslung und Entertainment, um nicht auf trübe Gedanken zu kommen. Obwohl ich noch nicht soweit war, dass ich mich zur Ruhe setzen konnte, fühlte ich mich sofort wohl in dieser Stadt am Meer. Ich lebte auf meiner Esperanza und das maritime Ambiente in der Marina von Torquay ließ meine künstlerische Kreativität nur so sprießen. Und dieser kreative Frühling sollte lange anhalten.

Neben der Malerei schrieb ich Romane. Als Rechtsanwalt war ich mit Lügengeschichten vertraut und an diesen beteiligt, meist ohne es zu wissen. Nur manchmal hatte ich eine gewisse Ahnung, wenn mich Mandanten spinnengleich mit Seemannsgarn vertäuten. Wenn mir dann auf Nachfrage, wer denn das im Streitfalle beweisen könne, Zeugen benannt wurden, hatte ich meine Schuldigkeit getan. Ich hatte stets zu glauben, was meine Mandanten mir erzählten und ich sah meine Aufgabe darin, sie dahin zu belehren, wie es um ihren Rechtsstreit bestellt sei für den Fall, dass die eine oder andere entscheidungserhebliche Tatsache von der einen oder anderen Partei – je nach Beweislast – nicht bewiesen werden könnte. Das Spannende am Anwaltsberuf ist, dass sich oft erst am Ende eines Prozesses herausstellt, wer die Prozessbeteiligten mit Seemannsgarn eingesponnen hatte. Beim Romanschreiben hatte ich mehr Einfluss auf den Ausgang einer Geschichte. Das wusste ich zu schätzen und hatte daher meinen Entschluss bis heute nicht bereut.

Von irgendeiner Nachbaryacht vernahm ich nun ein fröhliches Stimmengewirr, an dessen Ende ich wieder dasselbe herzhafte und mitreißende Lachen der Frau hörte, auf die ich eben schon einmal aufmerksam geworden war. Gern nahm ich auch diese unverbindliche Einladung zum Mit-Fröhlich-Sein an. Ich freute mich in solchen Augenblicken, dass es auch anderen Menschen gut erging.

Während ich in das mit Schafskäse bestrichene Brötchen biss, dachte ich an den Termin um 10 Uhr mit Jonathan Marlowe, meinem Verleger vom Verlag Seemöwe, mit dem mich Robert seinerzeit bekannt gemacht hatte, als die Verlegung meines ersten Romans anstand. Ich hatte jetzt meinen zweiten Roman vollendet und Marlowe zur prüfenden Lektüre überlassen. Ich war fest entschlossen, mich dieses Mal teurer zu verkaufen, zumal die erste Auflage meines ersten Romans binnen Monatsfrist vergriffen war und nunmehr die siebte Auflage anstand. Jeder macht sicher zu Beginn seiner Berufsausübung Fehler, aus denen man Konsequenzen für die Zukunft ziehen kann und somit die Chance erhält, diese nicht zu wiederholen. Normalerweise zähle ich mich zu den Menschen, die .gewisse Fehler immer wieder machen, weil sie neuen Situationen aus möglicherweise falsch verstandenem Gerechtigkeitsgefühl immer wieder die gleichen Startchancen einräumen. Natürlich spielt sich in neuen ähnlichen Situationen die Erfahrung ein und sendet Warnsignale. Doch diese werden dann mit vernünftigen humanitären Argumenten zum Schweigen gebracht. Hier sollte es ausnahmsweise einmal anders werden.

Nachdem ich die Esperanza ordnungsgemäß verschlossen hatte, sprang ich mit einem mächtigen Satz entschlossen auf den schwimmenden Bootssteg und schritt an den Nachbaryachten vorbei – nicht ohne einen Seitenblick auf die Dame, die mich vorhin mit ihrem herzhaften Lachen so angenehm emotional erfrischt hatte. Sie saß gemütlich auf dem Vorschiff und schaute nun verträumt in den Ort, genüsslich an ihrer Kaffeetasse nippend. Als sich unsere Blicke trafen, lächelte sie mir zu.

„Vielen Dank für Ihr herzhaftes Lachen vorhin, Frau Nachbarin. Es war sehr mitreißend", gestand ich ihr.

„Ach bitte, gern geschehen. Das passiert bei mir öfter", sagte sie mit einem süffisant um ihren Herzmund spielenden Lächeln und zwinkerte mir dabei zu.

„Ich jedenfalls hätte nichts dagegen", entgegnete ich ihr und setzte ebenfalls zwinkernden Auges meinen Weg sicher über den schwankenden Steg fort, der mir inzwischen so vertraut und zu so etwas wie „Heimat" geworden war.

„Scharfer Hase", dachte ich, als ich schon am Bäcker vorbei war und wunderte mich selbst über mein spätes Urteil. Ich war in der Fleet-Street angekommen und schritt an vielen schönen alten Häusern vorbei, die aus allerlei verschiedenem Gestein kunstvoll und mit viel Liebe errichtet respektive restauriert worden waren. Einige Häuser waren teils mit wildem, teils aber auch mit echtem Wein oder anderen Kletterpflanzen berankt, wieder andere wurden von Palmengewächsen geziert. Diese Eindrücke gepaart mit der Wahrnehmung einer angenehmen Duftvielfalt und eines milden Klimas ließ in mir nicht gerade den Eindruck entstehen, mich in merry old England aufzuhalten. Bei so manchem Haus fragte ich mich, ob dort früher wohl einmal ein Kapitän oder Pirat gewohnt haben mochte. Ich ließ mich von dem äußeren Eindruck des Hauses inspirieren und schon fielen mir dazu einige Lebensläufe der Seeleute ein, die früher auf hoher See von ihrer Frau und Kindern sowie dem schönen Heim in Torquay träumten, an dem ich jetzt gerade – vielleicht 200 Hundert Jahre später – vorbeischlenderte.

Die Pimlico-Street, auf der ich jetzt entlang ging, stammte wohl noch aus der Postkutschenzeit. Hier herrschte jetzt munterer Verkehr. Überwiegend Frauen jeden Alters machten ihre tägliche Runde, damit es den Lieben zuhause wohl erginge. Die meisten hatten es nicht eilig und schritten nur langsam voran – in der durchaus gerechtfertigten Erwartung, auf ihrem Weg viele Möglichkeiten zu einem kleinen Pläuschchen zu finden. Innerhalb kurzer Zeit waren sie mit den wesentlichen Neuigkeiten aus Torquay versorgt, die sie nicht selten erst Tage später in der Tageszeitung nachlesen konnten. So gesehen waren diese Kontakte nicht nur in vielerlei Hinsicht nützlich, sondern zuweilen sogar existentiell bedeutsam.

Gelegentlich fuhr ein Lieferwagen vorbei, zum Teil von der Spezies, die ich noch aus den alten Edgar Wallace Filmen her kannte. Ihr Haltbarkeitsdatum müsste doch längst abgelaufen sein, dachte ich.

Hier und da traf ich auf Bekannte, die ich zunächst grüßend passierte. Da ich gut in der Zeit lag, ließ ich mich später ebenfalls auf das eine oder andere Schwätzchen ein.

Ich war gerade in der Market Street in ein solches Schwätzchen mit Rose, meiner alten Lieblings-Blumenverkäuferin, verstrickt, als ein alter dunkelblauer Jaguar E Cabrio mit quietschenden Reifen aus Pots Cavern um die Ecke geschossen kam, mit seiner Stoßstange einen Mülleimer erwischte und diesen gegen einen Fischstand schleuderte, wobei dieser ebenso zusammenklappte wie der Fischhändler Bean, der gerade dabei gewesen war, einen Seelachs einer nicht uninteressierten Dame in den schillernsten Farben anzupreisen. Als die Geräusche verklungen waren, richtete sich die Aufmerksamkeit zunächst auf Bean, der neben seinem zusammengeklappten Fischstand auf dem Straßenpflaster des Marktplatzes lag und dessen Kopf jetzt ein Seelachs zierte. Die Emotionen der Umstehenden schlugen jetzt mehrfach um:

Während das offenbar zu schnelle, grob verkehrswidrige und rücksichtslose Fahren des Jaguarfahrers zunächst noch für offene Empörung gesorgt hatte, war nun wiederum die sich anschließende Kettenreaktion mit dem fischverschnörkelten Fischhändler zu komisch, so dass sich gar mancher heimlich zu einem ausgeprägten Schmunzeln hinreißen ließ. Im nächsten Augenblick schlug auch dieses Gefühl wieder um in äußerste Empörung: „Haste das geseh'n? Der hält nich' mal an" schäumte Rose und ihr Gesicht färbte sich dabei rot ein vor Entrüstung, während sie mit weit geöffnetem Mund nur ihren Kopf langsam drehte, um den flüchtenden Jaguar mit ihren Augen zu verfolgen. „So was hab' ich mein Lebtag noch nich' geseh'n", flüsterte Rose jetzt, als hätte sie den Leibhaftigen erlebt. Ob der wohl über eine gültige Fahrerlaubnis verfügte?

Der Jaguar hatte tatsächlich seine Fahrt scheinbar unbeeindruckt von dem von ihm verursachten Schaden fortgesetzt und fuhr jetzt unmittelbar an uns vorbei. Am Steuer saß ein schräger Mittvierziger im grauen Hochglanz-Edel-Anzug und Sonnenbrille. Auf dem Beifahrersitz vernahm ich eine Blondine, vielleicht etwas jünger als der Fahrer, im blütenweißen Kostüm und – natürlich ebenfalls inkognito mit schwarzer Sonnenbrille – für den Kontrast! Ich zuckte kurz zusammen, als sich unsere Augenpaare trafen und ich vermeinte, eine ähnliche Reaktion bei ihr wahrgenommen zu haben. Einige Wimpernschläge lang sah ich verschwommene Bilder aus meiner Jugend, taumelte kurz, als mir plötzlich alles schwarz vor Augen schien und strich dann reflexartig mit meiner Hand über Augen und Stirn, was mich davor bewahrte zu stürzen. Ich nahm Rose in den Arm, teils aus Zuneigung, teils aus Gründen ungenügender Erdung.

Für Rose wiederum schienen sich die Ereignisse wahrhaftig zu überschlagen. „Is Dir nich wohl, Dany?", fragte meine Lieblings-Blumenverkäuferin überrascht und konnte irgendwie mit meiner Person in ihren Armen nicht so recht etwas anfangen.

„Entschuldige, Rose. Ich weiß nicht, was mit mir eben passiert ist. Ich habe die Frau im Jaguar gesehen, dann sah ich verschwommene Bilder aus meiner Jugend in Bremen und dann plötzlich sah ich gar nichts mehr und ich suchte Deinen Halt, um nicht zu stürzen".

Rose streichelte mir mit ihrem rauen Handrücken über die Wangen und sah mich dabei forschend an. „Kanntest Du die Frau?"

„Ich weiß nicht", antwortete ich zögernd. „Ich meine, diese Frau schon einmal irgendwo gesehen zu haben und die Intensität meiner Reaktion zeigt mir, dass die mögliche damalige Begegnung mit dieser Frau keine unbedeutende gewesen sein kann. Aber ich habe im Augenblick überhaupt keine Bilder dazu. Ich erinnere mich nicht, wer das gewesen sein könnte. Wahrscheinlich sah diese Frau aber auch nur irgendeinem Mädchen aus meiner Jugend ähnlich, die mir mal etwas bedeutet hat. Wer auch immer die Gefährtin aus alten Tagen gewesen sein mag, an die ich durch den Anblick dieser Frau hier erinnert worden bin: Sie kann es jedenfalls nicht gewesen sein! Was sollte dieses Mädchen hier zu beschicken haben?" Ich stutzte kurz, da mir einfiel, dass ein Außenstehender in Bezug auf meine Person dieselbe Frage hätte stellen können: Was macht Danilo Baltius aus Bremen in Torquay? Hatte ich nicht schon einmal auf demselben Campingplatz in der Nähe von Rijeka in Kroatien bei zwei Besuchen jedes Mal einen Bekannten getroffen? Beim ersten Mal einen Kommilitonen aus Göttingen und beim zweiten Mal wurde ich – emsig mit dem Zeltaufbau beschäftigt – aufgeschreckt durch eine bekannte Stimme hinter mir, die einen Begleiter fragte: „Sag` mal, ist das nicht Danilo?" Und wer war es? Der Nachbar meiner Eltern aus Bremen! Trotzdem! Es wäre ein zu großer Zufall, wenn ich hier schon wieder einen Bekannten treffen würde – so fern der Heimat! Heimat? Ja Heimat! Irgendwo war Bremen natürlich noch meine Heimat. Dort war ich aufgewachsen, dort hatte ich noch Freunde aus alten und jüngeren Tagen und könnte dorthin jederzeit zurückkehren und würde dort willkommen sein. Aber zurzeit war Torquay meine – ja sagen wir: zweite Heimat. Wie kam ich da jetzt drauf? Ach ja! Egal! Ich schaute auf die Uhr. Es war gleich 10 Uhr. Ich musste los. Ich verabschiedete mich herzlich von Rose, die mich sorgenvoll-nachdenklich über ihre Brille anschaute und mir wieder mit ihrem rauen Handrücken über meine braunen Wangen strich.

„Muss ich mir Sorgen um Dich machen, Dany?", fragte sie bekümmert.

„Nein, Rose, ist schon wieder gut", beschwichtigte ich sie.

„Na dann mach`s gut, Dany, bis bald. Lass` es Dir gut gehen!"

Noch in Gedanken versunken und grübelnder Weise erreichte ich in der Babbacombe Road den Torbogen zum Verlag „Seemöwe" und trat ein. Eine krächzende Stimme begrüßte mich: „Geh` doch mit Deinem Manuskript zum Teufel".

„Vielen Dank für die freundliche Begrüßung, ich wünsche Dir ebenfalls einen schönen Tag, lieber Morgan. Und ich kann Dir schon jetzt versichern, wenn Dich nicht eines Tages selbst der Teufel holt, dann koche ich Dich persönlich in meiner süßen, kleinen Kombüse", erwiderte ich gereizt dem Verlagspapagei. Obwohl ich um diese herzerfrischende Begrüßung wusste, erschrak ich mich doch merkwürdigerweise jedes Mal wieder erneut über wechselnde Begrüßungsformeln dieses an sich und im Großen und Ganzen recht unterhaltsamen Zeitgenossen. Ich würde natürlich niemals so weit gehen und einen Papageien kochen. Wo denken Sie hin? Gebraten entfaltet er seinen Geschmack viel besser! Sie merken schon: Die Begrüßung mit dem Manuskript hatte mich doch narzisstisch nicht unerheblich gekränkt!

Die Wände des Foyers waren holzvertäfelt und davor türmten sich Bücher bis zur Decke. Sofort umtrieb eine Mischung aus dem Duft frischer und alter Bücher sowie Holz meine Nase und drang in sie ein. Ich mochte diesen Geruch! Er hatte etwas Beruhigendes und gleichsam Bewegendes, welcher einen gedanklich auf die Reise schickt zu den Orten, wo man schon einmal derlei wahrgenommen hatte.

Im Zentrum des Foyers bäumte sich ein mächtiger rundlicher Kamin auf, der im Winter wohl das ganze Anwesen zu wärmen vermochte. Ich stellte mir vor, wie an manchen unwirtlichen Winterabenden hier Lesungen gehalten würden und die Besucher dicht an dicht um diesen Kamin herumhocken würden – teils aus Verbundenheit mit der Literatur, teils weil man sich gern mit dem Besuch exklusiver Kreise schmückte oder aber einfach ganz schlicht engen Kontakt zu anderen Menschen suchte.

Butzenfenster teilten den Blick auf den großen Garten, in dessen Mitte ein kleiner See lag, in den hinein eine alte Trauerweide ihre langen Tränen tropfen ließ. Wer Bücher liebt, der musste zwangsläufig auch dieses harmonische Ambiente lieben.

„Einen frohlockenden und herzerfrischenden Morgen, liebe Miss Winterbottom", ließ ich mich genüsslich vernehmen.

„Guten Morgen, Mr. Baltius, schön dass Sie da sind. Und natürlich pünktlich wie die Maurer", begrüßte mich eine an den richtigen Stellen üppige, fesche Frau mittleren Alters mit schwarzer Brille, wallendem schwarzem Haar und ebenso wallendem Faltenrock und lächelte mir ihr strahlendes Lächeln entgegen. Freundlicher konnte eine Begrüßung wirklich kaum sein!

„Na, wie laufen die Geschäfte", fragte ich sie aus.

„Gut, gut, sehr gut sogar – vor allem Ihre, wenn ich das mal so nebenbei bemerken darf", warf sie ein und zwinkerte mir dabei mit einem einladenden Lächeln zu, das mir zu denken gab.

„Ja, aber freilich dürfen Sie das mal eben so nebenbei bemerken, verehrte Miss Winterbottom. Für Informationen dieser Couleur habe ich doch stets ein offenes Ohr – wenn Sie wissen, was ich meine – und wenn ich das mal so eben nebenbei bemerken dürfte, schäkerte ich und blinzelte ihr dabei ebenso viel sagend zu wie sie zuvor mir. „Na, denn mal auf in den Kampf!".

„Auf in den Kampf!", bestätigte Miss Winterbottom mit einem Hauch militärischer Direktive, schlug salutierend die Hacken zusammen und hauchte mir dabei durch eine Bewegung mit ihren Armen eine Kostprobe ihres süßen, anziehenden Parfüms entgegen, dass ich es schade fand, auf ihre weitere Anwesenheit verzichten zu müssen. Während ich die Treppe zu ihrem Chef hinaufging, zwickte mich irgendetwas an meinem Heck – wahrscheinlich elektrisiert durch die Blicke der Dame, die auf dieses fokussiert waren (eingebildeter Affe, der ich bin) und dieses Zwicken wurde ich erst wieder los, als ich hinter der Tür des Verlegers verschwunden war. „Wie merkwürdig", dachte ich kurz, bevor ich das repräsentative Zimmer von Jonathan Marlowe leicht hüstelnd betrat.

„Ah, Mr. Baltius, treten Sie doch erheblich näher", sagte eine sonore Stimme ohne Körper - versteckt hinter einem Bücherberg, der sich auf und neben seinem mächtigen Schreibtisch erhob. Ich nahm die Einladung an und trat näher und sah den etwa Mitte fünfzigjährigen Verleger Notizen – offenbar bezogen auf die Lektüre eines ihm angediehenen Werkes – kritzeln, ohne aufzuschauen. Ich setzte mich aber nicht auf den mir offenbar angedachten Stuhl ihm gegenüber, sondern ließ mich genüsslich eintauchen in einen gemütlichen, wohl duftenden Ledersessel inmitten der benachbarten Sitzgruppe und schaute aus dem Fenster.

„Soooo!", stöhnte endlich Marlowe, erhob sich mühsam von seinem Schreibtischsessel, um dann im ersten Schritt über einen kleinen, unscheinbaren Bücherhaufen am Boden zu stolpern, fiel aber nicht, sondern erlangte nach drei gestolperten, kleinen und schnellen Schritten sein Gleichgewicht zurück und streckte mir seine mächtige Pranke entgegen.

„Guten Morgen, Mr. Marlowe, das war eben gar nicht mal so leicht, nicht zu stürzen; alle Achtung, wie Sie den sicheren Sturz mit der Eleganz eines Tigers aus dem sibirischen Dschungel abgewandt haben. Das macht Ihnen so leicht keiner nach", log ich nicht einmal, denn ich war tatsächlich überrascht von den gezeigten Fähigkeiten, die ich in diesem bulligen Körper nicht im Entferntesten vermutet hatte.

„Och, jetzt übertreiben Sie aber, mein Lieber, das war eine ganz normale Reaktion, nichts Besonderes. Sie müssen nämlich wissen, ich bin darin sehr geübt, da mir das leider öfter passiert. Ich habe nur leider noch nicht die Zeit gehabt, die richtigen Schlüsse daraus zu ziehen. Sie hätten mich mal früher sehen sollen, als ich noch Fast Forward unserer Universitätsmannschaft in Cambridge war. Da hatte ich noch die Eleganz von ganz anderen Tieren als dem, was Ihnen eben zu mir eingefallen ist", erwiderte Marlowe blinzelnd.

„Eins zu Null für Sie, Mr. Marlowe, dieser Ball war unhaltbar. Aber Spaß beiseite! Wie stehen die Aktien am Büchermarkt?", fragte ich.

„Ach, die Aktien!" Er überlegte und vergrub dabei seine rechte Hand in seinem Bart. „Ja, die Aktien! Die stehen schlecht, sehr schlecht", stöhnte Mr. Marlowe und ließ sich wie in einem Anflug plötzlicher Ohnmacht in den Sessel fallen. „Sie könnten wahrhaftig besser sein!", seufzte er jetzt wieder. Der Büchermarkt steckt seit der Euroumstellung in der schwersten Krise seit dem Krieg".

Wie gut, dass in England die Euroumstellung nicht vollzogen ist, amüsierte ich mich insgeheim über die in sich unschlüssige Argumentation von Marlowe.

„Der Absatz sinkt, gleichzeitig explodieren die Kosten und pulverisieren den Gewinn".

Eine Herz zerreißende Geschichte - wenn ich nicht zuvor von Miss Winterbottom über ganz andere Entwicklungen informiert worden wäre. „Ja, Sie haben Recht. Viele Wirtschaftszweige werden grob beschnitten und müssen ihren Standort neu bestimmen. Aber nun zu meinem Roman! Wie finden Sie ihn?"

„Nicht schlecht, nicht schlecht", antwortete Marlowe bedächtig und kraulte dabei erneut seinen roten Vollbart. Ich könnte mir durchaus eine Fortsetzung unserer Zusammenarbeit vorstellen – unter bestimmten Voraussetzungen", fügte er zögernd und lang gedehnt an.

„Das freut mich zu hören, dass Sie von meinem Werk begeistert und diesmal gern bereit sind, Wertschätzung für das Werk und Honorar in einen ausgewogenen Einklang zu bringen".

Marlowes Augen weiteten sich nicht unerheblich, bevor seine Stimme geistesgegenwärtig umschlug. „Nun ja, das ist ja klar, es sollte schon ein wenig mehr sein als bei Ihrem Jungfernwerk. Ich gebe aber zu bedenken, dass Sie auf dem Büchermarkt sozusagen noch ein Newcomer sind".

„Und ich gebe zu bedenken, dass das – mit Verlaub - sachfremde Erwägungen sind, Mr. Marlowe", bemerkte ich nicht ohne Kampfgeist – abgeschwächt durch ein leichtes Lächeln. „Wäre ich Lehrling in Ihrem Verlag, würde ich Ihnen vielleicht Recht geben – müssen. Ich bin aber nun mal nicht Ihr Lehrling, Mr. Marlowe. Ich muss mich in Ihrem Verlag nicht hochdienen, um dasjenige zu erhalten, was mir zusteht. In dieser Sache stehen wir zwei uns als gleichberechtigte Partner im Geschäftsverkehr gegenüber, wobei jeder von uns frei darin ist, mit dem anderen oder aber mit irgendeinem beliebigen Dritten zu kooperieren. Und entscheidend bei der Bewertung meines Anteils am Verkaufspreis dürfte doch unter anderem sein, ob Nachfrage besteht oder aber Buchladenhüter produziert worden sind, ob der Verlag in der Gewinnzone liegt oder nicht. Und liegt der Verlag in der Gewinnzone, wäre die nächste Frage, wie der Gewinn angemessen zwischen Verlag und Autor aufgeteilt werden könnte. Ich bin dabei der Ansicht, dass eine Aufteilung des Gewinns zu gleichen Teilen ..." sofort weiteten sich die Pupillen von Marlowe und er schluckte heftig, als ich von dieser Quote sprach – „angemessen wäre, da die geistige Schöpfung nach allgemeiner Anschauung über der rein mechanischen Arbeit steht, die heutzutage überwiegend von Computern oder Robotern erledigt wird".

Marlowe war inzwischen in seinem Sessel tiefer gerutscht und wirkte ein wenig desillusioniert.

„Aber nicht einmal diese an sich gerechte Aufteilung des Gewinns beanspruche ich".

Marlowes Gesichtszüge entspannten sich sofort und neugierig beugte er sich wieder nach vorn.

„ Ich habe mir lediglich eine Anhebung des Honorars auf ein halbes Pfund pro verkauftes Buch vorgestellt. Das stellt zwar eine Steigerung von 100 % dar gegenüber dem vereinbarten Honorar für mein erstes Buch. Aber ich denke, Sie und Ihr Verlag können damit sehr gut leben. Was halten Sie von diesem Angebot?"

Marlowe schaute inzwischen schon wieder freundlicher. Er erhob sich spontan und schlurfte zu einem kleinen verglasten Schränkchen und kehrte freudestrahlend mit zwei Gläsern und einer Flasche zurück. „Seeleute trinken doch immer Sherry, nicht wahr?", fragte Marlowe und schenkte feierlich und als handelte es sich dabei um eine ganz kostbare Ware, die unter keinen Umständen verschüttet werden dürfe, beide Gläschen voll.

„Nicht immer, aber manche immer öfter", erwiderte ich, wobei ich dabei aber eher an Marlowe selbst dachte. Wir schauten uns an und lachten, während wir miteinander anstießen.

„Ich nehme hiermit Ihr Angebot an, Mr. Baltius", verkündete Mr. Marlowe feierlich freudestrahlend und kippte sich den Rest des Gläschens hinter die Binde. „Sagen Sie, Mr. Baltius, wie ist das eigentlich so, auf einem Schiff zu leben?" „Ach, zuweilen sehr schwankend. Und dieses Schwanken hat etwas sehr Beruhigendes, Mr. Marlowe. Vielleicht weckt es unterbewusst Erinnerungen an alte Kindheitstage, wo ich in der Wiege lag und meine Mutter mir „Weißt Du wie viel, Sternlein stehen …?" vorsang und mich dabei gleichmäßig in der Wiege hin und her schaukelte".

„Von der Warte habe ich das Schwanken auf einem Schiff bisher noch gar nicht betrachtet".

„Soll ich Ihnen ein Geheimnis verraten, Mr. Marlowe?"

Er trat neugierig in stiller Vorfreude auf eine Sensation einen Schritt näher:

„Gern, Mr. Baltius. Sie wissen, ich kann schweigen".

„Ich habe das Schwanken bisher auch noch nicht unter diesem Gesichtspunkt betrachtet. Dieser Gedanke ist mir gerade jetzt erst gekommen. Im Übrigen mangelt es mir auf meinem Schiff an nichts. Ich habe in einem gemütlichen Ambiente mit viel Mahagoni und Messinginstrumenten – wovon ich schon als kleiner Junge geträumt habe – Platz genug auf drei Ebenen. Ich habe von fast allen Punkten meines Schiffes der zweiten und dritten Ebene über die Bullaugen einen vortrefflichen Rundumblick. Ich sehe die sieben Hügel der Stadt, die Palmen gesäumte Promenade, die viktorianischen Villen, Old Pirate`s Inn und die anderen gemütlichen Hafenkneipen, Restaurants und den Pavillon, ich sehe die anderen Schiffe in der Marina, die Kalkfelsen, Abbey Sands und – ich sehe das schöne Meer, das im Sonnenlicht türkis-bläulich schimmernde Meer, bald rau, bald spiegelglatt. Das Meer ist mein Fundament, das mich an einen Hafen bindet und mir jederzeit die Möglichkeit eröffnet, jeden anderen Hafen dieser großen weiten Welt unter Gottes schönem Himmelszelt anzusteuern – vielleicht Antigua, Barbados, Bremen oder Torquay. Allein die jederzeitige Möglichkeit, meinen Standort auf der Erde mit allem, was mir lieb und teuer ist, zu verändern, ist ein großes Geschenk und ich danke Gott dafür, dass ich im Augenblick hier in Torquay zu Gast sein darf. Wenn es mir in den Sinn kommt, schreibe ich – manchmal bis tief in die Nacht, dann bei Kerzenschein. Ich sitze dabei in einer gemütlichen Rund Ecke mittschiffs, nippe gelegentlich an einem Gläschen Cabernet Sauvignon und schaue dabei auf die beleuchtete Strandpromenade und das übrige Lichtermeer der Stadt auf der einen – und das Meer auf der anderen Seite – Gegensätze, die mich anziehen und die mich zuweilen zwischendurch auf ein Päuschen auf das Top-Deck locken. Dort stehe ich dann – am Steuerrad angelehnt – und drehe mich langsam, wobei ich abwechselnd zu den Sternen hinauf sehe und dann wieder zum Meer und zur Stadt. Wenn ich dabei das Meer zart gegen meine Esperanza schlagen höre, laufe ich im Herzen über vor Glück und Zufriedenheit – Sensationen und Eindrücke, die meine Phantasie mit neuen Impulsen befeuern und zum Weiterschreiben anregen. Schreiben ist für mich ein Vehikel, etwas auszudrücken, was ich mir in der Wirklichkeit nicht immer zutrauen würde. Und wenn ich keine Lust habe zu schreiben, fahre ich mit der Zahnradbahn über bewaldete Klippen zum Oddiscombe Beach, um zu schwimmen. Auch gehe ich gern spazieren, setze mich vielleicht vor irgendeine Hafenkneipe, vorzugsweise Old Pirate`s Inn und beobachte für die Dauer einer großen Piratentasse Kaffee das illustre Treiben der Geschäftsleute, der oft lustigen und reichen Witwen, der Touristen, der Kinder und der fliegenden Händler, die mir die nutzlosesten Dinge mit einer bemerkenswerten Eloquenz als die lebensnotwendigsten anpreisen. Nicht selten kommt es dabei vor, dass meine Aufmerksamkeit anlässlich solcher Betrachtungen von Wahrnehmungen gefesselt wird, die mich spontan dazu veranlassen, Papier, Farben und Pinsel vom Schiff zu holen und zu versuchen, das Erlebte mit den Mitteln der Malerei wiederzugeben. So ist es in groben Zügen, auf einer Segelyacht zu leben".

Marlowe schaute mich noch für einen kurzen Moment an, beugte sich dann vor, um an seinem Glas zu nippen: „Ihr Leben scheint sehr interessant; ich beneide Sie um Ihre scheinbar stressfreie Sorglosigkeit und die Möglichkeit, jederzeit gerade das machen zu können, was Ihnen Spaß macht. Und das Tollste ist: Das, was Ihnen Spaß macht, ebnet Ihnen den pekuniären Horizont, um auch künftig sorglos das tun zu können, wozu Sie Lust haben. Ein wahrer Engelskreis – im Gegensatz zu dem oft bemühten und weniger erfreulichen Teufelskreis".

„Mr. Marlowe, ich schäme mich fast, bestätigen zu müssen, dass Sie mit Ihrer Einschätzung meiner Situation voll ins Schwarze getroffen haben".

Kapitel 2

Ich hatte gerade das Licht der Minors Lamp gelöscht, meine Arme hinterm Kopf verschränkt und schaute durch die halb geöffnete, gläserne Luke in den Sternenhimmel. Es war eine sternenklare Nacht und zunehmender Mond. Die See lag ruhig; nur leise, zufrieden glucksende Laute waren zu vernehmen aus dem harmonischen Zusammenspiel von Meer und im Hafen sicher vertäuter Yachten. Irgendwo grölte jemand nicht unerheblich angeheitert:

„What shall we do with the drunken sailor, what shall we do with the drunken sailor, what shall we do with the drunken sailor, early in the morning ...“

Ich fühlte mich wohl unter meiner Bettdecke und erkannte jetzt am Sternenzelt den Großen Wagen. Ob er mich wohl auch erkannte? Oder irgendeiner seiner Bewohner mich vielleicht mit einem riesigen Fernrohr in Peilung nahm? Jetzt fiel mir wieder der kleine Wagen ein, nämlich der Jaguar E von heute Morgen. Ich sah auch wieder die Blondine vor mir. Ich bekam plötzlich eine Gänsehaut, die wie ein Lauffeuer meinen ganzen Körper zunehmend in Beschlag nahm. „Wieso ist mir die Ähnlichkeit mit Florence nicht schon heute Morgen aufgefallen?“ Florence war meine alte Jugendliebe aus der Nachbarschaft. Wir beide besuchten das Gymnasium an der Parsevalstraße in Bremen. Ich war zwei Klassen höher – dafür war sie mir aber in so mancher Hinsicht mindestens zwei Klassen voraus! Aber sie kann es unmöglich gewesen sein! Das wäre wirklich ein zu großer Zufall. Hatte der Jaguar nicht ein englisches Kennzeichen? Aber er könnte ja auch hier auf der Insel gemietet worden sein. Und schließlich kannte sie Torquay aus meinen Urlaubsberichten von damals. Vielleicht hat sie sich daran erinnert und ihren Mann – oder wer auch immer ihr Begleiter gewesen sein mochte – von Torquay vorgeschwärmt. Möglich. Aber Schluss jetzt damit! Durch Grübelei werde ich diese Frage heute Nacht nicht aufklären können“, rationalisierte ich und drehte mich jetzt seufzend auf die Seite und schaute durch die Bullaugen auf die See, auf die der Mond einen zarten Lichtschleier gelegt hatte.

Meine Gedanken wanderten jetzt zu Elizabeth. Ich hatte sie schon eine Woche vernachlässigt. Würde sie böse auf mich sein? Wohl kaum. Möglichkeiten, den Tag zu gestalten, sind reichlich vorhanden. Sie spielt leidenschaftlich gern Tennis, Golf und Rommé. Darüber hinaus reitet sie gern und macht fast alles im und auf dem Wasser: schwimmen, tauchen, surfen, segeln. Sie hat viele Freunde und Freundinnen, die jederzeit gern bereit sind, die Gesellschaft mit Liz über gemeinsame Interessen zu teilen. Vor allem der neureiche Makler Brian Turner. Dieser widerliche Kerl umwirbt sie nach allen Regeln der Kunst frei nach dem Motto: „Solange Gräfin Elizabeth Nightingale noch nicht verkauft ist, kann sie von mir noch erworben werden!“ Da hat er allerdings nicht ganz Unrecht“, fiel mir ein, ohne jetzt allerdings ernsthaft über einen Heiratsantrag nachzudenken, um Brian zuvorzukommen. Liz hatte mir leichtsinnigerweise eröffnet, dass Männer, die ihr dergestalt intensiv nachstellen und sie mit Aufmerksamkeiten jedweder Couleur eindecken, bei dem Ansturm auf ihr Herz eher chancenlos sind. Nicht zuletzt hatte ich aber auch den unbestimmten Eindruck, bei Liz noch nicht angekommen zu sein – um mit ihr meine zweite Lebenshälfte zu gestalten.

Durch die Nacht dröhnte von irgendeinem Schiff das Hornsignal und ich stellte mir vor, es sei die „Astor" auf ihrem Weg in die Karibische See. Die meisten Reisenden auf diesem Schiff sind sicher um diese Zeit in Hochstimmung – entweder an der Bar, auf dem Tanzparkett – oder in der Koje – mit wem auch immer. Hauptsache, die lange Reise in die Karibik wird nicht langweilig! Zeit zum Nachdenken hatte man ja schließlich zuhause genug.

Noch in Gedanken auf der Astor hörte ich jetzt Schritte auf dem Steg. Sie kamen näher. Es waren keine Bootsschuhe, das war schon einmal sicher. Danach zu urteilen, wie jeder einzelne Schritt pointiert gesetzt wurde, war es der unnachahmliche und von mir sehr geschätzte modus operandi einer Frau, die wusste, was sie wollte und die fest entschlossen war, sich bei ihrem Vorhaben von niemandem aufhalten zu lassen. Es waren Pumps, die dort ihren Eindruck auf den Steg und bei so manchem in der Koje der von dem liebreizenden Klang erreichbaren Yachten machten, der nicht einschlafen konnte, wobei dieser verführerische Klang zweifelsohne nicht dazu angetan war, an deren Schlaflosigkeit etwas zu ändern.

Ich war gespannt wie die Saiten einer Violine. Welches Ziel mögen die sicher schönen Beine in den Pumps wohl haben? Wer mag der Glückliche sein? Ich hörte jetzt, wie die Frau ein Schiff in meiner unmittelbaren Nähe bestieg. Ich setzte mich auf als ich vernahm, dass die hölzerne Eingangstür meiner Esperanza langsam aber vernehmlich knarrte. Ich war in meiner Spannung dergestalt sensibilisiert, dass ich ein Blütenblatt auf dem Schiffsboden meiner Koje hätte landen gehört. Zielbewusst und sicheren Fußes fanden die Pumps ihren Weg durch Kajüte und Dunkelheit, ohne irgendwo anzustoßen. Das zarte Licht des zunehmenden Mondes beleuchtete schwach durch die Bullaugen die Pumps auf ihrem unaufhaltsamen Weg – wohin? Die Pumps blieben stehen. Im Eingang zu meiner Koje sah ich die Silhouette einer Frau. Sie trug eine weiße Bluse, die selbst im Kojendunkel kein Geheimnis aus ihrem üppigen und wohlgeformten Inhalt machte. Ich hatte nicht die zarteste Ahnung, wer diese Dame war. Meine Anspannung, ja ich darf wohl sagen: meine Erregung, erreichte Spitzenwerte. Träume ich? Diese Frage war ganz eindeutig zu verneinen! Denn optische und körperliche Wahrnehmung standen durchaus in einem adäquaten Zusammenhang! Die körperlichen Auswirkungen nahm ich deutlich wahr und war dafür dankbar. Selten zuvor hatte ich mich in einer ähnlich prickelnden Situation befunden!

Die Dame war bekleidet mit einem weit geschlitzten weißen Rock. Sie winkelte jetzt ihr rechtes Bein an. An den Fesseln funkelten im Mondlicht kleine Kettchen. Sie zog mit dem linken Pumps den rechten halb aus und – schleuderte diesen gekonnt – als würde sie es immer so machen - im hohen Bogen durch die etwa 12 qm große Kabine in Richtung meiner Koje. Der linke folgte und landete auf einem alten eichenen Weinfass neben meiner Koje.

Zwei geschickte Handbewegungen und der Rock sauste hinunter wie ein ungebremster Fahrstuhl und bedeckte ihre nackten Füße. Sie hielt inne, so als wollte sie die ohnehin kaum steigerbare Spannung durch die sich aufdrängende Frage, was denn wohl jetzt geschehen würde, noch weiter ausbauen. Langsam und lässig stieg sie jetzt über den Rock. Ihre Augen waren dabei die ganze Zeit – vermutlich – auf mich gerichtet. Genau erkennen konnte ich ihr Gesicht immer noch nicht. Sie trat jetzt wie auf Samtfüßen – das Schiffsparkett zärtlich streichelnd – einen Schritt näher – noch einen und hielt dann wieder inne. Langsam knüpfte sie ihre Bluse auf, zog sie am Ende aus und warf sie wie befreit in meine Richtung. Über die Bluse drang ein aufregendes Parfüm in meine Nase. Eine weitere geschickte Handbewegung und ihre üppigen und wohlgeformten Brüste waren unbedeckt. Nach wenigen, aber verzögerten, überaus reizenden und spannenden Hüftbewegungen hatte die Lady sich ihres Slips entledigt. Hitze stieg in mir auf wie in einem Hochofen. Mein Herz hörte ich kräftig schlagen. Die Hände der Frau bewegten sich jetzt zu ihrem eigenen Hinterkopf und nach einem Wimpernschlag – in der Situation schienen für mich Minuten zu vergehen – rauschten wasserfallartig ihre langen, glatten blonden Haare herunter. Jetzt trat sie noch einen Schritt näher, kniete sich auf die Koje und bewegte sich ganz langsam auf allen Vieren vorwärts, während sich unsere nackten Körper berührten. Ihre Brüste legten sich auf meine, als sie sich beugte. Sie küsste mich leidenschaftlich und ausgiebig.

„Schön, dass Du gekommen bist", sagte ich.. Es war Liz – jedenfalls hatte sie die Formen von Liz. Ich vermisste jedoch ihr Parfum – Chanel Coco, das auf ihrem Körper so herrlich anziehende Wirkung auf mich ausübte. Das Parfum hier war ein anderes, welches ich stets an ihrer Zwillingsschwester Audrey wahrgenommen hatte. Ich muss zu meiner Schande gestehen, dass ich mich jetzt in einem Zustand befand, in dem ich auf diese Nuance keine Rücksicht nehmen konnte. Schließlich konnte mir – rein äußerlich betrachtet – keiner einen Vorwurf machen, da ich in den Glauben versetzt wurde, es wäre Liz. Ich vermied nachfolgend auch überflüssige Kommunikation, die geeignet gewesen wären, die Unterschiede der beiden Schwestern ans Licht zu befördern.

Etwas Wind kam auf, die Wellen klatschten angenehm – wie Verbündete - gegen die Esperanza und ein zarter Wolkenschleier legte sich über den Mond.

Kapitel 3

Robert Hurst hatte sich schon um 8 Uhr an Bord seiner Yacht „Cezanne" begeben, alle Termine für diesen und den nächsten Tag seiner Yacht gewidmet, die dringend einer Unterwasserreinigung bedurfte, weil Muscheln und andere Lebewesen aus Flora und Fauna den Schiffsrumpf seiner Cezanne verzierten. Darüber hinaus war das Teak-Deck zu lasieren. Der Tag war für dieses Vorhaben wie geschaffen: Die Sonne schien, es war mild und absolut windstill.

Nachdem er mit Sauerstofflasche und Taucherbrille einige Zeit unter Wasser anstrengende Arbeit verrichtet hatte, tauchte er wieder auf, um sich ein kleines Päuschen zu gönnen. Auf dem Steg nahm er einen etwa elfjährigen Jungen wahr, der mit einem Bein in der Nordsee herumrührte und dabei seine Cezanne anschaute. An Deck entledigte sich Hurst seiner Taucherutensilien und setzte sich an den runden Tisch in unmittelbarer Nähe des eichenen Steuerrades, welches das Zentrum dieses geselligen Teil des Schiffes an Deck bildete. Um das Steuerrad waren allerlei, in Holz eingefasste Messinginstrumente herumgebaut. Auf der Steuerbordseite neben dem Steuerrad war auch die hölzerne Eingangstür, von der aus eine steile Treppe nach unten ins Schiffsinnere zu diversen Kabinen und die Kajüte führte. Er schenkte sich aus einer Thermoskanne eine Tasse Kaffee ein. Dieser war noch so heiß, dass der Dampf ihm sichtbar in seine Nase stieg – in Begleitung des anregenden und mit vielen angenehmen Erinnerungen besetzten Duftes. Robert genoss die ersten Züge als Belohnung für die Mühen unter Wasser. „Die Muscheln und das andere Zeug haben sich ganz schön in den Schiffsrumpf hineingefressen. Das war gar nicht mal so leicht, meine Cezanne davon zu befreien", dachte Robert. Als er seinen Blick zum Steg hinüberschweifen ließ, sah er, dass der Junge seinen Blick von seiner Yacht nicht abgewandt hatte. Als sich jetzt ihre Blicke trafen, schaute der Junge rasch auf das Wasser. In den Blicken jedoch, die Hurst in einem unbeobachteten Moment eingefangen hatte, vermeinte er, die vollkommene Sehnsucht nach Erlebnissen fernab der Heimat ausgemacht zu haben.

„Guten Tag, Sir", sagte Hurst und nahm dabei offensichtlich gespielt eine förmlich militärische Haltung ein. „Mein Name ist Robert Hurst, ich bin Kunsthändler hier in der Stadt und Kapitän dieser Yacht. Hast Du nicht Lust, auf meinem Schiff anzuheuern?"

Die Augen des Jungen weiteten sich merklich – ebenso sein Mund. Nach einigen Wimpernschlägen stotterte er:

„Aye, aye (hier fiel sein Stottern noch nicht auf) Sir! Mm – ma – mein Name ist Ke – Kevin Miller. Ich bin in der 6. Klasse der Agatha-Christie-Schule und wü – wür – würde nichts lieber tun als auf der Cezanne anzuheuern. Wie hoch ist denn die Heu – Heuer und was muss ich denn machen?", fragte Kevin interessiert.

„Na, Du scheinst ja genau zu wissen, worauf es ankommt, Leichtmatrose Kevin. Kaufst wohl nicht gern die Katze im Sack, wie? Und ich sage Dir was: das ist vollkommen richtig! Bevor man die Bedingungen nicht kennt, sollte man besser noch keine Zusagen machen. Aber ich sag` Dir die Bedingungen ohne Umschweife: 3 Pfund die Stunde – bei freier Kost und Logis".

„Das klingt nicht übel. Wann stechen wir in See, Kapitän?"

Hurst war ganz überrascht von der Entwicklung dieses Gesprächs und den Wortschatz des Jungen, der auf eine Liebe zum geschriebenen und gesprochenen Wort schließen ließ. Aber da sie schon einmal so weit gekommen waren, wollte er auch keinen Rückzieher machen. Ganz im Gegenteil! Jetzt war er ganz gespannt, wie dieses Gespräch wohl weiter gehen würde.

„Hast Du denn überhaupt schon einmal irgendwo angeheuert, kleiner Matrose?", wollte er wissen.

„Nee – ähm – ich meine: Nein, Sir. Aber irgendwann ist ja immer das erste Mal", stellte Kevin überzeugend fest.

Robert schmunzelte - und Kevin auch, als er die Reaktion bei Robert mitbekam.

„Ich würde gern mal mit auf große Fahrt gehen – eine kleine Fahrt würde mir aber auch schon reichen

„Heute und morgen habe ich Schiffspflege angesetzt. Die nächste Fahrt ist erst für Sonnabend geplant. Wenn Du mit willst: Wir legen morgens um 8 Uhr ab".

„Na klar – ähm – ich meine: Aye, Sir, ich bin dabei! Ich muss natürlich noch meine Mutter fragen. Aber ich denke schon, dass sie nichts dagegen hat".

„Na dann bis Sonnabend! Ich werde mich jetzt mal wieder meiner Arbeit widmen".

„Kann ich Ihnen vielleicht ein bisschen mithelfen? Ich bin auch ein guter Taucher!"

Robert stutzte für einen Augenblick angetan.

„Warum eigentlich nicht? Schließlich hast Du ja angeheuert und gehörst quasi zur Besatzung. Da kann man ja auch als junges Crewmitglied schon mal einen kleinen Schlag ran hauen. Na dann komm` mal an Bord, Leichtmatrose! Die Heuerzusage von eben hat selbstverständlich noch Bestand".

„Ja prima, da wird meine Mutter aber Augen machen und mächtig stolz auf mich sein, wenn ich ihr meine erste Heuer auf den Küchentisch lege. Meine Mutter und ich leben nämlich allein und wir haben nicht so viel Geld, müssen Sie wissen. Was soll ich denn machen?"

„Was hältst Du davon, wenn ich Dir erst mal die Cezanne zeige? Ich finde, wenn man auf einem Schiff arbeitet, geht einem die Arbeit umso leichter von der Hand, je mehr man sich mit ihm angefreundet hat".

Ein Strahlen huschte über Kevins Gesicht. Im nächsten Augenblick war er auch schon auf das Schiff geklettert.

„Ehrlich gesagt, war ich noch nie auf einer Segelyacht. Solche tollen Schiffe habe ich von innen bisher nur mal in Büchern gesehen. Was heißt eigentlich „Sesam"?"

„Cezanne wird es ausgesprochen. Da ich beruflich etwas mit Kunst zu tun habe und meinen Beruf sehr liebe, habe ich mein Schiff naheliegender Weise nach einem Maler benannt, dessen Bilder und dessen persönliche Geschichte ich sehr mag. Paul Cezanne lebte im 19. Jahrhundert in Frankreich und brach gegen den Widerstand seines Vaters sein Jurastudium ab. Die Malerei hat er sich selbst angeeignet. Das war nur möglich, weil ein großes Talent in ihm schlummerte, was er wohl gespürt haben muss. Von ersten Misserfolgen hat er sich nicht abschrecken lassen und hat seinen Stil vervollkommnet. Er hatte auf diese Weise eine neue Art zu malen begründet, die sich durch ganz außergewöhnliche Farben, Formen und Helligkeitswerte ausgezeichnet und dadurch von den Werken seiner Zeitgenossen und Vorgänger deutlich abgehoben hat. Damals hätte keiner für möglich gehalten – vor allem keiner seiner schärfsten Neider, dass man fast 200 Jahre später nur noch ihn – Paul Cezanne – ihn Erinnerung behalten würde und keinen seiner Kollegen, die damals immerhin einen gewissen örtlichen Ruhm für sich in Anspruch nehmen konnten. Aber so ist es oft im Leben: Hat irgendein Mensch, der auf einem bestimmten Gebiet noch gänzlich unbekannt ist, eine bestimmte Lösung für ein Problem oder eine neue Gestaltungsidee, dann wird dieses Werk des Neuen von den Alten angegriffen in der Hoffnung, dass der Neue die Segel streicht und die Neutralen den Bluff nicht durchschauen. So weit zu dem Namensgeber meines Schiffes. Auch ich musste mich im Leben – wie Cezanne – insbesondere im beruflichen Bereich gegenüber vielen Widerständen behaupten und so drängte sich der Name „Cezanne" geradezu auf. Du sagst, Du hättest noch nie ein Segelschiff von innen gesehen? Na, dann wird`s ja höchste Zeit! Wo lebst Du denn eigentlich, Leichtmatrose Kevin?"

„Ich wohne mit meiner Mutter da hinten" – er zeigte mit dem ausgestreckten Arm Richtung Kalkfelsen und Hopes Nose – „in einer kleinen Kate auf einer Wiese, zusammen mit Schafen und toll duftenden Blumen".

„Dein Vater wohnt nicht dort?"

„Nein, leider nicht", sagte Kevin bedrückt und schaute dabei nach unten. „Mama und ich wissen nicht, wo er ist. Er ist schon ganz lange weg".

„Dann hat er Dich auch nicht verdient", sagte Robert entschlossen und in einem warmherzigen Ton; er ließ es sich jedoch nicht anmerken, dass ihn diese letzte Mitteilung von Kevin tief im Herzen berührte. Er konnte emotional nicht nachvollziehen, wie man einen so tollen Jungen wie Kevin – überhaupt Kinder - im Stich lassen konnte. Gibt es denn etwas Schöneres als mitzuerleben, wie das eigene Kind aufwächst, zunächst vieles auf lustige Art und Weise daneben geht, dann aber allmählich Fortschritte macht und immer mehr dazulernt? Gibt es etwas Schöneres als die Liebe des eigenen Kindes zu erfahren und ganz deutlich zu spüren, dass das eigene Herz voll der Liebe für das Kind ist? Um welchen Preis mag der Vater von Kevin auf all diese Dinge verzichtet haben? War es eine andere Frau und die Angst, durch Unterhaltsforderungen diese andere Frau nicht halten zu können? War diese Frau das wert? Er kannte die Frau nicht – wenn sie der Grund gewesen sein sollte. Er kannte aber Kevin jetzt ein bisschen – wenn auch erst seit eben – und er spürte in diesem Augenblick ganz deutlich, dass keine Frau der Welt berechtigt war, Kevin den Vater zu entziehen und es wahrscheinlich keine Frau der Welt wert war, ihr zuliebe auf die Liebe Kevins und zu Kevin zu verzichten. Wie hielt der leibliche Vater diesen emotionalen Druck nur aus? Fragte er sich nicht, was sein kleiner Sohn wohl mache, wie es ihm gehe, wie er wohl aussehe, wie er lache, wie es sei, wenn er mit Freunden spiele, wie er sich in der Schule mache und: ob sein Sohn wohl über ihn nachdenke, traurig sei, dass er augenscheinlich kein Interesse an ihm habe? Wenn der Vater ein Herz hatte, sich solche Fragen stellte und es schaffte, nicht den Kontakt zu seinem Sohn zu suchen, musste er zwangsläufig bereits depressiv abgetaucht sein. Wie schade um Vater und Sohn! Wie würde es wohl sein, wenn Vater und Sohn sich irgendwann begegneten? Würden sie sich die Hand geben und sagen:

„Guten Tag, ich bin Dein Vater! Wie geht`s?" Oder würden sie gar nichts sagen und sich freudetrunken-selig in die Arme fallen und sich minutenlang nur festhalten und spüren? Würden sie ohne emotionale Regung aneinander vorbeigehen oder würde es heftige Vorwürfe seitens des Sohnes geben? Robert wunderte sich, dass er, der ja keine Kinder hatte, sich so intensiv in eine Vater-Kind-Beziehung hineintasten konnte.

„So, jetzt wollen wir mal in die Unterwelt der Cezanne hinabtauchen und sehen, was es hier alles zu entdecken gibt!"

Sie stiegen die steile Holztreppe hinunter. Kevin interessierte sich offenbar besonders für Augenschmankerl wie kleine Lamellen-Mahagoni-Hängeschränkchen mit Bullaugen, Glasenuhren, Hygrometer, Tiedenuhren, Barometer und andere Messinginstrumente, Fischernetze und Schiffstaue, die geschmackvoll so manchen Winkel der Cezanne zierten. Kevin hatte Mühe, seinen Blick von diesen Kostbarkeiten ab- und den nächsten zuzuwenden, geradeso, als wollte er sich jedes Detail ganz genau einprägen und ein Gefühl für das Objekt der Betrachtung zu entwickeln. Diese Dinge schienen für Kevin der Inbegriff der angenehmen Seite des sonst so rauen Seemannslebens zu sein.

Robert fiel jetzt auf, dass der Junge immer, wenn er wieder ein paar Schritte zum nächsten Objekt seines Interesses machte, sein linkes Bein nicht so bewegte wie das andere. Kevin hatte den stutzenden Seitenblick von Robert aufgenommen und erklärte: „Ich bin mal als kleiner Junge überfahren worden - und der Fahrer ist einfach weitergefahren".

Robert zögerte sichtlich berührt – nunmehr zum zweiten Male – bevor er erwiderte:

„Manche Menschen verhalten sich in bestimmten Situationen so, dass man kaum glauben kann, dass man es mit zivilisierten Menschen zu tun hat. Aber auch wenn wir wissen, dass Menschen sich manchmal so verhalten, werden wir uns kaum daran gewöhnen können. Und das ist gut so! Wieso konnte man den Täter eigentlich nicht ermitteln?"

„Es geschah auf der einsamen Ilsham Marine Drive hinter den Kalkfelsen. Das Auto hat mich von hinten erfasst, durch die Luft geschleudert und irgendwie bin ich irgendwo gelandet. Tja, so ist das mit meinem Bein passiert".

„So eine Gemeinheit!", schimpfte Robert. Solchen Menschen sollte man für den Rest ihres Lebens täglich zwei Stunden lang mit der neunschwänzigen Katze beackern und dreimal Kiel holen. Was meinst Du? Was würdest Du mit dem Täter machen, wenn er Dir über den Weg laufen würde?"

„Ich hab` mir das schon oft in meiner Fantasie ausgemalt, was ich alles machen würde. Ehrlich gesagt, trau` ich mich gar nicht, Ihnen das zu sagen – so schlimm ist das!"

„Das glaube ich gern. Das würde mir genauso gehen!"

„Wenn ich zum Beispiel mit meinen Freunden Fußball spiele, kann ich nur ins Tor. Dabei würde ich viel lieber Tore schießen!"

„Ich glaube, wenn mir ein solches Unrecht passiert wäre, würden meine Rachefantasien auch durchgehen wie ein aufgescheuchtes Wildpferd".

„Dann brauche ich also kein schlechtes Gewissen zu haben?", fragte der Junge.

„Nein, ganz bestimmt nicht. Es ist durchaus menschlich, dass man dem Menschen weh tun will, der einem auch ein Leid zugefügt hat – insbesondere, wenn er sich ohne Entschuldigung aus dem Staub macht, ohne sich um den Verletzten zu kümmern".

Fischernetze, starke Taue als Handlauf, die von starken o-förmigen Ringen aus Messing gehalten wurden, Bilder von Segelschiffen auf hoher See und in fernen Häfen zierten den Treppenaufgang, den sie jetzt über das Deck verließen.

„Na, was hältst Du von der Cezanne?"

Kevins Augen strahlten, als er sagte: „Die Cezanne ist `ne Wucht! Und hat so viele schöne Sachen! - die bestimmt mit sehr viel Liebe gemacht und eingebaut worden sind. Bestimmt ist das auch alles sündhaft teuer! Ich träume schon lange davon, später, wenn ich ordentlich was gelernt und viel Geld gespart hab`, auch einmal ein so tolles Schiff wie die Cezanne zu haben. Ich würde dann alles verkaufen, was ich habe und nur noch auf dem Schiff leben".

Robert schmunzelte dabei und dachte dabei an mich.

„Natürlich würde ich zum Arbeiten mein Schiff verlassen müssen. Das ist ja mal klar".

Ich hatte die letzten Sätze der Unterhaltung der beiden mitgehört und enterte nun die Cezanne, die Nachbarin meiner Esperanza, allerdings ohne den vorschriftsmäßigen Enterhaken.

„Guten Morgen, Robert. Na, bist Du gerade in ernsthaften Verhandlungen mit dem Klabautermann – mit dem Ziel, ihn gnädig für die nächste Kaperfahrt zu stimmen?", fragte ich gut gelaunt und geistig noch frisch und aufgeräumt.

„Du hast gelauscht, Du alter Seewolf! Das ist ja nun nicht gerade die feine englische Art", lachte Robert und schlug mir dabei freundschaftlich und herzlich, aber kräftig – wie es bei den meisten Männern usus ist, weil sie eine subtilere Art des Ausdrucks von Zuneigung gegenüber Personen des gleichen Geschlechts nicht gelernt hatten – auf die Schultern. Er strahlte dabei so, dass Mundwinkel und Ohrenansatz ineinander überzugehen schienen – während ich mich vor Schmerzen krümmte – natürlich nur innerlich: Denn auch ich hatte eine semi-indianische Ausbildung dergestalt genossen, dass einem Indianer Schmerzen fremd zu sein haben. Also strahlte ich ins selbe Horn – mein alter Deutschlehrer pflegte derartige Stilblüten stets mit einem roten Kreuzfehler am Seitenrand zu quittieren – und sagte nur knapp:

„Ich muss mir ja wohl als Gastarbeiter über die feine englische Art keine ernsthaften Gedanken machen, oder?"

„Da hast Du allerdings Recht, mein Freund und Kupferstecher Sauerkraut. Kevin", sagte Robert zu dem Jungen gewandt: „Das ist mein bester Freund Danilo Baltius aus Bremen in Deutschland. Er ist zwar ohne festen

Wohnsitz, aber trotzdem ist er halbwegs zivilisiert", freute sich Robert über seine scheinbar gelungene Formulierung.

„Wieso bin ich ohne festen Wohnsitz?"

„Na, weil Du auf einem mehr oder weniger schwankenden Schiff hin und her schwankst, Du Ameisenbär! Kann man unter solchen Umständen mit Fug und Recht behaupten, man könne einen festen Wohnsitz vorweisen?"

Robert strahlte immer noch – und ich wieder! Ich hatte nun endlich seinen Scherz begriffen. Von Natur aus bin und bleibe ich nun mal ein Spätzünder!

„Aber, nun mal im Ernst, Dany. Der Klabautermann ist kein Klabautermann, sondern hat soeben bei mir angeheuert und heißt Kevin Miller".

„Aha, freut mich, ein neues Crewmitglied auf dem Schiff meines Freundes kennen zu lernen". Ich ergriff die Hand des Jungen zum Gruß, schaute ihm dabei in die Augen und erblickte darin eine große Sehnsucht – wonach, sollte ich erst später erfahren.

„Ich hatte den letzten Teil Eurer Unterhaltung vor meinem Eintreffen eben zufällig mitbekommen", sagte ich – dem Jungen zugewandt. Weißt Du, Kevin, ich habe mich selbst in einem Teil Deiner Rede wieder erkannt. Auch ich habe vor gar nicht langer Zeit sozusagen Haus und Hof verkauft, um mir den Traum von einem Leben auf einem Segelschiff – oder" – mit einem zwinkernden Seitenblick auf Robert – „von einem Leben ohne festen Wohnsitz, wie einige mir wohl gesonnene Kritiker es bezeichnen – zu erfüllen. Ich lebe seit einigen Jahren durchaus zufrieden auf der Esperanza, dem Schiff gleich hier nebenan. Und ich kann mir nichts Schöneres vorstellen. Insoweit kann ich Dich in Deinem Traum von einem Leben auf einem Schiff bestärken. Es ist ein Ziel, für das es sich lohnt, hart zu arbeiten".

Kevin fühlte sich verstanden und ich so etwas wie Seelenverwandtschaft mit diesem Jungen, den ich doch erst gerade kennen gelernt hatte. War es nur, dass mich mit dem Jungen dieser ungewöhnliche Traum verband, den wahrscheinlich die meisten Menschen nicht nachvollziehen konnten – oder war es etwas anderes? Ich ließ diese Frage offen und legte die Hand auf die Schultern des Jungen zum Zeichen meiner Übereinstimmung. Wir setzten uns in der Rund-Sitzgruppe um das Steuerrad und ich erzählte Kevin ausführlich die Geschichte, wie ich mir diesen Traum verwirklicht hatte und was die Ursachen waren. „Du siehst also Kevin", schloss ich, „es ist nicht unmöglich, dieses Ziel selbst noch in mittleren Jahren zu verwirklichen – jedenfalls, wenn man seine Talente fördert und entsprechend einsetzt, um die wirtschaftliche Substanz zu erwerben, die der jeweilige Traum erfordert".

„Ich seh` schon: Ich habe noch einiges vor mir", erwiderte Kevin, der mir die ganze Zeit gespannt zugehört hatte. „Aber immerhin: Die ersten 100 Pfund habe ich schon gespart und in meiner Schatztruhe versteckt – und diese wiederum habe ich auch versteckt".

Den Rest des Tages hatten wir darauf verwandt, das Teak-Deck zu lasieren. Kevin erwies sich dabei schon nach kurzer Zeit als Meister seines Fachs, obwohl ihm diese Arbeiten zuvor noch nie anvertraut worden waren. Er war auch ganz offensichtlich bestrebt, seine Sache perfekt zu machen und wir sparten nicht mit Anerkennung – was ihn sichtlich mit Stolz und Freude erfüllte.

Als die Uhr 4 Glasen schlug, sagte Kevin fast traurig: „Es ist jetzt sechs Uhr, ich muss nach Hause, meine Mutter wartet mit dem Essen auf mich".

„Nanu, wer hat Dir denn die Glasenuhr beigebracht?", wollte Robert wissen.

„Meine Mutter. Sie sagt immer: An der Küste muss man als junger Mann alles wissen, was mit der christlichen Seefahrt zu tun hat. Na ja, und die Glasenuhr gehört ja wohl dazu, oder?"

„Das ist wahr", sagte ich leicht amüsiert. „Schade, dass Du jetzt gehen musst. Ich wollte Euch gerade in meine Stammkneipe, den kleinen Leuchtturm da vorne am Ende der Marina, zu einem zünftigen Abendessen einladen. Aber ich denke, wir werden noch Gelegenheit haben, das nachzuholen".

„Sehen wir uns Sonnabend?", wollte Robert noch von Kevin wissen.

„Klaro – ähm – ich meine: Aye, Sir!"

Kapitel 4

Frohen Herzens und mit Stolz gestählter Brust – da er sich so lange unter Männern bewährt hatte – verminderte Kevin jetzt eilig und so gut es seine Behinderung zuließ die Entfernung zu seiner Kate. Er befand sich nun in den Klippen, die er behände wie eine Gämse erklomm. Oben angekommen drehte er sich zunächst um, sah auf sein geliebtes Meer und entdeckte dabei am Horizont einen riesigen Frachter – wahrscheinlich auf dem Weg nach Afrika oder Amerika. Er stellte sich vor, welche Route er wohl nehmen würde: Kanalküste um Frankreich herum, Spanien, Portugal und dann entweder nach backbord übers Mittelmeer oder aber weiter über den Atlantik nach Afrika oder Amerika. Während ein frecher Vogel möwend in einem erstaunlich geringen Abstand um ihn herumkreiste, ließ er seinen Blick langsam nach steuerbord über Abbey Sands und dann den Hafen schweifen. Er erkannte die Yachten der beiden Männer, die er heute kennen gelernt hatte und spürte in diesem Augenblick, dass er sie mochte. Sie hatten ihn so angenommen, wie er war und hatten ihm einfach so Männerarbeit zugetraut. Woher nahmen sie dieses Vertrauen? Sie kannten ihn doch noch gar nicht so gut! Wieso hatten sie ihn mithelfen lassen? Wieso hatten sie überhaupt selbst Hand angelegt? Sie waren doch sicher ohne weiteres in der Lage, die Arbeiten von Fachfirmen ausführen zu lassen, ohne sich dann die nächsten Wochen Sorgen um den Aufschnitt auf ihrem Brot machen zu müssen. Wahrscheinlich mochten sie ihr Schiff so, dass sie bestimmte Arbeiten eben lieber selbst machten - vielleicht um auf diese Weise dem Schiff ihren persönlichen Dank zu erweisen für die Zuverlässigkeit in so mancher verzwickt-gefährlichen Situation auf hoher See, wo sich die Männer auf ihre Schiffe stets verlassen konnten – und mussten. Kevin dachte auch daran, dass er vaterlos aufgewachsen war und wenig enge

Kontakte zu Männern hatte. Wo mochte sein Vater jetzt wohl sein, wie sah er wohl aus? Ach, wie groß doch die Sehnsucht nach seinem Vater war!

Während solcher Gedanken verlangsamten seine Schritte. Doch als Kevin um einen Felsen herum seine Kate zum Greifen nah sah, dachte er an seine Mutter, die er über alles liebte und sofort übernahm sein Frohsinn wieder das Steuer über sein Gemüt. Jetzt nahm er auch den Duft frischer Wiesenblumen wahr, den er genüsslich in sich aufsog. Schmetterlinge und Libellen hießen ihn willkommen. Nun kam auch noch Don Camillo, sein Bernhardiner, heftig Schwanz wedelnd angeschossen und forderte ihn zu einem kleinen Kämpfchen.

Patricia trat aus ihrer Wein umrankte Feldstein-Kate heraus, beschürzt und mit einem Kochlöffel bewaffnet. Wie sie so im Türrahmen dastand, verfolgte sie erheitert das lustige Kämpfchen zwischen ihrem Sohn und Don Camillo. Patricia hatte etwas überaus Anziehendes: Ihr zufriedener Blick, mit dem sie das Treiben vor ihr auf der Wiese verfolgte. Ihre langen, schwarzen, gelockten Haare, ihr hübsches Gesicht und mittendrin ein sinnlicher Mund, um den herum ein liebendes Lächeln spielte. Sie war zweifellos eine sehr attraktive Frau, die man in einer Kate oberhalb der Kalkfelsen in Torquay wohl eher weniger erwartet hätte.

Patricia freute sich, dass es ihren beiden „Männern" gut ging und sie genoss es, ihnen zuzusehen, wie sie miteinander tobten und rangen. Irgendwann gaben beide Männer jedoch erschöpft auf und trotteten die letzten Yards nach Hause. Als Kevin mit seiner Mutter Blickkontakt aufgenommen hatte, beeilte er sich wieder und umarmte seine Mutter stürmisch zur Begrüßung.

„Mama, ich habe heute zwei tolle Typen für Dich aufgegabelt – in der Marina. Die musst Du unbedingt mal kennen lernen. Der eine ist Kunsthändler und heißt Hurst. Der hat mir dann seine Cezanne gezeigt; das ist der Name seiner Yacht. Das ist vielleicht ein tolles Schiff, Mama: Ganz aus Holz und urgemütlich, vor allem unter Deck! Wir haben zusammen mit einem Deutschen, dem die Esperanza gehört – so heißt das andere Schiff - und direkt daneben liegt, den ganzen Tag auf der Yacht gearbeitet und Sonnabend will mich Mr. Hurst zu einem Törn mitnehmen, um acht Glasen morgens".

Patricia verdiente sich ihren bescheidenen Lebensunterhalt als Bildhauerin und kannte selbstverständlich Robert Hurst, den Kunsthändler, wenn auch nicht persönlich, so aber doch wenigstens aus der Presse und natürlich – vom Einkaufsklatsch. Da Hurst selbst in Klatschkreisen gut wegkam und insbesondere auch große persönliche Wertschätzung zuteilwurde, war Patricia weit entfernt davon, sich noch nachträglich über den Verlauf des Tages Sorgen zu machen und ihrem Sohn sein Vorhaben streitig zu machen.

„So, so mein Sohn. Du bist also für Deine Mama auf Bräutigamschau gegangen", sagte Patricia amüsiert. „Und hast so ganz nebenbei auch noch jemanden für mich aufgegabelt!?"

„Ach was, doch nicht auf Bräutigamschau. Ich habe mir nur in der Marina die tollten Yachten angesehen und dabei die beiden nur eher zufällig kennen gelernt". Er beschrieb seiner Mutter bis ins letzte Detail, wie der heutige Tag für ihn abgelaufen war. Sie hatten sich jetzt an den Esstisch gesetzt und Patricia verteilte Nudeln und Soße auf die beiden Teller – oh, Verzeihung: Drei Teller! Don Camillo war ja auch noch da und auch eine seiner Lieblingsspeisen waren Nudeln.

„Dann hast Du ja sicher einen ordentlichen Appetit mit nach Hause gebracht. Streichen an der frischen Luft – den ganzen Tag – das macht hungrig".

„Ja, Mama, ich bin auch hungrig – wie ein Seeräuber, der drei Tage schon nichts Anständiges mehr zu fressen gekriegt hat", sprach Kevin und versuchte, eine mit Nudeln gehäufte Gabel in die für die Portion viel zu klein bemessene Öffnung zwischen Nase und Kinn unterzubringen. Entsprechend war er von diesem Versuch nach kurzer Zeit bereits nicht nur unerheblich gezeichnet. Es sah einfach köstlich aus und seine Mutter musste einem dringenden Lachimpuls nachgeben. Als sie ihm den Grund ihres Lachens mitgeteilt hatte, sah er in einen in der Nähe aufgehängten Spiegel und lachte sodann mit seiner Mutter um die Wette.

„Ich muss leider nach dem Essen noch ein wenig an „Lizzy" herum klopfen. Die Skulptur muss bis Freitag fertig sein. Und die Beine von ihr gefallen mir irgendwie noch nicht. Sie sind viel zu dick und ungleichmäßig".

„Lass` mich mal sehen", sagte er und sprang plötzlich auf, während er im Laufen noch die letzte Tomatensoße getränkte Nudel in sich einsog. Er rannte nach draußen und blieb vor der Skulptur stehen. Liebevoll interessiert betrachtete er diese, während er langsam um sie herum schritt. Er sah ein in Stein gehauenes Bild, das eine leicht bekleidete Frau darstellte.

„Ich finde Lizzy toll, Mama! Sie sieht ein bisschen aus wie Du. Dich finde ich ja auch toll. Aber Du hast Recht. Die Beine könnten noch einen Feinschliff gebrauchen", urteilte Kevin und lächelte dabei seine Mutter anerkennend an.

Patricia war gerührt von dem spontanen Kompliment ihres Sohnes und küsste ihn auf die Stirn. Sein Urteil war immerhin das eines jungen Fachmannes. Er selbst hatte ebenfalls gerade eine Skulptur in Arbeit. Während seine Mutter allerdings die möglichst naturgetreue Darstellung favorisierte, war er selbst mehr ein Verfechter der modernen Kunst. Seine Betrachter sahen in seinen Kunstobjekten, was sie über ihre Fantasie in diesen sehen wollten. In Ansehung seiner noch nicht ganz so ausgefeilten Technik drängte sich freilich die von ihm bevorzugte Stilrichtung gewissermaßen auf.

„Weißt Du was, Mama?", fragte Kevin. „Ich werde auch noch ein bisschen an meinem Poseidon weiter hauen. Ich habe ihn in letzter Zeit sehr vernachlässigt.

Kapitel 5

Robert saß in seinem Gartenpavillon mit Blick auf den Babbacombe Beach und las in seiner Times. Er war über Mittag nach Hause gekommen, um hier eine kleine Mahlzeit einzunehmen, was Seltenheitswert hatte. Entsprechend überrascht war Mrs. Baker, die Haushälterin, die ihm stante pede „eine Kleinigkeit" – wie Robert sich ihr gegenüber ausdrückte – ohne Vorwarnung zubereiten sollte. Ihr mürrischer Gesichtsausdruck stand dabei in keinem Verhältnis zu der Kürze der Zeit und der Qualität, in der sie diesen Auftrag ausgeführt hatte. Also wozu vorher sein Erscheinen ankündigen, wenn man über fähige Mitarbeiterinnen verfügte?

Mrs. Baker servierte ihm jetzt auf einem silbernen Tablett ein Kännchen Kaffee. „Danke, Rose", sagte er knapp, um durch eine längere Konversation nicht den Faden aus seinem Artikel zu verlieren. Robert genoss solche Augenblicke, wo er ungestört mal ganz allein für sich war – fernab vom gesellschaftlichen Trubel – wo die Zeit stehen zu bleiben schien, weil scheinbar nichts passierte, was Zeit in Anspruch nahm – außer das Lesen natürlich.

Vom Meer her blies ihm jetzt eine frische, leicht salzige Brise angenehm ins Gesicht. Er blickte auf zu den herrlichen Kreidefelsen, die von Möwen und anderen Vögeln umschwirrt waren und ließ seinen Blick langsam zum Strand hinunter schweifen. Viele Sonnenhungrige und Badedurstige hatten sich dort eingefunden und den Strand mit Laken, Sonnenschirmen, Liegen, Taucherbrillen und sonstigen unverzichtbaren Accessoires belagert. Viele Menschen liefen sowohl am Strand als auch im Wasser aneinander grußlos vorbei; auf dem Wasser war die bevorzugte Schwimmart um diese Tageszeit: „toter Mann".

Aus dieser Richtung hörte Robert nun deutlich das Lachen einer Frau – seiner Frau. Sie war offenbar bester Dinge – wie meistens in letzter Zeit, wenn sie nicht gerade mit ihm zusammen war. Sie war in Begleitung mit Peter Mc Allister, für den er vor einer Woche eine Vernissage in seiner Galerie veranstaltet hatte. Von weitem sah er, wie sie sich dem Haus näherten – Händchen haltend! Sie hatten ihn offenbar nicht wahrgenommen. Robert spürte einen kleinen Stich in seiner Herzgegend und fragte sich sogleich, ob er wohl Veranlassung zur Eifersucht hatte. Mc Allister war ein gut aussehender, braun gebrannter, sportlicher Mann Mitte dreißig und ein Herz erfrischender, durchaus begabter Künstler. Er mochte ihn sehr gern. Als er bei diesem Gedanken angekommen war, merkte er, wie er auch Violet, seiner Frau, zugestand, ihn zu mögen und mit ihm – freundschaftlich platonisch verbunden – Händchen haltend ein paar Schritte zu gehen. Robert hatte sich wieder hinter seine Times verkrochen – nahm jedoch kaum noch auf, was er las. Violet und Mc Alister hatten den Pavillon links liegen gelassen und auch von ihm – Robert – nicht die geringste Notiz genommen. Der junge Künstler trug an seiner freien Hand eine Badetasche – es war seine, Roberts Badetasche. Er beobachtete, wie das Paar über die Verandatür im Haus verschwand. Robert bemerkte einen weiteren Stich in seiner Herzgegend und ein mulmiges Gefühl in seiner Magengegend. Er verließ jetzt den Pavillon und schritt – seine Times betont

lässig unter den Arm geklemmt – über den kurz geschnittenen, wohl gepfleg-
ten Rasen auf dem hügeligen Gelände seiner Villa Gedanken versunken Richtung Verandatür.

An der Bar im Wohnzimmer machte Robert einstweilen Halt, weil ihm
einfiel, dass er jetzt nach dem Kaffee ein kleines Gläschen Sherry gut vertragen könnte. Als er an dem Gläschen nippte, vernahm er vorm Haupteingang
einen MG kurz aufheulen und sodann per Kavaliersstart davonbrausen. Dann
war alles ganz ruhig. Er war wieder allein – mit Mrs. Baker – und er hörte sein
Herz schlagen.

Kapitel 6

Heute Abend war ich mit meiner alten Freundin Jane Thunderbird verabredet. Sie wohnte in der Chestnut Avenue, ganz in der Nähe der Marina.
Ich kenne sie aus der Zeit, als ich noch in Bremen wohnte. Sie war – und ist –
eine Freundin von Robert Hurst und ich hatte sie vor etwa drei Jahren, als ich
mit meiner Frau Roseanne hier im Urlaub weilte, auf Roberts Party kennen
gelernt. Jane war 78 Jahre alt und eine meiner liebsten Gesprächspartner. Sie
war nicht nur sehr belesen, es blieb auch eine Menge davon in ihrem Geiste
abrufbar. Dazu gesellte sich eine anständige Portion Gerechtigkeitssinn, moralische Erdung nicht nur in Worten, sondern auch in Taten, Empathie und die
Fähigkeit, andere Menschen ausreden zu lassen. Nicht zuletzt war sie auch
noch sehr humorvoll und konnte aus einem ansehnlichen Fundus Lebenser-
fahrung schöpfen. Kurzum: Eine vortreffliche Komposition aus Mutter und
Freundin.

Ich hatte mich mit einer schönen Flasche Cabernet Sauvignon aus Aust-
ralien und meinem „Vier-Gewinnt-Spiel" bewaffnet und machte mich auf den
Weg. Es war etwa sieben Uhr abends. Ich erreichte jetzt das Landhaus von
Jane – ein kleines Haus mit zwei kleinen Türmchen an beiden Flanken und
einer mit Zinnen verzierten Dachterrasse, die die beiden Türmchen miteinander verband. Gemauert war das Haus aus Findlingen unterschiedlicher Größe
und berankt mit wildem Wein, der bis an die Zinnen hochgeklettert war. Der
Vorgarten war geschmückt mit angenehm duftenden Blumen jedweder Cou-
leur; sie lockten geradezu den Besucher mit den für das Durchschnittsmen-
schenohr nicht wahrzunehmenden Worten: „Guten Tag, werter Herr, treten
Sie doch bitte ein, schließen Sie vorsichtig – und möglichst geräuschlos - die
Gartenpforte und lassen Sie Ihre Sorgen und all das, was Sie bedrückt, jenseits
der Pforte. Nicht erschrecken: Wir werden Sie jetzt ein wenig verwöhnen.
Lauschen Sie dem lieblichen Klang der Maiglöckchen und Schlüsselblumen!
Hören Sie sie? Schön, nicht wahr? Hier vorne links stehen zu Ihrer Verfügung
die Damen Oleander oder Jasmin! Nehmen Sie sich Zeit, den Duft auf sich ein-
wirken zu lassen!... Hier im Zentrum thront unsere Königin Rose. Ist sie nicht
schön anzusehen? Wie zart sich doch rot und orange vorsichtig miteinander
mischen! Nehmen Sie sich bitte Zeit für uns. Gehen Sie nicht einfach so lieblos
an uns vorbei. Wir sind gerade auch für Sie geschaffen worden..."

Mit war in dem Augenblick wirklich so, als hätte jemand oder etwas zu mir gesprochen. Mir fehlten ein paar Sekunden von der Pforte bis zur Eingangstür von Jane. Sollten die Blumen tatsächlich zu mir gesprochen haben? Ausgerechnet zu mir emotionalem Trampel? Wer weiß, vielleicht gibt es ja doch noch ein kleines bisschen Hoffnung!

Jane mochte Blumen sehr und diese Liebe fand ihr Pendant in ihrem grünen Händchen – und ihre Krönung in dem Produkt, diesem schönen Garten!

Ich klingelte noch etwas – angenehm – benommen - ich scheue mich, den Begriff: „berauscht" zu verwenden – und im nächsten Wimpernschlag ward mir auch schon aufgetan.

„Dany, schön Dich zu sehen", empfing mich Jane und streichelte meine Wange, wie sie es oft zur Begrüßung tat. Da diese Bewegung vom Herzen gesteuert und mit großer Freude befeuert war, hatte ich nichts gegen diese Behandlung einzuwenden. In jüngeren Tagen war sie sicher eine sehr hübsche Frau. Insbesondere in Situationen wie diesen, wenn sie sich freute, huschte ein Schatten alter Schönheit über ihr Gesicht.

„Ich freue mich auch, Dich zu sehen, Jane. Wie geht es Dir?"

„Mir geht es gut. Du weißt ja: Schlechten Menschen geht es immer gut – abgesehen von den kleinen Zimperlein, wenn es hier und dort mal zwickt".

Wir hatten jetzt das Wohnzimmer erreicht, das geschmackvoll mit antiken Möbeln und einem aus Feldsteinen gemauerten Kamin ausgestattet war. Ich zog die Flasche auf und schenkte ein in die Gläser, die Jane soeben aus der beleuchteten Glasvitrine geholt hatte.

„Stell Dir vor, Dany, ich habe heute zum ersten Mal den kleinen Kindern im Waisenhaus vorgelesen - aus Oliver Twist. Wenn ich zwischendurch aufsah, sah ich Kinder, deren ungeteilte Aufmerksamkeit Ich hatte. Die von der Geschichte ausgehende Spannung war deutlich in ihren lieben und lebendigen Kindergesichtern abzulesen".

„Das hat Dir sicher viel Freude bereitet, was, Jane?"

„In der Tat! Ein kleiner Junge hat mich zum Abschied gefragt: „Tante, kommst Du morgen wieder und erzählst uns, wie es mit Oliver weitergeht?" Als ich ihn auf nächste Woche vertrösten musste, war er ganz enttäuscht. In dem Augenblick dachte ich daran, dass der Junge ja gar keine Eltern hat, die ihm was vorlesen können. Ich war jedenfalls zu Tränen gerührt – vielleicht weil ich mir so hilflos vorkam – und grausam, weil ich erst nächste Woche wiederkommen wollte".

„Das kann ich gut verstehen. Du kannst es Dir ja noch überlegen, ob Du ab der nächsten Woche vielleicht zweimal wöchentlich den Kindern etwas vorliest".

„Das mache ich bestimmt! So! Nu` aber erst mal Prost!"

„Auf Dich – und Deinen neuen Job! Möge er Dir viel Freude bereiten!"

„Danke! Aber nun zu Dir, Dany: Was gibt`s Neues an der Front? Hast Du schon mit dem Verlag gesprochen?"

Ich schilderte ihr ausführlich, wie das Gespräch mit Marlowe abgelaufen war.

„Brav, Junge, das hast Du gut gemacht! Wäre doch gelacht, wenn sich ein Herr Baltius von einem Mr. Marlowe den Schneid abkaufen lassen würde, nicht wahr, Dany?"

Wir lachten und ließen erneut die Gläser klingen. Ich hatte mir in letzter Zeit angewöhnt, am Wein nur noch zu nippen, statt ihn zu kippen und den Wein vorm Schlucken mehrfach um meine Zunge herum zu spülen. Auf diese Weise konnte ich das Geschmackserleben steigern und dabei gleichzeitig Alkoholkonsum und Gewicht reduzieren. Ich berichtete Jane auch von meinem nächtlichen aufregenden Besuch. Ich hatte keine Heimlichkeiten Jane gegenüber. Wir waren ja schließlich beide erwachsen und waren miteinander vertraut. Dennoch ließ ich natürlich – taktvoll wie ich bin - den Bericht an der Stelle ausklingen, wo es in medias res ging.

„Du bist mir aber ein Schelm", kommentierte Jane knapp und fröhlich Augen zwinkernd. Ach, wenn ich da so an meine Jugend denke", seufzte sie. „Wir haben ja auch so manchen Unfug getrieben – den uns unser Pfarrer sicher nicht zugetraut hätte", sagte Jane errötend. „Na, ja – das ist - leider - sehr lange her", seufzte sie erneut und schaute dabei schräg nach oben, als wäre dort oben an der Zimmerdecke die entsprechende Erinnerung gespeichert. „Aber jetzt bau` schon endlich das Spiel auf! Heute will ich endlich mal gewinnen! Ich habe mir fest vorgenommen, Dir heut` mal Deine Grenzen aufzuzeigen, mein Lieber. Sonst wirst Du mir noch zu übermütig", sagte sie lächelnd.

„Ja, das mach` mal, antwortete ich und hatte im Nu das „Vier-Gewinnt-Spiel" aufgebaut. Bei dem Spiel geht es darum, vier runde Chips derselben Farbe übereinander, nebeneinander oder diagonal zu setzen und bei diesem Versuch zu verhindern, dass dem „Gegner" dieses zuvor gelingt. Es wird abwechselnd ein Stein in eine Form geworfen, die den Stein auffängt. Die Steine sind von beiden Seiten der Form sichtbar. Sinnvollerweise sitzt man dem Spielpartner gegenüber- so auch wir.

Wir spielten mehrere Partien und: Jane gewann tatsächlich! Fünfzehn zu vierzehn. Der Knoten war geplatzt! Sie hatte mich erstmals besiegt! Sie freute sich darüber sehr – ich weniger. Ich musste mir eingestehen, dass ich auch bei solch an sich bedeutungslosen Spielen lieber gewann als verlor. Jane ging es ebenso. Das merkte ich an ihrer Reaktion, wenn sie einen möglichen Vierer bei mir übersehen hatte und sich dann köstlich ärgerte. Dass aber beide gewinnen möchten, aber nur einer gewinnen kann – der bei Spielbeginn noch nicht feststeht -, macht ja gerade den Reiz des Spiels aus.

„Nächste Woche werde ich den Spieß umdrehen und Dich – wie üblich – besiegen", scherzte ich.

„Ich werde auf der Hut sein und bis dahin heimlich trainieren", konterte Jane.

Wir umarmten uns herzlich beim Abschied und Jane entließ mich sodann in das Halbdunkel der von Straßenlaternen aus alten Eroberer Tagen romantisch beleuchteten Stadt.

Kapitel 7

Eine junge Horde wild gewordener Wolken rottete sich am Himmel zusammen und verhieß nichts Gutes. Die in der Fußgängerzone feilgebotenen Waren wurden in emsiger Routine von fleißigen Händen schnellen Fußes in Sicherheit gebracht. Die Bäume, die wegen des trockenen Frühlings schon mit jedem Vierbeiner kokettiert und ihnen besonders schöne Augen gemacht hatten, am liebsten hinter ihnen her gelaufen wären, rauschten nun ganz aufgeregt im Wind in freudiger Erwartung der sicher eintretenden Erfrischung.

Patricia hatte soeben ihr Kunstwerk abgeliefert. Mr. Steward war überaus zufrieden und hatte sie sehr gelobt. Obendrein hatte er komplementär zum vereinbarten Kaufpreis noch fünfhundert Pfund draufgelegt. Ihr war zumute, als habe ein kräftiger Wind ihrer Motivationsfeder spürbar Auftrieb gegeben. Kein Wunder, dass sie wie auf einer kleinen Wolke durch die Fleet-Street schwebte. Sie landete justament in Jack Potters Bäckerladen. Sie wollte sich und ihrem Sohn den Nachmittag mit Tee und Kopenhagener Kranzkuchen versüßen, ganz gemütlich in ihrer Kate am Fenster sitzen und in den – hoffentlich bald eintreffenden – Regen schauen.

Vor ihr gab gerade ein Herr seine Bestellung auf. „Da haben Sie aber Glück, mein Herr, es ist der letzte Kranzkuchen für heute".

„Das ist aber schade", mischte sich nunmehr Patricia ein und verzog dabei einen süßen Schmollmund, was der Herr – es war Robert Hurst – amüsiert-schmunzelnd kommentierte. „Ich hatte mich schon so auf einen gemütlichen Nachmittag bei Tee, Kranzkuchen und Regen gefreut".

Robert war von der Dame, ihrer interessanten Mimik und nicht zuletzt ihrer Schönheit ganz angetan und entschloss sich spontan umzudisponieren. „Ach wissen Sie was: Eigentlich mag ich viel lieber Rumkugeln zum Regen. Rumkugeln und Regen gehören schließlich zusammen wie Piraten und das Meer", sagte Robert in durchaus überzeugender Manier und zwinkerte der Verkäuferin zu. „Und was essen Piraten zum Rum? Na, Rumkugeln natürlich – aber nur wenn`s regnet, so wie jetzt".

Patricia machte aus ihrer freudigen Überraschung keinen Hehl. Schließlich erlebte man so etwas in der heutigen, von Egozentrik durchtränkten und auf die Durchsetzung eigener Rechte eingeschliffene Ellbogengesellschaft selten. „Ein Mann, der verzichten kann", staunte sie und schaute Robert mit ihren großen, braunen Augen tief in die seinen. „Danke, mein Herr. Einen solchen Charme hätte ich von einem Piraten nicht erwartet!"

„Es war mir eine außerordentliche Freude", sagte Robert, zahlte und – ging.

Als Robert schon in der Fußgängerzone war, bemerkte Patricia den Kuchen, den der Herr auf dem Tresen liegen lassen hatte – geradeso, als wenn es ihm im Laden auf ganz andere Dinge angekommen wäre als auf den Kuchen. Patricia schnappte sich den Kuchen und lief ihm hinterher. Als sie auf gleicher Höhe war, stellte sie sich ihm in den Weg und versteckte die Tüte hinter ihrem Rücken. Schmunzelnd und taxierend schaute sie ihn zunächst nur an und sprach sodann: „Mein Herr, was habe ich hinter meinem Rücken?"

Er schaute sie lange an, bevor er sagte: „Ganz sicher ein schwarzes Schaf?"

„Nein, knapp daneben, kein schwarzes Schaf".

„Hmm, dann vielleicht – etwas Rundes, Braunes in Schneeballgröße, in das man bei schlechtem Wetter – vor allem wenn man Pirat ist – reinbeißen kann?", freute sich Robert.

„Auch bei gutem Wetter, mein Herr. Ihre Antwort will ich aber gerade mal noch so eben durchgehen lassen".

„Ich wusste ja gar nicht, dass Sie so nachtragend sind".

„Woher auch, Sie kennen mich ja noch nicht".

Sie schauten sich sekundenlang an. Das Lächeln wich, die Blicke wurden ernst – gefährlich ernst. Robert wollte eigentlich sagen, gegen das Unbekannte sei ja bekanntlich ein Kraut namens Kennenlernen gewachsen, man könnte ja vielleicht den Kuchen zusammen legen und zusammen Tee trinken, doch – sein Mut hatte ihn urplötzlich verlassen. Die Blicke dieser Dame waren eindeutig Ehe gefährdend. So sagte er stattdessen: „ Ich danke Ihnen sehr, My Lady", nahm seine Rumkugeln und trottete nachdenklich nach Hause.

Kapitel 8

Heute Morgen war die Sonne zurückgekehrt. Ich hatte meine Staffelei auf den Steg gestellt und malte Torquay aus meiner Warte vom Steg aus. Nachdem ich gestern Abend mit meinem Freund Robert ein bisschen zu tief ins Weinfass geschaut hatte – die Sorge war unberechtigt: es war noch genügend vorhanden – und die Zimmerleute in meinem Oberstübchen Unwohlsein verbreitet hatten, hatten sich inzwischen die Wogen in meinem Kopf geglättet und es war Ruhe zurückgekehrt. Ein laues Lüftchen liebkoste zärtlich meine Wangen, die Wellen klatschten beruhigend leicht gegen die Stegpfeiler. Ich liebe es, unter solchen Bedingungen meinen Blick im Wechsel auf Motiv und Malbogen zu konzentrieren und mitzuerleben, wie das Weiß auf dem Bogen allmählich schwindet, durch Farbe ausgefüllt wird und das Werk damit langsam seiner Vollendung entgegengeht. Diese angenehme Beschäftigung löst bei mir eine tiefe Ruhe und Zufriedenheit aus.

„Na, mein großer, gefährlicher Freibeuter? Darf ich Euch wohl zu einem geziemend-zünftigen Ausritt in unbeschreiblich liebreizender Begleitung motivieren?"

„Ah, die Gräfin persönlich", stellte ich ohne aufzuschauen fest und malte weiter. „Sie scheint sehr mutig zu sein, sich dergestalt nah dem Piraten des

Königs zu nähern. Hat sie denn überhaupt keine Angst", fragte ich, ohne sie eines Blickes zu würdigen oder den Pinsel aus der Hand zu legen.

„Die Gräfin fürchtet nichts und niemanden – und schon gar keine Piraten des Königs – geschweige denn Euch Wicht von einem Mannsbild!"

In diesem Augenblick legte ich den Pinsel ganz ruhig beiseite, sprang dann aber urplötzlich auf, auf sie zu und küsste sie, wie ein Pirat sie stürmischer sicher nicht hätte küssen können. Jeder Pirat wäre mit mir zufrieden gewesen und hätte mich spontan in dieser Disziplin in seiner Zunft willkommen geheißen. Das Fatale an stürmischen Leidenschaften ist nur, dass sie - vollzogen auf einem Steg – leicht zu entscheidenden Fehltritten jedweder Art führen können – so auch hier. In einer plötzlichen Rückwärtsbewegung mit Liz im Arm spürte ich plötzlich unter meinem rechte Fuß keinen Stegkontakt mehr, so dass wir unweigerlich den Gesetzen der Flieh-, Erd- und insgesondere Wasseranziehungskraft ausgesetzt und damit einem feuchten Intermezzo geweiht waren. Von der Nordsee wurden wir allerdings unter heftigem Beifallklatschen aufgefangen – ein schwacher Trost!

„Na, warte, wenn ich Dich zu fassen kriege", sagte Liz und kraulte auf mich zu. Ich beschloss spontan, mich den Folgen ihres schrecklichen Zorns zu entziehen. Mir fiel jedoch ein, dass ich in dieser Wasserdisziplin ihr gegenüber ohne jede echte Chance war. Ergo ergriff ich die Flucht nach vorn, tauchte ab und der Nixe entgegen. Als ich vor ihr auftauchte, versuchte sie mit bezaubernder Mimik, die wohl Zorn ausdrücken sollte, mich unter Wasser zu tauchen. Das gelang ihr allerdings nicht, da ich meine Schwimmbewegungen intensivierte. Entkräftet gab sie auf und schaute mich an, als suche sie die Lösung in meinen Augen, wie es wohl weitergehe. Ihr Blick wurde jetzt ganz zärtlich. Sie fühlte nach meinem Hinterkopf und zog mich so an sie heran – bis unsere Lippen zunächst nur noch Millimeter voneinander enternt waren – nun berührten sie sich zart, dann heftiger und - schließlich gingen wir unter.

„Unter diesen Bedingungen werdet Ihr Euch wohl kaum trauen, meine Einladung zum Reiten auszuschlagen, oder?", sagte Liz, als wir mit triefenden Klamotten auf dem Steg saßen.

„Diese Einschätzung trifft allerdings voll ins Schwarze, Gräfin".

Eine Stunde später trabten wir am Strand der Blackaller`s Cove. Weit und breit war keine Menschenseele zu sehen. Wir waren mit uns, unseren Pferden und der rauschenden Brandung ganz allein. Auf meiner Stute hatte ich jetzt ein Gefühl grenzenloser Freiheit. Mir war plötzlich so, als könnte ich überall hin und keiner wäre in der Lage, mich aufzuhalten. Liz` Haare flatterten lebensfroh im Wind und ihre sportlichen, wohlgeformten Schenkel bewegten sich rhythmisch im Trabtakt ihres Hengstes – auch ihre Brust. Die Sonne schien, die Möwen zogen lebenslustig surrend ihre Bahn, das Meer rauschte – und wir waren allein.

„Ich würde gern dort drüben in den Dünen ein kleines Päuschen einlegen", schlug ich ihr augenzwinkernd vor.

Liz drehte sich nach allen Seiten um und sagte dann mit einem erotischen Augenaufschlag: „Warum eigentlich nicht? Eine Pause in den Dünen, wird ihn wohl erkühnen". Sie sollte Recht behalten.

Ein heftiger Donner und unmittelbar darauf das Wiehern unserer Pferde entzweite die Eintracht. Blitze tanzten am Himmel und Wind kam auf.
„Wir haben in der Nähe eine Jagdhütte. Lass` uns dort Schutz vor dem Gewitter suchen".
Wir zogen uns rasch an und waren im nächsten Augenblick auch schon unterwegs – Liz im Galopp vorweg. Die Jagdhütte hatte sie mir bisher vorenthalten. Da ich den Weg nicht kannte, folgte ich ihr mit meiner Stute. Wir hatten jetzt den nahe gelegenen Wald erreicht. Das Gewitter war näher gekommen. Eine gespenstische Stimmung, unter wütendem Himmelszorn, Donnern und zuckenden Blitzen durch den Wald zu reiten. Unter den Hufen der Pferde knackte das Unterholz. Der Wald roch angenehm harzig und frisch. Es fing jetzt an zu regnen. An meiner rechten Flanke vermeinte ich in meiner Kurzsichtigkeit in einem Baumstumpf ein Wichtelmännchen erkannt zu haben – welches allerdings bei näherem Hinsehen verschwand. Als ich wieder nach vorn sah, galoppierte der Hengst vor mir reiterlos. Ich erschrak. „Brrrr!" Die Stute hielt an und machte kehrt, als ich am linken Zügel zog. Wir ritten zurück. In etwa zwanzig Meter Entfernung sah ich Liz reglos auf dem Waldboden liegen. Ich sprang vom Pferd und beugte mich herunter. Sie atmete. Gott sei Dank! Ich hob sie auf, legte sie behutsam übers Pferd und ritt mit ihr im Schritt vorsichtig weiter. Dabei versuchte ich in etwa, die gleiche Richtung beizubehalten, die wir zuvor eingeschlagen hatten – eine Hand an den Zügeln, mit der anderen hielt ich Liz am Gürtel fest. In der Nähe vernahm ich das Wiehern eines anderen Pferdes. Nachdem wir uns durch eine dicht bewachsene Baumgruppe durchgearbeitet hatten, wurde der Blick frei auf eine kleine Lichtung, in deren Mitte der Hengst von Liz stand – vor einer Hütte. Offensichtlich waren wir am Ziel und ebenso offensichtlich war der Hengst schon einmal hier, da er jetzt so erwartungsfroh vor dem Stall stehen geblieben war. Ich führte die zwei Pferde in den Stall, nahm Liz auf den Arm, schloss die Stalltür und blieb vor einem Fenster der Jagdhütte stehen, schlug eine Scheibe aus dem Butzenfenster entzwei und öffnete das Fenster von außen, hob Liz über den Fensterrahmen hinein, krabbelte hinterher, schloss das Fenster hinter mir und legte Liz auf den mächtigen Teppich vor dem Kamin. Ich fand eine Kerze und zündete sie an. Im Kerzenschein sah ich, dass Liz am Hals eine Fleischwunde hatte. Sie blutete. Geschwind zog ich mein Hemd aus und presste dieses auf die Wunde in der Hoffnung, auf diese Weise den Blutstrom zu unterbrechen – etwas anderes fiel mir spontan nicht ein. Leider stand ich nicht im Geringsten im Verdacht, von erster Hilfe den Hauch einer Ahnung zu haben. Situationen wie diese sind dazu angetan, sich fest vorzunehmen, Versäumtes möglichst bald nachzuholen. Auch ich nahm mir das jetzt fest vor. Ich strei-

chelte zärtlich ihre Wangen, beugte mich zu ihr herunter und küsste sie. Während ich sie jetzt wieder anschaute, öffnete sie wundersamerweise ihre Augen.

„Was ist passiert?", fragte sie schwach.

„Du bist auf der Flucht vor dem Gewitter im Wald vom Pferd gefallen und hast für kurze Zeit dein Bewusstsein verloren". In diesem Augenblick donnerte es erneut heftig und Blitze erleuchteten kurz den ganzen Raum. Es war schon ein wenig unheimlich! Aber Liz war ja bei mir! „Du hast Dich beim Sturz am Hals verletzt".

Automatisch fühlte ihre Hand dorthin. „Jetzt, wo Du das sagst, spüre ich den Hals ganz deutlich".

„Tut Dir sonst noch irgendetwas weh?"

Vorsichtig bewegte sie die einzelnen beweglichen Körperteile nacheinander. Sie richtete sich jetzt vorsichtig auf, wobei sie augenscheinlich mit ihren inneren Fühlern in sich hineinspürte. Nachdem das Aufrichten bis in den Sitz gut gegangen war, stand sie ebenso vorsichtig auf und ging dann ein paar Schritte, zunächst wieder vorsichtig, dann etwas zuversichtlicher. Ein Lächeln schickte sie jetzt in meine Richtung und ich sandte ihr meins dafür.

„Es scheint Gott sei Dank sonst alles in Ordnung zu sein. Ich glaube, ich habe eine anständige Portion Schwein gehabt. Was hätte da alles passieren können!"

„Rein vorsorglich solltest Du dich aber trotzdem morgen einmal auf Herz und Nieren untersuchen lassen. Man weiß ja nie. Vielleicht ist da ja noch eine kleine innere Verletzung, die – wenn sie gleich behandelt wird – harmlos bleibt".

„Ja, Liebster, das werde ich tun".

Offen gestanden, hatte mich die widerspruchslose Zartheit ihrer letzten Worte verunsichert. Gewöhnlich hatte ich bei guten Ratschlägen mit Widerspruch in irgendeiner Ausprägung zu rechnen. Und jetzt wollte sie einfach genau das machen, was ich ihr vorgeschlagen hatte! Vielleicht hatte sie wirklich durch den Sturz mehr Schaden genommen, als wir glauben wollten.

Die Jagdhütte des Grafen war erstaunlich kühl. Ich legte ein paar Holzscheite in den Kamin, nahm einen bereit liegenden Anzünder, öffnete die Abzugsklappe und machte Feuer. Liz entfernte sich kurz und kam nach kurzer Zeit mit einem Pflaster, Desinfektionsmittel und einem Korb zurück.

„Verarztest Du mich - Liebster?"

„Wenn Du willst!" Ich sprühte ihr Desinfektionsmittel auf ihre Wunde und pustete.

„Au – das brennt ja wie Feuer in der Hölle!"

„Woher weißt Du, wie sich das in der Hölle anfühlt? Hast Du schon einmal dort zur Probe wohnen dürfen?"

Sie lächelte leicht gequält. Nun nahm ich das Pflaster und klebte es ihr auf ihre Wunde. „So! Das sitzt! Kann ich sonst noch irgendwas für dich tun - mein Hase?"

„Ja freilich! Würdest Du die Güte haben und mal dort neben dir in den Korb greifen?"

Überrascht stellte ich fest, dass mich aus dem Rotkäppchenkorb heraus unter einem sauberen Geschirrhandtuch leicht versteckt eine angestaubte und wertvoll anmutende Flasche Rotwein, zwei Gläser und eine Mettwurst anlächelten. Das Lächeln gab ich gern zurück.

„Ich habe mir überlegt, dass wir in Ansehung der herrschenden Wetterverhältnisse unser Picknick besser auf das Kaminvorland verlegen. Was haltet Ihr davon – Dottore?"

„Dieser Vorschlag findet durchaus meinen Konsens, Majestät"

„Na, worauf wartet er denn noch? Ziehe er endlich die Flasche auf!"

„Sehr wohl, My Lady!" Wir lachten – wahrscheinlich deswegen, weil es lustig war, gelegentlich so miteinander zu sprechen, wie es sich zwischen Gräfin und einem ihrer Vasallen geziemte. Mir wurde anlässlich solcher Dialoge immer wieder bewusst, dass meine Partnerin eine echte Gräfin war – und dass ich das irgendwie toll fand – wohl deswegen, weil ich von der Grundstruktur her eher schlicht gestrickt bin und meine Eltern mir immer Respekt gegenüber Blaublütigen und höher stehenden Personen eingebläut haben. Ich tat jedenfalls, wie geheißen. Liebevoll drehte ich die Flasche in meiner Hand und sah mir das Etikett und die rückseitige Beschreibung an. Es war ein Cabernet Sauvignon aus Süd-Afrika aus dem Jahre 1962. Was für ein Schatz, den ich hier in Händen hielt! Ich wusste ihn zu schätzen! Ich stellte mir beim Aufziehen der Flasche vor, wie farbige Südafrikaner vor 50 Jahren in den von der Sonne verwöhnten Weinbergen Südafrikas Trauben für dies edle Getränk bei vierzig Grad im Schatten geerntet haben mochten – wenn es denn Schatten gab! Und wie ihnen diese harte Arbeit entlohnt wurde, unter welchen Bedingungen sie leben mussten. Wahrscheinlich ging es dabei den Arbeitern in den Weinbergen Süd-Afrikas im Vergleich zu dem übrigen nicht-priviligierten Teil der Bevölkerung noch gut. Ich nahm mir vor, die harte Arbeit dieser Menschen zu würdigen und den Wein zu feiern, wie es ihm gebührte: nämlich zu versuchen, seinem Geheimnis tröpfchenweise auf die Spur zu kommen! Ich füllte – entgegen meiner sonstigen Gewohnheit – die Gläser daher auch nur zu einem geringen Teil.

„Hey, was soll das?" protestierte Liz.

„ Ich mache Dich darauf aufmerksam, dass von uns dreien der Wein der Älteste ist. Er zählt immerhin schon fünfzig Lenze".

Wir schwenkten beide den Rotwein in unserem Glas, wobei Liz den Eindruck vermittelte, als würde sie tatsächlich nachzählen. Das kannte ich von ihr. Sie war also wieder die Alte! Ergo war die Schonzeit vorbei!

„Auf dein Wohl, Dany!"

„Auf unser Wohl, Liz!"

„Okay, auf unser Wohl!"

Wir nippten am Wein und genossen ihn tatsächlich tröpfchenweise. Wir küssten uns zärtlich...

Kapitel 9

Es war schon spät. Die Victoria Parade im Hafen war von alten Straßenlaternen und Kerzen illuminiert. Zwei Jungs saßen an der Kaimauer und hielten ihre langen Angeln geduldig in die See, die Augen auf den Schwimmer gerichtet – ohne ein Wort miteinander zu wechseln.

Viele Menschen saßen gemütlich vor den vielen Kneipen und Pinten im Hafen von Torquay, entweder allein – so wie ich – oder in Begleitung. Straßenmusikanten und Portraitmaler setzten die Akzente in einem traumhaft schönen Ambiente, das in diesem Moment von Lebenslust und Romantik bestimmt war und von dem jeder auf seine Art ergriffen zu sein schien. Auch ich war gegenüber derartigen Einflüssen nicht immun und war in einer gelösten, zuversichtlichen Stimmung, die wie geschaffen dafür war, eine tiefe Dankbarkeit dafür zu empfinden, einfach mittendrin sein zu dürfen, ohne jedoch gleichzeitig aktive Aufgaben übernehmen zu müssen. Ich beschränkte mich ergo auf die Wahrnehmung von Düften und Geräuschen sowie das Betrachten meiner Mitmenschen und aktuellen Zeitgenossen und versuchte, Stimmungen an den einzelnen Tischen zu erfühlen. Es war schon zuweilen recht aufregend, frisch oder erneut Verliebte in ihrer gestenreichen, von vielen warmen, erotischen und sehnsüchtig-verlangenden Blicken geprägten Unterhaltung zu beobachten. Die bezaubernsten Frauen des Vereinigten Königreichs schienen sich hier und heute Abend eingefunden zu haben. Ich erwischte mich dabei, wie ich mir vorstellte, vis-a-vis so mancher schönen Dame zu sitzen und ebenso heiße Blicke zu versprühen wie zu empfangen. Wie ausgefüllt doch das Leben in solch segensreichen Momenten ist, in denen wir mit keinem König dieser Welt tauschen möchten! Und wie selten wir doch allgemein bereit sind, uns ungebremst auf solche Diamanten im zwischenmenschlichen Kontakt einzulassen!

Von weitem lächelte mir jetzt Natalie entgegen, die kaffeebraune Schönheit aus Surinam, die sich hier im Old Pirat`s Inn ein paar Pfund nebenbei zur Finanzierung ihres Philosophiestudiums verdiente.

„Dany, ich habe Dich beobachtet, wie Du uns alle hier beobachtest! Ich kenne nur wenige Menschen, die allein vor einer Kneipe sitzen können, ohne irgendetwas zu trinken, ohne ständig auf die Uhr zu sehen, ohne eine Zigarette nach der anderen zu rauchen. Es gibt Menschen, die können die Wartezeit nicht genießen, weil sie nicht allein sein können. Und wenn der Mensch da ist, auf den sie gewartet haben, können sie die Zweisamkeit mit diesem Menschen auch nicht so richtig genießen. Sie scheinen in ständiger, rastloser Erwartung auf irgendeinen geilen Kick zu leben, der aber seltsamerweise stets in der Zukunft liegt. Und da der Blick stets auf dieses künftige Ereignis gerichtet ist, verpassen sie das Ereignis, wenn aus der Zukunft plötzlich honigsüße Gegenwart geworden ist, wenn also Erfüllung eingetreten ist. Ist das nicht seltsam? Du hingegen bist da ganz anders. Du scheinst stets bestrebt zu sein, das Beste aus der jeweiligen Situation zu machen und ihr möglichst viel Zufriedenheit oder gar Glück abzuringen – nein, das ist zu kämpferisch ausgedrückt: abzugewinnen ist der passendere Ausdruck! Du kämpfst ja nicht! Du lässt einfach alles geschehen und betrachtest es von innen und außen. Auch wenn Du scheinbar wunschlos glücklich zu sein scheinst, habe ich Dir einen Cabernet Sauvignon mitgebracht – zur Belohnung – weil Du so bist, wie Du bist – weil Du den Eindruck vermittelst, dass Du hier bist, weil Du hier sein willst - weil Du in der Gegenwart lebst".

Sie streichelte jetzt ganz zart mit ihrer Hand über meinen Unterarm und es war ein schönes Gefühl zu spüren, wie sich meine Armbehaarung verlangend ihrer Hand entgegenstreckte. Sie hatte zwar nur meinen Unterarm berührt; irgendwie war mir jedoch, als habe sie mich überall erreicht. Ich schüttelte mich elektrisiert.

„Du verwöhnst mich, Natalie und ich fürchte, dass Du mich in deinen philosophischen Betrachtungen zu sehr idealisierst. Ich bin im Grunde fürchterlich schlicht gestrickt – wenn ich aber ehrlich bin, fühle ich mich trotzdem durch deine lieben Worte unheimlich gebauchpinselt".

„Das merke ich an deiner männlichen Armbehaarung, die – was zärtliche Berührungen angeht - ausgehungert zu sein scheint und nach Streicheleinheiten schmachtet wie eine zarte Pflanze in der prallen Sonne nach Wasser", hauchte mir Natalie viel sagend entgegen.

„Ist es denn wirklich so schlimm um mich bestellt?"

„Ich fürchte: ja!"

Ihre Hand ruhte jetzt auf meinem Arm und wir schauten uns an – wie mir schien: voller Verlangen.

„Dürften wir es wohl wagen, Sie zu stören und noch etwas bei Ihnen bestellen?" wandte sich jetzt ein älterer Herr lächelnd an Natalie. Sie küsste mich zärtlich auf die Wange und stand dann auf. „Ich wünschte, ich hätte schon Feierabend und könnte..." Weiter flüsterte sie leider nicht, hauchte mir einen Kuss entgegen, wandte sich dem Herrn zu und nahm die Bestellung entgegen.

Nicht verheiratet zu sein, hat auch seinen Reiz, dachte ich, während ein Hafensänger im Hintergrund sang:

„Me and you and a dog named Bue, travel in the middle of the land, me and you and a dog named Bue and I love you ..."

Ein Liebeslied aus den siebziger Jahren und eines der Lieblingslieder von Florence und mir, dachte ich, während ich verträumt in die Richtung schaute, aus der ich das Liebeslied vernahm. Ich erinnerte mich daran, wie wir damals zu diesem Lied getanzt hatten. Zwischendurch sahen wir uns immer wieder verliebt an und küssten uns leidenschaftlich. Ich schaute immer noch in die Ferne und vor das innere Bild von Florence schob sich jetzt – etwa zwanzig Meter von mir entfernt – das Bild der Frau, die ich auf dem Weg zum Verleger in dem blauen Jaguar gesehen hatte. Sie war aufgestanden und ihr Begleiter half ihr in ihre Kostümjacke – der Fahrer des blauen Jaguar! Nun hatte ich keinen Zweifel mehr: Es war Florence! Ich spürte den Impuls, sie wieder zu sehen, doch: irgendeine Kraft band mich an meinen Stuhl.

„Me and you and a dog named Bue, travel in the middle of the land, me and you and a dog named Bue, and I love you …"

Florence und ihr Begleiter bogen um eine Hausecke und ich ließ es geschehen. Wie sehr hatte ich mir gewünscht, sie mal eines Tages wieder zu sehen! Jetzt war der Tag gekommen und ich saß da wie angewurzelt - unfähig, mich zu rühren. Tja! So bin ich eben, dachte ich und probierte von dem Wein, den mir Natalie serviert hatte. Er war köstlich! Und – wie mir mein Kennergaumen verriet: älteren Jahrgangs. Wie kam ein solcher Wein in diese Pinte?

Natalie hatte mir zwei Stunden später auf der Esperanza versichert, dass es ein ganz einfacher 2000-ger Cabernet aus Chile gewesen sei. Ich hatte ihr von dem seltsamen Wiedersehen mit Florence berichtet. Sie schwieg lange Zeit und schaute nachdenklich zum Sternenhimmel hinauf. „Kann es sein, Dany" – sagte Natalie, ohne den Blick von den Sternen abzuwenden – „dass der Kontakt mit schönen Erlebnissen aus alten Zeiten irgendwie auch deinen Geschmackssinn total aus der Bahn geworfen hat?"

Kapitel 10

Dichter – und für die Jahreszeit unüblicher Nebel mit Sichtweiten bis zum Kotflügel überraschte die Frühaufsteher von Torquay an diesem Mittwochmorgen. Dem in der Jahreszeit orientierten Eingeborenen erschien es fast, als habe Petrus mit einigen seiner Schüler zu Studienzwecken einen Zug durch die Wolkengemeinde gemacht und dabei den weltlichen Genüssen dergestalt gefrönt, dass er sich willenlos wie ein Schiff ohne Steuermann den Reizen des Weines ergeben hat – selbstverständlich nur zu dem Behufe, seinen Schülern zu veranschaulichen, was alles passieren kann, wenn man sich unkontrolliert dem Weine hingibt. Dichter Nebel im Sommer! Wann hat es in Torquay schon einmal so etwas gegeben?

Robert Hurst hatte mittags einen Termin in London in der Royal Academy of Arts und tastete sich mit seinem Rover durch den Nebelschleier zum Bahnhof. Er hatte schon mehrfach vergeblich Anläufe unternommen, die Academy von der säkularen Bedeutung zu überzeugen, einige Bilder für eine Cezanne-Ausstellung in Torquay freizugeben. Würde er dieses Mal Erfolg haben? Robert war trotz des Nebels bester Dinge und stellte sich schon in den schillernsten Farben vor, wie Torquay – und notgedrungen auch seine Galerie – kulturell durch dieses Ereignis in die kulturelle First Division der Kunst aufsteigen würde.

Sein Blick zum Himmel gerichtet und sein Mund zu einem Lächeln geformt wurde Robert plötzlich aus dieser sanften Hochstimmung von einem fürchterlich disharmonischen Missklang und einem gleichzeitig eintretenden Aufprall gestoppt und gleichsam aus seinen Träumen heraus gerissen – was ihn verständlicherweise mürrisch stimmte und eine gewisse Voreingenommenheit gegenüber dem Verursacher seiner Missstimmung in ihm erzeugte.

Es war ihm, als sei er jäh von einem Felsen oder einer ähnlichen Naturgewalt aufgehalten worden, die mit aller Gewalt die Cezanne-Ausstellung in seiner Galerie verhindern wollte. Robert musste sich eingestehen, dass er sich durch diese Blockade gekränkt fühlte. Und in dieser Stimmung stieg er aus. Es war etwas Unwirkliches – Traumhaftes in dieser nebulösen Landschaftsstimmung, fast so, als habe er zu einer Mondlandung angesetzt, sei dabei etwas zu heftig aufgeschlagen und gehe jetzt den Schaden betrachten. Beim Aussteigen vermeinte er schemenhaft Geysire zu erkennen. Inmitten einer dieser Geysire schien sich nun jemand ihm zu nähern – ein Mensch – eine Frau. Robert erstarrte plötzlich, wurde wechselweise von Schweißausbrüchen, Schüttelfrost und Gänsehaut bewegt, als er in das Antlitz der Dame sah, die er schon einmal gesehen hatte, von der er schon zärtlich geträumt hatte, wegen der er sich schon geärgert hatte, sich nicht beim ersten und letzten Treffen im und vor dem Bäckerladen vorgestellt und sie nicht nach ihrem Namen befragt zu haben. Er hatte sich aus unerfindlichen Gründen – wie ein Primaner – einfach nicht getraut. Schlaf- und traumlose Nächte hatte er seitdem verbracht und sich tausend Mal im Schlaf gedreht. Und nun stand er reglos vor ihr – vor der Frau aus dem Bäckerladen!

Und sie stand vor ihm! Vor dem Mann, der ihr seit der Begegnung im Bäckerladen schlaf- und traumlose Nächte bereitet hatte und welcher der Grund dafür war, dass sie sich tausend Mal im Schlaf gedreht hatte auf der mehr oder minder bewussten Suche nach ihm, dem großen, sympathischen Unbekannten. Hier stand er nun im dichten Nebel vor ihr – zum Greifen nahe! Und sie stand vor ihm. Alles um sie herum war still. Beide sahen sich überrascht an und keiner wusste, was er sagen sollte, bzw. ob er sagen sollte, was er dachte. Beide dachten: „Ich hatte mir so gewünscht, Sie vielleicht gerade auf diese ungewöhnliche Weise wieder zu sehen. Heute ist mein Glückstag, da ich Sie wieder gesehen habe".

„Sie sprechen mir aus der Seele", fasste sich Robert endlich ein Herz.

„Ja?", hauchte Patricia.

„Irgendwie scheine ich immer irgendetwas zu vergessen, wenn Sie in der Nähe sind. Im Bäckerladen den Kuchen und nun das Bremsen".

„Ja, sieht ganz so aus. Nur dieses Mal konnte ich Ihnen das Vergessene nicht hinterher tragen".

„Ja, leider".

„Aber ich könnte nachtragend sein, weil Sie mir meinen kleinen Wagen verkürzt haben. Mein Lieferwagen scheint nämlich ziemlich geliefert zu sein".

„Es war auch unfair, mit so einem dicken Auto auf so ein kleines einfach aufzufahren. Sie sind mir aber nicht wirklich böse, oder?"

„Nein, warum? Ich fürchte fast, es hat so geschehen sollen. Und ich bin ganz froh darüber. Wir beide sind unversehrt und es ist bloß Blechschaden zu beklagen".

„Gott sein Dank! Das Dumme ist nur …"

„Was?"

„In fünf Minuten geht mein Zug nach London".

„Ja, was stehen Sie denn hier noch so dumm rum? Steigen Sie rasch ein und nix wie hin zum Bahnhof! Hier ist meine Karte. Wenn Sie wieder zurück sind, setzen Sie sich einfach mit mir in Verbindung. Viel Glück und auf Wiedersehen!"

„Auf Wiedersehen!" Robert war erneut überrascht. Die Dame hatte energisch mehr Verantwortung für seinen Termin übernommen als er selbst! Und hatte ihn ohne Identitätsnachweis auf Vertrauen verabschiedet! Er sah ihr noch kurz nach, blickte dann auf die Karte und las:

Patricia Miller
Bildhauerei
Torquay, Telefon 01803-34 45 56

Da fuhr sie hin. Bald würde er sie wieder sehen.

Kapitel 11

Bei herrlichstem Sonnenschein waren Patricia und Kevin in ihrem jeweiligen bildhauerischen Element. Die Singvögel zwitscherten die aktuellen Sommerhits, während ihnen die unterschiedlichsten Düfte von frischen Wiesenblumen in die Nase stiegen und sie gut gelaunt stimmten.

„Kevin?"

„Ja, Mama?"

„Bist Du so lieb und holst mir aus dem Keller einen neuen Meißel?"

„Wo sind die?"

„Na an der Nordseite an der Wand, wo auch die Bohrmaschine hängt! Aber das weißt Du doch!"

„Alles klar, wird sofort erledigt!"

Kevin war im Nu verschwunden, spurtete auf seine Art die wenigen Stufen in den Keller, machte Licht, sah den Meißel, ergriff ihn und war schon wieder in der Rückwärtsbewegung – ohne Meißel. Dieser hing fester in seiner Verankerung als Kevin für den Krafteinsatz einkalkuliert hatte. Er drehte sich also wieder um und setzte dieses Mal mehr Kraft ein. Der Meißel wollte offenbar nicht mit. Er ergriff nun das Werkzeug mit seiner rechten Hand und drückte sich mit der linken von der Wand mit seiner ganzen Kraft ab. Endlich gab der Meißel nach – und Kevin ebenfalls, was dazu führte, dass er mit dem Meißel in der Hand nach hinten stürzte. Als er sich von seinem Schrecken erholt hatte, hörte er Geräusche wie von bröckelndem Mörtel, der auf Steinfußboden fiel. Die Geräusche kamen aus der Werkzeugabteilung und Kevin nahm jetzt kleine Schlitze in der Wand wahr – just an der Stelle, an der eben noch der Meißel gehangen hatte. Neugierig nahm er das Werkzeug und meißelte die sich andeutende Linie an der Wand weiter auf. Als sich keine weiteren Schlitze produzieren ließen, trat er zwei Schritte zurück und staunte über das, was er sah. Die Gesamtheit der geöffneten Schlitze könnte den Zwischenraum zwischen Tür und Türrahmen darstellen, überlegte er. Aber wohin mochte die Tür – wenn es denn eine war – führen? Die Wand war doch hier

zu Ende! Aufgeregt lief er nach oben, während er rief: „Mama, Mama, komm`
schnell runter!" Patricia stürzte herbei, da sie ihren Sohn – seiner Stimme
nach beurteilt – in einer Gefahr wähnte. In der Küche trafen sie aufeinander
und sie schloss beruhigt und gleichermaßen beschützend ihren Sohn in ihre
Arme. „Mama, komm` mal schnell mit nach unten, ich habe ein Geheimnis
entdeckt!" Ungläubig folgte Patricia ihrem Sohn in den Keller. „Da! Schau,
Mama!" Er berichtete ihr kurz, wie er zu seiner Entdeckung gekommen war.
Patricia stand immer noch ungläubig vor der Tür. Als sie sich gefasst hatte,
ging sie überraschend wieder nach oben und kam nach kurzer Zeit mit ihrer
Gaspistole, ihrem Schweizer Messer und zwei Taschenlampen zurück. Diese
Utensilien legte sie sodann auf den Tisch, ergriff den neben anderen Werkzeugen stehenden Kuhfuß, sah nochmals auf die Wand, als ob sie auf einen
Startschuss wartete. Jetzt nahm sie den Kuhfuß entschlossen in beide Hände
und stieß diesen mit der stumpfen Seite mehrfach gegen die Wand. An der
Stelle, wo sie eine Tür vermutet hatten, klang es tatsächlich so, wie es klingen
würde, wenn man gegen eine Tür stößt. Weiterer Mörtel bröselte jetzt von
der Wand respektive der Tür. Die Tür war aus massivem Holz und es würde
wahrscheinlich einige Schwierigkeiten bereiten, die Tür mit dem Kuhfuß auf-
zustemmen beziehungsweise aufzubrechen. Patricia setzte jetzt die spitze
Seite des Werkzeuges in den Türspalt, nahm einen schweren Hammer aus einem der Werkzeugkästen und schlug mehrfach fest gegen den Kuhfuß. Tatsächlich wurde der Kuhfuß auf diese Weise weiter in den Türspalt hineinge-
trieben.

„Komm` Kevin, fass` hier mal mit an! Wir müssen mit ganzer Kraft am
Kuhfuß ziehen. Vielleicht können wir so die Tür knacken!" Die Tür wehrte sich
heftig und wollte sich offenbar nicht so leicht erobern lassen – schon gar nicht
von zwei Gelegenheitseinbrechern wie Patricia und Kevin! Mit der Zeit
knackte die Tür allerdings immer lauter. Plötzlich knallte es heftig und es
qualmte, während unsere zwei Gelegenheitsabenteurer mit den Händen
noch am Kuhfuß nach hinten fielen. Eine Ratte huschte piepsend durch den
Türspalt und verschwand selig unter einer kleinen Anrichte. Der Qualm senkte
sich allmählich. Patricia ergriff die Pistole und steckte sie in ihre Jeanstasche.
Dann nahm sie die beiden Taschenlampen und übergab eine davon an ihren
Sohn. Langsam näherten sie sich jetzt der Tür und blieben vor dieser erst einmal stehen. Patricia schaltete ihre Taschenlampe ein und leuchtete vorsichtig,
so als könnte sie jemanden durch den Lichtkegel erschrecken, vielleicht auch
ehrfürchtig gegenüber den Personen, die dieses Geheimnis einte, in das frei-
gewordene Dunkel hinein. Plötzlich vernahmen sie merkwürdige Geräusche,
die klangen wie das Flattern von Flügeln. Und tatsächlich: Es waren Fleder-
mäuse, die sich im Lichtkegel der Taschenlampe durch Gang und Spinnengewebe hindurch bewegten und offensichtlich diesen Raum zu ihrem Reich er-
koren hatten. Ein Ende des Ganges war im Lichtkegel nicht auszumachen.
Zweifelsohne hatten sie jedenfalls einen historischen Geheimgang entdeckt.
Die Wände wurden über einen Rundbogen verlängert und aus mächtigen

Quadern gemauert. An einigen Stellen an der Wand waren Aufhänger für Fackeln angebracht, manche waren noch mit diesen bestückt. In der Luft lag ein Hauch von Kalk und Kohle. In einem schlecht gelüfteten Gang wie diesem hätte man ganz andere Düfte erwarten dürfen.

„Mama?", flüsterte Kevin.

„Ja, mein Sohn?" flüsterte Patricia leise zurück.

„Ich habe Angst".

„Ich auch! Wollen wir umkehren?"

„Natürlich nicht! Jetzt will ich natürlich auch wissen, wo der Gang hinführt", flüsterte Kevin weiter.

„Ich bin auch ganz neugierig! Dann gehen wir also weiter, ja?"

„Ja".

„Du bist aber tapfer, mein Sohn", flüsterte Patricia.

Mutter und Sohn fassten einander an und schlichen bedächtig-ehrfurchtsvoll voran, so als ob sie jeden Augenblick etwas Unvorhergesehenes – vielleicht ein Relikt aus alter Zeit – entdecken würden. Kevin hielt die Taschenlampe und Patricia fingerte jetzt die Gaspistole aus ihrer Tasche heraus. „Ob man wohl Gespenster mit einer Gaspistole beeindrucken kann?", fragte sich Patricia insgeheim.

Sie kamen jetzt an eine Stelle, an der ein großer steinerner Löwenkopf die Wand zierte. Rechts daneben war wieder ein Fackelhalter nebst Fackel angebracht. Um den Löwenkopf herum waren feine Schlitze zu erkennen – so als ob der Löwenkopf das Bindeglied zu einem weiteren Gang oder Raum bildete. Patricia betrachtete abwechselnd den Löwen und den Fackelhalter und fand, dass letzterer recht funktional aussah. Sie berührte ihn bedächtig. Beim Anfassen merkte sie, dass er sich drehen ließ. Sie drehte vorsichtig bis zum Anschlag, als sich plötzlich der Löwe unter quietschendem Getöse in Bewegung setzte und langsam auf sie zukam. Patricia und Kevin wichen erschrocken zurück. Plötzlich fiel ein Schuss! Beide erschraken und fielen sich in die Arme. Als sie die Augen wieder geöffnet hatten, beobachteten sie, wie der Löwe – als wäre er getroffen – plötzlich lautlos vor ihnen Halt machte.

„Hab` keine Angst. Ich war das! Ich habe irgendwie ohne nachzudenken geschossen, als der Löwe auf mich zukam und habe mich selbst wohl am meisten erschrocken".

Der Löwenkopf hinterließ hinter sich einen oval förmigen Ausschnitt in der vermeintlichen Außenwand. Ängstlich ob der zu vermutenden weiteren Überraschungen tastete sich Patricia mit ihrer Lampe zu der Öffnung vor und ließ den Lichtkegel schließlich durch dieselbe hineintanzen. Allerlei Schattengebilde wurden vermöge offenbar dort in großer Vielzahl befindlicher Gegenstände an die Wände projiziert. Sie näherten sich jetzt angespannt-ängstlich und voller Neugier der Öffnung. Kevin schaltete jetzt auch seine Taschenlampe ein. Er wollte jetzt selbst auf Entdeckungsreise gehen und sofort das beleuchten, was seine Neugier sofort zu sehen begehrte.

„Das ist ja scharf", hauchte Kevin staunend.

„Zwick` mich mal, Kevin", sagte Patricia ungläubig. „Siehst Du auch, was ich sehe?"

'"Wenn Du siehst, was ich sehe", erwiderte Kevin, der auch noch nicht fassen konnte, was sich dort vor seinen Augen auftat. Im Fokus der Taschenlampe funkelte ihm aus überfüllten Schatztruhen und Pokalen mit Gold und Edelsteinen ziselierter Schmuck entgegen. Patricia bekam sofort ein Bild aus alten Kindertagen von einem Erntedankfest in der Kirche. Auch dort hingen Trauben und andere Früchte über den Rand ihrer jeweiligen Behältnisse hinweg wie hier die Ketten, Diademe und andere Kostbarkeiten.

Kevin krabbelte als erster tapfer durch die Öffnung, seine Mutter hinterdrein. Beide spürten einen unwiderstehlichen Drang danach, die einzelnen Kunstwerke längst verstorbener Juweliermeister zu berühren und langsam durch die Finger gleiten zu lassen – und sie gaben ohne Gegenwehr diesem Drang nach. Keiner vermochte sie daran zu hindern. Ein Schmuckstück war schöner, eleganter, filigraner, funkelnder, goldener, edelsteinerner als das andere.

Patricia hielt jetzt einen bunten, Edelstein besetzten Pokal hoch und erkannte ihn sofort wieder: Es war ein Pokal, der seinerzeit Maria Stuart entwendet worden war, der nie wieder aufgetaucht ist, von dem nur Bilder existieren, die so manche Ausstellung zieren – mit dem Hinweis auf das mysteriöse historische Verschwinden. Hier hielt sie nun diesen facettenreichen Schatz in ihrer Hand, nach dem schon das halbe Empire seit Jahrhunderten auf der Suche ist – und sie hatte schon seit Jahren, ohne es zu wissen, in seiner unmittelbaren Nachbarschaft gelebt! Ihre Hände zitterten ob der Bedeutung dieser Entdeckung – und bei der Vorstellung, Maria Stuart habe diesen Pokal vor über 400 Jahren oft in ihrer Hand gehalten – so wie sie jetzt. Patricia stellte sich weiter vor, wie dieser Pokal wahrscheinlich auf Maria Stuarts Flucht von Schottland nach England im Mai 1568 in der Hoffnung auf Königin Elizabeths Solidarität abhanden- gekommen war. Nach der Hinrichtung Maria Stuarts hatte jedenfalls ihr Sohn eine fürstliche Belohnung für die Wiederbeschaffung dieser Kostbarkeit ausgelobt und in diesem Zusammenhang von königlich-schottischen Hofmalern – quasi auf Steckbriefen den Pokal mit der Auslobung malen lassen. Patricia konnte den Pokal nicht länger hochhalten und setzte ihn vorsichtig ab.

„Mama, guck mal, hier ist ein Sarg".

Patricia erschrak, fasste sich aber sofort wieder. „Der Sarg bleibt auf jeden Fall zu". Sie wollte weiterreden, wurde dann jedoch von einem Geräusch unterbrochen. Wieder erschrak sie. „Sei mal still, Kevin", flüsterte sie. Da! Da war es wieder, das Geräusch, das wie dumpfe Schritte klang. Waren sie etwa nicht allein, hier unten? Befand sich etwa außer ihnen noch jemand in ihrer unmittelbaren Nähe? Patricia bekam eine Gänsehaut. Sie löschte rasch das Licht und starrte durch die undurchsichtige Dunkelheit in Richtung Ausgang, von wo sie die Schritte vermutete. Sie tastete nach Kevins Hand und berührte dabei zunächst seinen Arm. Dabei stellte sie fest, dass sich auf diesem ebenfalls eine Gänsehaut gebildet hatte. Sie überlegte, was nun zu tun sei. Würden sie hier im Raum verharren und draußen im Gang jemand sein, würde er bald am Löwen ankommen und sie unweigerlich hier antreffen. Würden sie aber versuchen, die Löwenkopftür zu schließen, bestünde die Gefahr, dass sie die Tür von innen möglicherweise nicht wieder öffnen könnten. Diese letzte Möglichkeit schied ergo auf alle Fälle aus. Das Problem wäre dabei allerdings auch gewesen, dass sie sich zum Löwenkopf hätte hinbewegen müssen. Dazu war sie jedoch im Augenblick gar nicht in der Lage. Sie fühlte sich wie zu Stein verwandelt und spürte, dass es ihrem Sohn ebenso erging. Vielleicht wurde ja der Eingang zu diesem Raum von dem Eindringling nicht wahrgenommen, weil der in den Gang hineinragende Löwe nicht beachtet wurde. Möglich. Beide wünschten, der Geheimgang wäre nicht gefunden worden. In der Stille konnte sie jetzt ihren eigenen Herzschlag hören. Patricia hatte ihren Arm um ihren Sohn gelegt – sein kleines Herz pochte stark.

„Oh, Gott", betete Patricia lautlos, „lass` uns doch bitte hier wieder heil rauskommen".

Sie mochten wohl schon Stunden in inniger Umarmung auf dem Boden gesessen haben, als Kevin flüsterte: „Mama?"

„Ja, mein Sohn?"

„Ich habe lange Zeit nichts mehr gehört – außer das Schlagen unserer Herzen. Ich sehe mal nach, ob die Luft rein ist".

„Eine gute Idee, ich begleite Dich", sagte Patricia, die ebenfalls zu ihrer Courage zurückgefunden hatte. Sie erhoben sich – was ihnen schwer fiel, da sie so lange wie zu Stein verwandelt dort auf dem kalten Boden ausgeharrt hatten – und machten sich langsam auf in Richtung Löwenkopf. Ihre Taschenlampen knipsten sie wieder an. Erleichtert stellten sie fest, dass der Geheimgang frei war. Es war keine Menschenseele zu sehen. Sie krabbelten einer nach dem anderen durch die Löwenkopföffnung zurück In den Gang, als sie In der Ferne plötzlich Schritte hörten. Beide erschraken.

„Mrs. Miller, sind Sie hier?" Sie konnten nicht ausmachen, aus welcher Richtung diese Stimme kam, die sie wegen der Akustik nicht zuordnen konnten. Jedenfalls gab es hier im Gang jemanden, der sie kannte. Und diese Tatsache brachte im Augenblick die erforderliche Angst lösende Realität zu ihnen in die Unterwelt hinein.

„Ja, wir sind hier", schrie Patricia befreit und erleichtert, so laut sie konnte. Aus mittlerer Entfernung leuchtete ihnen eine Taschenlampe entgegen und sie liefen – so schnell sie konnten – diesem Licht entgegen – geradeso, als könnten sie das rettende Ufer nicht erreichen, wenn sie nicht liefen. Patricia wusste zwar nicht, wer nach ihr gerufen hatte; sie wusste jedoch, dass sie ihm erst einmal in die Arme fallen würde, wer auch immer es sei. Als sie bis auf ca. 10 m an den Fremden herangekommen waren, schaltete dieser seine Taschenlampe aus. Im Lichtkegel ihrer Leuchte konnte sie ihn jetzt deutlich erkennen: Es war der Mann aus dem Bäckerladen, der ihren Wagen gestern ein wenig verkürzt hatte! Patricia löste ihr Versprechen, welches sie sich gegeben hatte, ein und flog ihm in die Arme. „Sie schickt der Himmel! Sie glauben ja gar nicht, was wir in den letzten Minuten, die uns wie Stunden vorkamen, durchgemacht haben". Die ganze Anspannung schien sich jetzt auf einmal entladen zu wollen, da sie feuchte Augen bekam. „Ausgerechnet und Gott sei Dank ist er es", dachte sie. „Es gibt im Augenblick keinen Menschen, dem ich lieber in die Arme gefallen wäre", dachte sie weiter und ihr fiel jetzt auf, dass sie noch nicht einmal seinen Namen kannte. „Wie heißen Sie eigentlich?"

Noch bevor der Herr antworten konnte, platzte Kevin dazwischen: „Mama, das ist der Kunsthändler, von dem ich dir neulich mal erzählt habe".

Patricia konnte kaum glauben, was sie da hörte.

„Aber woher kennen Sie denn meine Mutter, Mr. Hurst?", wollte Kevin jetzt aber ganz genau wissen.

„Ach, weißt Du, kennen gelernt habe ich Deine reizende Mutter in einem Bäckerladen. Wieder gesehen habe ich sie gestern mitten auf einer einsamen Straße im Nebel. Vorher aber fuhr sie in einem Auto und da ich sie unbedingt wieder sehen und ich sie nicht entkommen lassen wollte, habe ich sie einfach gestoppt".

„Wie haben Sie das denn gemacht?"

„Na, ich bin ihr einfach mit meinem etwas größeren Auto ganz vorsichtig in ihr etwas kleineres Auto hinten rein gefahren, hab` sie gewissermaßen nur in netter Form ein ganz klein bisschen geschubst – eine andere Möglichkeit fiel mir in der Situation nicht ein, sie zum Anhalten zu bringen. Was hätte ich denn machen sollen?"

„Stimmt, Sie hatten sozusagen gar keine andere Wahl", stimmte ihm Kevin schmunzelnd zu.

„Männerfreundschaft", resümierte Patricia. „Na, die Story erzählen Sie aber besser nicht Ihrem Haftpflichtversicherer, Mr. Hurst", flachste Patricia.

Robert lachte und sagte zu Kevin gewandt: „Matrose Kevin, kannst Du mir vielleicht mal erklären, was Du hier eigentlich in der Unterwelt machst?"

„Ich wohne hier – na, ja, nicht direkt. Wir haben den Geheimgang erst vor kurzem entdeckt – das heißt: Ich habe ihn entdeckt", berichtete Kevin stolz.

„Und wo führt er hin?", wollte Robert wissen.

„Das wissen wir noch nicht", antwortete Kevin.

„Kevin?"

„Ja, Mama?"

„Traust Du Dich, mit Mr. Hurst und mir den Gang noch einmal zu gehen, diesmal bis zum anderen Ende?"

„Au, ja! Geil – ähm vielmehr: Das wäre ja toll! Klaro, das machen wir! Auch ich will wissen, wohin der Gang führt". Kevin berichtete, während sie jetzt den Gang wieder Richtung Schatzkammer beschritten, ausschweifend, wie er den Geheimgang entdeckt hatte und wie sie das Geheimnis um den Zugang zur Gruft und Schatzkammer gelüftet hatten.

Robert schaute auf die Uhr. „Haben Sie noch einen Termin?", wollte Patricia wissen.

„Aber nein! Ich könnte mir keinen Termin vorstellen, der mich davon abhalten könnte, mit Ihnen und Kevin die Unterwelt von Torquay kennen zu lernen und dabei das eine oder andere Abenteuer zu erleben. Nein, ich habe
nicht nach der Uhrzeit gesehen, sondern nach dem Kompass auf meiner Uhr.
Ich will sehen, in welche Richtung wir gehen, damit wir später in der Oberwelt
besser nachvollziehen können, wo dort in etwa der Ausgang zu diesem Geheimgang ist – falls wir nicht direkt von hier aus den Ausgang finden sollten.

„Mama?"

„Ja, Kevin?"

„Glaubst Du, ich könnte mir von dem Schatz auch eine Uhr mit Kompass
kaufen?"

„Ich denke, der Dir zustehende Finderlohn wird locker ausreichen. Wie
man sieht, ist eine Uhr mit eingebautem Kompass in manchen Lebenslagen
von unschätzbarem Nutzen".

„Oh, toll". Kevin malte sich in seiner Fantasie schon aus, wie es wäre mit
einer Uhr, die einen eingebauten Kompass, Hygro-, Thermo- und Barometer
hatte – auch eine Höhenanzeige, einen Schrittmesser, einen Wecker und eine
Stoppuhr. Eine solche Uhr wäre nach seiner Vorstellung der ideale Joker und
könnte ihn aus so mancher Klemme befreien, in die er sicher während seiner
vielen künftigen Abenteuer noch hineinschlittern würde.

Wieder huschte eine fette Ratte von links nach rechts und Kevin überlegte, ob das wohl eher Glück oder aber sein Gegenteil verhieß und ob diese
Regel nur auf Katzen anzuwenden sei. „Vielleicht ist es bei Ratten als Feinde
der Katzen ja genau andersherum", überlegte er. Kevin entschied, dass die
Ratte ihnen so, wie sie gelaufen war, Glück bringen werde. Er fragte sich nun
auch, was das wohl wirklich für Situationen gewesen sein mochten – beim
Bäcker und beim Unfall – wo sich seine Mutter und Mr. Hurst angeblich kennen gelernt hatten. Keiner hatte ihm davon berichtet. „Komisch", dachte er,
„Torquay ist so groß und meine Mutter und ich haben innerhalb kurzer Zeit
unabhängig voneinander Mr. Hurst kennen gelernt, ohne dass der andere davon wusste". Seine Gedanken wurden jetzt unterbrochen durch eine Be-
obachtung, die er gemacht hatte: „Da vorn ist der Gang zu Ende", sagte er,
der mutig vermöge der starken Rückendeckung mit seiner Taschenlampe freiwillig die Vorhut gebildet hatte.

Die drei Höhlenforscher standen nun vor einer steinernen Tür, an der
von ihrer Seite ein massiver Türgriff angebracht war, den erwartungsgemäß
ein Löwenkopf zierte. Neben der Tür waren Halterungen angebracht, in denen Fackeln steckten, deren Feuer ganz offensichtlich schon vor ganz ganz
langer Zeit verloschen war. Auch das Spinnengewebe im Türrahmenbereich
deutete darauf hin, dass die Tür schon eine Ewigkeit nicht mehr geöffnet worden war. Was mochte wohl der Anlass für die letzte Nutzung des Geheimganges gewesen sein? Und vor allem: Weshalb wurde er verschlossen? Robert
drückte den schweren Türgriff hinunter – er gab langsam quietschend nach –
und stemmte sich gegen die Tür, zunächst mit mittlerer und schließlich mit
ganzer Kraft – jedoch ohne Erfolg. Patricia erinnerte sich an den Löwen, den

stummen Wächter der Gruft und Schatzkammer, und daran, wie sie ihn bezwungen hatte und er ihnen schließlich den Weg in die Schatzkammer freigegeben hatte. Sie umfasste jetzt vorsichtig-gespannt, so als könnte er unter elektrischer Spannung stehen, den Fackelhalter links neben der Tür und versuchte, ihn zu bewegen. Doch er gab nicht nach. Robert, der diesen Versuch beobachtet hatte, versuchte nun sein Glück an dem Fackelhalter rechts neben der Tür. Er ließ sich quietschend umschalten! Unter Ächzen und malmenden Geräuschen setzte sich die Tür qualmend in Bewegung.

„Langsam finde ich Gefallen an diesem Sesam-Öfffne-Dich-Spiel", dachte Patricia. Sie brachte aber in diesem spannenden Augenblick keinen Laut aus sich heraus. Das große Ungewisse hinter der Tür und die Ahnung, einem vermutlich großen historischen Geheimnis auf der Spur zu sein, ließen in ihnen allen eine große, mit Schweigen verbundene Spannung aufkommen, die an Gänsehaut und pochenden Herzen in jedem unserer 3 Höhlenforscher messbar war. Die steinerne Tür bewegte sich nicht mehr weiter. Robert zwängte sich durch den Türspalt und hatte erhebliche Mühe. Erst als er den Bauch einzog und sich nach oben streckte, hatte er es geschafft. Die anderen beiden hatten dagegen nicht die geringste Mühe. Ihre Taschenlampen leuchteten jetzt einen etwa 30 qm großen geschlossenen Raum aus, der ähnlich ausgestattet war wie die Gruft, mit einem großen Unterschied: Es war kein Sarg zu sehen. Die Gruft war möglicherweise dazu bestimmt, besonders verdiente Mitglieder der Familie in einer Umgebung zu bestatten, die ihnen vielleicht auch zu Lebzeiten viel bedeutet hatten. Auch hier verspürten alle drei einen unwiderstehlichen Drang danach, den Schmuck und die anderen prunkvollen Schätze, die Dornröschen hinsichtlich der Dauer ihres ungestörten Schlafes vermutlich mehrfach übertroffen hatten, anzuschauen, anzufassen, durch die Hände gleiten zu lassen, hochzuhalten und im Lichte zu drehen und staunendwertschätzend zu betrachten. Bewundernswert, welch große Kunstwerke Juweliere der Renaissance mit wahrscheinlich bescheidenen Werkzeugen zu kreieren in der Lage waren! Alle drei hingen während ihrer Betrachtungen ihren Fantasien nach.

„Mama, sieh` mal!"

Überrascht nahm seine Mutter einen mit Siegellack verschlossenen und gerollten Briefbogen aus der Hand ihres Sohnes entgegen. Auf dem Siegel war ein aus zwei Löwenköpfen bestehendes Wappen zu sehen; beide Löwen schauten in entgegen gesetzte Richtungen. Im Zentrum des Wappens war in allerfeinster historischer Schönschrift eingraviert:

Earl Of Torquay.

„Ich würde zwar wahnsinnig gern wissen, was in dem Brief geschrieben steht", sagte Patricia nach einer längeren Betrachtung des Umschlages, „aber ich habe es die letzten Jahrzehnte meines Lebens nicht gewusst und ich denke, ich werde meine Neugierde noch einige Stunden bezähmen können. Ich werde diesen Brief dem rechtmäßigen Erben des historischen Earl of Torquay überbringen, nämlich dem amtierenden Earl of Torquay. Ich kann mir auch gut vorstellen, wo wir sind: Wir befinden uns unter dem Schloss des größten Geizhalses und Pennyfuchsers, den ich kenne: Und das ist mein Vermieter, den ich nur einmal zu sehen die Ehre hatte. Ein Wunder, dass er seinerzeit überhaupt die Kate an uns nicht blaublütigen Habenichtse vermietet hat. Ich sehe ihn noch vor mir, wie er herablassend und gering schätzend auf mich nieder geschaut hat. Dennoch wollte ich die Kate unbedingt haben und mich traf nach den ganzen Präliminarien der Schlag, als er mir nach einem langen Schweigen – er schaute mir dabei solange in die Augen und ich glaubte für Sekunden, etwas ganz Verletzliches in diesen wahrgenommen zu haben – plötzlich mitteilte, wir wären ihm genehm und könnten die Kate – zunächst für ein Jahr befristet – mieten. Die Miete war ziemlich hoch – höher als ich für vergleichbare Objekte zu zahlen gehabt hätte – der Haken war nur: Es gab keine vergleichbaren Objekte, die noch zu haben waren und in die ich mich auch nur annähernd so verguckt hatte wie in dieses Objekt in dieser tollen Lage. Wir haben in der ersten Phase auf so manche Dinge des täglichen Lebens verzichtet und manches Mal wusste ich nicht, woher ich das Geld für die Butter auf unserem Brot nehmen sollte. Ich hatte den Grafen dafür insgeheim verflucht! Er weiß meines Erachtens nicht, was sich gehört – im Gegensatz zu mir! Ich werde nämlich das versiegelte Schriftstück unverzüglich dem Grafen übergeben. Offen gestanden, bin ich jetzt schon ganz neugierig auf seine Reaktion. Ob er wohl ansatzweise zu irgendeiner menschlichen Regung – die dieser Situation angemessen wäre – in der Lage ist?

Kapitel 12

Mary Jones arbeitete schon seit 4 Jahren für Robert Hurst. In dem Maße, in dem das Engagement in der Galerie von Violet Hurst nachließ, wuchsen die Aufgaben von Mary Jones – und es erwies sich, dass sie ihnen durchaus gewachsen war. Mit den Zahlen war sie ebenso vertraut wie ein Jongleur mit seinen Bällen. Sie war Mitte dreißig, sehr umgänglich und attraktiv, dennoch seit mehreren Jahren ohne feste Bindung. Es soll ja Damen geben, die sich unsterblich, aber heimlich in ihren Chef verlieben. Mary Jones zählte zu dieser Spezies. Sie hatte es bisher geschickt verstanden, sich ihre heimliche Liebe nicht anmerken zu lassen. Natürlich wusste sie, dass ihr Chef verheiratet war – und sie wusste auch, was sich gehörte. Nun hatte sie aber aus zuverlässiger Quelle erfahren, dass Violet Hurst ein Verhältnis mit einem jungen Maler hatte. Jetzt hatte sie etwas entdeckt, was diesen Verdacht erhärtete. Sie konnte es kaum erwarten, dieses Ergebnis wachsamer und sorgfältiger Buchhaltung ihrem Chef mitzuteilen. Insgeheim und diffus waren daran gewisse Hoffnungen geknüpft. Sie erneuerte jetzt ihr Eau de Toilette, öffnete vor dem Spiegel einen weiteren Knopf ihrer Bluse und beugte sich vor um zu prüfen, ob ihr Dekollete nicht gar zu unschicklich wirkte. Sie beschloss, dass der Einblickswinkel zwar grenzwertig, aber nach all den Jahren ergebnislosen Wartens auf etwas Spannendes, und sei es auch nur ein schmachtender Blick, an-

gebracht sei. Sodann prüfte sie den Sitz ihres zu einem Pferdeschwanz zusam-
mengebundenen, hellblonden Haares. Es saß prima. „Na denn!", sagte sie
halblaut.

Sie hatte sich gerade wieder gesetzt, als sie den Wagen ihres Chefs in die
Auffahrt einfahren hörte. Ihre Aufregung nahm spontan zu.

Robert Hurst war bester Laune – wie so oft in den letzten Tagen. Singend
betrat er seine Galerie und das „Guten Morgen, Miss Jones" baute er in sein
Lied ein.

Mary Jones war bestrebt, sich so normal wie sonst zu geben. Sie begrüßte ihren Chef mit einem freundlichen Nicken, um ihn in seinem Gesang
nicht zu unterbrechen. Sie ging in die Küche, um ihm eine Tasse Kaffee zu
bringen, wie es eine Übung seit Jahren war. „Ihr Kaffee, Mr. Hurst".

„Danke, Miss Jones, sagte Robert freundlich und fuhr fort, die Post zu
öffnen, ohne aufzuschauen.

Mary Jones setzte sich an den großen Schreibtisch ihm gegenüber. Jetzt
fasste sie sich ein Herz: „Mr. Hurst?"

„Ja, Miss Jones?" erwiderte er und sah dabei weiter in seine Post.

„Ich würde gern etwas Wichtiges mit Ihnen besprechen", sagte sie ernst.

Robert sah sofort auf, da aus Tonfall und Formulierung klar wurde, dass
die Post warten musste. „Was ist passiert? Sie schauen so ernst! Sie wollen
doch hoffentlich nicht kündigen?"

„Gott bewahre! Nichts läge mir ferner als das. Nein! Ich habe gestern die
Bücher durchgesehen und da ist mir aufgefallen, dass an einen Künstler in drei
Fällen für Bilder, die wir für ihn verkauft haben, höhere Beträge von uns auf
dessen Konto geflossen sind als wir selbst von den Kunden eingenommen
haben".

„Wie hoch ist die Gesamtdifferenz?"

„Fünftausend Pfund".

Robert schluckte. „Ich schätze, das war für uns ein Zusatzgeschäft. Wie
heißt der Glückliche?"

„Es ist Mr. Mc Allister".

Robert zuckte zusammen, so als hätte er in diesem Moment realisiert,
dass seine Befürchtungen durchaus Bezug zur realen Welt hatten. „Ich
schätze weiter, dass für diese Überweisungen meine Frau verantwortlich
zeichnet?"

Mary Jones nickte zaghaft.

Robert dachte daran, wie er die beiden in freudiger Eintracht im Garten
beobachtet hatte. Es war sicher kein Zufall, dass sie sich gerade bei diesem
Künstler mit den Zahlen versehen hatte. Aber was um alles in der Welt wollte
sie damit erreichen? Wollte sie bloß sein Talent fördern oder aber verfolgte
sie persönliche Ziele?

„Es ist mir sehr unangenehm, Ihnen das mitgeteilt zu haben, Mr. Hurst.
Da die Bücher wegen dieser Transaktionen jedoch nicht stimmen, blieb mir
quasi keine andere Wahl, als Sie davon in Kenntnis zu setzen".

„Ja, ja, natürlich. Dass Sie mir das mitgeteilt haben, ist völlig in Ordnung. Auch danke ich Ihnen für Ihre sorgfältige Buchführung", sagte Robert nachdenklich und sah dabei durchs Fenster. „Wissen Sie was?", fragte er jetzt und schaute sie dabei wieder an. „Was halten Sie davon, wenn Sie sich für den Rest des Tages einfach frei nähmen – quasi als Sonderurlaub?"

„Vielen Dank, Mr. Hurst!", antwortete sie enttäuscht. „ Aber – wissen Sie, ich liebe meine Arbeit hier – mit Ihnen. Ich wüsste jetzt gar nicht, was ich mit dem angebrochenen Tag anfangen sollte – es sei denn: Wir würden etwas zusammen unternehmen. Das ist überhaupt die Idee! Ich fahre jetzt nach Hause und ich erwarte Sie um 12 Uhr zum Mittagessen in der Pleasand Road 17. Ihr nächster Termin ist erst um 17 Uhr. Also dann bis nachher", sagte Mary Jones mit einem viel versprechenden Lächeln, ergriff ihre Handtasche, schwang sie elegant-verführerisch über ihre Schultern – unter eindrucksvollem Nachbeben ihrer wohlgeformten üppigen Brust. Sie registrierte zufrieden deutliches Interesse ihres Chefs und Robert bekam eine Gänsehaut, als er sah, wie Mary Jones verzögert den Türknauf betätigte und diesen dabei fast zu streicheln schien, während sie sich noch einmal langsam umdrehte, ihm schweigend zulächelte, dabei einen letzten Eindruck von ihrem überfahrenen und doch beeindruckten Chef einfing und sodann unter Zurücklassen eines verführerischen Wohlgeruchs und eines sprachlosen Robert Hurst zufrieden entschwand.

Nachdem Roberts Seelenfrieden für kurze Zeit erheblich in Turbulenzen geraten war, rationalisierte er kurzerhand das Geschehen und kürzte die Erinnerung an die letzten Minuten auf die Vereinbarung des Termins um 12 Uhr. Sodann widmete er sich wieder seiner Morgenpost.

Mary Jones freute sich, dass sie sich getraut hatte, ihren Chef zu sich nach Hause einzuladen. Sie wunderte sich, wie leicht ihr zuletzt die Worte über die Lippen gerutscht waren. Sie wusste, dass ihr defensives Verhalten in den letzten Jahren nicht gerade dazu angetan war, ihren Chef zu veranlassen, sich für sie auch als Frau zu interessieren. Nun standen die Zeichen günstig. Seiner Ehe gingen langsam die Lichter aus und sie verfügte über die Ausstrahlung, die mehr Licht in sein Leben hineintragen konnte – wenn sie wollte. Und sie wollte jetzt! Trotzdem hatte sie Angst vor ihrer eigenen Courage. Als sie jetzt ihr kokettes Verhalten in der Galerie betrachtete, hatte sie Zweifel, ob das der rechte Weg sei. Schließlich war ihr nicht an einem nur kurzfristigen Liebesintermezzo gelegen. Ihre diesbezüglichen Träume reichten ganz weit in die Zukunft hinein. Dennoch hatte sie deutlich – und zum ersten Mal – den Eindruck, dass er sie heute als Frau wahrgenommen hatte. Ergo konnte dieser Weg nicht so ganz falsch gewesen sein. Sie beschloss, den goldenen Mittelweg zu beschreiten.

Mary Jones merkte im Rahmen ihrer Vorbereitungen, dass ihre Aufregung zunahm – fast wie ein Teenager, der ganz genau weiß: Heute passiert es! Sie dachte daran, wie es bei ihr damals war. Sie war erst zarte fünfzehn,

John war siebzehn. Für sie beide war es das erste Mal. Ach wie süß John doch war! Hatte Kekse besorgt und Rotwein. Seine Eltern waren nicht da. Es war nichts abgesprochen. Dennoch war sie zunächst wütend, als John irgendwann zu fortgeschrittener Stunde Präservative präsentierte. Sie warf ihm vor, er hätte alles von A bis Z geplant. Wie süß er doch war, als er da so vor ihr nackt dastand mit einem roten Kopf und plötzlich in Erklärungsnöten. „Ja, aber …" fing er immer wieder an, wobei sie ihm zuerst immer wieder ins Wort fiel – bis sie sich beruhigt hatte. Sie hatten dann doch noch irgendwann die Kurve genommen und er sie defloriert. Dass sie auch Präservative dabei hatte, hatte sie John nie gesagt. Mary Jones genoss diese Erinnerung an John lächelnd und freute sich genüsslich über ihre kleinen Geheimnisse, die sie sich bewahrt hatte.

Während sie solche Gedanken umtrieben, putzte sie Gemüse, schälte Kartoffeln und bestreute das Fleisch liebevoll mit speziell die Sinne anregenden Gewürzen. Sie wollte sich nicht vorwerfen lassen, sie hätte irgendeine Facette der Verführungskunst ausgeblendet. Sie wollte sein Interesse an ihr auch über den Magen wecken – nun ja, freilich auch über die Regionen, die die genannten Gewürze befeuern würden. „Wie lange habe ich eigentlich schon nicht mehr …?", überlegte sie und sagte dann ein wenig missgestimmt: „ Das frage ich mich besser nicht!"

Robert wurde in der Zwischenzeit in Gänze von der Erledigung seiner Post in Anspruch genommen. Darunter war ein Schreiben von Peter Smettana, ein junger Künstler aus Kensington, den er letztes Jahr in London bei einer Kunstausstellung kennen gelernt hatte. Er fragte höflich an, ob er möglichst noch im Sommer eine Vernissage in Roberts Galerie veranstalten könne. Robert schaute in seinen Kalender und griff spontan zum Hörer, um Details mit Peter persönlich erörtern zu können. Robert freute sich darüber, dass Peter sich seiner erinnert hatte. Er hielt Peter für sehr begabt und war als Kunstfreund natürlich neugierig auf seine neuen Werke.

Bei der Post befanden sich – wie üblich – unter anderem auch persönliche Bitten um Spenden, sowohl von karitativen Verbänden als auch vom Finanzamt.

Als St. Mary jetzt zum ersten Mal anschlug, schaute er auf die Uhr. „Ach du meine Güte, es ist schon zwölf Uhr!" Natürlich wollte er nicht zu spät kommen – das wolle er grundsätzlich nicht – es würde sich jetzt allerdings wohl kaum vermeiden lassen. Flugs stand er im Sakko und im nächsten Augenblick war er auch schon auf dem Fahrrad. Im Vorgarten seiner Galerie hatte er rasch noch einen kleinen Strauß frischer, duftender und bunter Blumen gepflückt. Ein Blumenstrauß machte sich bei Verspätungen immer gut; er entschärfte die bei der Dame aufgelaufene Missstimmung doch ungemein. Robert merkte ein Gefühl in sich aufsteigen, das vortrefflich harmonierte mit seinem heftigen Pedaltritt. Er spürte plötzlich, dass die Bannmeile um ihn herum – das eheliche Band mit Violet – aufgehoben war. Er fühlte sich – bedingt durch das Verhalten seiner Frau – an das eheliche Versprechen nicht mehr gebunden. Er hatte wegen des schamlosen Verhaltens seiner Frau auch keine Neigung, seine Ehe zu retten. Die Wiederholungsgefahr schätzte Robert bei seiner Frau sehr hoch ein. Er war in den besten Jahren. Er wollte nichts verpassen, nicht sein Leben mit einer Frau vergeuden, die ihn hinterging. „Was Violet kann, kann ich schon lange", dachte Robert und wunderte sich über die Konsequenz seiner Gedanken. Was hatte Mary Jones mit ihm gemacht, dass plötzlich solche Gedanken in ihm stark wurden? Sie hatte doch nur ...Ja, sie hatte einige feurige, verwegene, lockende und viel versprechende Blicke ganz kokett lässig in seine Richtung lanciert. Jetzt erst fiel ihm auf, dass Mary Jones zum ersten Mal im Rock in der Galerie erschienen war, der aus ihren schön gewachsenen Beinen kein Geheimnis machte. Hatte sie zuvor ihre Reize – aus welchen Gründen auch immer - vor ihm geheim gehalten oder war er aufgrund des ehelichen Bandes immun gegenüber solchen Reizen gewesen? Stand vielleicht ihr verändertes Outfit und ihr koketter Auftritt in einem gewissen ursächlichen Zusammenhang mit der Essenseinladung? Einerlei! Die Reifen von seinem Fahrrad drehten sich schneller. Ihm fiel jetzt ein, dass er vorhin beim Abschied in der Galerie einen Anflug ähnlicher Gedanken bekam – und sie nicht zugelassen hatte – vielleicht, weil sich Mary Jones rechtzeitig verabschiedet hatte, vielleicht weil er innerlich auf Arbeit eingestellt war und diese unbedingt erledigen wollte. Außerdem war ja nichts verloren, da er sie schon bald wieder sehen sollte. „Wie aufregend diese neue Freiheit doch ist", dachte Robert und atmete tief durch, als er vor der Tür eines kleinen Hauses stand, welches eingerahmt war von einem kleinen Garten. Der rechte Teil desselben war unterteilt in mehrere gleich große, rechteckige Parzellen, die Mary Jones offenbar für den Gemüseanbau nutzte. Den linken Teil bildete ein gepflegter englischer Rasen, der umgeben war von Palmen und bunten exotischen Pflanzen. Der Wintergarten war von innen mit Wein berankt. Auf dem Wintergartendach flirteten zwei Rotkehlchen miteinander, nicht ohne dabei ihre schönsten Liebeslieder zu pfeifen. Aus dem Inneren des Hauses drang ein verführerischer Duft, der eine wohl gelungene Speise verhieß. Robert klingelte und warf einen Blick auf seinen Blumenstrauß, der durch die rasante Radfahrt doch sehr gelitten hatte. Als Mary Jones öffnete, stellte er sofort fest, dass sie sich nicht umgezogen hatte. Er bildete sich aber ein, dass sie noch einen weiteren Knopf ihrer Bluse geöffnet hatte. Wie elektrisiert überreichte er ihr die Blumen. Seine Angespanntheit überspielte er, indem er sich zunächst für die nette Einladung bedankte. „Die Blumen haben ein wenig gelitten. Ich habe erst um zwölf die Galerie verlassen und habe mich dann wohl zum Leidwesen der Blumen zu sehr beeilt".

„Das ist nicht schlimm. Ich freue mich trotzdem. Ich werde rasch eine passende Vase holen. Sie können sich in der Zwischenzeit an der Bar einen Drink nehmen".

Robert bediente sich an der geschmackvollen Mini-Bar aus Mahagoni. Er schenkte sich einen Sherry ein und leerte das Glas in einem Zug. Er füllte das

Glas erneut, setzte sich auf einen Barhocker, nippte nun genüsslich an dem zweiten Glas und schaute in den vermöge der Weinblätter etwas abgedunkelten Wintergarten. Die pralle Sonne verzauberte den Wintergarten aber in einen angenehm-freundlichen Grünton, von dem sich Robert jetzt angezogen fühlte. Er stand auf und schritt mit seinem Glas in der Hand langsam zum Wintergarten hinüber. Dort angekommen erfreute er sich an den frischen, grünen Weinblättern. Winzige, rote Weintrauben lugten zaghaft zwischen den Blättern hervor. Mit den Fingern fuhr er ganz zart über Blätter und Trauben, während seine Gedanken in Griechenland weilten.

„Schön, nicht?"

Robert zuckte zusammen. Er hatte sie nicht kommen gehört. „Ja, der Wein ist eine wahre Pracht. Merlot?"

„Exakt! Da wir gerade beim Wein sind: Salute, Mr. Hurst!"

„Salute, Miss Jones!" Sie schauten einander an und ließen die Gläser aneinander stoßen. „Verarbeiten Sie ihn selbst zu Wein?"

„Nein, davon verstehe ich zu wenig. Ich freue mich am Anblick der Trauben und wenn sie reif sind, esse ich sie einfach auf. Manchmal teile ich sie mit jemandem", sagte sie, während sie das Glas an ihren leuchtenden, verführerischen Mund setzte und mit dem Glas kreiselnde Bewegungen auf ihren Lippen ausführte. Erst dann nahm sie einen Schluck auf. Während sie das sagte, hatte sie Robert bedeutungsvolle Blicke übersandt. Er war jetzt nicht der Souverän wie sonst. Er reagierte verunsichert – vielleicht weil irgendeine Stimme ihm leise flüsterte, dass er unschickliche Pfade beschleiche. Mary Jones merkte diese Verunsicherung wohl, bezog sie auf seine Wirkung auf ihre Signale und genoss es.

„Schön haben Sie es hier, Miss Jones. Wie nutzen Sie diesen Traum von Wintergarten?"

„Ich sitze hier oft und lese, höre Musik oder Hörspiele im Radio. Einmal die Woche spiele ich hier mit Freunden Doppelkopf. Das ist immer eine lustige, feuchtfröhliche Angelegenheit".

„Das glaube ich. Ich habe als Student auch regelmäßig mit Freunden Doppelkopf gespielt. Da ging es auch immer hoch her. Am lustigsten waren immer die Sprüche von einem unserer Mitspieler, Michael: „Mann, ist der voll gesogen"; oder: „Böse Vorbehalt"; oder „So, jetzt aber mal die Hose runter".

„Ja, das kann ich mir gut vorstellen, dass das lustig war", sagte Mary Jones mit einem zweideutigen Unterton und nippte dabei an ihrem Glas. Einen an ihrem Glas herunterrutschenden Tropfen nahm sie gekonnt mit ihrer Zunge auf und lies sich dabei viel Zeit.

„Wir haben uns dann nach dem Studium in alle Himmelsrichtungen zerstreut. Wir treffen uns allerdings einmal im Jahr und spielen natürlich zur Krönung unseres Wiedersehens: Doppelkopf. Und es gibt dabei Phasen, da kommt es mir so vor, als habe jemand die Zeiger der Uhr zurückgedreht und wir säßen wieder in unserer alten Studentenbude".

„Ich kann mir gut vorstellen, dass solche Phasen zu später Stunde unter zunehmendem Abfluss von Einkohol oder vielmehr: zunehmendem Einfluss von Alkohol häufiger auftreten", sagte Mary und lachte.

„An dieser Einschätzung könnte was dran sein", erwiderte Robert fröhlich, geradeso, als erinnerte er in diesem Augenblick eine lustige Begebenheit aus seiner alten Studenten-Runde.

Mary Jones war eine hervorragende Köchin. Auch dies war Robert nicht entgangen. „Miss Jones, ich muss schon sagen, das Gericht ist ein Gedicht. Ein heimliches Hobby von Ihnen?"

„Vielen Dank für die Blumen. Meine Mutter hat mir das Kochen beigebracht. Dass das Kochen eines meiner Hobbies ist, kann ich nicht gerade von mir behaupten. Mir fällt das Kochen leicht, weil ich es gelernt habe. In den letzten Jahren koche ich nur noch ganz selten – dazu gehören natürlich besondere Gelegenheiten, so wie heute zum Beispiel", sagte sie und lächelte Robert dabei freundlich an, wobei ihre herrlichen großen weißen Zähne sichtbar wurden, eingerahmt von schön geschwungenen, breiten Lippen. Sie stand jetzt auf und schritt langsam, den einzelnen Schritt bewusst setzend, mit ihren Pums über das Parkett zur Musikanlage. Robert mochte dieses Klickediklack von anziehenden Damenbeinen in eleganten Damenschuhen auf dem Parkett. Mary jedenfalls strahlte in dieser Bewegung etwas sehr Ästhetisch-Erotisches aus. „Mögen Sie Pavarotti?"

„Ja, sehr sogar!"

Mary Jones bückte sich und zog aus dem CD-Ständer eine CD hervor und legte sie ein. Dabei wurden durch den geschlitzten Rock weitere Teile ihrer schön geformten Beine sichtbar. Auch ihr Dekolleté eröffnete tiefere und für Robert recht aufregende Einblicke. Robert atmete tief durch. Als Pavarotti erklang, beschwichtigte dieser nur oberflächlich die raue See, die sich in ihm aufgebäumt hatte.

„Ah, „Lucevan le stelle" aus Tosca! Eines meiner Lieblingslieder".

„Das geht mir auch so. Dieses Stück, „La donna e mobile" aus Rigoletto und „Che gelida manina" von Puccini sind meine Lieblingslieder. Preisfrage: Wie heißt die Oper von dem letzten Stück?"

„La Boheme" - glaube ich, erwiderte Robert mit funkelnden Augen.

„Stimmt", kommentierte Mary ganz zart und mit einem wohlwollenden Lächeln. Ihr waren die Signale in Roberts Augen, die sie mit einem Seitenblick eingefangen hatte, nicht entgangen. Sie verbuchte sie als überaus gewünschte Reaktion auf ihre erotische Ausstrahlung. „Es gibt noch Dessert", sagte sie in der gleichen Stimmlage, wobei sie Robert verführerisch ansah und dabei ganz langsam ihre Lippen mit der Zunge benetzte. Robert bekam eine Gänsehaut und dieses aufregende Gefühl in der Magengegend. Obwohl Mary Jones einige Meter von ihm entfernt war, war ihm, als habe ihre Zunge ihn eben dort respektive weiter südlicher berührt. Robert spürte in sich den Vulkan brodeln und er wusste, dass er bald zum Ausbruch kommen sollte. Mary kam jetzt aus der Küche zurück und balancierte in jeder Hand eine Dessertschale. Mit jedem – langsam gesetzten - Schritt wogte ihr üppiger Busen in

ihrer unzulänglich verschlossenen Bluse. Das Klickediklack ihrer Pums und ihr
süßes Parfüm eilten ihr ebenso voraus. Während sie sich ihm näherte, loderte
in seinen Augen sein Verlangen ihr entgegen. Wieder benetzte sie ihre Lippen
zart mit ihrer Zunge und streckte ihm langsam – ihren Blick auf Robert gerichtet – eine Dessertschale entgegen. Plötzlich blieb sie mit einem ihrer Pums in
einer Bodenunebenheit im Parkett hängen und stolperte nach vorn, wobei
der Inhalt der Schale teils in Roberts Gesicht, teils auf seinem Oberhemd landete und die Dessertschale zu Boden fiel – und mit ihr Mary Jones und Robert,
der Mary noch aufgefangen hatte, durch den Aufprall von ihr jedoch in Rück-
lage geraten war.

„Aber Mr. Hurst", konnte Mary nur knapp protestieren, als er sie spontan
inbrünstig und voller Verlangen küsste. Im nächsten Augenblick spürte sie
seine Hand auf ihrer Brust. Sie schloss die Augen, gab den nicht vorhandenen
Widerstand nunmehr endgültig auf und überließ das Ruder jetzt gänzlich und
gern dem Sturm, den sie zunächst über sich und bald tief in sich spürte.

Kapitel 13

Am nächsten Morgen – der Himmel war übersät mit schwarzen Wolken
–durchschritt Patricia mit dem versiegelten Brief das von zwei mannshohen
Löwen bewachte Tor des Grafen von Torquay. Irgendetwas in der Mimik dieser Torwächter gebot ihr Einhalt. Sie hielt tatsächlich an und hielt den Blicken
der Wächter stand. Offenbar sollen die Torwächter Besucher mit unlauteren
Absichten einschüchtern. Sie konnte sich aber sehr gut vorstellen, dass sich
auch Besucher mit lauteren Absichten an dieser Stelle überlegten, ob sie ihren
Weg durch das Tor an den Löwen vorbei fortsetzen sollten. Patricia war jedoch eine couragierte Frau und zusätzlich Mut gestählt durch die gestrigen
Erlebnisse im Geheimgang. Sie setzte ergo ihren Weg fort und blickte jetzt auf
das schöne Schloss mit zwei Türmen. Auf dem einen wehte gemütlich im
Wind die Flagge des Earl of Torquay mit dem charakteristischen Wappen seiner Dynastie. Auf dem anderen Turm wehte - nein, gar nicht wahr! Auf dem
anderen Turm hing der Union Jack schlapp am Flaggenmast! Patricia traute
ihren Augen nicht: Sie sah abwechselnd nach rechts und nach links und es
änderte sich nichts. „Die Winde stehen in der Tat für den Grafen zur Zeit güns-
tiger als für Merry Old England", dachte sie. „Aber dass man das an scheinbar
unwesentlichen Dingen ablesen kann!"

Das Schloss war in einem dunklen Ockerton gehalten, der eher die öster-
reichischen und französischen Schlösser auszeichnet und für diese Region untypisch ist. Beide Seiten des repräsentativen, schlangenlinienförmigen, frisch
geharkten und im besten Pflegezustand befindlichen Kiesweges begrüßten
Patricia in der Gestalt der wohl herrlichsten irdischen Gewächse. Rechts vom
Weg wurde Rotwein und links Weißwein angebaut. Patricia, leidenschaftlicher Wein-Gourmet, stellte sich vor, wie schön es sein musste zu erleben, wie
der Wein langsam in der Sonne der englischen Riviera zu prächtigen Trauben
heranreifte, wie schön es sein musste, genüsslich-müßig durch die einzelnen

60

Reihen der Rebstöcke zu schlendern, hier und da eine Kostprobe zu nehmen und zwischendurch im Rundumblick auf die Rebstöcke, das Meer und das Schloss dem Herrgott für alles zu danken. Ob der Graf sein unermessliches Glück wohl zu schätzen weiß, fragte sich Patricia.

Patricia kam jetzt an einem Backsteinhäuschen mit Spitzdach vorbei. Beide Tore standen auf. Das eine Tor eröffnete den Blick auf eine restaurierte Kutsche und nebenan stand ein ebenso gepflegter weißer Rollce Royce aus den sechziger Jahren mit Speichenfelgen. Neben dieser vornehmen Garage erhob sich im selben Baustil ein größeres Gebäude, bei dem die Eingangstür im Erdgeschoß und die Kellertür von einem mannshohen eichenen Weinfass gebildet wurde, bei dem sich der jeweils vordere Teil wie eine Tür öffnen ließ. „Wie romantisch", schwärmte Patricia.

Der Eingang zum Schloss war über eine halbkreisförmige Treppe von beiden Seiten zu erreichen. Sie stellte sich vor, dass – sobald der Herr Graf die Treppe auch nur ansah – der Kaiserwalzer erklang. Erwartungsgemäß war an der mächtigen zweiflügeligen Eingangstür ein Türklopfer mit Löwenkopf aus Messing angebracht. Patricia klopfte und es dauerte nicht lange, bis ihr aufgetan ward, und zwar von Archibald, dem Butler – wie sollte er auch sonst heißen!

„Ich heiße Sie willkommen auf dem Schloss des Grafen von Torquay. Wen darf ich melden und mit welchem Begehr?"

„Guten Tag, mein Name ist Patricia Miller. Ich bin die Nachbarin und Mieterin der Kate des Grafen. Ich habe hier einen Brief für den Grafen, dessen vorsichtige Lektüre ich wärmstens empfehle, denn er könnte zerbrechlich sein."

„Ähm, wie meinen?"

„Der Brief ist vermutlich schon mehrere hundert Jahre alt. Wenn der Herr Graf Fragen dazu hat. Ich bin noch etwa eine Stunde zuhause".

„Ich werde es dem Grafen melden, vielen Dank".

„Bitte schön, und auf Wiedersehen".

„Auf Wiedersehen, my Lady".

Archibald nahm den versiegelte Brief verwundert entgegen, schloss die Tür hinter Patricia, sah sich die Papierrolle an, schüttelte dabei leicht sein Haupt und schritt Richtung Bibliothek, wo er den Grafen geschäftig vermeinte. Er trat an die Tür, lauschte kurz und pochte dann dreimal an die Tür. Auf ein grimmiges „ja" trat Archibald ein. „My Lord, von einer gewissen Mrs. Miller – sie behauptet, die Mieterin der Kate zu sein – wurde soeben diese versiegelte Schriftrolle abgegeben. Sie lässt ausrichten, Sie mögen sie vorsichtig öffnen, die Rolle sei vermutlich schon mehrere hundert Jahre alt und könne brüchig sein".

Die Augen des Grafen weiteten sich. „Das wird doch nicht etwa ..." Der Graf sprach nicht weiter, sondern nahm schweigend mit zitternden Händen die von Archibald ihm gereichte und versiegelte Papierrolle entgegen. Er drehte sie in der Tat wie zerbrechliches Porzellan vorsichtig in der Hand und entdeckte sogleich das Siegel – sein Siegel, das er von seinem Vater geerbt hatte und das schon seit Generationen stets auf die jeweils nächste in der Gestalt des ältesten Sohnes übertragen worden war. Das Papier indessen kannte er nicht. Derartige Schriftrollen mochten aber in der Tat vor mehreren hundert Jahren verwandt worden sein. Auch die äußere vergilbte Erscheinung der Papierrolle deutete auf ein entsprechend hohes Alter hin. „Was sagten Sie, wo – wie hieß sie noch gleich? Ach ja, Mrs. Miller die Schriftrolle gefunden hat?", wollte der Graf von Archibald wissen.

„Ähm, Entschuldigung my Lord, ich sagte nichts dergleichen. Mrs. Miller hat die Fundstelle nicht erwähnt".

Der Graf fragte sich, wo seine Mieterin diese Rolle wohl gefunden haben mochte. Wer mochte wohl der Urheber dieses Schriftstückes sein? Woher nahm seine Mieterin die Sicherheit, dass er der rechtmäßige Empfangsbevollmächtigte dieser Rolle war. Dann fiel ihm ein, dass das Siegel deutlich zu erkennen war. „Archibald!"

„My Lord?"

„Den Degen!"

„Den preußischen oder den französischen?"

„Den preußischen natürlich!"

„Natürlich, sehr wohl, my Lord".

Archibald schritt zum Kamin, löste den über dem Kamin aufgehängten Degen – ein Geschenk des Alten Fritz an den damaligen Grafen von Torquay – aus seiner Halterung und schritt mit diesem zurück zu seinem Herrn. Der Graf nahm den Degen entgegen und öffnete mit diesem unhandlichen Werkzeug überraschend gewandt das Siegel. Nun entrollte er vorsichtig das Schriftstück. Archibald hatte sich geschickt so placiert, dass er unbemerkt mitlesen konnte.

Freitag, 13. Oktober 1587

Meine lieben Söhne,

mir wurde soeben von einem Kurier eines Vertrauten am Hofe der Königin mitgeteilt, dass diese erfahren habe, dass sich ein nicht unerheblicher Teil des Panama-Schatzes aus Nombre de Dios unrechtmäßig in meinem Besitz befindet. Ihr wisst vielleicht, dass Sir Francis Drake 1572 die spanische Stadt Nombre de Dios in Panama geplündert hat. Drake ist mein Freund und ich segelte unter seinem Kommando als erster Offizier. In England angekommen, ist es Eurem Vater gelungen, einen Teil des Schatzes unbemerkt zu verladen und auf unser Schloss zu verbringen. Ich – und nicht die Königin – habe mein Leben für diesen Schatz riskiert und ich war der Auffassung, dass mir ein angemessener Teil des Schatzes als Lohn und Andenken zugleich zusteht Da ich mir ziemlich sicher war, dass die Krone diese Auffassung nicht teilen würde, habe ich mich erst gar nicht auf eine Auseinandersetzung eingelassen und sogleich gehandelt – ohne auch nur das geringste Unrechtsbewusstsein.

Ich hatte seinerzeit den Schatz in der Gruft und in diesem Raum versteckt und ich bereue es jetzt bitter, dass ich Euch nicht eher in dieses Geheimnis eingeweiht habe und vor allem: wie Ihr vom Weinkeller aus durch Umlegung des linken Fackelhalters in diesen Raum und von diesem Raum auf die gleiche

Art in den Geheimgang zur Gruft gelangt. Etwa in der Mitte des Geheimganges werdet Ihr auf einen Löwenkopf treffen, der den Eingang zur Gruft bewacht. Durch Umlegung des Fackelhalters öffnet sich der Zugang zur Gruft und zur Schatzkammer.

Und noch ein Geheimnis: Ihr werdet Euch sicherlich wundern, wohin der zweite Teil des Ganges vom Löwen ausgehend führt. Er führt zur Kate, die vor Jahren von einer bezaubernden Frau bewohnt worden war: Sally Wildfield. Ich hatte mich hoffnungslos in sie verliebt und den Rest überlasse ich Eurer Fantasie. Der Geheimgang ist jedenfalls das Produkt meiner Fantasie. Eure Mutter wusste zwar von dem ersten Teil des Geheimganges – auch für den hatte sie sich nie interessiert -, nicht jedoch von dem zweiten Teil. Der Baumeister und die Arbeitsleute sind inzwischen tragischerweise – tragisch für England und hoffentlich nicht auch für Euch – im Krieg gegen die spanische Krone gefallen. Ich hoffe nicht, dass ich mein Geheimnis mit an den Galgen nehme, der für mich sicher gerade in Arbeit ist und ich hoffe sehr, dass Ihr irgendwie den Zugang zu diesem Raum herausfindet. Ihr seid gerade auf See und kämpft sicher tapfer gegen die Spanische Armada. Ich werde Euch wahrscheinlich in diesem Leben nicht wieder sehen. Wenn Ihr den Schatz findet, nehmt, was ihr begehrt und unterstützt mit dem Rest bitte die Waisenhäuser. Ich werde jetzt den Zugang zu diesem Raum, wo Ihr den Brief hoffentlich vorgefunden habt, und den zu dem Keller von Sally versiegeln in der Hoffnung, dass Ihr das Geheimnis entdeckt. Ich bin sehr stolz auf Euch und ich liebe Euch sehr. Leider habe ich es Euch bisher nicht so spüren lassen, wie Ihr es verdient gehabt hättet. Ich werde Euch sehr vermissen, sehr! So Gott will, sehen wir uns im Himmel eines Tages wieder. In dieser Hoffnung stelle ich mich meinem Schicksal.

Euer Vater William, Graf von Torquay.

Als der Graf die letzten Worte zu Ende gelesen hatte, blickte er auf und sah durch die großen Butzenfenster zum Himmel – geradeso, als wollte er mit seinem Vorfahren Kontakt aufnehmen. Der Graf wirkte betroffen und das war er wirklich. Die Söhne von William hatten also offenbar den Zugang nie entdeckt, sonst hätten sie ja die Schriftrolle gefunden. Zumindest ein Sohn muss ja aus dem Gefecht zurückgekehrt sein, sonst hätte sich die Dynastie nicht fortsetzen können. „Welch Tragödie", seufzte er. „Mein Ahnherr hat also tatsächlich sein Geheimnis mit an den Galgen genommen". Er fragte sich, was mit seiner Frau war und weshalb sie nicht auf die Schriftrolle gestoßen war. Der Weg vom Weinkeller bis zum Vorraum, wo sich der Brief aufhielt, war ihr doch wahrscheinlich bekannt. Der Graf erhob sich bedächtig, nahm seinen Stock und ging zu einem der bis zur Decke reichenden Bücherregale, die drei Seiten der Bibliothek schmückten. An der vierten Seite thronte der stolze, aus Feldsteinen gemauerte Kamin, umrahmt von einer reichen Waffensammlung und Landschaftsbildern in Öl. Er bestieg die Leiter, die er mehrfach an verschiedenen Stellen anlegen musste, zog nach einiger Zeit ein dickes, schweres Buch mit einem Ledereinband heraus und trug es behutsam wie einen Schatz zu seinem Schreibtisch. Stöhnend setzte er sich, während der Schreibtischsessel knarrte, schlug das Buch auf, blätterte mehrfach darin, bis er im Jahre 1587 angekommen war. Zunächst betrachtete er länger als es sonst seine Art war die Gemälde von William und seiner Gattin Patricia. Als nächstes interessierte ihn, wer die Familienchronik fortgeschrieben hatte. Es war dessen Sohn William, offenbar der Älteste. Der Graf erfuhr aus der Chronik, dass die Befürchtungen seines Ahnen in Bezug auf den Galgen leider zu Recht bestanden hatten. Er wurde in der Tat wegen Unterschlagung eines Teils des Panama-Schatzes und wegen Untreue zulasten der Englischen Krone zum Tode durch den Strang verurteilt. „Wie gediegen doch das Normensystem damals war", dachte der Graf. „Töten und Rauben im Namen der Krone ist nicht nur erlaubt, sondern gereicht dem Täter zur nationalen Ehre. Musterbeispiel ist Sir Francis Drake. Bereichert er sich jedoch teilweise an dem Schatz, für den er persönlich – und nicht die Königin – Leib und Leben riskiert hat, so hat er sein Leben verwirkt. Wo ist da die Verhältnismäßigkeit der Mittel? Ist die Königin nicht selbst ein Pirat, wenn sie Piraten für sich arbeiten lässt? Wenn nun aber ein beauftragter Pirat einen sicher winzigen Teil des Schatzes einbehält, für den er sein Leben riskiert hat, mit welchem Recht kann dann die Königin als Herrin über alle königlichen Piraten sein Leben für dieses Verhalten verlangen? Im Grunde hat sich an diesem zweischneidigen Schwert bis heute nichts geändert, wenn man sich einmal die Agententätigkeit der einzelnen Nationen betrachtet – oder die Tätigkeit des Finanzamtes.

Williams Frau Patricia , die ihrem Ehemann privat zum Prozess nach London nachgereist war, geriet unterwegs in einen Hinterhalt, wurde überfallen, ausgeraubt und noch eher getötet als der Graf. Der jüngste Sohn fiel in einer Seeschlacht gegen die Spanische Armada. Dem ältesten Sohn wurde damit das Schicksal zuteil, das Erbe als Vollwaise ohne brüderlichen Beistand anzutreten. Er hatte aber den Schatz nicht gefunden. Vielleicht hatte er andere Sorgen! Vielleicht war der mechanische Trick mit dem Umlegen eines Fackelträgers seinerzeit auch erst gerade erfunden worden und hatte sich noch nicht bis zu William Junior herumgesprochen. Heute erfährt jedes Kind beim Betrachten einer Edgar-Wallace-Verfilmung, wie das funktioniert. Was mochte aus Miss Sally Wildfield geworden sein? In der Chronik erfuhr der Graf leider nichts über sie. Vielleicht wurde sie heimlich von der Gräfin vergiftet?

An den in eingeweihten Kreisen kursierenden Gerüchten über das Geheimnis des Grafen von Torquay, die sich bis in die Gegenwart hinein erhalten hatten, war also mehr dran als er vermutet hatte!

Seine Gedanken wanderten jetzt zu seiner Mieterin. Wo hatte sie nur die Rolle gefunden? Er beschloss, diese Frage persönlich an sie zu richten, und zwar ohne schuldhaftes Zögern. Der Graf erhob sich, nahm seinen Stock und machte sich auf den Weg.

Patricia, die gerade mit dem Abwasch befasst war, sah den Grafen schon von weitem durch das Küchenfenster. Trotz seines Stockes hatte sein Gang etwas durchaus Elegantes, Herrschaftliches, Erhabenes. „Er lässt sich also tatsächlich herab, mit dem gemeinen Volk zu sprechen, nein mehr noch: mich persönlich aufzusuchen, statt nach mir zu schicken und mich einzubestellen. Und dann kommt er auch noch zu Fuß und nicht etwa mit der Kutsche", dachte Patricia. Sie musste sich eingestehen, dass sie das nicht vom Grafen erwartet hatte. Sie war gespannt auf die Begegnung mit ihm.

Nicht minder gespannt war der Graf auf die Begegnung mit seiner Mieterin, die er erst einmal gesehen hatte. Sie hatte eine erstaunliche Entdeckung gemacht und sie hatte es geschafft, ihn dergestalt neugierig zu machen, dass er sich unverzüglich persönlich zu ihr auf den Weg gemacht hatte, um Details in Erfahrung zu bringen. Das Prozedere seiner Mieterin in Bezug auf seine Person amüsierte ihn und kam ihm bekannt vor – er selbst wäre ebenso vorgegangen! Woher hat sie nur die Disziplin genommen", fragte er sich, „die Schriftrolle, die sie ja schließlich gefunden hat und die ja dem äußeren Anschein nach einen hochinteressanten Inhalt erwarten ließ, unangetastet mir zu übergeben? Ich hätte es natürlich unerhört gefunden, wenn sie sie zuvor geöffnet hätte, aber verstanden hätte ich es – menschlich besehen".

Als er näher kam, betrachtete er eingehend sein Eigentum und dessen Pflegezustand und war angenehm angetan. Seine Kate hatte im Vergleich mit dem status quo ante per Übergabe deutlich an Liebreiz und warmer Ausstrahlung hinzugewonnen. „Erstaunlich für eine Frau", dachte der Graf und lachte schon im nächsten Augenblick über dieses törichte Vorurteil. Mit Wohlwollen betrachtete er die vielen unterschiedlichen Pflanzen, die den Garten, die Fenster und den Eingangsbereich schmückten. Er läutete. Kurze Zeit später blickte er in das Antlitz einer hübschen Frau, die ihn freundlich begrüßte.

„Guten Tag, Herr Graf".

„Guten Tag, Mrs. Miller. Ich würde sie gern sprechen. Darf ich rein kommen?"

„Aber natürlich, gern, kommen Sie rein". Patricia führte ihn zu einer Sitzgruppe in einem gemütlichen Winkel der Kate, wo sie sich setzten. Sie schauten einander an und Patricia genoss es, den Grafen ein wenig unter Spannung zu halten, ergriff dann aber doch als erste das Wort: Ich bin offen gestanden überrascht, dass Sie sich persönlich zu mir auf den Weg gemacht haben".

„So? Sie haben sicher gedacht, ich würde nach Ihnen schicken und Sie einbestellen, nicht wahr?"

„Ehrlich gesagt: Ja!"

„Haben Sie das gedacht, weil Sie das von einem Grafen erwartet haben oder weil wir uns schon einmal begegnet sind und Sie mich aufgrund dessen so eingeschätzt haben?"

„Offen gestanden: Letzteres", kam es jetzt nicht mehr ganz so forsch aus ihr heraus. Sie war erstaunt ob seiner offenen, entwaffnenden, Distanz vermindernden Worte, die ohne Umschweife unmittelbar auf sie zusteuerten.

„Dann muss ich mich ja bei unserer ersten und letzten Begegnung aufgeführt haben wie ein Nilpferd", stellte der Graf lächelnd fest.

„So in etwa", dachte Patricia, fand es aber merkwürdig, dass sie gar nicht das Bedürfnis verspürte, diese Einschätzung zu bestätigen, sprach es nach einer kurzen Überlegungsfrist aber dennoch aus: „So in etwa. Und Sie machen es mir leicht, Ihnen diese Einschätzung zu bestätigen".

„So?".

„Ja! Weil Sie heute ganz und gar nicht diesem Bild entsprechen und offenbar heute selbst genügend Abstand zu der damaligen Verfassung haben".

„Sie sind sehr offen", lächelte der Graf. „Ich bin gekommen, um mich zunächst bei Ihnen zu bedanken für die Schriftrolle, die Sie mir übergeben ließen. Sie sind sicher neugierig zu wissen, was dort geschrieben stand. Ich will Sie nicht länger auf die Folter spannen. Sie haben ein Recht darauf, es zu erfahren".

Der Graf teilte ihr sodann den Inhalt der Schriftrolle auswendig mit – er hatte ihn schließlich mehrfach gelesen - und machte dabei aus seiner Betroffenheit über die Familientragödie keinen Hehl. Am Ende seines Berichts schaute er Patricia an, die der Bericht ebenfalls sehr bewegt hatte.

„Mein Anliegen ist es jetzt, den alten Wunsch meines Ahnherrn zu erfüllen, nämlich die Waisenhäuser zu fördern – vielleicht ist das erforderlich für seinen Seelenfrieden. Viele merkwürdige Dinge tragen sich in meinem Schloss zu, die sich keiner erklären kann. Vielleicht ist an diesen alten Geschichten etwas Wahres dran, dass dann, wenn Menschen unter derart tragischen Bedingungen voneinander Abschied nehmen müssen respektive ihre Liebsten nach dem letzten nichts ahnenden Abschied nicht mehr lebend wieder gesehen haben – wie mein Ahnherr William – oder wenn ihr letzter Wille nicht erfüllt worden ist, diese Menschen in Geistergestalt in ihrem ehemaligen Hause herumspuken. Dabei mag dieser Spuk nicht einmal von einem bösen Willen beseelt sein. Vielleicht ist es nur der verzweifelte Versuch, seinen Nachfahren etwas Bestimmtes mitzuteilen. Nun wissen wir ja, dass Geister nicht unmittelbar über physische Kräfte verfügen können. Nach Auffassung einiger angesehener Wissenschaftler soll es jedoch durch intensive Absichtsbildung, Vorstellungskraft und insbesondere starken Glauben an den Erfolg möglich sein, ohne jedwede körperliche Einwirkung Einfluss auf Dinge der körperlichen Welt zu nehmen. Zur Glaubenskomponente fällt mir an dieser Stelle Jesus von Nazareth ein, der am Berge Sinai den Menschen vermittelt hat, dass Glaube Berge versetzen kann. Wenn dem so ist und weiter angenommen, es gibt ein Leben nach dem Tod in der angesprochenen Form, muss es auch Gespenstern möglich sein, körperliche Dinge aus unserer Welt zu bewegen".

„Ich glaube, in puncto Gespenster kann niemand das Gegenteil beweisen. Ich persönlich schwanke ständig. Nüchtern betrachtet glaube ich nicht an Seelenwanderung, Spuk und dergleichen. Doch immer dann, wenn mir jemand, den ich persönlich kenne und schätze, von solchen Dingen – emotional immer noch ergriffen – berichtet aus Schlössern in Schottland, England und Wales, neige ich stark dazu, an diese Dinge zu glauben".

„Wissen Sie was?", fragte der Graf.

„Nein!"

„Ich neige ebenfalls dazu, diesen Geschichten Glauben zu schenken, weil ich so manchen Spuk am eigenen Leibe in meinem Schloss erlebt habe. Und wissen Sie noch was?"

„Nein?"

„Ich platze schon wieder vor Neugierde: Wo um alles in der Welt haben Sie sie gefunden?"

„Gewissermaßen in Ihrem Keller", gab sich Patricia geheimnisvoll in der Absicht, den Grafen zu verblüffen, zumindest eine Augenbraue des Grafen nach oben schnellen zu sehen. Sie hatte Erfolg! „Ich würde Sie gern dorthin führen!"

„Ich werde mich sehr gern von Ihnen führen lassen"

„Tja, dann gehen wir also? Wenn Sie mir bitte unauffällig folgen wollen, Euer Durchlaucht". Sie freute sich, dass es ihr gelungen war, gegenüber dem Grafen einen so lockeren, ungezwungenen Ton anzuschlagen.

„Sehr wohl, my Lady", erwiderte der Graf, eine Verbeugung andeutend. Auch er freute sich und folgte ihr. Im Vorübergehen ergriff Patricia die beiden Taschenlampen, die sie gestern benutzt hatte, von einem Sideboard und reichte eine davon dem Grafen, der dankend annahm.

„Wir müssen zunächst in den Keller". Dort angekommen berichtete sie, während sie gemächlich voranschritten, wie Kevin die Tür zum Geheimgang entdeckt hatte, wie es ihnen gelungen war, die Tür zu öffnen und wie ihnen im Geheimgang zumute war. Der Graf hörte gespannt zu und klebte förmlich an ihren Lippen. Am Löwen angekommen, stellte der Graf sofort fest, dass dieser Löwe und die anderen immobilen Löwen auf seinem Anwesen in Form und Ausdruck identisch waren. Zufrieden wandte er sich ab und schritt voran, blieb aber sofort stehen, als er merkte, dass er nur seine eigenen Schritte hörte.

„Wird es jetzt gefährlich, dass Sie nicht weiterwollen?"

„Gefährlich nicht in dem Sinne, den Sie jetzt meinen. Gefährlich nur für Ihre Gesinnung. Wenn einer eine Reise in die Vergangenheit unternimmt, sollte seine Neugierde auf die höchste Stufe eingestellt sein. Gerade früher gab es sehr fantasievolle Menschen, die mit einer bewundernswerten Fürsorge ihrer Nachwelt gedacht haben. Und um es dieser nicht ganz so leicht zu machen, haben sie so manche Schikane eingebaut oder gerade das, was sie ihrer Nachwelt präsentieren wollen, fantasievoll versteckt".

„Sie meinen doch wohl nicht, dass ..."

„Genau das. Dieser Löwenkopf z.B. ist so eine Art Vorgänger des heutigen Adventskalenders", sagte Patricia geheimnisvoll und genoss es, in diesem Ambiente geheimnisvoll zu sein.

„Das ist ja interessant! Dann kann ich sozusagen beim Löwen ein Türchen aufmachen?" Seine Augen leuchteten dabei sogar im Dunkeln.

„Ja, sozusagen".

„Aber wo und wie", fragte er noch, als er schon Hand an den Fackelhalter gelegt hatte und dadurch zu erkennen gab, dass ihm gewisse Edgar-Wallace-

Verfilmungen durchaus vertraut waren. „Das ist ja phänomenal", schwärmte der Graf, als sich der Löwe träge in Bewegung setzte.

Mühsam gelang es dem Grafen, durch die kleine Öffnung in die Schatzkammer einzudringen, doch – wie wir bereits wissen – lohnte sich die Mühe. Die für Patricia unerwartete Begeisterung steigerte sich noch, als er Gruft und Schätze gewahrte. Zufrieden stellte Patricia fest, dass auch der Graf – ebenso wie sie und ihr Sohn zuvor – sich nicht damit begnügte, die Schönheit nur visuell zu erfassen und sich an dem bloßen Anblick zu erfreuen; auch der Graf gab hemmungslos seinem Verlangen nach, die Schätze anzufassen, sie empor zu heben und von allen Seiten zu betrachten, Münzen und mit Brillianten besetzte Gold- und Silberketten langsam durch die Finger seiner freien Hand gleiten zu lassen, geradeso, als wollte er sich davon überzeugen, dass sie wirklich existierten und nicht etwa eine britische Fata Morgana darstellten.

In einem anderen Teil der Kammer blieb der Graf plötzlich stehen, und beleuchtete mit seiner Lampe einen Gegenstand, der ihm als Hobbywinzer äußerst vertraut war: Ein Weinfass. Auch dieses bemusterte und befühlte er fachmännisch und stellte bald fest, dass dieses leer und leicht beweglich war. Bei diesen Untersuchungen hatte er das Fass durch leichtes Drehen von der ursprünglichen Stelle abgerückt und stellte erstaunt fest, dass im Zentrum der Stelle, die zuvor von dem Fass bedeckt gewesen war, ein etwa faustgroßer Eisenring in eine an dieser Stelle befindliche Holzplanke zur Größe von etwa einem halben Quadratmeter eingelassen war. Der Forscherinstinkt war geweckt, denn kurz darauf hatte er sich bereits gebückt und den Eisenring ergriffen.

„Mrs. Miller, könnten Sie mir vielleicht mal kurz zur Hand gehen?"
„Aber natürlich".

Gemeinsam zogen sie jetzt an dem Ring – gespannt, was sich wohl darunter befinden mochte. Unter malmend-quietschenden Geräuschen schrammte die Planke an ihrem Rahmen entlang und war plötzlich frei. Mit beiden Taschenlampen leuchteten sie hinunter durch die Öffnung und sahen, dass eine schmale steinerne Treppe hinunterführte. Wie selbstverständlich gingen sie vorsichtig die Treppe hinunter – der Graf vorweg. Unten angekommen fanden sie sich in einem etwa 20 qm großen Raum wieder, in dem sieben Seekisten standen. Jede war gefüllt mit Entermessern, Säbeln, Degen, Enterbeilen und sonstigen Waffen. In einigen Waffen waren die englische, in anderen die spanische Krone mit dem Konterfei des jeweiligen Herrschers eingraviert - Waffen, im sechzehnten Jahrhundert Massenware, freilich nützlich in der Schlacht, jedoch heute Exponate mit Seltenheitswert. Sicherlich darauf zurückzuführen, dass diese Waffen im Zuge von Neuerungen oder Materialknappheit anderweitig verarbeitet worden sind. Hätten die damaligen Herrscher seinerzeit an die Nachwelt gedacht und daran, dass sich kleine und große Jungs an Vitrinen in Museen Jahrhunderte später die Nase platt drücken würden, hätten sie sicher nicht anders entschieden. Es war immer so: Was zählt, ist der Augenblick, nach mir die Sintflut!

Der Treppe gegenüber, die sie hinab gestiegen waren, war jetzt im Lichtkegel der Taschenlampen eine andere steinerne Treppe der gleichen Bauart zu sehen.

„Noch eine Treppe!", stellte Patricia bedeutsam fest.

„Na, jetzt bin ich aber gespannt, ob wir da landen, wo ich glaube, dass wir da ankommen".

„Ich hab` zwar nicht die leiseste Ahnung, aber gespannt bin ich auch – wie ein Flitzebogen!"

„Na, dann man los!" Oben auf der Treppe angekommen wurde ihnen der weitere Weg durch eine Holzplatte versperrt. Angestrengte Versuche, die Platte hoch zu drücken, schlugen fehl. Patricia hatte eine Idee. Sie kam nach kurzer Zeit mit einem Enterbeil zurück und hieb dieses mehrfach mit ihrer ganzen Kraft in die Holzplatte hinein. Holzspäne splitterten ihnen entgegen und nach einem weiteren Hieb sprang die Platte unter der Wirkung der Hiebe und der Massenveränderungen nach oben und sie vernahmen dabei deutliche Poltergeräusche. Zur Fortsetzung ihres Weges nach oben waren sie nicht länger auf ihre Taschenlampen angewiesen!

„Phänomenal! Wissen Sie, wo wir uns hier befinden?", fragte der Graf, als sie beide oben angekommen waren.

„Ich vermute, wir befinden uns in der Winzerei".

„Volltreffer, Mrs. Miller. Und zwar in einem unbedeutendem Nebenraum, in welchem Werkzeug und Arbeitsmaterialien gelagert wurden. Mehreren Generationen ist offenbar dieser Zugang zur Unterwelt verborgen geblieben! Gedankenlos wurden auf dieser Platte irgendwelche Gegenstände abgestellt in einem Arbeitseifer, der die Sinne für das Detail schwächt. Zugegeben: Der Raum ist recht dunkel. Nur der, der irgendetwas Kleines hier verloren hat, hätte sich zum Suchen Licht gemacht. Offenbar ist dieser Fall bis heute nie eingetreten! Einfach erstaunlich! Da meint man, jeden Winkel seines Schlosses wie seine Westentasche zu kennen – und dann so was! Ein Fluchtweg für alle Fälle. Einfach phänomenal! Da haben wir die ganzen Jahre auf Tuchfühlung mit dem Schatz gearbeitet und dabei ausgerechnet den Raum gemieden, der uns am ehesten die Entdeckung des Schatzes verheißen hätte. Damit wäre wieder einmal eindrucksvoll unter Beweis gestellt, wie dicht Licht und Schatten beieinander liegen. Was sagten Sie vorhin noch gleich?", fragte der Graf mit einem Lächeln: Wer eine Reise in die Vergangenheit unternimmt, sollte unbedingt mit Überraschungen rechnen und daher die Augen aufhalten, nicht wahr?"

„Damit steht es eins zu eins, Herr Graf", sagte Patricia ebenso amüsiert. „Ich gebe zu, dass mir gestern nicht einmal das Fass aufgefallen ist. Dabei trinke ich selbst so gern Wein.

„Ich auch, Mrs. Miller. Und wenn wir hier aus der Unterwelt wieder raus sind, würde ich gern einmal mit Ihnen ein Gläschen von meinem besten Eiswein probieren".

„Vielen Dank für die Einladung, die ich hiermit gern annehme, Herr Graf. Wollen wir weiter?"

„Meinetwegen gern. Über diesen geheimnisvollen unterirdischen Gang und dessen weiterer Verwendung kann ich mir später einmal Gedanken machen".

Patricia führte den Grafen wieder zum Ausgang aus der Schatzkammer zurück und weiter zu der steinernen Tür, dem Zugang zum Schlosskeller. An dieser angekommen fand der Graf – nun entsprechend sensibilisiert – sofort heraus, wie sie zu öffnen war. Nicht vorbereitet war er allerdings darauf, hier nochmals einen so großen Schatz vorzufinden.

„Phänomenal", hauchte der Graf. Ich weiß, ich wiederhole mich, aber mir fällt zu dem, was ich hier auf meine alten Tage noch erleben darf, keine treffendere Beschreibung ein. Nachdenklich ließ er eine mit Brillianten besetzte Kette langsam durch seine Finger gleiten. „Mrs. Miller?"

„Ja, Herr Graf?"

„Erinnern Sie sich noch an den Wunsch meines Ahnherrn, was mit dem Schatz passieren sollte?"

„Ja, durchaus. Der Erlös sollte den Waisenhäusern zufließen".

„Was glauben Sie passiert, wenn ich der Öffentlichkeit den Schatz zusammen mit dem Brief präsentiere?"

„Die Krone wird vermutlich davon Wind bekommen und feststellen, dass sie der rechtmäßige Eigentümer des Schatzes ist und wird sich von dem Erlös eine weitere, dringend benötigte Yacht im King-Size-Format kaufen".

„Genau das befürchte ich auch. Was würden Sie an meiner Stelle tun?"

„Ich würde den Brief stillschweigend zur Familienchronik nehmen und entsprechend dokumentieren - und den Schatz nach und nach als alten Familienbesitz verkaufen. Dabei würde ich peu a peu Kontakt zu unterschiedlichen Kunsthändlern und Juwelieren aufnehmen und den Schatz auf diese Weise unauffällig streuen – mit einer Ausnahme!"

Erstaunt runzelte der Graf die Stirn und riss die Augen weit auf. „Ach, und die wäre?"

Kapitel 14

Patricia und Kevin hatten sich für die Verabredung mit dem Grafen dem Anlass entsprechend elegant in Schale geworfen. Kevin hatte widerstrebend zu seinem grünen Cordanzug, auf den ein röhrender Hirsch aufgestickt war, und dem weißen Hemd eine Fliege umgebunden – die praktische mit Gummizug. Patricia war in ihr weißes Kleid mit den bunten Tupfern geschlüpft und betrachtete sich so im Spiegel mit den Augen des Kritikers, dem diese Ausstattung nicht so vertraut ist. Je länger sie sich jedoch im Spiegel betrachtete, umso besser gefiel sie sich in dem Kleid. „Eigentlich schade, dass ich so selten Gelegenheit habe, Kleider zu tragen. Irgendwie stehen sie mir, diese Dinger", dachte Patricia.

„Mama?"

„Ja, Kevin!"

„Muss ich wirklich diese doofe Fliege umbinden?"

„Ja! Weißt Du Kevin, es gibt Gelegenheiten für Freizeitkleidung und solche für schicke Kleidung – je nach Anlass. Heute Abend gibt es einen festlichen Anlass, also werden wir uns auch dem Anlass entsprechend kleiden. Weißt Du, ebenso wie festliche Kleidung beim Fußballspiel unangebracht ist, sind Fußballklamotten unangemessen bei einem festlichen Anlass. Verstehst Du das, mein Liebling?"

„Ja, Mama; das hast Du fein erklärt. Und wie muss ich den Grafen ansprechen?"

„Sag doch einfach: Herr Graf zu ihm. Musst Du vorher noch mal verschwinden?"

„Nein, ich gehe beim Herrn Grafen auf den Thron. Ich will sehen, ob er goldene Wasserhähne hat".

Patricia lachte, Kevin ebenfalls, als er merkte, dass seine Mutter seine Bemerkung lustig fand.

Der Graf erwartete sie bereits in der Eingangstür und freute sich sichtlich über seinen Besuch. „Willkommen auf meinem bescheidenen Schloss, Mrs. Miller. Und Du bist Lord Kevin, nehme ich an?"

„Guten Abend, Herr Graf", erwiderte Kevin artig mit einem tiefen Diener. „Kevin ist richtig, aber ich bin kein Lord, Herr Graf".

Der Graf schmunzelte und sagte: „Was nicht ist, kann ja noch werden.

„Guten Abend, Herr Graf", wandte sich nun auch Patricia an den Grafen. „Schön, dass Sie uns persönlich öffnen".

„Tja, wissen Sie, meinem Butler ist vorhin eine Laus über die Leber gelaufen. Wenn ich ihn hätte öffnen lassen, hätte ich fürchten müssen, dass er Sie mit seinem griesgrämigen Gesicht gleich wieder verscheucht. Außerdem wollte ich es mir selbstverständlich nicht nehmen lassen, meiner charmanten Nachbarin und ihrem Sohn und talentiertem Nachwuchsforscher persönlich die Ehre zu erweisen".

„Vielen Dank", sagte Patricia und überreichte ihm einen bunten Strauß frisch gepflückter, duftender Blumen aus ihrem Garten.

„Die sind aber schön", stellte der Graf strahlend fest. „Aus Ihrem Garten?"

„Ja".

„Mir ist heute Morgen schon aufgefallen, dass Sie ein grünes Händchen haben. Wenn wir jetzt aber nicht bald reingehen, wachsen wir hier bestimmt noch fest, was meinst Du, Kevin?"

Kevin lachte. „Das darf keinesfalls passieren. Sonst sehen wir eines Tages so grimmig aus wie die Löwen vorne am Eingang".

„Das wäre ja eine Katastrophe! Also gehen wir schnell rein!"

Archibald kam ihnen entgegen mit einem Tablett und Getränken – und tatsächlich einem grimmigen Gesichtsausdruck.

„Kevin, magst Du Traubensaft?"

„Au ja, furchtbar gerne!"

„Und Sie, Mrs. Miller? Ein Gläschen Champagner gefällig?"

„Sehr gern, Herr Graf".

„Archibald, möge er die genannten Wünsche erfüllen". Das war – wie nicht anders bei einem englischen Butler der alten Schule zu erwarten – überflüssig zu sagen. Archibald hatte zwar schlechte Laune, war aber nicht taub. Er hatte den Traubensaft schon in Arbeit, ließ sich aber Zeit beim Einschenken. Er zelebrierte quasi das Einschenken und seine Augen glänzten dabei, als stelle er sich vor, er habe einen Tages-Fuß-Marsch durch die Sahara hinter sich und wolle jetzt vorab mit den Augen den köstlichen und kühlen Traubensaft vorkosten – um dabei den anderen die Möglichkeit zu geben, ähnlich zu empfinden. Beim Einschenken des Champagners ging Archibald genauso vor.

„Wer so lange auf sein Getränk wartet, hat es sich redlich verdient", sagte der Graf und lächelte dabei seinen Butler versöhnlich an, der sich von diesem Seitenhieb selbstverständlich nicht aus der Fassung bringen ließ.

„Ich finde, Ihr Butler macht das wunderbar. Er ist dabei so ungewohnt liebevoll und behutsam vorgegangen, so als wolle er sicherstellen, dass kein einziger Tropfen von dem köstlichen Getränk verloren gehe. Da ich durstig bin, hat das Zusehen beim langsamen Einschenken meine Vorfreude auf den baldigen Genuss noch verstärkt. Und ein Genuss mit Vorfreude ist doppelte Freude!"

Archibald merkte auf. Er sah tatsächlich so aus, als würde er sich über die Bemerkung Patricias freuen. Es ist freilich nicht so einfach, die Gemütsverfassung eines waschechten englischen Butlers zu erfassen.

„Hä-hm" räusperte er sich, „es freut mich, jemanden kennen zu lernen, der die tiefere, weil philosophische Bedeutung des langsamen Einschenkens nachvollziehen kann – und zwar ohne dass es dazu einer Erklärung bedarf".

„Die Freude ist ganz meinerseits, Mr...?"

„Drake, Archibald Drake, Madam. Aber sagen Sie ruhig Archibald zu mir, das bin ich gewohnt".

„Wie Sie wollen, Archibald". Als Archibald seinen Nachnamen preisgab, trafen sich die Blicke Patricias und des Grafen und Patricia dachte sofort daran, dass Sir Francis Drake und der Vorfahre des Grafen miteinander befreundet waren. „Archibald wird doch wohl nicht etwa ein Nachfahre des berühmten Sir Francis Drake sein?", dachte Patricia. Sie verwarf den Gedanken als abwegig.

„Liebe Mrs. Miller, lieber Kevin, ich heiße Sie und Dich, lieber Kevin, nochmals herzlich willkommen auf meinem Schloss. Möge der Tropfen uns allen munden und nützen! Cheers!"

„Cheers!"

„Der Saft schmeckt aber gut!"

„Der Champagner ist ebenfalls ein edles Tröpfchen. Da haben Sie es aber gut gemeint mit uns!"

„Sie sehen, für Sie ist mir nichts zu schade. Außerdem erfordern besondere Ereignisse besondere Getränke, nicht wahr?"

Der Graf machte auf besonderen Wunsch von Kevin mit den beiden eine Führung durch das Schloss, wobei er zu jedem Raum des Gebäudes mindestens eine lustige Anekdote oder interessante Geschichte zu berichten wusste.

Sie waren jetzt im riesigen Keller angelangt. Im Gegensatz zu den oberen Stockwerken befand sich dieser in einem erbärmlichen Zustand. Da kein Tageslicht in diesen eindrang, hatten sich alle drei am Kellereingang mit Fackeln bewaffnet und bahnten sich jetzt ihren Weg durch die gespenstische Nacht des Kellergewölbes. Der Eindruck des Unheimlichen wurde vorwiegend genährt durch die allgegenwärtigen Spinnengewebe, jeden von einem merkwürdigen Echo begleiteten Schritt, den Fackelschein, das Knarren der schweren, eisenbeschlagenen Türen und – natürlich der Fantasie, die in Momenten wie diesen zur Hochform aufläuft.

„Hier kommen wir zum Verlies", sagte der Graf, schob die schweren Riegel zur Seite und öffnete die mächtige Tür, die knarrend heftigen Widerstand leistete. Sie blickten in einen Raum, deren einzige Ausstattung in Hals- und Fußfesseln bestand, die mit Boden und Wänden durch schwere Ketten als Bindeglieder fest verankert waren.

„Früher war das Verlies noch gut besucht. Das Stadtgefängnis war zumeist überfüllt, so dass die Ordnungshüter froh über dieses hübsche Ausweichquartier waren. Wenn man bedenkt, dass man noch vor hundert Jahren beispielsweise für einen läppischen Widerstand gegen die Staatsgewalt für eine unverhältnismäßig lange Zeit seine Freiheit einbüßte - und vor zwei hundert Jahren für einen Eierdiebstahl neben der Freiheit die rechte Hand -, kann man sich die Überfüllung der städtischen schwedischen Gardinen leicht vorstellen. Vor 150 Jahren gab es hier die letzte Aufsehen erregende Befreiungsaktion zugunsten von Jack Blackpool, dem größten Straßenräuber seiner Zeit in dieser Gegend. Seine Komplizen hatten eines Nachts unter dem zusätzlichen Schutz des Nebels mit Seilen von außen den Turm bestiegen, die Tür aufgebrochen, die zur Wendeltreppe und letztlich zum Verlies führt und befreiten ihren Kumpanen. Sie entkamen zusammmen mit Jack Blackpool unerkannt und wurden seitdem nie wieder gesehen, wobei eingeweihte Kreise nicht davon ausgehen, dass er seine kriminelle Karriere aufgegeben hat".

„Ist Ihnen nicht manchmal nachts unheimlich zumute, wenn die Eulen mit dem Wind, der durch die Ritzen geht, um die Wette heulen, Vollmond ist, irgendwo im Schloss eine Tür knarrt und Sie sich vorstellen, was hier im Schloss vor Hunderten von Jahren alles Schreckliches passiert ist?"

„Ich gestehe, dass manchmal auch mit mir die Fantasie durchgeht. In solchen Situationen pflege ich stets irgendwelche banalen Vorgänge aus der realen Welt abzurufen – wie z.B. das letzte Schreiben des Finanzamtes – und schon ist das mulmige Gefühl verlagert und hat keinen Bezug mehr zu den Schlossgespenstern- dafür aber zu den Gespenstern der Moderne vom Finanzamt!"

Sie lachten herzlich und gingen weiter.

„Ich werde Sie jetzt aus diesen unwirtlichen Regionen des Schlosses herauslotsen. Wie ist es Kevin: Hast Du nicht langsam ein bisschen Kohldampf?"

„Welcher Kohl soll dampfen?“

„Das sagt man so, wenn man Hunger meint“, erklärte seine Mutter ihm schmunzelnd.

„Ach so! Von mir aus kann`s losgeh`n! Ich könnt` schon so manche Portion vertragen“.

„Recht so, mein Kind. Mir geht das auch so“, erwiderte der Graf.

Vom Kellergewölbe führte der Weg am Ende des Ganges zum Turm, in dessen Innern eine steinerne Wendeltreppe zu den einzelnen Stockwerken führte. Kevin atmete tief durch, als die schwere Eichentür im Turm hinter ihnen ins Schloss fiel und sie sich wieder in bewohnten Räumen befanden, die noch dazu vom Tageslicht erleuchtet waren.

„Ich nehme an, Archie hat für uns im Rittersaal gedeckt – ja, so ist es! Hier ist also der Rittersaal. Das Feuer ist entfacht, die Kerzen brennen, wir sind da – fehlt nur noch das, worauf wir uns schon den ganzen Tag freuen. Archie“, rief der Graf vernehmlich, „wir wären denn so weit! Sie können servieren“.

„Sehr wohl, Sir“, antwortete Archie knapp und machte wieder kehrt.

Der Rittersaal hatte zwei große Sprossenfenster, durch die die Abendsonne jetzt hineinschaute. Mehrere Ritterrüstungen und Waffen jedweder historischer Waffengattung zierten den Saal ebenso wie gold-berahmte Gemälde. Das Feuer im Kamin knisterte und hatte den allein schon durch die stählernen Requisiten kühl anmutenden Raum angenehm erwärmt.

„Schau mal hier! Für was würdest Du das halten, Kevin?“, fragte der Graf und zeigte auf eine Klappe in der Wand.

„Na das ist doch klar! Dahinter ist ein Geheimgang und man kann wahrscheinlich von dort aus über eine Leiter oder so in das Zimmer über und unter uns“.

„Volltreffer, Kevin!“, erwiderte der Graf staunend. „Ich stelle fest, Du bist mit Schlössern und den ihnen innewohnenden Eigentümlichkeiten bestens vertraut. Aber in der Tat ist es so, wie Du gesagt hast. In Notfällen konnte man sich tatsächlich, wenn die Hauptgänge versperrt waren, über diese Klappe in der Wand in Luft auflösen. Jetzt wissen wir, dass von da aus auch die Möglichkeit bestand, über den Gang an den Schatzkammern vorbei zu Ihrer Kate zu gelangen – wenn man es wollte - oder es nötig hatte“, erklärte der Graf, mit einem Augenzwinkern in die Richtung von Patricia.

„Sind Sie da auch schon mal durch gegangen?“, wollte Kevin wissen.

„Du bist aber ganz schön neugierig, Kevin“, kommentierte seine Mutter.

„Weißt Du, Kevin, wenn Du hier im Schloss aufgewachsen wärst, hätte man Dich dann davon abhalten können, diese Klappen zu benutzen?“

„Ehrlich gesagt: Nein! Dafür bin ich viel zu neugierig. Und außerdem stelle ich mir das auch sehr spannend vor, durch die Gänge hinter der Klappe zu klettern und andere zu erschrecken – oder heimlich zu beobachten“.

„Siehst Du, so war das bei mir auch, als ich klein war. Wenn ich was ausgefressen hatte, flüchtete ich, wenn ich versohlt werden sollte, kurzerhand über die Klappen. Meine Eltern konnten und wollten mir nicht dorthin folgen.

Sie hatten mir natürlich verboten, die Klappen zu benutzen. Und wenn ihr Ärger über mich sich geglättet hatte, tauchte ich aus heiterem Himmel plötzlich wieder auf. Schön war es natürlich auch, Gespräche zwischen meinen Eltern oder anderen Personen zu belauschen. Ich kam mir in solchen Situationen immer vor wie Watson persönlich. An der Tür zu lauschen war längst nicht so spannend – und außerdem von geringerem Erfolg beschieden, weil die Türen zu den Sitzgruppen weiter entfernt waren als die Klappen. Ich sehe", sagte der Graf mit einem Seitenblick auf Archie gerichtet, „Archie hat köstlich für unser leibliches Wohl gesorgt und sogar an die Getränke gedacht. Ich erbebe mein Glas und stoße nochmals mit Ihnen und Dir, lieber Kevin, an". Er ging mit einem freundlichen, väterlichen Lächeln auf die beiden zu und ließ sein Glas an den anderen beiden erklingen. „Auf gute Nachbarschaft – und auf Deine tolle Entdeckung, lieber Kevin! Prosit!"

„Prosit", kam es unisono aus Patricia und Kevin.

Im Verlauf des Abendessens erzählte der Graf viel über sich, wie er hier aufgewachsen war, Hochzeit gefeiert hatte und wie später die Kinder geboren und groß wurden. Seine Frau war kurz nach der Geburt der Zwillinge Audrey und Elizabeth gestorben, so dass er ihre Erziehung – mit Hilfe der liebevollen alten Betty – selbst hatte in die Hand nehmen müssen.

„Und Sie haben nie wieder geheiratet?"

„Nun ja, es gab zuweilen einige zunächst sehr verlockende Angebote. Aber es hat nie wieder richtig alles zusammen gepasst. Und wie steht es mit Ihnen?", wollte der Graf wissen.

„Bei mir sieht es ähnlich aus. Kevins Vater hat mich nach der Geburt von Kevin verlassen und seitdem hat die Chemie noch mit keinem anderen wieder gestimmt". Sie hielt kurz inne und überlegte, ob sie von Robert erzählen sollte und entschloss sich dann, in Gegenwart von Kevin nichts davon zu erzählen. Irgendwie war das ja auch noch viel zu frisch. Sie wusste ja selbst kaum, wie sie ihre Beziehung zu Robert beschreiben sollte. Patricia spannte sodann den Gesprächsbogen zu ihrer Bildhauertätigkeit und wie mühsam es war, in dieser Männer-Domäne das Eis der Vorurteile zu brechen und als Frau hier Fuß zu fassen. „Inzwischen kommen wir zwei aber ganz gut zurecht. Die Aufträge haben in den letzten Jahren doch spürbar zugenommen".

„Und schließlich hast Du in mir ja auch eine große Hilfe", mischte sich Kevin ein.

„So, so, Du hilfst also Deiner Mutter. Das finde ich aber sehr lieb von Dir. An welchem Kunstwerk arbeitest Du denn gerade?"

„Das ist mein Geheimnis! Aber Sie dürfen es sich gern mal ansehen, wenn Sie wollen".

„Das werde ich gleich morgen machen, wenn keine Einwände erhoben werden".

„Au ja, gerne, ähm ich meine: Keine Einwände", erklärte Kevin spontan.

Sie hörten Stimmen, die sich dem Rittersaal näherten. Es war Audrey - in Begleitung eines jungen Mannes.

„Hallo Vater", säuselte Audrey offensichtlich nicht unerheblich ange-trunken. Wen hast Du dir denn da Hübsches eingeladen?"

„Möchtest Du mir nicht zunächst einmal den Herrn an deiner Seite vor-stellen?", fragte der Graf mit grimmigem Gesichtsausdruck – peinlich berührt von der Vorstellung seiner Tochter.

„Aber klar doch, Vater; das hier ist Peter Mc Lloyd - Peter, das ist mein Vater! – Nun?"

Der Graf hatte wenig gute Erfahrungen mit den oft wechselnden Freun-den von Audrey. Eines aber hatten alle gemeinsam: Alle sahen sie gut aus, hatten den Habitus eines Playboys und offenbar den ganzen Tag über Zeit, sich um seine Tochter zu kümmern. Das Schlimmste für ihn aber war, dass sie alle Eigenschaften hatten, die geeignet waren, sein Interesse an ihnen schon nach kurzer Zeit auszulöschen. Auch dieses Exemplar passte vortrefflich in dieses Schema. Er verzichtete daher auch auf die übliche Floskel: „angenehm" und wandte sich dann wieder seinen Gästen zu, wobei sich seine Gesichtsfal-ten deutlich entspannten.

„Darf ich vorstellen: Das sind Patricia und Kevin Miller, unsere Nach-barn!"

„Etwa die allein erziehende Mutter – und – ähm - Künstlerin", sagte Aud-rey mit einem boshaft viel sagenden Unterton.

„Ich glaube, es ist besser, wenn Du und dein Begleiter jetzt gehen. Ein wenig Ruhe und Besinnung würde Dir jetzt ganz gut tun. Guten Abend!"

Damit wandte sich der Graf wieder seinen sichtlich verwirrten Gästen zu, während die Störer belustigt von dannen zogen. „Ich muss mich für meine Tochter entschuldigen. Sie ist boshafter als es ihrem Vater und anderen Zeit-genossen gut tut. Ich wünschte, sie hätte ein wenig mehr von ihrer Zwillings-schwester – und ihrer Mutter!"

Kevin, der sich indessen im Raum umgesehen hatte, blieb plötzlich wie versteinert vor einem Gemälde stehen. Erst nach langer Überlegung wollte er wissen: „Mama, wie kommt denn ein Bild von Dir ins Schloss?"

Kevin stand vor einem Gemälde, welches eine hübsche junge, schwarz-haarige Frau in einem weißen Kleid mit dem Rittersaal als Hintergrund zeigte.

Patricia stellte verwundert eine augenscheinliche Ähnlichkeit fest und wandte sich fragend an den Grafen.

Dieser sah wie in Trance auf das Gemälde und schien gedanklich gar nicht mehr präsent.

„Herr Graf, ist Ihnen nicht wohl?"

Langsam wandte der Graf von Torquay seinen Blick von dem Gemälde ab und erst im letzten Augenblick Patricia zu. Seine Lippen bebten, während er sie mit großen Augen schweigend und ungläubig ansah. „Darf ich fragen, wann Sie geboren sind", fragte der Graf zaghaft.

„Ich verstehe nicht ganz … am 24. Mai 1975", antwortete Patricia ebenso zaghaft.

Nach einem weiteren Augenblick des Schweigens rann eine Träne aus dem linken Auge des Grafen. „Haben Sie eine Zwillingsschwester?", brachte der Graf jetzt kaum vernehmlich mit krächzender Stimme heraus.

Patricia schwieg und schien nun ihrerseits gedanklich auf Reisen. „Ja", flüsterte sie endlich und sah den Grafen fragend an. „Aber wie um Himmels willen kommen Sie darauf? Ich hatte eine Zwillingsschwester. Sie war genau wie ich und wir waren unzertrennlich. Bei einem schrecklichen Reitunfall ist sie, als sie 13 war, ums Leben gekommen. Ich hatte meine Handschuhe bei einer Freundin, die wir zuvor besucht hatten, vergessen. Pam hatte mich unterwegs darauf aufmerksam gemacht und sich erboten, sie für mich zu holen. Ich sollte schon mal nach Hause reiten. Ich hatte mir nichts dabei gedacht, dankte Pam für den Gefallen und trabte weiter. Augenblicke später hörte ich einen lauten Aufschrei. Ich kehrte sofort um. Pam war gestürzt. Sie bewegte sich nicht mehr und lag einfach so da mit in den Himmel gerichteten Augen. Es war so schrecklich!", schluchzte Patricia.

Auch aus dem rechten Auge des Grafen rann jetzt eine Träne. „Ja, das ist sehr schrecklich! Sehr schrecklich", seufzte er.

„Seltsam, es hat mich schon lange keiner mehr nach Pam gefragt. Woher hatten Sie die Idee, ich könnte eine Zwillingsschwester haben?"

„Ich hatte plötzlich so einen Gedanken", erwiderte der Graf bedeutungsvoll. „Sehen Sie: die Frau auf dem Gemälde" – er wandte sich jetzt wieder diesem zu – ist meine Frau, als sie 25 war. Auch ich habe nach einer schrecklichen Zeit der Trauer immer seltener an meine Frau gedacht – und auch das Gemälde nicht mehr angesehen. Ich wusste zuletzt gar nicht mehr so recht, wie sie ausgesehen hat" Hier kam er ins Stocken. Nachdem er einmal kräftig geschluckt hatte, sprach er weiter: „Es fällt mir selbst schwer zu ertragen, was ich sage. Ich habe sie sehr geliebt und kein noch so innigliches Betrachten des Gemäldes konnte sie mir zurückgeben. Ich habe mich dann ganz der Erziehung meiner …" er zögerte, bevor er weiter sprach "… Töchter gewidmet und viel gearbeitet. Ich wollte von da an nur noch in der Gegenwart leben und habe das auch – bis heute – gut geschafft". Er sah Patricia forschend an und sprach dann leise weiter: „Elizabeth und Audrey sind – wie – Sie - auch beide am 24.5.1975 geboren – und haben weder Ähnlichkeit mit meiner Frau noch mit mir".

Kapitel 15

Peter Bachler saß am Steuer seines blauen Jaguar und sog genüsslich an seinem Zigarillo. Es regnete und außer ihm waren noch andere auf die Idee gekommen, die Autobahn nach Exeter zu benutzen. Er ärgerte sich, dass die anderen zu faul waren, zu Fuß zu gehen oder mit dem Zug zu fahren und unbedingt zur selben Zeit wie er ausgerechnet gerade den Teil der Autobahn voll stopfen mussten, den er gerade befuhr. Florence hatte er in Torquay zurückgelassen. Sie würde sich dort einen schönen Tag machen und sein nicht gerade eben sauer verdientes Geld ausgeben. Peanuts im Vergleich zu der schönen Provision, die in Exeter lockte. Peter lachte diebisch bei dem Gedanken an den Kontrakt, den er vermitteln sollte. Die Johnson & Johnson Brauerei in Exeter, ein Familienunternehmen mit langer Tradition, sollte verkauft werden. Aber nach dem Willen der Familie Johnson sollte das Unternehmen vor allem nicht an die Brauerei Tailor & Tailor verkauft werden, die am selben Ort ansässig war. So alt und glorreich die Tradition in beiden Familienbetrieben auch war, so eng verknüpft war sie auch mit Feindseligkeiten mannigfacher Couleur – bezogen auf den ortsansässigen Konkurrenten. Mal hatte die eine Brauerei die Nase vorn – mal die andere. Mal wurde in der einen Familie der baldige und sicher nicht mehr abzuwendende Untergang der anderen gefeiert, mal in der anderen der Untergang der einen. Begegneten sich Repräsentanten der Familien auf dem Trottoir, so wechselte eine Partei die Straßenseite und verkürzte dabei den Winkel zwischen Nase und Himmel nicht unerheblich. Nun hatte aber die Tailor Brauerei schon seit Jahren die Nase vorn im Geschäft – entsprechend schlecht sahen die Zahlen bei Johnson & Johnson aus. Um sicherzugehen, dass der schlimmste denkbare Fall eintrat, hatte sich Johnson & Johnson an einen ausländischen Makler gewandt. Der Kontakt zu Bachler wurde über eine Empfehlung der Bremer Brauerei Dressler & Co geknüpft, dessen Geschäftsführer Piepenbrink sowohl mit Bachler als auch mit dem alten Johnson ein Steckenpferd verband: nämlich das Golfspiel. Bei einem Turnier in Plymouth hatten sich Piepenbrink und Johnson kennen gelernt und es lag auf der Hand, dass Piepenbrink sofort an seinen Vereinsbruder Bachler dachte, als er von Johnson darauf angesprochen wurde, ob er nicht jemanden kenne, der den Verkauf seines Unternehmens in die Hand nehmen könne. Während Piepenbrink – geblendet durch die im Vereinsleben vorherrschende Harmonie, bei der man leicht geneigt ist, von der allgemeinen Harmonie auf einen guten Charakter jedes einzelnen zu schließen – davon überzeugt war, dem alten Johnson einen guten Makler vermittelt zu haben, hatte Bachler sich – insoweit ganz Makler – die Frage gestellt: Was muss ich tun, um die denkbar größte Provision zu erzielen? Er hatte sich überlegt, dass es nicht schaden könne, vorab den englischen Markt zu erforschen – und vor allem die Hintergründe, warum Johnson & Johnson verkaufen wollte, und zwar möglichst ins Ausland, keinesfalls aber an Tailor & Tailor. Bachler befand sich jetzt ergo auf dem Weg nach Exeter – aber nicht etwa, um Details mit der Firma Johnson zu klären - sondern um Einzelheiten mit dem alten John Tailor zu besprechen, der im übrigen noch gar nicht wusste, dass es um Johson & Johnson ging. Telefonisch wurde Bachler nur bestätigt, dass man Interesse an der Übernahme eines englischen Traditionsunternehmens habe, eines Unternehmens mit gutem Namen und schlechten Zahlen - für wenig Geld.

Zwei alte, mannsgroße Bierfässer zierten den Eingangsbereich der Brauerei, über den das Firmenlogo in großer roter Leuchtschrift thronte. Die Tür wurde ihm von einer hübschen Blondine geöffnet, die ihn bei Tailor & Tailor willkommen hieß und sich ihm selbst als „Miss Tailor" vorstellte. Sie bat ihn, ihr zu folgen und er tat es mit einem gewissen Vergnügen. Wenn er in der

Folgezeit einmal nicht von dem kurzen Rock und dem, was denselben bewegte, gefesselt wurde, fand er Gefallen an dem geschmackvollen, überwiegend mit Holz und Kupfer ornamentierten Interieur. Die Wände zierten viele Ölgemälde mit geschmackvollem Bezug zur Bierbrauerzunft. Mrs. Tailor blieb vor einem Paternoster stehen und drückte auf einen Knopf. Knirschend setzte sich dieser mühevoll und gemächlich in Bewegung. Während der langen Fahrt nach oben standen sie einander lächelnd gegenüber, ohne ein Wort miteinander zu wechseln. Oben angekommen hüpfte Miss Tailor aus dem Paternoster und Bachler hüpfte hinterdrein. Er folgte ihr über einen langen Flur, bis sie vor einer schweren, eichenen Tür Halt machte, ihn bedeutungsvoll-lächelnd ansah und dann sagte: „Hier wären wir – mein Herr! Sie werden bereits erwartet".

„Ah, Mr. Bachler, schön dass Sie da sind!", kam ihm ein vollbärtiges Urgestein freundlich lächelnd entgegen, ergriff Bachlers Hand mit seiner Pranke, die sich wie eine Schraubzwinge um die seine legte und zudrückte.

„Sie können aber ganz schön zupacken. Aber ansonsten ist die Freude ganz meinerseits, Mr. Tailor. Schön haben Sie es hier. Und so ein netter Empfang! War die hübsche Lady eben Ihre Tochter?"

„Och, Sie alter Schmeichler!", lachte der alte Tailor herzhaft und hieb Bachler mit seiner Pranke heftig auf die Schulter. „Pamela ist meine Enkelin! Aber vielen Dank. Ich weiß, man sieht mir meine 78 Lenze nicht an, ich sehe eher aus wie 77 drei viertel!" Wieder ließ sein herzhaftes Lachen die Wände erzittern. Solange die Wände mitspielten, war sein Lachen eher gut zu ertragen; es war sogar mitreißend. Selbst Bachler fühlte sich jetzt von der Fröhlichkeit Tailors angesteckt und lachte sozusagen ins selbe Horn. „Nehmen Sie doch bitte Platz, Mr. Bachler. Ich platze vor Neugier, was Sie mir mitgebracht haben…Nun?"

„Tja, wie ich schon am Telefon sagte, handelt es sich um ein altes englisches Traditionsunternehmen aus England …"

Wieder erzitterten die Wände, weil sich Tailor vor Lachen schüttelte. „Das ist ja zu komisch! Ein englisches Traditionsunternehmen, und zwar nicht aus Japan, sondern auch noch aus England! Haha… Sie wollen mich bitte entschuldigen, Mr. Bachler. Ich bin ein fröhlicher Mensch. Sobald ich irgendwo etwas Komisches wittere, muss ich einfach lachen. Aber ich hatte Sie unterbrochen", sagte Tailor - nun etwas ernster und mit einer gewissen Neugierde.

„Tja, das Besondere an diesem alten englischen Traditionsunternehmen aus England ist, dass es nicht nur wie Ihre Firma sich der Brauerskunst verschrieben hat, sondern auch noch hier in Exeter ansässig ist".

Tailors Augen leuchteten und seine Pupillen weiteten sich merklich, während die beiden Männer sich schweigend ansahen. Bachler wollte es offenbar spannend machen und hatte, wenn es ihm darauf angekommen sein sollte – es kam ihm darauf an -, sein Ziel vollauf erreicht.

Flüsternd brach Tailor das Schweigen und fragte flüsternd: „ Es ist doch nicht etwa …"

„Doch, genau um die Firma, an die wir zwei jetzt gerade denken, handelt es sich".

Tailor saß sekundenlang in seinem Lieblingssessel und schien die überaus erfreuliche Nachricht, die er soeben vernehmen durfte, über all seine Sinne zu rekapitulieren. Dann beugte er sich plötzlich vor und legte unter dem Tisch einen Hebel um.

Bachler sah jetzt gespannt auf die Tischplatte, die sich knirschend in der Mitte teilte und wie von Geisterhand eine kleine Messingschale nebst einer Flasche Whiskey mit zwei Gläsern zum Vorschein brachte.

„Eine schöne kleine Spielerei, nicht wahr?", fragte Tailor strahlend. „Ein Geschenk eines Freundes meines Vaters, Richard Gamble, ein begnadeter Tischler und Tüftler. Sie sorgt spontan für eine feierliche Stimmung, die diesen Gottestropfen noch entscheidend im Geschmack abrundet. Ich mache nicht sehr oft von diesem Spielchen Gebrauch ..."

„Man merkt es am Geräusch", warf Bachler ein.

„Äußerst scharfsinnig beobachtet, mein Herr", erwiderte Tailor prüfend, während er die Gläser bis zum Rand füllte und die Flasche wieder absetzte, ohne auch nur einen Tropfen vergossen zu haben. „Wissen Sie, Mr. Bachler, ich habe in meinem langen schönen Leben schon viele Tops und Flops erlebt und mit der Zeit ein Gespür dafür entwickelt, wie sich diese Höhen und Tiefen des Lebens anbahnen. Ich will aus meinem Herzen keine Mördergrube machen und Ihnen frei heraus sagen, dass mein rechter Zeigefinger juckt – Symptom für ein sich anbahnendes, gutes Geschäft. Sie werden sicher jetzt denken, der Alte ist ja leicht zu fangen, wenn er sich dermaßen in die Karten gucken lässt. Ich gehe davon aus, dass es kein Zufall ist, dass Sie ausgerechnet mir dieses Angebot unterbreiten. Ich bin sicher, Sie würden, wenn unsere Aktien schlecht stehen würden, dasselbe Angebot den Johnsons unterbreiten. Sie sind ein Schlitzohr! Ich sag` es frei heraus und Sie wissen das. Sie haben sich vorab die erforderlichen Informationen über die hiesigen Konkurrenz- und Wettbewerbsverhältnisse eingeholt und vermutlich bin ich der erste, dem Sie dieses Angebot unterbreiten, stimmt`s oder habe ich Recht?".

„Stimmt", antwortete Bachler knapp mit einem Lächeln, das dem berüchtigten Piraten Blackbeard zur Ehre gereicht hätte. Nach einer Weile, während der sich die Männer mit einem verwandten Lächeln beäugt hatten, fuhr Bachler fort: „Ich habe nie behauptet, mit ehrenhaften Motiven hier bei Ihnen vorstellig zu werden. Ich konnte auch nicht annehmen, dass Sie in Ansehung dieses eindeutigen Angebotes der Auffassung sein könnten, dass ich nur rein zufällig hier bei Ihnen wäre. Die wettbewerbsrechtliche Verschwörung steht meinem Angebot auf der Stirn geschrieben. Auch ich spiele mit offenen Karten und gehe davon aus, dass Ihnen vergleichsweise an der Übernahme Ihres geschichtsträchtigen, örtlichen Wettbewerbers mehr als allen anderen Interessenten gelegen ist – und auch den vergleichsweise höchsten Preis – respektive Provision" er ließ dabei seine blütenweiße Zähne im Rahmen eines breiten Grinsens erleuchten – „zu bieten bereit wären. Mit diesem Vorhaben im Gepäck bin ich hier angereist und ich gehe davon aus, dass wir zwei in der

Lage sind, den Kontrakt dergestalt einzukleiden, dass Johnson & Johnson verkaufen, ohne Lunte davon zu riechen, dass hinter allem Tailor & Tailor stecken – und meine Winzigkeit. Mir ist bekannt, dass Johnson ums Verrecken niemals an Tailor verkaufen würde. Deshalb habe ich mir gedacht, dass man den Johnsons durch eine kleine Finte irgendwie zu ihrem Glück verhelfen muss, ohne dass sie – sofort – ihr Gesicht verlieren“. Bachler lachte wieder blackbeardisch. „Ich habe Verbindungen zu einer Hamburger Brauerei, die zwar noch einen guten Namen hat, deren Zahlen aber zwangsläufig in die Insolvenz führen – was nur Insidern bekannt ist. Mir schwebt vor, dass Sie in einem ersten Schritt diese Firma für ein Ei und ein Butterbrot – wie man so schön in merry old Germany sagt – übernehmen, in einem zweiten Schritt dort einschneidende Rationalisierungsmaßnahmen durchführen und in einem dritten Schritt - expandieren: Indem Harmsens Privat Brauerei - so heißt diese Firma – Johnson und Johnson schluckt. Sie müssten dann freilich in Höhe des Kaufpreises für Johnson das Stammkapital von Harmsens Privat Brauerei erhöhen. Dieses Prozedere wäre völlig unverfänglich und Johnson würde nie auf die Idee kommen, dass alles von Tailor & Tailor eingefädelt worden ist. Was halten Sie davon?“

Der alte Tailor dachte lange nach, wobei für Bachler ersichtlich war, dass Tailor sich wesentliche Teile dieses Vorhabens lebhaft vorstellte - insgesondere die Auswirkungen auf Johnson & Johnson. Nach einer Weile des gedanklichen Schwelgens in Vorfreude sagte er: „Der Plan hört sich gar nicht mal so schlecht an. Kommen wir nun zur anderen Seite der Medaille: Von welchem Preis träumen Johnson und Johnson?“

„Sie träumen von 4 Millionen englischen Pfund!“, sagte Bachler, und erwartete gespannt die Reaktion seines Gegenübers.

Alles über 2 Millionen ist reine Illusion. Versuchen Sie das den Johnsons begreiflich zu machen. Die Zahlen von Johnson sind mir – über einen Maulwurf aus dem Hause Johnson - bekannt. Zwei Millionen und keinen Penny mehr!“.

„Ich werde sehen, was sich machen lässt. Wenn der Deal perfekt ist, könnten Sie im Nachhinein alles in den hiesigen Gazetten veröffentlichen: „Tailor schluckt Johnson & Johnson. Johnson könnte den Deal nicht anfechten, da nicht Geschäftsgrundlage geworden ist, welche Firma tatsächlich Käuferin ist. Johnson würde sich von mir – wohl zurecht – “ er machte an dieser Stelle eine kleine Kunstpause und lächelte breit „ betrogen fühlen. Ich würde in der Konsequenz zwar meinen guten Ruf im Königreich verlieren, aber – ich bin sicher, dass wir uns wegen des mir daraus entstehenden Schadens auch noch einig werden, nicht wahr, Mr. Tailor?“

„Na, das will ich wohl meinen“.

Kapitel 16

Ich hatte meine Füße im weißen Sand vergraben, der in dieser Schicht angenehm kühl war. Die Sonne meinte es gut mit mir und die Nordseewellen rollten unentwegt und mutig einen Meter vor und dann wieder etwas weiter zurück. Ich dachte an mein Sternzeichen – Krebs. Diesen Exemplaren sagt man ja eine ähnliche Fortbewegungsweise nach. Also: Man kann ja sagen, was man will: Auf mich traf das jedenfalls zu! Es war auflaufendes Wasser. Dieses Spiel betrieb die Natur seit Jahrmillionen, ohne müde zu werden, ohne sich auch nur einmal einen Augenblick eine Pause oder krankheits- respektive stimmungsbedingte Auszeit gegönnt zu haben bzw. auf die Idee zu kommen, einer Gewerkschaft beizutreten. Eine erstaunliche Ausdauer! Welcher Mensch vermochte seine ihm auferlegten Aufgaben mit diesem Pflichtgefühl und dieser Beständigkeit zu erfüllen, ohne zuweilen nach einer Gegenleistung zu fragen? Einige Möwen umkurvten frech und neugierig meinen Sitzplatz und hofften wohl insgeheim, ich hätte irgendetwas Interessantes an Bord. In dieser Hoffnung musste – und wollte ich sie allerdings enttäuschen – wie stets. Je mehr man sie fütterte, umso frecher wurden sie. In einer Gang auftauchend zerrten sie sich gegenseitig die soeben ergatterten Bissen aus dem Schnabel und ließen diesen grimmig erklappern, sobald die Quelle versiegt war. Dann flogen sie zur Sicherheit noch einige aggressive Scheinangriffe gegen den Spender, um sich sodann neue Ressourcen zu erschließen. Möwen: die vogelfizierte Undankbarkeit! Mir fiel ein, dass Menschen ähnlich reagieren, wenn man ihnen auf Dauer etwas gewährt, ohne nach ihren Fähigkeiten zu fragen, ob sie ergo in der Lage wären, eine Gegenleistung in irgendeiner Form erbringen zu können. Diese Form des Zusammenspiels zwischen einseitigem Geben und Nehmen erzeugt auf der einen Seite eine penetrante Anspruchshaltung und Undankbarkeit – und auf beiden Seiten Unzufriedenheit. Das System hat sich seit Jahrzehnten nicht bewährt. Da es Alternativen gibt, frage ich mich, wieso man diese nicht installiert.

Auf meinem Handy ertönte jetzt die Melodie von: „Conquest of Paradise"

„Grüß` dich, Dany, mein Junge, hier ist Jane. Ich habe gerade Post von einem Rechtsanwalt aus Deutschland erhalten. Könntest Du mal kommen?"

„Aber selbstverständlich, meine Liebe, ich komme sofort – oder besser: ich werde augenblicklich bei Dir sein".

Jane erwartete mich schon an der Tür. Sie sah traurig aus. Ihre Wangen waren noch feucht. Spontan nahm ich sie in den Arm. „Was ist passiert, Jane?", fragte ich einfühlsam.

„Komm` erst mal rein".

Ich folgte ihr in den Wintergarten.

„Magst Du einen Cherry mit mir trinken?"

Ich nahm an, dass sie ihre Gründe dafür hatte, vor sechs Uhr abends Cherry zu trinken und sagte: „Ja, gerne"

Sie hatte die Gläser schon vor meiner Antwort gefüllt. „Auf Dein Wohl, Jane!"

„Auf Deins, Dany!" Sie setzte sich und schenkte nach. Gefasst sagte sie: „Mein Vater ist letzten Monat gestorben. Du erinnerst dich: Mein Vater hatte sich wegen einer jüngeren Frau – einer Touristin aus Deutschland – von meiner Mutter getrennt und war nach Lübeck gezogen. Sein Haus hier in Torquay hatte er seinerzeit verkauft und meiner Mutter und mir diese Kate – ein Erbstück mütterlicherseits – überlassen. Seitdem haben wir nie wieder etwas von ihm gehört. Ich hatte meinen Vater für sein Verhalten verachtet und jeglichen Kontakt verweigert, aus Solidarität mit meiner guten alten Mutter. Leider habe ich es nie so recht geschafft, sie aufzumuntern. Eines Morgens, als sie nicht zum Frühstück erschien, wollte ich sie wecken. Dafür war es jedoch schon zu spät! Sie war tot und vielleicht an ihrem Kummer gestorben. Ich habe meine Mutter sehr geliebt und sie hat mir zuerst sehr gefehlt. Ich wusste nicht, wie ich damit umgehen sollte. Nach dem Tod meines Mannes und dem Kontaktabbruch zu meinem Vater war sie einzige, die mir nahe stand. Und nun war sie plötzlich nicht mehr da. Von heute auf morgen. Die innerliche Kluft zwischen mir und meinem Vater ist dadurch noch größer geworden. Insgeheim habe ich ihn immer für den Tod meiner Mutter verantwortlich gemacht. Ich glaube, damit habe ich ihm nicht einmal Unrecht getan. Und jetzt? Jetzt ist auch er gestorben. Die beiden Menschen, die mir das Leben geschenkt haben, sind nun nicht mehr da, sie haben mich einfach allein hier auf der großen, weiten Welt zurückgelassen..."

„Du bist ja nicht allein, ich bin ja auch noch da!" Ich nahm sie zärtlich in den Arm.

Jane schluchzte. „Ja, schon. Aber die Menschen, mit denen ich die größte Wegstrecke meines Lebens gemeinsam gegangen bin, sind nicht mehr da. Entschuldige, bitte. Ich werde ein bisschen melancholisch". Jane zückte ihr Taschentuch und fuhr nach einer Weile der Besinnung fort: „Und das Seltsame ist: Die Verachtung gegenüber meinem Vater ist mit dieser Nachricht da" – sie wies mit einer Hand auf einen auf dem Tisch liegenden Brief – „ wie durch einen Blitzschlag gewichen und hat nur noch Trauer um meinen lieben Vater zurückgelassen. Wie durch einen Knopfdruck waren plötzlich die schönen, bis dahin verschütteten Erinnerungen freigelegt, als wir noch glücklich zu dritt waren in unserem schönen Landhaus am Ufer des Flusses Dart, Mama, Papa und ich. Ist das nicht komisch?"

Ich nahm sie erneut in den Arm und drückte sie behutsam. „Zeitlebens konntest Du ihm nicht vergeben, und nun, wo auch er gestorben ist, hast Du ihm ohne sein Zutun vergeben. Solange er noch die Möglichkeit hatte, Dir Erklärungen abzugeben und den Kontakt zu Dir zu suchen, und er diese Möglichkeit nicht genutzt hatte, war dieses Unterlassen neue Nahrung für deine Verachtung, so dass Du ihm nicht verzeihen konntest. Und nun kannst Du ihn nicht mehr zur Verantwortung ziehen, weil es zu spät ist, weil er wehrlos ist und wohl die kindlichen oder mütterlichen Instinkte gleichsam in Dir weckt, die darauf aus sind, die Schwachen ohne Ansehung der Person um jeden Preis zu beschützen. Du weißt, ich habe auch schon drei Menschen, die mir sehr nahe standen, überlebt. Ich kann deine Trauer gut verstehen".

Jane hatte mich die ganze Zeit mit ihren leuchtenden, großen, aufmerksamen Augen angesehen und strich mir jetzt zart über den Arm. Sie schenkte nach. „Da vorn liegt ein Brief. Er ist von ihrem Anwalt. Lies bitte selbst".

Ich nahm den Brief aus dem Umschlag und las:

Sehr geehrte Mrs. Thunderbird,

hiermit zeige ich die Interessenvertretung von Frau Marlies Bröcker an. Meine Mandantin ist ausweislich des in beglaubigter Kopie beigefügten Erbscheins und Testaments Alleinerbin nach dem Tod Ihres am 13. April dieses Jahres verstorbenen Vaters Peter Albright. Da meine Mandantin testamentarische Alleinerbin ist, können Sie den Pflichtteil beanspruchen. Der Pflichtteil beträgt ½ des gesetzlichen Erbteils. Da Ihr gesetzlicher Erbteil als einziger Abkömmling 1/1 betrüge, beläuft sich demgemäß Ihr Pflichtteil auf die Hälfte des Nachlasses. Meine Mandantin bietet Ihnen an, diesen Pflichtteil pauschal mit 100.000,- Euro abzugelten. In der Anlage habe ich eine Abfindungserklärung beigefügt mit der Bitte um Rücksendung der von Ihnen unterschriebenen Erklärung.

Mit freundlichem Gruß
Dr. Pfefferkorn
Rechtsanwalt

Abfindungserklärung

Hiermit verpflichte ich mich, Jane Thunderbird, gegen Zahlung von 100.000,- Euro – in Worten: Hunderttausend Euro – keine weiteren Pflichtteilsansprüche nach dem Tode meines Vaters Peter Albright gegen die Alleinerbin Marlies Bröcker geltend zu machen.

Torquay, den   Jane Thunderbird

„Was hältst Du davon, Dany? Ich bin geneigt, die Abfindungserklärung zu unterschreiben. Ich hatte mich innerlich schon mit gar nichts abgefunden. Jetzt bin ich eher positiv überrascht. Ich dachte immer, wenn ein älterer Mann sich eine Jüngere nimmt, wird das Leben teurer. Naturgemäß fehlt ja in vielen Bereichen die Feinabstimmung, so dass die junge Dame die Erfüllung im Luxus sucht. Mein Vater besaß außer dem Erlös für das Landhaus kein nennenswertes Vermögen".

„ Was der Anwalt schreibt, ist in rechtlicher Hinsicht schon mal nicht zu beanstanden. Ohne das Testament wärest Du Alleinerbin. Durch die testamentarische Einsetzung der Lebensgefährtin bist Du automatisch auf den Pflichtteil gesetzt, der die Hälfte des gesetzlichen Erbteils beträgt und damit in Deinem Falle die Hälfte des Nachlasses. An dem Erbschein und dem Testament vermag ich keine Unregelmäßigkeiten zu erkennen. Es ist auch nachvollziehbar, dass er seine langjährige Lebensgefährtin als Alleinerbin einsetzt, nachdem seine Frau gestorben ist und seine Tochter sich von ihm abgewandt hat. Da er seine langjährige Lebensgefährtin eingesetzt hat, sind Anfechtungsmöglichkeiten nicht ersichtlich. Anfechtungsmöglichkeiten wären zum Beispiel gegeben in einem Fall, in dem der Erblasser jemanden zum Alleinerben einsetzt wegen der bloßen sexuellen Hingabe und der Erblasser kurz nach Aufnahme der Beziehung verstirbt. Eine solche testamentarische Verfügung wäre nach der Rechtsprechung nichtig – und mit einer solchen Verfügung haben wir es hier augenscheinlich nicht zu tun. Die Frage ist hier nur, wie groß ist insgesamt der Nachlass? Dir wurden 100.000,- Euro angeboten, also muss der Nachlass mindestens 200.000,- Euro betragen. Ich nehme an, Du kennst Frau Bröcker zuwenig, um ihren Angaben ohne weiteres Glauben schenken zu können. Wenn wir zuverlässige Auskünfte über die tatsächliche Größe des Nachlasses haben, wissen wir erst das Abfindungsangebot über 100.000,- Euro einzuordnen, ob es angemessen ist oder nicht. Ich kann vorab schon einmal das Grundbuchamt in Lübeck anrufen. Aus dem Erbschein ergibt sich ja der letzte Wohnsitz. Möglicherweise war dein Vater Alleineigentümer dieses Grundbesitzes".

Über meinen ehemaligen Kollegen und Freund Robert Melcher aus Bremen ermittelte ich telefonisch die Telefonnummer vom Grundbuchamt in Lübeck und rief dort an. Dem Grundbuchbeamten machte ich mein berechtigtes Auskunftsinteresse deutlich und er erteilte mir daraufhin bereitwillig Auskunft.

„Ich kenne zufällig das Grundstück, weil ich jeden Tag da vorbeifahre. Die Grundakten liegen auch gerade wegen des Umschreibungsantrages der Erbin auf meinem Schreibtisch. Moment - ja - der Vater Ihrer Mandantin war Alleineigentümer des Gründstückes. Übrigens nicht sonderlich klein: Immerhin 4000 qm groß".

„Können Sie etwas zur Bebauung und zum ungefähren Wert sagen?", wurde ich neugierig.

„Na ja, das Grundstück ist mit einer alten und sehr stilvollen Jugendstilvilla bebaut. Wohnfläche, na sagen wir mal 400 qm. Der Zustand des Gebäudes ist sehr gut. An das Grundstück grenzt ein kleiner Fluss. Das Zentrum von Lübeck ist etwa drei Kilometer entfernt. Tja, und der Wert. Was mag das wert sein? Der Wert ist schwer zu schätzen. Der Bodenpreis dürfte in der Lage etwa bei 400,- € pro qm liegen".

„Kannten Sie Herrn Peter Albright näher?"

„Na ja – nicht direkt. Mir ist nur bekannt, dass er zuletzt mit Immobilien gehandelt hat – erfolgreich".

„Herzlichen Dank, Herr Petersen, für Ihre Auskünfte".

„Aber bitte, gern geschehen!"

Ich hängte den Hörer zufrieden in die Gabel. Zufrieden? Ja, ich war tatsächlich zufrieden! Warum? Vielleicht, weil in einer meiner tieferen Schichten ein kleiner Sherlock Holmes steckt und sich diebisch freut, wenn er anderen auf die Schliche gekommen ist. Das Schönste daran ist zu sehen, wie manche Strolche – den Kopf schon in der Schlinge – einen mit einer beneidenswerten

Eloquenz davon zu überzeugen versuchen, es wäre alles ganz anders und ihnen geschehe großes Unrecht, summa summarum wäre alles ein ungeheuerlicher Justizirrtum.

Ich wandte mich jetzt wieder Jane zu: „Liebe Jane, damit dürfte schon einmal überschlägig feststehen, dass das scheinbar großzügige Abfindungsangebot die Dir zustehende Abfindung um ein Vielfaches unterschreitet".

„Was sagst Du da?", fragte Jane erstaunt.

„Ja, Jane, um ein Vielfaches!", erklärte ich ihr lächelnd und genoss die deutlich sichtbare Überraschung meiner guten alten Jane. „Es würde mich nicht überraschen, wenn Dein Vater, wenn er erfolgreich mit Immobilien gehandelt hat, über weiteren Grundbesitz verfügte. Ich schlage daher vor, dass wir jetzt wie folgt vorgehen: Ich werde in Lübeck eine Auskunftei beauftragen und gleichzeitig solltest Du ein Nachlassverzeichnis von der Alleinerbin mit Wertangaben anfordern. Ich werde ein entsprechendes Schreiben vorbereiten. Du brauchst es dann nur noch zu unterschreiben. Wenn das Nachlassverzeichnis von den Auskünften der Auskunftei abweicht, können wir uns überlegen, Strafanzeige wegen versuchten Betruges zu erstatten".

Ich hatte sodann in dem Schreiben an den Anwalt die Bitte um ein Nachlassverzeichnis bewusst nicht in juristischer Terminologie und also ganz schlicht verfasst, um Jane nicht dem Verdacht auszusetzen, sie habe sich der Gefahr ausgesetzt, einen Rechtsverdreher zu konsultieren. Zwei Wochen später lag das Nachlassverzeichnis vor. Aus diesem ergab sich allerdings nur das Hausgrundstück unter der bereits bekannten letzten Anschrift. Der Wert war mit 180.000,- € angegeben. Darüber hinaus ergaben sich aus dem Verzeichnis Bankguthaben, Wertpapiere, Hausrat und sonstige Wertgegenstände, die per saldo mit weiteren 96.830,- € beziffert worden waren. Wörtlich hieß es dazu:

„Bei dem Angebot über 100.000,- hatte meine Mandantin einige Wertpapiere und Sonderkonten nicht berücksichtigt, die sich im Bankschließfach befunden hatten. Den Hinweis hatte meine Auftraggeberin jetzt von dem ihr persönlich bekannten Bankdirektor erhalten, der ein Vereinskollege Ihres verstorbenen Vaters war. Von dem Schließfach hatte meine Mandantin keine Kenntnis, da Ihr Herr Vater sich in Vermögensangelegenheiten nicht in die Karten sehen lassen hat. Wie Sie sehen, liegt insoweit keine böse Absicht meiner Mandantin vor. Entsprechend den sich aus dem beigefügten Nachlassverzeichnis ergebenden Werten erhöht sich der Abfindungsbetrag auf 138.415,- €. Auf diesen Betrag ist eine Abfindungserklärung beigefügt mit der Bitte um Unterschrift und Rücksendung.
Mit freundlichem Gruß
Dr. Pfefferkorn
Rechtsanwalt

Einen Tag später traf Post von der Auskunftei Böhling ein. Aus diesem Schreiben ging hervor, dass Peter Albright Eigentümer von fünf weiteren, vermieteten Grundstücken war mit einem geschätzten Wert von 2,1 Millionen

Euro. Ferner war er beteiligt an der Firma Blome und Lange Chartergesellschaft GbR. Die Gesellschaft besaß sechs Segelyachten zwischen acht und sechzehn Meter Länge, geschätzter Wert zwei Millionen Euro. Jane fiel fast in Ohnmacht, als ich ihr diese interessante Neuigkeit überbrachte. „Ich kann es gar nicht fassen. Als mein Vater uns vor zwanzig Jahren verließ, ging er mit vielleicht 200.000,- Pfund. Mir war nicht bekannt, wovon er in Deutschland lebte. Ich ging zwar davon aus, dass er seine kaufmännische Tätigkeit von Deutschland aus fortsetzen würde. Da er jedoch in England zuletzt nicht besonders erfolgreich war, ging ich davon aus, dass er sein Vermögen peu a peu durchbringen würde – zumal er nie in eine Rentenversicherung eingezahlt und er eine erheblich jüngere Lebensgefährtin hatte. Erfahrungsgemäß ist ein derartiger Lebenswandel teuer, weil viele natürliche Wünsche unerfüllt bleiben und materiell kompensiert werden müssen. Deshalb erschien mir die Abfindung von 100.000,- € schon als eine große Überraschung. Mit soviel hatte ich gar nicht gerechnet", schloss Jane, wobei sie ihr Gesicht in ihren Händen vergrub und nachfolgend lange Zeit den Kopf schüttelte.

„Und ich kann mir gut vorstellen, dass die Gefährtin Deines Vaters das wusste und ihr Angebot nach dem Stand von Deinem vermeintlichen Wissen um das voraussichtliche Vermögen deines Vaters kalkuliert hat. Die Dame aus Lübeck wollte Dich ganz sicher übers Ohr hauen. Ich kann mir kaum vorstellen, dass ihr Besitz Deines Vaters in diesen Ausmaßen verborgen geblieben sein konnte".

„So, wie ich die Sache jetzt sehe, kann ich mir das auch nicht vorstellen, andererseits ..."

„Ja?"

„Andererseits wäre doch sicher ihr Erbteil, wenn sie mit meinem Vater verheiratet gewesen wäre, größer und mein Pflichtteil kleiner, nicht wahr?"

„Du hast ein gutes Rechtsgefühl, liebe Jane. In der Tat: Wären die beiden verheiratet gewesen, hätte Dein Erbteil nur die Hälfte betragen und Dein Pflichtteil nur ein Viertel – statt die Hälfte, wie jetzt".

„Vielleicht wollte Frau Bröcker mit ihrer Handlungsweise die Tatsache korrigieren, dass mein Vater sie nicht geheiratet hat. Sie hat sich nehmen wollen, worauf sie vielleicht moralisch einen Anspruch erheben zu können vermeinte".

„Irgend so etwas wird sicher eine Rolle gespielt haben. Aber Du erstaunst mich, Jane".

„Wieso?"

„Na, ja. Die meisten Menschen, die ich in ähnlichen Situationen erlebt habe, wollten den Täter, der sie um ihre berechtigten Ansprüche bringen wollte, am liebsten am nächsten Baum hängen sehen. Du hingegen lässt diese nachvollziehbaren Strömungen erst gar nicht an Dich heran und fragst Dich zuerst nach dem „warum", findest Antworten, die Du vor Deinem inneren Richter gelten lässt und gerierst Dich im Folgenden als ihr größter Fürsprecher - und das, obwohl Du die einzig Geschädigte bist".

„Tja, so bin ich nun mal".

„Das Verhalten von Frau Bröcker ist nicht korrekt. Sie wusste, dass sie Dir die tatsächlichen Vermögensverhältnisse verschleierte und wollte sich zu Deinen Lasten bereichern. Sie wollte Dich damit betrügen".

Jane wandte sich nachdenklich zum Fenster und sah hinaus. Zwei Möwen kämpften dort um einen Bissen, den jede für sich beanspruchte - die eine, weil sie ihn zuerst gesehen, die andere, weil sie zuerst bei ihm war. „Ich kann es gar nicht richtig begründen. Aber irgendwie möchte ich nicht, dass sie bestraft wird. Sie hat ja sicher auch schon ihr Alter. Ich glaube, es reicht mir, wenn ich erhalte, was mir nach dem Gesetz zusteht, nicht mehr und nicht weniger". Sie drehte sich jetzt wieder um und lächelte mich an. Ihr Funkeln in den Augen und der Faltenschlag ihrer Wangen war wie das Glitzern der Morgensonne auf einem ruhigen See. Langsam setzte sie das Glas an ihre Lippen, sog genüsslich einen winzigen Tropfen daraus und freute sich über die Wirkung desselben auf ihrem Gaumen.

Ihr warmherziges Lächeln erleuchtete auch mein Herz und ließ alle Ressentiments gegenüber Frau Bröcker erschlaffen. „Wahrscheinlich hast Du mal wieder Recht, liebe Jane. Würde sie bestraft werden, so käme ja wahrscheinlich nur eine Geldstrafe in Betracht. Und die müsste sie aus dem Nachlass Deines Vaters bedienen".

„Vielleicht ist es das: Dass das Geld, das mein Vater sicherlich durch ehrliche Arbeit verdient hat, dabei teilweise wieder abgezogen werden würde. Sowenig korrekt er sich meiner Mutter gegenüber auch verhalten hat, möchte ich nicht, dass er sich deswegen im Grabe umdreht. Er soll seinen Frieden haben. Ich möchte Dich aber trotzdem bitten, dass Du nun offiziell meine Interessenvertretung übernimmst".

Kurze Zeit später saß ich in meinem Arbeitszimmer auf meiner Yacht. Die Glasenuhr schlug 8 Glasen. Ich schaute auf die schöne, hölzerne Galionsfigur, die sich hinter meinem PC aufbäumte. Dabei fielen mir die folgenden Zeilen ein:

Sehr geehrter Herr Kollege,
hiermit zeige ich die Interessenvertretung von Mrs. Jane Thunderbird an. Meine Auftraggeberin hat Ihre Mandantin um ein Bestandsverzeichnis gebeten, das zwar prompt übersandt wurde - aber auch prompt falsch war. Das ergibt sich aus den in Kopie beigefügten Ergebnissen der Auskunftei Neischierig und Schimmel. Damit steht fest, dass Ihre Auftraggeberin das Nachlassverzeichnis nicht mit der gebotenen Sorgfalt angefertigt hat, so dass sie nunmehr gemäß § 259 Abs. 2 BGB zur Erstellung eines notariellen Nachlassverzeichnisses verpflichtet ist, wobei sie die Richtigkeit des neuen Nachlassverzeichnisses an Eides Statt zu versichern hat. Ferner hat sie bezüglich der sich aus der Anlage ergebenden Grundstücke respektive eventueller weiterer Grundstücke ein Wertgutachten eines staatlich anerkannten und vereidigten Sachverständigen beizubringen und mir die Beauftragung innerhalb von 14 Tagen seit Zugang dieses Schreibens nachzuweisen. Innerhalb dieser Frist sehe ich dem

Eingang eines Vorschusses auf den Pflichtteil in Höhe von 1 Million Euro auf mein unten angegebenes Konto entgegen. Ich bin inkassobevollmächtigt – wie sich aus der beigefügten Vollmacht ergibt.

Abschließend sei darauf hingewiesen, dass das bisherige Verhalten Ihrer Mandantin durchaus strafrechtsrelevante Züge aufweist. Auch nach Eingang des angeforderten Bestandsverzeichnisses werden wir weitere eigene Recherchen anstellen. Sollte erneut durch fehlende Sorgfalt ein unvollständiges oder nicht korrektes Bestandsverzeichnis erstellt werden, bin ich gehalten, Strafanzeige wegen Betruges und Abgabe einer falschen Eidesstattlichen Versicherung zu erstatten.

Mit freundlichen kollegialen Grüßen
Danilo Baltius
Rechtsanwalt a.D.

„So", dachte ich, als ich an meinem Fax-Gerät stand, um dem ehemaligen Kollegen die vorstehenden Zeilen zu übersenden. „Ich denke, dass dieser Warnschuss genügt. Wir werden natürlich keine weiteren Recherchen betreiben. Aber denken sollen sie nur, dass wir es tun. Es kann nichts schaden und wird wahrscheinlich der Wahrheit zu ihrem Sieg verhelfen".

Nicht nur die eingeforderten Unterlagen gingen fristgemäß ein, sondern auch der angeforderte Vorschuss von 1 Million €. „Frau Bröcker wird einen Kredit aufgenommen haben, um den Vorschuss überhaupt aufbringen zu können. Aber kreditwürdig dürfte sie ja bei dem immensen Immobilienbesitz sein. Sie wird einiges veräußern müssen, doch es wird ausreichender Besitz verbleiben, um weiterhin ein sorgloses Leben im Überfluss führen zu können", dachte ich.

Aus dem notariellen Bestandsverzeichnis hatten sich übrigens noch diverse andere, zum Teil erhebliche Werte ergeben, die uns bisher nicht bekannt waren – und auch nicht der Auskunftei. Der Warnschuss hatte ergo ins Ziel getroffen. Nachdem ich den Vorschuss auf Janes Konto überwiesen hatte, machte sie einige Tage später eine Stippvisite in der Marina.

„Dany, bitte sieh` dir das mal hier an. Siehst Du, was ich sehe? Ist der Kontoauszug echt? Irrtum und Rückforderung ausgeschlossen?", fragte sie ebenso aufgeregt wie bestürzt und ungläubig.

„Ja", versicherte ich ihr. Deine Sinne betrügen Dich nicht. Das Geld gehört unwiderruflich Dir. Irrtum und Rückforderung völlig ausgeschlossen!"

Jane fiel mir in die Arme. Für kurze Zeit schien ihr der Boden unter ihren Füßen entzogen.

Einige Tage später fand ich in meinem Postkasten eine Eintrittskarte für das Musical „My Fair Lady" vor. Absender? Fehlanzeige! Da dieses Musical zu meinen Lieblings-Musicals zählt, freute ich mich sehr. Das blind-date erhob diese Veranstaltung zu einem außerordentlich spannenden Ereignis und würzte die Vorfreude ungemein – auch wenn mir klar war, dass Claudia Schiffer aus dem Kreise der Verdächtigen für dieses blind-date a priori ausschied. Aber es verblieben Verdächtige in ausreichendem Maße, die mir sämtlich interessant genug erschienen, die Veranstaltung gemeinsam mit ihnen zu erleben.

Aus mir unerfindlichen Gründen kam ich erst zum letzten Klingelzeichen. Es herrschte bereits absolute Ruhe unter den gespannten Zuhörern, während ich mir meinen Weg zu meinem Platz bahnte. Der Platz neben dem meinen war bereits besetzt. Und wen traf ich da an? Eine gewisse Dame fortgeschrittenen Alters! Es war Jane, die sich diebisch freute, in meine überraschten Augen zu sehen. Ich freute mich jetzt, dass sie es war und dass sie sich getraut hatte, sich mit mir allein dieses Musical anzusehen. Es sah ihr nämlich ganz und gar nicht ähnlich, weil ihre Haltung dahin ging, Kontakte mit jüngeren Menschen möglichst kurz zu halten, weil sie von der Überzeugung beseelt war, sie würde diesen nur zur Last fallen und Jüngere hätten ohnehin nur Interesse an ihresgleichen. Als ich Platz genommen hatte, ergriff ich ihre Hand und drückte sie fest und zwinkerte ihr mit einem Seitenblick zu.

Kapitel 17

Ich stand an der Reling der Esperanza und schaute auf das Meer. Es ging eine leichte Brise – eine Wonne, nach dem Sonnen durchfluteten Tag. Ich hatte mich um acht mit Robert verabredet. Es war schon zehn nach. Ich dachte an den ereignisreichen Tag. Ich hatte mich in der Frühe aufgemacht gen Dartmouth Castle. In der Start Bay hatte ich ein idyllisches Plätzchen ausgemacht und ging dort vor Anker. Ich hatte vor, in aller Abgeschiedenheit und fern von dem Hafenrummel in Torquay an meinem Roman weiter zu schreiben. Ich war gerade an einer Stelle angekommen, wo es irgendwie nicht weiterging. Ich war in meiner Fantasie quasi „auf Grund gelaufen" und brauchte dringend neue Impulse. Hier hoffte ich, sie zu finden. Die Steilküste auf der einen und ein zauberhafter Wald auf der anderen Seite der Bucht weckten mein Interesse. Das Meer schimmerte herrlich türkisfarben und ich sprang wie ich war hinein. Ich hatte das Wasser in der Bucht ganz für mich allein! Weit und breit war kein Mensch zu sehen. Ich schwamm langsam dem Strand entgegen und musste an Robinson Crusoe denken. Im Unterschied zu ihm war ich nicht so geschwächt, als ich festen Boden unter meinen Füßen verspürte – hatte aber auch nicht annähernd so viele Seemeilen zurückzulegen wie der gute alte Robby. Ich war hier noch nie zuvor gewesen. Viele umgestürzte Bäume erzählten ihre Geschichten von Stürmen, Borkenkäfern und Gewittern. Sie hatten sich von den Naturgewalten nicht dahinraffen lassen und wuchsen weiter – nur ein wenig anders. Auf den ursprünglichen, umgestürzten Baumstämmen wuchsen die ursprünglichen Äste gen Himmel und hatten ihrerseits nun Form und Funktion von Baumstämmen angenommen. Wie stark und wandelbar die Natur doch ist! Sie passt sich veränderten Verhältnissen immer wieder an, um zu überleben.

Viele Tiere machten auf sich aufmerksam und schienen den Eindringling vorm Weitergehen warnen zu wollen – freilich aus gesicherter Entfernung heraus. So war es in meiner unmittelbaren Nähe ruhig. Es war fast ein wenig unheimlich. In dem Maße, wie ich voranschritt, schien man vor mir zurückzuweichen. Ich fühlte mich beobachtet. Von weitem hörte ich jetzt ein mir sehr bekanntes Lied – und sein Echo:

Siebzehn Mann auf des toten Mannes Kiste – ohoho – und ʼne Buddel voll Rum ... voll Rum.

Der gute alte Bengan, dachte ich. Der passt hier in diese Gegend vortrefflich hinein. Es war aber nicht Bengan! Das Lied, das ich hörte, entsprang den Untiefen meiner Fantasie. Magie der Assoziation! Wenn wir etwas erleben, sind wir geneigt, an etwas Ähnliches zu denken, was wir schon einmal erfahren haben. Eine wunderbare Erfindung unseres Schöpfers! Auf diese Weise können wir bewährte Problemlösungstechniken auf aktuelle ähnliche Fälle anwenden und schauen, ob der aktuelle Fall ähnlich genug ist. Was das mit Bengan zu tun hat? Gar nichts!

Nachdem ich mich einige Zeit durch den unwegsamen, aber interessanten Dschungel durchgeschlagen hatte, stand ich plötzlich vor einem riesigen Felsen. Da er nicht allzu steil war und darüber hinaus einen griffigen Eindruck machte, lud er mich Flachlandtiroler ein, ihn zu besteigen und zu erforschen. Es ging flott voran. Einige Vögel begleiteten mich singend, andere schienen durch mich aufgeschreckt und stoben in alle Richtungen davon. Auf etwa halber Höhe gewahrte ich einen Platz, der wie eine kleine Terrasse anmutete. Vor der Terrasse war der Felsen geöffnet zur Größe von etwa 2 X 2 Meter, was von unten nicht zu sehen gewesen war. Tolles Versteck, dachte ich. Selbstverständlich trat ich ein, da weit und breit keiner zu sehen war, der mich nach der Parole fragen konnte. Was hätte ich geantwortet? Vielleicht: „Fischers Fritze fischte frische Fische“? Nach wenigen Metern erschrak ich: Vor mir lagen zwei ebenso bekleidete wie bewaffnete Skelette – das eine sogar im Kettenhemd! Sie lagen so, dass man sich vorstellen konnte, dass beide im Kampf Mann gegen Mann gefallen sind, wobei sie sich wahrscheinlich beide wechselseitig den finalen Todesstoß versetzt hatten und jeder in den anderen hinein gesunken war. Im Tode waren sie vereint, aller Zwist ward vergessen und dem anderen vergeben. Selbst wenn hier ein Verbrechen stattgefunden haben sollte: Die Verfolgung desselben war verjährt und alle Beteiligten waren längst gestorben. „Wie lange gibt es schon kein Kettenhemd mehr?“, überlegte ich. Jedenfalls lange genug. Ich wandte jetzt meinen Blick von ihnen ab und schaute mich um. Die Höhle schien sonst leer zu sein. Ich stand nun vor einem größeren Stein. Er sah so aus, als wäre er von Menschenhand dort deponiert worden – vermutlich, um etwas zu verstecken? Ich musste meine ganze Kraft aufwenden, um diesen zu verrücken – und wurde für den Kraftakt belohnt! Der Stein hatte den Blick auf ein Loch im Felsen verdeckt und es sah so aus, als könnte ich so eben gerade durch schlüpfen. Es gab nichts, das mich von diesem Versuch abhalten konnte. Also legte ich mich auf den Bauch und langte mit meinem Arm durch das Loch und entzündete mein Feuerzeug. Es war nichts zu sehen! Ich entschloss mich, mit den Füßen zuerst durch das Loch oder den Tunnel zu krabbeln. Das erschien mir sicherer. Ein bisschen mulmig war mir schon. Ich dachte an große Höhlentiere mit riesigen Zähnen, großen Krallen und einem Lätzchen um den Hals, die sich schon auf mich als ihr zweites Frühstück freuten. Welche großen Tiere sollten jedoch hier wie hereingekommen sein und warum noch leben? Vielleicht gab es noch weitere Zugänge zur Höhle? Meine Neugier war stärker als meine Angst und so arbeitete ich mich voran. Nach etwa drei Metern war ich durch. Ich erleuchtete mein Feuerzeug, richtete mich auf und drehte mich langsam – und blieb gleich wieder stehen! Mein Blick war gefesselt von einer kostbar mit Goldbeschlägen und Edelsteinen verzierten Kiste, die mein Seeräuberherz sofort höher schlagen ließ. Feierlich und aufgeregt schritt ich der Kiste entgegen. Vor ihr verharrte ich eine Weile in tiefer Ehrfurcht: Schließlich war ich wahrscheinlich der erste Besucher der Höhle nebst Kiste seit mehreren Hundert Jahren! Mir schossen jetzt Sequenzen aus Filmen mit ähnlichen Situationen durch den Kopf. Und nun war ich selbst mittendrin. Aber nicht im Film. Es war echt. Echt? Ich kniff mir vorsichtshalber in den Arm. Es tat weh. Wie schön! Also stand ich tatsächlich vor dieser herrlichen Kiste und träumte nicht. Ich legte vorsichtig meine Hände auf die Kiste, um zu versuchen, sie zu öffnen. Da spürte ich plötzlich einen kräftigen Schlag auf den Hinterkopf – dummerweise meinen - und – alles war nur noch schwarz.

Als ich erwachte, war immer noch alles schwarz – aber nur noch äußerlich betrachtet. Ich wollte Licht einschalten, fand aber den Schalter nicht. Wieso gab es in diesem Hotel keinen Lichtschalter? Wieso war mein Bett so hart? Wieso konnte ich keine Wolken sehen? Was machen die Zimmermänner in meinem Hinterkopf? Hatte ich die Nacht dermaßen durchzecht? Ich richtete mich auf und spürte zunehmende Schmerzen im Kopf. Der Kopfschmerz war aber nicht der, den ich als Quittung für nächtliche Zechgelage kannte. Was war mit mir passiert? Wo war ich hier? Ich hielt mir meine Hände vors Gesicht und rieb an meiner Stirn und meinen Augen, als wollte ich den Schleier der Amnesie auswischen, die Erinnerung zurückholen. Es funktionierte! Jetzt erinnerte ich mich! Ich hatte einen Schlag auf den Hinterkopf bekommen und war ohnmächtig geworden. Da ich weder Hunger noch Durst verspürte, konnte die Bewusstlosigkeit nicht lange angedauert haben. Ich bückte mich, um den Boden nach dem Feuerzeug abzusuchen. Ich hatte Glück und ertastete es nach kurzer Zeit auf der Erde in meiner Nähe. Ich machte Licht und gewahrte im bizarren Feuerzeugschein einen recht großen Stein auf dem Boden liegen, den ich dort zuvor nicht wahrgenommen hatte. Dieser zeichnete offensichtlich für meine Bewusstlosigkeit verantwortlich. Wurde dieser etwa als Werkzeug von einem Menschen benutzt? Oder hatte sich der Stein rein zufällig aus der Decke gelöst – vielleicht weil sich die Höhle gestört fühlte und dem Störenfried eine Lektion erteilen wollte? Im ersten Fall wäre der Täter sicher längst über alle Berge – mit dem Schatz. Im zweiten Fall bestünde die Gefahr, dass sich weitere Steine aus der Decke lösen konnten – wenn die Stimmung der Höhle in Bezug auf den Störenfried nicht umschlug. Hastig wandte ich mich zur Kiste. Sie war noch da! Sie war mit einem Schloss gesichert. Ich nahm den Stein und schlug zunächst vorsichtig, dann immer kräftiger auf das Schloss. Es gab den Widerstand bald auf und zerbarst. Die Spannung stieg. Langsam öffnete ich die Kiste. Sie wehrte sich laut knirschend und knarrend. Von irgendwo mischte sich auch ein unheimlich anmutender Vogelschrei in diese Entdeckung ein. Irgendwie passte dieser Schrei zu der Stimmung. Ich bekam eine Gänsehaut. Gleichwohl war mir ziemlich mulmig zumute. Zuoberst lag eine mit Edelsteinen liebevoll verzierte spanische Tromblone, eine ebenso schicke wie unhandliche Waffe, die seinerzeit noch mit Schwarzpulver und Feuerstein betrieben wurde. Vielleicht lag diese Waffe als so eine Art Rückversicherung für den Fall der Entwaffnung in der Kiste, so dass der Schatzinhaber, falls er unter vorgehaltener Pistole aufgefordert worden wäre, die Kiste zu öffnen, im letzten Augenblick den Spieß umdrehen konnte und mit dem Überraschungseffekt Leben und Schatz retten und das Leben des ruchlosen und habgierigen Banditen auslöschen konnte. Die Tromblone war ein wahres Prachtexemplar und noch sehr gut erhalten. Darunter lag ein blauer Samtumhang, der den Blick auf das darunter Liegende versperrte. Meine Spannung stieg weiter. Was mochte darunter verborgen sein? Langsam zog ich den samtenen Umhang, der zu seiner Zeit den Träger desselben eine fürstliche Erscheinung verliehen haben mochte, zurück. Unter dem Samt fiel mein Blick sofort auf eine weitere Pistole, perlen- und Edelstein besetzte Messer, Dolche und Säbel, ziselierte Vasen und Krüge, Ketten aus Gold und Silber, kunstvoll mit Edelsteinen verziert. Ich vergrub beide Hände im Schatz, versuchte blind die einzelnen Schätze zu erfühlen, stellte sie mir im Geiste vor und merkte eine seltsame, noch nie in mir festgestellte Lust in mir aufsteigen. Ein kleiner Rausch war nichts dagegen! Das heißer werden Feuerzeug in meiner Hand verspürte ich kaum. Gelegentlich wechselte ich die Hand. Ich wühlte jetzt hastig in der Kiste, als gelte es, innerhalb kurzer Zeit möglichst viele Kostbarkeiten zu berühren, um sie dadurch für mich beanspruchen zu können – unter Ausschluss der gesamten Menschheit! Ich musste mich tatsächlich in einem rauschähnlichen Zustand befunden haben; anders war dieses merkwürdige Verhalten nicht zu erklären. Es war mir auch wesensfremd. Im Verlauf meines – von meinen Eltern als äußerst schwierig bezeichneten Prozesses der Mensch-Werdung habe ich gelernt, bei schönen Dingen in Ruhe zu verweilen, sie genüsslich zu betrachten und – falls es erlaubt ist – sie vorsichtig zu berühren. Dieses wilde Grabschen erinnerte eher an die Entdeckungen eines unzivilisierten Wilden, an einen Hungernden, der nach 6 Tagen ohne feste Nahrung einen Entenbraten vor sich dampfen sieht. Oder war meine Reaktion ganz normal? Der Kontakt mit Gold, Silber und Edelsteinen scheint im Menschen gewisse Instinkte oder Triebe zu befeuern oder wiederzubeleben. Ich dachte an den armen Bengan. Auf der „Schatzinsel" lebte er jahrelang allein. Was sollte er mit dem Schatz anfangen? Er konnte sich nichts dafür kaufen!

Für einen einzigen Lebensgefährten hätte er ihn hergeschenkt. Bengan konnte sich nur an seinem Anblick erfreuen und hoffen, dass eines Tages ein Schiff kommen würde, das ihn und den Schatz nach England zurück befördern würde. Ich dagegen war schon zuhause – in England. Mein Gott! Ich bin reich! Kaum dass mir das bewusst wurde, tastete ich ängstlich nach meinem Feuerzeug, um mich zu vergewissern, dass ich noch allein war. Ich war es. Ich fragte mich, wie lange die Kiste hier wohl schon auf seinen Besitzer wartete. Sicher an die 200 Jahre, schätzte ich. Aber wie kommt es, dass diese Kiste bisher noch nicht gefunden worden war. Schließlich habe ich sie ja auch gefunden. Und das war nicht besonders schwer. Ich bin lediglich diejenigen Schritte gegangen, die sich mir quasi aufgedrängt hatten. Wahrscheinlich wussten nur ein oder zwei Personen von diesem Schatz – die beiden Herren im Eingang der Höhle. Möglicherweise waren beide Komplizen – der eine im Dienste des Königs, der andere im Dienste eines Freibeuters. Und da die Dienste für den König nicht so gut dotiert waren, hatte er sicher über den Joint Venture mit dem Freibeuter lukrative Nebeneinkünfte. Und da manche Menschen, selbst wenn es ihnen gut geht, nie genug bekommen können, mochte der eine den anderen unter Druck gesetzt und einen größeren Anteil an der Beute verlangt haben, so dass es zum Kampf gekommen war – mit dem bekannten Ergebnis. Lachender Dritter – bin ich – oder? Ich zwickte mich noch einmal, um ganz sicher zu sein, dass ich wirklich nicht träumte. Ich träumte nicht!

Da ich die Kiste nicht mitnehmen konnte, beschloss ich, das schönste Stück auszuwählen und den Rest peu a peu nachzuholen. Ich entschied mich für die Spanische Tromblone.

Ich stand an der Reling und schaute auf das Meer. Während ich auf Robert wartete und mir diese Dinge durch den Kopf gingen, verließ mich nach und nach der Mut – respektive die Habgier -, den Schatz für mich selbst zu beanspruchen. Freilich, ich hatte den Schatz gefunden. Er befand sich aber nicht auf meinem Grundstück und gehörte sicher auch keinem meiner Verwandten. Eigentümer war damit automatisch die Krone von England – da wahrscheinlich der ursprüngliche Eigentümer nicht mehr ermittelt werden konnte. Mein Entschluss stand jetzt fest: Ich werde die wertvolle Waffe behalten – und sehr wahrscheinlich auch noch zwei, drei andere reizvolle Dinge - und im Übrigen morgen mit dem zuständigen Ministerium Kontakt aufnehmen.

Ich setzte mich in meine schnuckelige Kajüte und genehmigte mir ein schönes Gläschen Shiraz. Wehmütig betrachtete ich meine Tromblone. Zarte Schmauchspuren verrieten, dass die Waffe wohl nicht ganz so harmlos war, wie sie sich hier auf meinem Mahagonitisch in der friedlichen Sonnenuntergangsstimmung den Anschein gab, dass sie durchaus eine womöglich Blut treibende Vergangenheit hatte. Aber sie konnte ja nichts dafür, plädoyierte ich innerlich. Der Urheber dieses Kunstwerkes hat sich bei der Herstellung sicher die Aufgabe gestellt, etwas ebenso Nützliches wie Schönes zu schaffen.

Diese Aufgabe hat er mit Bravour erfüllt! Ich nahm einen mächtigen Schluck und spürte die Schwere des Weines deutlich auf meinem Gaumen. Auch spürte ich deutlich die Schwere meiner selbstlosen Entscheidung irgendwo zwischen Zwerchfell und Brustbein. Ich würde ergo nicht durch den Besitz des Schatzes zu den Oberen Zehntausend aufsteigen – nicht materiell – aber wenigstens moralisch! Selbst ein so schwaches Wesen wie der gemeine Mann muss zuweilen auch einmal auf große Dinge verzichten können, dachte ich. Jetzt fühlte ich plötzlich so etwas wie Stolz in mir aufsteigen ob meiner selbstlosen Entscheidung – überwiegend selbstlosen Entscheidung. Ich bin aber überzeugt, Sie haben mir die Unterschlagung dieser einzigen Tromblone – und drei weiteren Kostbarkeiten – mein Geheimnis - schon verziehen, da sie doch wohl gegenüber der Schönheit und Reichhaltigkeit des übrigen Schatzes kaum ins Gewicht fällt – oder?

In der Ferne sah ich einen Ozeanriesen, bis zum Stehkragen bestückt mit Autos, wahrscheinlich von Bremerhaven kommend mit dem Ziel USA. Porsche, Audi, Mercedes, BMW, VW sind nach wie vor begehrt in den USA. Gut für die deutsche Wirtschaft, die ja auf den Export angewiesen ist. Die Nachfrage in Deutschland ist ja seit der Einführung des Euro stark eingebrochen und der Wirtschaftsriese Deutschland taumelt nicht unerheblich angeschlagen – wie England, nur benötigte England dazu nicht die Euroeinführung. Dergestalt in intereuropäisch-ökonomischen Betrachtungen verstrickt hörte ich plötzlich Schritte auf dem Steg. Der Klang veränderte sich jetzt und die Schritte kamen näher. Ich ließ mich überraschen und verharrte in meiner gemütlichen Ecke. Jetzt stieg jemand die Stufen der Treppe zum Wohnbereich hinunter. Gleich würde er um die Ecke schauen.

„Dany, mein Freund und Kupferstecher, was sitzt Du so trübsinnig da rum? Ist dir schon eine Laus über die Leber gelaufen oder gefällst Du Dir noch in Erwartung derselben?"

„Robert, altes Haus, sei herzlich gegrüßt und lass` dich umarmen! Im Übrigen red` nicht so geschwollen daher und setz` Dich da in Deine Ecke. Cabernet oder Cabernet?"

„Letzteres! Nein, halt. Lieber Ersteres – ist ja schon nach sechs"

„Mensch, Du bist ja noch richtig schlagfertig, obwohl schon über vierzig und die Erdbeerpreise im Keller liegen".

„Erst mal prosit, alter Freund!" Die Gläser gaben einen angenehmen Ton von sich und hallten lange nach.

„Prost, Robert!"

„Ich wünschte, ich könnte jetzt sagen, das liegt alles an der guten Pflege meiner Frau. Wir wissen aber beide, dass diese Ursache ausscheidet. Inzwischen bin ich mir gar nicht mehr so sicher, ob ich deswegen Trübsal blasen muss", sagte Robert und sah mich dabei lächelnd und gleichzeitig fragend an.

Diese Reaktion weckte meine Neugier. Ich beugte mich über den Tisch zu ihm hinüber. „Hat Amor Dich mit Pfeilen beschossen – und womöglich gar getroffen?", fragte ich erfreut und augenzwinkernd.

„Ich fürchte: So ist es".

„Ist es nicht in erster Linie etwas Schönes, das Du in Deinem Alter nicht
mehr fürchten musst?"

„ Ja, schon. Es ist ja auch nicht wie damals - die Furcht vor dem ersten
Kuss, die Frau könnte dabei merken, dass ich noch nie zuvor geküsst habe. In
diesem Fall konzentriert sich die Furcht eher auf Violet und die auf die Ehe
bezogenen organisatorischen Konsequenzen einer sich anbahnenden neuen
Liebe".

„Du hast Violet noch nichts von ihr erzählt?"

„Nein – noch nicht. Violet ihrerseits hat aber auch so ihre Geheimnisse".

„Mich interessieren im Augenblick mehr Deine kleinen – oder großen
Geheimnisse. Erzähl`. Wie habt Ihr Euch kennen gelernt?"

„Kennen gelernt haben wir uns in und vor einem Bäckerladen. Ich habe
sofort gespürt, die Frau hat etwas ganz Besonderes. Dieses Besondere funkte
wohl auch engelgleich während unseres Kontakts auf den 60 cm zwischen Augen und Herzen. Als wir uns verabschiedeten, war ich wie paralysiert und
nicht in der Lage, sie nach ihrem Namen zu fragen oder mich mit ihr zu verab-
reden. Brennende Herzen finden aber automatisch wieder zu einander. Es
scheint auszureichen, den Wunsch, den anderen wieder zu sehen, in das emotionale Navigationssystem einzugeben – und schon trifft man sich wieder. Wir
sahen uns unter mystischen Bedingungen wieder. Auf einer Landstraße fuhr
ich im dichten Nebel auf ein anderes Auto auf. Wir waren die einzigen weit
und breit. Ich stieg aus und ging zum anderen Auto. Als wäre sie dem Nebel
entsprungen kam sie wie eine dea ex machina langsam schreitend wie eine
Elfe auf mich zu. Sie: Patricia!".

„Das hört sich an wie eine phantastische Geschichte eines Spätromanti-
kers", sagte ich schmunzelnd.

„Das hast Du jetzt aber nett gesagt!"

„Es hat Dich ergo voll erwischt!"

„Ich fürchte, ja". Robert umklammerte seinen Weinpokal, nahm einen
kräftigen Schluck und sah durchs Bullauge auf das Wasser, ließ seinen Blick
über die beleuchteten Schiffe und Häuser streifen und sah mich dann sorgen-
schwanger an. Er zögerte, fasste sich dann aber ein Herz: „Und dann wäre da
noch `was".

„Nanu, ein kleiner Wermutstropfen?"

„Ja, so sieht es aus. Du kennst doch Mary Jones, nicht wahr?"

„Sicher! Die gute Seele deiner Galerie".

„Sie hat mich vor ihrem Urlaub zum Essen eingeladen – zu sich nach
Hause", ergänzte Robert, als wäre damit schon alles gesagt. Sprach dann aber
doch weiter: „Das war kurz nachdem ich Violet mit ihrem Liebhaber gesehen
hatte. Ich befand mich sozusagen in einer emotionalen Treibsandsituation ..."

„ ... in der der gemeine Mann besonders anfällig ist", fiel ich ihm ins
Wort.

„Du hast es erfasst, mein Freund! Es war alles so harmonisch: stilvolles
Ambiente, schöne Musik, gutes Essen ..." Robert hielt verlegen inne, wobei
sich seine Ohren chamäleonisierten. Er hatte offenbar gegenwärtig lebhaften

Kontakt zum historischen Geschehen. „Na ja, und dann hatte sie so ein aufregend geschnittenes, Figur betonendes Kleid an – wo soviel Bein und Busen herausschauten, so eins von der Sorte, wo man bei der richtigen Frau ständig unter Strom steht ...“

„Und dann bist Du über sie hergefallen wie ein Holzfäller!?“

„Ganz so krass würde ich das nicht ausdrücken – aber von der Tendenz her ...“

„So, wie Du das schilderst, hast Du Dich in einem die freie Willensbildung ausschließenden Zustand befunden. Du warst quasi schuldunfähig und kannst im Grunde nicht einmal moralisch dafür verantwortlich gemacht werden. Violet hat durch ihr Verhalten Einbruchstellen in Dein Moralsystem geschlagen, durch die die Versuchung mit Macht Einzug gehalten hat. Und jetzt bereust Du es?“, wollte ich wissen.

„Wenn ich ganz ehrlich bin ...“ Robert verzog dabei seine Lippen, als traute er es sich kaum auszusprechen. „Nein! Es war unheimlich aufregend und schön. Die Lust war sofort da, als ich sie im Eingang in ihrem aufregenden Kleid gesehen habe. Dann hat sie sich peu a peu gesteigert. Die Initialzündung wurde eigentlich durch reine Ungeschicklichkeit ihrerseits gesetzt. Sie rutschte aus und fiel in meine Arme – und gemeinsam stürzten wir zu Boden. Was sollte ich da machen?“, fragte Robert und breitete wie Don Camillo vorm Kreuz seine Arme aus. „Auf dem Boden angekommen war sie immer noch in meinem Arm. Ich vermeinte, Verlangen in ihren Augen zu erkennen, spürte ganz deutlich ihren Herzschlag durch ihren üppigen schönen Busen. Ich sah in ihr Dekollete, sah ihren geöffneten Mund und ihre Zunge lüstern zum Mundwinkel streifen. Da gingen meine Vorstellungen mit mir durch und mit mir sämtliche Sicherungen. Es war um mich geschehen! Mensch Dany, das war total geil!“

„Aber Robert!“

„Ist doch wahr! Violet und ich sind seit zwei Jahrzehnten – das klingt wie eine Ewigkeit, nicht? – verheiratet. Ich glaube, ich habe noch nie zuvor eine ähnlich wollüstige Situation erlebt“.

„Ist es nicht komisch? Da ist man ein gestandener Mann – denkt man – ist erfolgreich im Beruf – und auch sonst – außer bei der Ehefrau – und dann hat man Probleme mit solchen Allerwelts-Lebenssituationen und steht vor diesen unschlüssig-zaudernd wie ein Pennäler“.

„Don Juan Baltius, für Dich mögen es Allerwelts-Lebenssituationen sein, mit deren Handhabung Du erfahren bist. Ich bin es jedenfalls nicht!“, erwiderte Robert betroffen.

„Mensch, Robert. Verstehe mich bitte nicht falsch. Ich habe doch volles Verständnis für Dich und Deine Lage“, sagte ich und legte freundschaftlich meine Hand auf seinen Arm. Robert sah mich prüfend an. „Prost, mein Freund“, sagte ich versöhnlich.

„Prost, Danilo", erwiderte Robert knapp und stieß dabei sein Glas entschlossen gegen meines. Während sich Robert einen kräftigen Schluck genehmigte, nippte ich nur kurz an dem Pokal und ließ das edle Tröpfchen genüsslich auf meiner Zunge zergehen.

„Ich würde", begann ich nach einer Weile des Eins-Seins mit Wein und Freund, „die Situation von Anfang an mich reißen und nicht wieder aus der Hand geben. Das setzt natürlich voraus, dass Du genau weißt, was Du willst – bzw. nicht willst. Du begrüßt sie zunächst mit einem der Situation angemessenen ernsten Gesichtsausdruck und bittest sie gleich zu einem Vier-Augen-Gespräch in Dein Büro. Diese Ouvertüre lässt gewisse Vorahnungen in ihr aufkeimen und wird Dir den Weg für das weitere Gespräch ebnen. Dann erklärst Du ihr, was Du auf dem Herzen hast, dass es sehr schön war, dass Du es nicht bereust. Und dann bringst Du ihr schonend bei, dass Du Dich zwar in Bezug auf Violet ungebunden fühlst, nicht jedoch in Bezug auf Patricia, die Du inzwischen kennen gelernt und in die Du dich verliebt hast".

Robert hatte gespannt zugehört und schmunzelte dann, geradeso, als hätte man soeben einen verwegenen Plan ausgeheckt. „Das klingt gut", sagte Robert, während er sein Glas ergriff. „Ich glaube, so werde ich es machen. Möge es gelingen!"

„Möge es gelingen".

Kapitel 18

Das Palace Hotel war eines der feinsten Adressen in Torquay. Es wurde 1841 für den Bischof von Exeter gebaut, der sich sicher im Grab umdrehen würde, wüsste er, was seine Schäfchen nach seinem Tode daraus gemacht haben. Größe, Chic und überflüssige, aber reizvolle architektonische Details gaben dem Hotel in der Tat etwas palastähnliches. Gerade das rechte Quartier für Peter und Florence, die dem aufwändigen Lebensstil gegenüber dem bescheidenen den Vorzug gaben. Das Paar saß in einer gemütlichen Ecke des Speisesaals und zelebrierte ihr Frühstück. Peter war offensichtlich ob des so gut wie sicheren Brauereideals vortrefflichster Laune. Florence hatte er rein vorsorglich von seiner einseitig geheimen Doppelagententätigkeit nichts gesagt, da er die These vertrat, Frauen dürfe man nicht unnötig beunruhigen. Er kramte in seinem Sakko nach seinen Zigarillos und wurde fündig. Wie selbstverständlich gab er sich Feuer, sog an dem Tabak und blies auch schon nach dem nächsten Atemzug den ersten Ring in Richtung seiner Frau, die noch genüsslich an einem Schokoladenhörnchen kaute. Ihm böse Blicke entgegenschleudernd erklärte sie:

„Mein lieber Mann, in Mitteleuropa hat es sich in den letzten Jahrhunderten so eingebürgert, solange mit dem Rauchwerk zu warten, bis der letzte am Tisch mit der Einnahme der Mahlzeit fertig ist".

„Meine liebe Frau, ich danke Dir für den kulturgeschichtlichen Hinweis. Ich werde es mir merken. Du erlaubst, ..."

„Ja, ich könnte es doch nicht übers Herz bringen mit anzusehen, wie Du Dein ein Pfund dreißig Zigarillo wieder ausmachst und es womöglich nicht erneut wieder entzündest, weil es Dir vielleicht unappetitlich ist", mein Süßer", erwiderte Florence, die vom faux pas ihres Mannes doch sehr getroffen war.

Peter registrierte dies jedoch nicht. In seiner Fantasie wurde er offenbar von fröhlichen Gedanken heimgesucht, die ihm leuchtende Augen und ein Lächeln abrangen. „Weißt Du, ich bin schon wieder wie vom Gold der Sierra Madre gepackt, mein Häschen. Du, wenn das klappt, sind wir um eine gute halbe Million reicher. Du könntest dann endlich Deine Boutique verticken und wir würden fortan leben wie die Royals".

Florence war außer sich, während ihr ein Stückchen Ei vom Löffel fiel. „Sag mal, Du spinnst wohl, was? Wovon träumst Du eigentlich nachts, wenn Du schon solche Tagträume hast? Ich ..."

„Du weißt schon, mein Häschen ...", fuhr ihr Peter rasch in die Parade mit dem Versuch eines entwaffnenden Lächelns und zwinkerte ihr zu.

„Ich werde ganz sicher nicht meine Selbstständigkeit aufgeben, nur weil Du meinst, genug verdient zu haben. Es gibt nämlich Menschen, die leben, um zu arbeiten, weil ihnen ihr Job Spaß macht. Zu dieser Spezies Mensch würde ich mich zählen. Ich liebe meinen Job und ich habe auf absehbare Zeit nicht vor, diesen gegen irgendetwas anderes einzutauschen".

„Okay, okay, lassen wir das jetzt. Ich müsste in dieser Brauereisache mal für 2 Tage nach Hamburg".

„Wieso nach Hamburg, ich denke, die Brauerei ist hier?"

„Ja, schon, aber die gibt es nur im Doppelpack mit einer kleinen, schnuckeligen Hamburger Brauerei – von der ich dann auch noch ein kleines Schlückchen Provision kassiere – zwar nicht viel, aber wenig", sagte er und lachte dabei schallend auf, wobei nicht klar wurde, ob er sich über sein Wortspielchen oder aber seinen Part in diesem Deal so diebisch freute.

Florence hakte an dieser Stelle nicht mehr nach, um ihre Seele nicht unnötig mit Dubiosem zu benebeln.

Kapitel 19

Es war wieder mal Markttag in Torquay. An solchen Tagen war hier immer ein bisschen mehr los als sonst. Die Landbevölkerung, die sich über ihnen zugängliche Quellen nicht mit Naturalien eindecken konnte oder einen solchen Kauf lieber in Torquay erledigte, weil es dem einen oder anderen schlicht und ergreifend mehr Spaß macht, beim Geldausgeben – etwa dem Kauf besonders teurer ökologischer Produkte oder afrikanischer Lederwaren – gesehen zu werden, fiel an solchen Tagen zahlreich wie die Hunnen – nur etwas gemäßigter – in Torquay ein. Eine Veteranenkapelle kam gerade um die Ecke und spielte:

„Oh when the saints, go marching in ...".

Ihr Anführer trug eine schwarze Augenbinde und führte den Taktstock dergestalt zackig, dass mit jeder Bewegung seine fleischigen Wangen sein auf rot geschaltetes Ampelgesicht bald nach der einen und bald nach der anderen Seite ausbeulten. Ein Kamerad – der Posaunist – wurde von einem kleinen Erdenbürger, der Eis schleckenderweise an der Hand seines Opas an einer Obsttheke stand, besonders kritisch beäugt. Der Kleine rief plötzlich laut: „Opa, melde gehorsamst, der mit der Posaune ist außer Tritt!"

„Was meldet er da? Ist er sich sicher?", fragte der Alte, während er sich der Kapelle zuwandte.

„Melde gehorsamst, dass ja!"

„Werde mir den Kamerad bei der nächst besten Gelegenheit mal vor-knöpfen".

„Nanu", mischte sich eine Frau in das Männergespräch ein – es war Patricia. „Bist Du schon bei der Armee, dass Du so zackige Meldungen machen kannst".

„Nein, my Lady, meine Mama hat gesagt, ich darf nicht zur Armee. Opa darf mir aber von der Armee erzählen – aber leider nicht alles. Nur Sachen, die nichts mit Blut und so zu tun haben und die meine kindliche Seele nicht versauen".

„Eines Tages wirst Du Deine Mama versteh'n, mein kleiner Gardeoffizier", erwiderte Patricia liebevoll-nachdenklich und lächelte den Kleinen an.

„Bist Du auch schon bei der Armee gewesen", wollte der Kleine nunmehr von Patricia wissen.

„Aber nein, Gott bewahre. Ich kann kein Blut sehen. Ich bin Bildhauerin".

„Kann man denn mit dem Verhauen von Bildern Geld verdienen?"

Patricia und der Opa des Kleinen lachten herzhaft.

„Entschuldige, dass wir lachen", erklärte Patricia. Deine Frage ist völlig berechtigt. Mit dem Verhauen von Bildern kann man meines Wissens noch kein Geld verdienen. Ein Bildhauer ist jedoch keiner, der Bilder verhaut, son-dern ganz im Gegenteil einer, der Kunstwerke zum Beispiel aus Stein oder Holz herstellt, wobei er allerdings ein bisschen Gewalt anwenden muss, weil es ja nicht so einfach ist, ganz bestimmte Formen in Stein oder Holz hineinzu-schlagen. Das Material ist äußerst schwerfällig und wehrt sich mit ganzer Kraft dagegen, dass der Bildhauer es nach seinem Kunstverstand verändern will".

„Ach so! So einen habe ich glaube ich schon mal in der Fußgängerzone gesehen. Der hatte einen riesigen Felsen vor sich und haute mit Hammer und Meißel immer auf den Stein. Als ich nach einer Woche wieder da war, hatte sich der Stein schon ganz schön verändert".

„Ja, das war sicher ein Kollege von mir. „Auf Wiedersehen, meine Her-ren", verabschiedete sich Patricia, als sie realisierte, dass diese weiter woll-ten.

„Auf Wiedersehen, my Lady, und einen schönen Tag", wünschten uni-sono die beiden.

Patricia schlenderte gut gelaunt durch die engen Gassen zwischen den einzelnen Ständen. Hier und dort sog sie genüsslich eine kräftige Prise von den sich in der Luft tummelnden Gerüchen von edlen Gewürzen, Gurken, Oli-ven und Tomaten in Knoblauchsauce, Fisch, Käse und Lederwaren ein. Sie beobachtete mit einem kleinen Anflug von Wehmut eine kleine, alte Dame in ärmlicher Kleidung, die ohne Feilschversuche den ihr genannten Preis ohne mit der Wimper zu zucken akzeptierte und mit einem gewissen Stolz die ihr gereichten Schätze in einem kleinen Beutel – liebevoll wie einen kleinen Schatz - verstaute, sich dankend verabschiedete und langsam weitertrottete. Ihr fiel jetzt ein älterer Herr in Begleitung seiner Ehefrau auf, der teilnahmslos neben seiner Ehefrau an einem Gemüsetresen stand und nun einen verstohlenen Blick auf die Beine einer passierenden Dame in kurzem Rock warf. Seine Ehefrau, die den schmachtenden Blick ihres alten Kriegers aus dem Augenwinkel eingefangen hatte, gab ihm einen leichten Stoß mit dem Ellenbogen in die Seite, indem sie viel sagend erklärte: „Aber Mortimer!"

Mortimer zuckte merklich zusammen, weniger von dem Stoß als von dem Gefühl, wieder mal erwischt worden zu sein. Er errötete und stammelte: „Appetit ho-holt man sich auf dem Markt, gegessen wird zu Hause - wie Du se-selbst immer so schön sagst".

„Na, wenn das so ist, laß`uns schnell nach Hause gehen, bevor Du deinen Appetit vergessen hast", konterte seine resolute Ehefrau, indem sie ihm süffisant in die Augen blinzelte.

Ein Rover hielt auf der Straße und ein aufgedonnerter steiler Zahn schälte sich aus demselben. Mit den Pumps auf dem Straßenpflaster angekommen, beugte sie sich noch einmal ins Wageninnere, hauchte dem Herrn am Steuer einen Handkuss zu und ließ die Tür ins Schloss fallen, wobei der Stoß nicht ausreichte, da die Tür nicht ganz eingeschnappt war. Dafür umso mehr Patricia! Am Steuer des Rovers hatte sie deutlich Robert erkannt. Ein Vulkan brodelte in ihrem Herzen und die heiße Lava ergoss sich in jede einzelne Zelle ihres Körpers. War das nicht der Mann, bei dem sie in einem stillen Moment auf dem Grund seiner zärtlichen Augen die für sie entbrannte Liebe erkannt zu haben vermeinte? Was war das für eine Frau? War es etwa seine Freundin? Hatte er sie schon vergessen? Patricia fühlte sich gekränkt. „Männer sind doch alle gleich! Auf sie ist einfach kein Verlass. Kaum gibt man ihnen Raum, fliegen sie aus und zum nächsten Blümchen! Das and`re ist vergessen. Ich will nicht, dass er mich vergisst! Ich möchte, dass er in Phasen, wo wir uns nicht sehen, an mich denkt, sich nach mir sehnt und es vor Sehnsucht nach mir nicht mehr aushalten kann! Das kann und darf ich erwarten! Schließlich bin ich eine tolle Frau!" Sie stutzte. „Bin ich das wirklich? Wenn ich das wäre, hätte er es dann nötig, sich von anderen Frauen Küsse entgegenhauchen zu lassen – wer weiß, was dem alles vorangegangen ist?" Sie merkte, wie ihr dieser letzte Gedanke schwer zu schaffen machte. Sie konnte diesen Gedanken nicht ertragen und versuchte, sich abzulenken. Sie war bestrebt, mit all ihren Sinnen wieder mit dem Hier und Jetzt – dem Markt in Torquay – Kontakt aufzunehmen, mit den hier sich herumtreibenden Menschen und ihren Eigenarten, den Düften und Sehenswürdigkeiten. Dies gelang ihr leidlich. Sie beschloss, Eier zu kaufen, nach Hause zu fahren und leckere Pfannkuchen für Kevin und für sich zu braten. Sollte Robert sich melden, würde sie ganz kühl und abweisend sein.

Kapitel 20

Der Graf von Torquay hatte auf der Rückbank seines Bentley ein gemütliches Plätzchen gefunden und blätterte nervös im Herald`s Tribune, während Archibald, sein treuer Butler, das elegante Automobil sicher und ohne jede Eile dem angestrebten Ziel entgegensteuerte: Brixham, St. Elizabeth`s Hospital. Sie fuhren an frischen Wiesen und Feldern vorbei, reizvollen Katen und hübschen Landhäusern. Archibald spürte trotz geschlossener Fenster deutlich eine Prise frischer Landluft in seinem Zinken und musste niesen. Jetzt hatten sie wegen einer Schafherde längere Zeit zu warten. Zeit zur Besinnung. Archibald gedachte der Schönheit dieser von Gott gegebenen und mit vielen optischen Reizen angereicherten Landschaft und war dankbar, dass er hier leben durfte. Bei den Fahrten war das Meer – wie ein Delphin auf Verfolgungsjagd, der sich neben einer Motoryacht ständig ins Meer stürzt, um dann eben so schnell wieder aufzutauchen – ihr ständiger Begleiter, das bald hinter einem Hügel verschwand, um dann hinter der nächsten Ecke wieder aufzutauchen. Archibald genoss es ferner – freilich ohne es sich anmerken zu lassen -, sich an dem Mehrklang des Zwölfzylinders zu berauschen. Der Klang war für ihn seine heimliche Nationalhymne. Statt: „God save the Queen" sang er heimlich in sich hinein: „God save my Bentley", wobei die tatsächlichen Eigentumsverhältnisse für ihn völlig irrelevant – wenn auch bei näherer Betrachtung störend waren. Natürlich war der Graf der Eigentümer dieses Automobils. Doch was spielte das für eine Rolle?! Hatte jener vielleicht eine gültige Fahrerlaubnis? Nein! Ausschließlich er – Archibald – saß am Steuer und beherrschte das Fahrzeug. Unterwegs nahm er nur gelegentlich vom Grafen Notiz und hing im Übrigen seinen Tagträumen und sexuellen Fantasien nach – die ihm zwar keiner zutraute, auf die er als Single aber erheblich Anspruch erhob. Er war also der unheimlich heimliche Herr über den Bentley, dessen Vorzüge er insbesondere bei Privat- und Auftragsfahrten genoss – bei denen seine Mütze freilich unter dem Beifahrersitz Platz nahm.

Die Nervosität des Grafen war Archibald trotz seiner Beschäftigung mit den besagten internen Vorgängen nicht entgangen. Er kannte auch den Grund und beschloss – in Abweichung von dem sonst üblichen Komment zu intervenieren: „Haben Herr Graf etwas dagegen, wenn ich das Radio einschalte. Sie wissen schon: England gegen Schottland".

Der Graf faltete spontan und erfreut die Gazette unsorgfältig zusammen und erwiderte wie verwandelt: „Ausgezeichnete Idee, Archi, schalte er ein, ein weinig Zerstreuung täte uns wohl – und interessieren tut es uns allemal, nicht wahr?"

„Das will ich wohl meinen, Herr Graf". Archibald drehte mit viel Gefühl und vorsichtig, als könnte er etwas am Drehknopf beschädigen, an demselben - und schon waren sie mittendrin:

„Übersteiger von Beckham in Rechtsaußenpositon, Beinschuss für den nächsten und sofort Flanke in den Strafraum. Da lauert von uns nur Owen. Der Ball fliegt über mehrere hochspringende Verteidiger hinweg. Da! Owen! Owen hebt ab zum Fallrückzieher! Und Toooooor, Toooor, Toor, 1:0 für England. Und was für ein Ding! Was für ein sehenswerter Treffer! Ein Fallrückzieher vom Elfmeterpunkt! Genau in den rechten Winkel! Unterkante Latte und rein! Keine Chance für den Torwart. Und was für eine herrrrliche Vorarbeit von Beckham, meine Damen und Herren! Eine Augenweide sein Übersteiger, der Beinschuss und die nachfolgende Bananenflanke...“

„Das haben Sie mit Absicht gemacht, Archi!“, kommentierte der Graf sichtlich erfreut über den Spielstand.

„Was habe ich mit Absicht gemacht, Herr Graf?“

„Na das Radio einzuschalten - just in dem Moment, wo das Tor fällt!“

„Ach so! Ich habe ja gewusst, dass ich Ihnen mit dergestalt kleinen Aufmerksamkeiten eine Freude machen kann. Übrigens sind wir jetzt da, Herr Graf“.

Nervös ging der Graf im Flur auf und ab. Für die schönen Landschaftsbilder im Gang hatte er keine Ruhe. Eine halbe Stunde mochte er mit seinem Stock wohl schon immer die gleiche Strecke gegangen sein, als plötzlich die Schwingtür aufging und Prof. Helston mit bedeutungsvoller Miene auf ihn zukam. „Lorenzo, mein Lieber, schön, Dich nach so langer Zeit mal wieder zu seh`n“.

„Alter Freund und Kupferstecher“, sagte Lorenzo und klopfte seinem alten Freund bei der herzlichen Umarmung auf die Schultern. Wir kauen personalmässig leider zurzeit ein wenig auf dem letzten Loch und pfeifen auf dem Zahnfleisch. Ich habe daher leider nicht viel Zeit. Komm` mit in diesen Raum, hier. Es ist alles schon vorbereitet. Einen Augenblick später fand er sich auch schon wieder auf dem Flur. „Ich schätze, dass ich Dir das Ergebnis in einer Stunde mitteilen kann. Willst Du warten oder soll ich Dich anrufen?“

„Ich denke, zuhause wartet es sich allemal besser als hier auf dem Flur, dem harten und kargen“.

„Dann rufe ich Dich gleich an. Bis dann, mein Lieber!“

„Bis dann, Lorenzo!“

Zurück im Schloss sucht der Graf Zerstreuung im Schachspiel mit Archibald.

„Herr Graf sind nicht bei der Sache. Ich muss Ihnen leider Ihren Turm wegnehmen“.

„Wieso? Ach, habe ich gar nicht gemerkt. Das war ja ein ganz raffinierter Schachzug, Archi“.

„Diesen Spielzug haben Sie mir selbst beigebracht“.

„So, hab` ich das?“.

„Kein Zweifel, My Lord“.

Das Telefon läutete. Archibald hatte es in weiser Voraussicht – und natürlich, um erforderlich werdende Laufwege in Grenzen zu halten - auf einen Rollwagen neben den Tisch gestellt, so dass er gleich abnehmen konnte.

„Für Sie, My Lord: Prof. Helston!"

„Lorenzo mein Lieber, hast Du etwa schon das Ergebnis?"

„In der Tat! Mit einer Wahrscheinlichkeit von 99,99% bist Du der Vater der Dame, der ich gestern die Blutprobe abgenommen habe. Ich gratuliere Dir, alter Knabe! Alimente, so scheint`s, musst Du ja wohl kaum zahlen, schätze ich. Sie machte durchaus den Eindruck, als würde sie wunderbar auf ihren eigenen – ähm – wirklich sehr hübschen Beinen stehen".

„In der Tat, Lorenzo, das kann sie. Ich danke Dir für alles! Du hast mir mit diesem Ergebnis viele Probleme bereitet, von denen ich noch gar nicht weiß, wie ich sie angehen soll. Ich will allerdings auch nicht verhehlen, dass Du mir gleichzeitig mit diesem Ergebnis auch eine große Freude bereitet hast ".

„Keine Ursache - alter Freund und Kupferstecher! Wenn Du mal mit jemandem darüber sprechen möchtest –Du weißt, wo Du mich findest!"

„Ich danke dir!"

Kapitel 21

„Noch ein Gläschen Champagner, Mr. Baltius?", fragte Mary Jones mit einem verführerischen und hinreißenden Augenaufschlag. Ich hatte mich gerade auf Roberts Vernissage eingefunden und das erste Gläschen durstig wie hastig den Schleimhäuten geweiht - um nicht zu sagen: entgegen gekippt. Sollte man mit Champagner ja nicht machen! Ich fühlte mich aus unerfindlichen Gründen nicht vollständig geerdet und dachte, ein weiteres Gläschen könnte den Kontakt zur Erde und anderen Elementen wieder herstellen. „Danke, gern". Während ich am goldenen Tropfen nippte, schaute ich mich langsam um. Außer Robert und Mary waren mir die anderen Besucher alle fremd. Attraktive und weniger attraktive Männer und Frauen im reiferen Alter mit mehr oder weniger Volumen – teilweise mit Hut und weißen Handschuhen – freilich ausnahmslos Damen - alle elegant - dem Anlass entsprechend gekleidet - standen oder flanierten andächtig oder gelangweilt umher. Robert hatte wie üblich in einer kleinen Ansprache den jungen Künstler vorgestellt und uns allen sodann viel Freude beim Betrachten seiner Bilder gewünscht. Es hatte etwas Sonderbares, innerhalb einer auserlesenen Gruppe unter Unbekannten Bilder zu betrachten – mit einem Gläschen Champagner in der Hand. Ich betrachtete ein Kunstwerk, bei dem der Künstler überwiegend Stroh eingesetzt hatte und fragte mich, was sich der junge Künstler dabei wohl gedacht haben mochte.

„Was denken Sie über dieses Werk, mein Err?`", säuselte eine angeraute, aber aufregende Damenstimme mit angenehmem französischen Akzent aus verfänglich knapper Entfernung mir ins Ohr.

Ohne mich umzusehen, antwortete ich: „Ein einzigartiges Werk - ohne jeden Zweifel! Ich bewundere die Künstler, die ihre Botschaft dergestalt im Abstrakten zu verbergen vermögen, dass man sich stundenlang auf ihre Suche begeben kann und ebenso lange über die Message an sich und im Besonderen zu diskutieren vermag. Leider fehlt mir der künstlerische Bezug zu dieser Stilrichtung. Offen gestanden bevorzuge ich den Stil, bei dem der Betrachter wenigstens ansatzweise eine Vorstellung von dem hat, was das Bild wohl ausdrücken könnte. Und innerhalb dieser Stilrichtung mag ich farbenfrohe Darstellungen von der Natur und dem, was der Mensch daraus gemacht hat".

„Das `aben sie abär schön gesagt – mein `Err. Dann sind sie also eine Ästhet, nischt wahr?"

Ich drehte mich mit meinem Glas in der Hand – von Neugier und dergleichen ergriffen - langsam um und blickte in wunderschöne große braune Augen, sah auf rot angemalte, fleischige Lippen, die mich liebevoll anlächelten, einen braunen Teint und lange, glatte, schwarze Haare. Weiter unten nahm ich unterschwellig – ich traute mich ja nicht, direkt hinzusehen - ein aufregendes Dekolleté mit vermutlich üppigem Inhalt wahr und ein großzügig geschlitztes Kleid. Kurzum: Eine Dame, die im doppelten Sinne selbst ein Kunstwerk darzustellen schien: Sowohl von Ihrem natürlichen Aussehen her als auch von der Art, wie sie dieses durch Make-Up und Kleidung eingebunden hatte. War ich nicht eben noch ganz cool und besonnen? Jetzt war ich auf einmal schon wieder schwer angeschlagen – wie vom Blitz getroffen - und nur noch eingeschränkt manövrierfähig. Was Frauen doch alles im Manne auszulösen vermögen! Vermöge einiger, sicher unbewußt aufgestiegener, verpönter Wünsche wechselte kurzfristig die Farbe in meinem Gesicht. Erst nach einigen Atemzügen hatte ich mich halbwegs wieder im Griff: „Ich glaube, jeder Mensch ist im tiefen Grunde seines Herzens ein Ästhet, weil jeder – wenn er wählen kann – genau das unter mehreren Dingen auswählt, was er für sich persönlich am schönsten findet. Nur: Wir unterscheiden uns in der Art, was wir als schön empfinden ..." Ich hatte jetzt meine Selbstsicherheit zurück gewonnen und gab ihr das ursprünglich von ihr ausgesandte, verschworene Lächeln zurück ...-„ und neigen dazu, jemanden als Ästheten zu bezeichnen, der unseren Geschmack teilt. Da Sie also in meiner Person einen Ästheten erkannt zu haben vermeinen, gehe ich doch wohl recht in der Annahme, dass Ihnen die Stilrichtung dieses Künstlers ebenso wenig am Herzen liegt?"

Sie antwortete nicht sogleich, sondern lächelte misch – Verzeihung! Mich natürlich. Ich bin heute noch ganz in ihrem Bann! -, während sie in mich hineinzusehen schien, weiter verschmitzt an: „Sie ge`än rescht in der Annahme – mein `err...

„Mr. Baltius, noch einen Champagner?", fragte die aufmerksame, hübsche Brünette, ein Tablett geschickt auf der Hand balancierend.

„Ja gern - zwei – für mich und die Dame hier an meine cote".

„Bitte sehr, die Herrschaften".

„Danke sehr, sehr aufmerksam von Ihnen".

„Sie sind sehr galant, Monsieur. Wie `eißen sie? Was `at die Madame gesagt? Baldiüs?"

„So ähnlich! Baltius, Danilo Baltius. Und sie, quelle est votre nome?"

„Ah, vouz parlez bien francais, monsieur. Je m`appelle Bateaux, Genevieve Bateaux. J`abite a St. Tropez. Dort `abe isch eine kleine – wie sagt man

– eine kleine `aus am Mär. Dort mache isch so etwas wie `ier, eine Vernissage, öfter mal eine Ausstellung von schöne Bildär – von schöne Künstlär. Und Sie? Was machen Sie so, wenn der Tag lang ischt? Lassen Sie misch raten! Sie sind - Journalist, ja Sie sind Journalist, ganz sischär! Was sagen Sie nun – mein `err`?"

„Ich bin überwältigt, madame – Bateaux! Auf diesen Treffer stoßen wir an! Sante, Madame Bateaux!"

„Sante! Monsieur Baltiüs!" Sie nippte sodann genüßlich-verspielt mit ihren hübschen roten, fleischigen Lippen an dem Gläschen und schaute mich dabei verführerisch an. „Für welsche Gazette schreiben sie, Monsieur Baltiüs?"

„Ich muss Sie enttäuschen, madame. Das mit dem Treffer soeben war anders gemeint. Ich bin kein Journalist. Aber so ähnlich. Ich schreibe nicht über das, was – überwiegend - tatsächlich geschehen ist, sondern ich schreibe das nieder, was ich gerade sehe, wenn ich die Augen schließe. Und das gleiche mache ich mit dem Pinsel".

„Ah! Sie sind eine Romancier! Aber was macht man mit eine Pinsel?", wollte sie wissen, während sie mich von der Seite lächelund und mehrdeutig ansah – was mich nun wiederum sehr verwirrte. Ich glaube, mir glühten ein wenig die Wangen. Ja - wenn man zuviel Fantasie hat ...

„Mit einem Pinsel könnte man zum Beispiel malen. Ich – zum weiteren Beispiel - male gelegentlich, wenn ich Lust dazu habe".

„Sie malen sischer ästhetische Bildär, nischt wahr? Von die Meer und Segelschiffän, Menschen vor Restaurants unterm Sonnenschirm in schöne Gassen bei schummerischer Beleuschtung, nischt wahr?"

Ich war überwältigt von der zutreffenden Einschätzung und staunte nicht schlecht. „Sie haben so ziemlich den Nagel auf den Kopf getroffen, Madame. Genau das sind meine Motive. Sie sagten eben, sie kommen aus St. Tropez. Von dieser Stadt habe ich seit den ersten Filmen vom Gendarmen von St. Tropez immer geträumt".

„Ah, die schöne Filme mit Louis de Funes! Eine Traum von eine Schauspielär. Isch `abe ihn immer gern gesehen, im Film, Sie auch?"

„Ja, ich auch. Sein Mimenspiel, begleitender Körperausdruck und das Chaos, wozu das alles führte, waren unnachahmlich und einfach genial. Leben Sie gern in St. Tropez?"

„Ja, sehr gern. Isch `abe zwar keine Mann da, aber trotzdem genieße isch das Lebän in diese idyllische Stadt sähr. Es ischt toujours viel los, viele Müsike, viele Kültür, Theatär, Bouquinisten, viele Geschäftlischkeiten ründ um die Ühr, Märkte, Clochards, gemütlische Kneipen im Hafän ünd so weitär. Sie müssen misch dort unbedingt mal besüchen, versprochen?", fragte sie am Ende mit einem süffisanten, viel sagenden Unterton und einem einladenden Seitenblick.

„Wer kann einer solch liebreizenden Einladung schon widerstehen?"

„`ier ischt meine Karte. Verstecken Sie sie gut in Ihre Portemonnaie. Und bringen Sie Ihre Bildär mit. Apropos Bildär: Isch bin ganz neugierisch auf Ihre

Bildär. Isch würde sie sähr gern sä´en. `ier ischt sowieso langweilisch. Führen Sie misch bittä zu Ihre Bildär", sagte sie und hatte sich im nächsten Augenblick auch schon in meine Arm einge`akt.

Elizabeth hatte die beiden, nervös an einem Champagnerglas nippend und ziellos die einzelnen Exponate flackrigen Blickes betrachtend, hin und wieder aus dem Augenwinkel heraus betrachtet. Die Blicke, die Danilo und – diese Person - einander zuwarfen, waren ihrer Aufmerksamkeit nicht entgangen. Sie stellten einen Angriff auf ihre Beziehung dar. „Verdammt! Ich bin eifersüchtig", gestand Elizabeth sich zähneknirschend ein. "War das in einer modernen Beziehung überhaupt akzeptabel – eifersüchtig zu sein? Ach was, Dummes Zeug. Soll er sich doch mit der Hexe vergnügen. Er wird schon bald von ihr genug haben!" -, dachte sie, machte auf dem Absatz kehrt und ließ die Luft aus ihrem Gläschen. In einer gemütlichen Ecke betrachtete sie sich eine ganze Zeit die Perlen im frischen Champagnerglas und ließ die aus der Tiefe immer wieder neu aufsteigenden Perlen auf sich wirken. Im Hintergrund vernahm sie gedämpft Simon und Garfunkels „El Condor pasa".
Diese musikalisch untermalte Komtemplation belebte und beseelte sie gleichermaßen. Sie erhob sodann den Kopf und nahm Kontakt mit ihrer unmittelbaren Umwelt auf. „Na, wen haben wir denn da? Den Earl of Sussex. Dem werd` ich mal ein bisschen auf den Zahn fühlen…"

„Sie ´aben das abär sähr gemütlisch ´ier - auf ihre schöne Schiff – mein `err". Wir standen unter Deck an der Bar. Sie wandte sich langsam um, während sie diese Worte sprach und machte einen kleinen Schritt auf mich zu, während sie mich mit ihren funkelnden Augen wie aus einer tiefen Sehnsucht heraus ansah. Ich muss wohl Ähnliches zum Ausdruck gebracht haben, denn ich spürte kurze Zeit später ihre Hand unverfrorenerweise in meinem Schritt. Da drückte ich sie instinktiv an mich - eine Hand am knackigen Po, die andere an der Schulter - und küsste sie leidenschaftlich… Was hätte ich auch sonst machen sollen?

Als ich wieder erwachte, war es dunkel – nicht ganz. Der Mond schien freundlich und leise grüßend durch die Bullaugen. Ich war allein. Als ich mich erhob, spürte ich intensiv meine vorgealterten Bandscheiben. Über den Flur erklomm ich die knirschenden Treppenstufen, die mich sogleich wieder an meine Bandscheiben erinnerten und sah sie – nur mit einem weißen Handtuch bekleidet – an der Reling stehen; ihre Ellenbogen auf dem Handlauf abgestützt schaute sie auf die See, die einen ebenso zufriedenen Eindruck machte wie Genevieve. Der Vollmond schien querab zum Mittschiff eine kleine Straße zu sich durch die See gelegt zu haben, so als wollte er jemanden den Weg zu sich erleichtern. Ich blickte aufs Meer und sah kleine Wellen, die nach dem Schleier, den der Mond auf das Meer strahlte, zu schnappen schienen. Genevieve schaute bedächtig die Straße durch die See hoch zum Mond und es hatte tatsächlich den Anschein, als überlegte sie es sich…

Von einer anderen Yacht war verhalten Händels „Wassermusik" zu hören, die vortrefflich in diese Stimmung passte. Auf manchem Schiff konnte ich undeutlich einige Nachbarn – wohl bei einem netten Tropfen in denselben, in der zauberhaften Stimmung und im Gespräch vertieft – erkennen. Es war fast windstill und angenehm warm. Eine Gänsehaut überzog meinen Arm – und ließ mich erkennen, dass ich durchaus noch in der Lage war, mich von zauberhaften Situationen wie diesen beeindrucken zu lassen.

„Wie wunderbar das Leben doch ischt! Isch möschte am liebschten die Ühr an`alten", sagte sie, während sie sich langsam mir zuwandte. Die Treppenstufen und Planken unter meinen Schritten hatten mich fraglos verraten. Meine Augen suchten - sie. Im Mondschein – mit Handtuchtunika – schien sie noch reizvoller als zuvor. Gäbe es doch häufiger im Leben Situationen wie diese! Sie setzte nun zärtlich ihren Zeigefingernagel auf meine Brust und ließ diesen behutsam wie der Tonabnehmer eines Plattenspielers über meine Haut kreisen. Wieder diese Gänsehaut! Diesmal großflächiger, jetzt auch meinen Süden erreichend. Ich spürte ein Verlangen dahin, ihr ebenso diese Wohltat angedeihen zu lassen. Ich setzte meinen Zeigefinger behutsam auf ihre „Schallplatte", ängstlich, nicht dieselbe Wirkung wie ihr Zeigefinger erzielen zu vermögen. Die Angst war unbegründet. Sie genoss es – und zeigte es deutlich , wenn auch – fast - tonlos – ohne Rücksicht auf eventuell darauf reflektierende „Sehleute" – vor denen man selbst auf unschuldiger See nicht gefeit ist. Das Seltsame an dieser wechselseitigen Grammophonisierung war, dass die fraglos der Klassik zuzuordnende Musik im Platonisch-Genüsslichen verweilte und mit ihrer selbst vollauf zufrieden war.

Auch wir saßen nun im gemütlichsten Teil an Deck – mit freiem Blick zum Firmament – auf gepolsterten Deckchairs und behaglich in Bademänteln eingehüllt. Zur Würzung und Feier dieser Stunde hatte ich uns einen Tropfen meines edelsten Roten – eines australischen Shiraz – eingeschenkt. Als ich die Gläser füllte, spürte ich eine leichte Brise. Mit dieser klatschten sanft Wellen gegen die Esperanza, die das Schiff leicht in Wallung brachte, so dass der Wein im Glase Walzer tanzte. „Auf diese herrliche Nacht, Genevieve".

Genevieve sah mir glücklich in die Augen und sagte nach einiger Zeit des Schweigens bedeutsam: „Oui! Auf diesä `errliche Nacht!

Kapitel 22

Der Graf saß in seiner weinumrankten Gartenlaube und genehmigte sich einen Schoppen. Die Tropfen ließ er langsam passieren, so als wollte er sie auf eine versteckte Botschaft hin prüfen, vielleicht so eine Art Weinpost, eine geheime Botschaft Bachus` oder der Weinelfenkönigin aus der Anbauregion dieses Weines an den Genießer. Hin und wieder gab er lautlos einen Kommentar zu dem einen oder anderen Tropfen ab, um dann zur Inspektion des nächsten überzugehen. Es kann nicht ausgeschlossen werden, dass er in diesem Moment tatsächlich in unmittelbarem Kontakt zur Weinelfenkönigin stand. Die

Abendsonne billigte das Vorgehen des Grafen schmunzelnd und leuchtete den Weißen gülden aus.

Elizabeth sah schon von weitem ihrem Vater bei seinem genüsslichen Treiben zu, während sie sich langsam, ja fast unentschlossen näherte. Der Graf dachte an Patricia und daran, dass er mit ihr eine Tochter hinzugewonnen hatte. Er müsste natürlich den beiden reinen Wein einschenken – über den schicksalhaften Babytausch. „Bei Gelegenheit", räumte er sich einen großzügigen zeitlichen Dispens ein. Natürlich würde sich an dem Verhältnis zu Elizabeth und Audrey nichts ändern. Wie sollte das auch gehen? Er kannte sie von Kindesbeinchen an und liebte sie inzwischen um ihrer selbst willen. Selbst Audrey, die etwas Schwierige, hatte ihre liebenswerten Seiten. „In letzter Zeit ist sie allerdings irgendwie verändert. Es ist so, als stünde etwas zwischen uns, das sie nicht an mich heran lässt. Ahnt sie vielleicht etwas? Falls ja, wäre sie aufmerksamer – und empfänglicher für Details, als ich ihr zugetraut habe. Elizabeth war stets mein Sonnenschein. Selten drücken dunkle Cirruswolken auf ihre Stimmung. Oft sucht sie meine Nähe, herzt und küsst mich auf die Wange. Wenn ich jetzt daran denke, dass sie gar nicht meine Tochter ist, dann – dann könnte ich mir fast etwas d`rauf einbilden", dachte er und schmunzelte bei diesem Gedanken, während er seine trockenen Lippen erneut mit dem köstlichen Tropfen benetzte.

„Hallo, Vater", begrüßte sie ihn gedrückter Stimmung.

Der Graf sah seine Tochter überrascht an. Gerade noch hatte er ihres nicht zu erschütternden Frohsinnes gedacht. „Na, mein Kind, was ist Dir denn für eine Laus über die Leber gelaufen?" Ihm fiel in der Tat im Augenblick nichts anderes ein, wie er auf die für ihn ungewohnte Situation reagieren sollte.

Elizabeth setzte sich neben ihren Vater – dachte sie jedenfalls. Na ja, für sie war er schließlich ihr Vater. Sie hatte von dem Babytausch noch nicht erfahren. Sie ließ ihre Schultern hängen und schaute ins Weinglas. „Ich glaube, ich könnte jetzt auch ein Gläschen vertragen. Bist Du so lieb, Vater?"

Nachdenklich-besorgt stand der Graf auf und kehrte kurze Zeit später mit einem zweiten Glas zurück. Langsam schenkte er ein – in beide Gläser -, während er sie beobachtete. „Liebeskummer?", fragte er einfühlsam.

Elizabeth nickte. Nach einiger Zeit des Schweigens: „Der Schuft hat sich doch einfach mit so `ner aufgedonnerten Französin von der Vernissage grußlos entfernt. Wer weiß, was er jetzt treibt? Dieser treulose, primitive Sittenstrolch, wie er einer ist. Ich habe es ja immer gewusst!"

„Stimmt. Du hast es immer gewusst, dass Danilo kein Kind von Traurigkeit ist. Aber – das muss man ihm lassen: er hat auch nie etwas Gegenteiliges behauptet. Er hat stets mit offenen Karten gespielt. Und Du hast mitgespielt".

„Trotzdem! Ich finde, er versteckt sich ganz schön hinter seiner angeblichen Bindungsangst. Seit dem Tod seiner Frau sind schon so viele Jahre vergangen. Und wir kennen uns schon so lange – und verstehen uns so gut. Und ich habe mir gewünscht, ... hab' gedacht, ich könnte die Lücke füllen, die der

Tod seiner Frau in sein Herz gerissen hat". Während der letzten Worte kullerten kleine Tränen über ihre erröteten Wangen.

Der Graf rückte näher an sie ran und legte zärtlich seinen Arm um sie. „Sieht so aus, als hättest Du Deinem Herzen zuviel zugemutet". Er sah zum Himmel auf und einigen Wolken hinterher. „Als ich siebzehn war, hatte ich meine erste Freundin. In die war ich, wie man sich leicht vorstellen kann – es war ja eine ganz neue Erfahrung -, unheimlich verliebt. Ganz anders die junge Dame. Die hat mir doch, gerad` als mein Herz vor Liebe so richtig überlief, eine offene Beziehung a la Georges Sand vorgeschlagen! Jeder könne doch, ... und so weiter. Und das müsse doch überhaupt keine Auswirkungen auf unsere Beziehung haben. Und danach könnten wir ja wieder zusammen sein, als wäre nichts gewesen. Vielleicht könnten wir uns ja auch darüber unterhalten ... Wie glaubst Du, habe ich reagiert?"

Elizabeth hatte gespannt zugehört und sagte spontan: „Du hast Dich sicher zusammengerissen und Dich in netter Form von ihr verabschiedet – nicht ohne ihr alles Liebe dieser Welt für ihre weitere Reise von Blüte zu Blüte und eine Zukunft ohne Dich zu wünschen".

Der Graf lachte gequält. Die Erinnerung hatte den damaligen Kummer aktualisiert. „Es wäre wohl besser gewesen. Ich war hin- und hergerissen. Ich wollte sie nicht verlieren und spürte wohl, dass ich sie verlöre, verlangte ich von ihr, was mein Herz begehrte. Und so ließ ich mich auf ein für mich selbst zermürbendes Spiel ein. Du kannst Dir vorstellen, dass meine zarte Seele einige Zeit gebraucht hat, um nach der irgendwann notwendigen Trennung die Erinnerung auszulöschen. Aber wie ich gerade an mir selbst gemerkt habe, ist ein gänzliches Auslöschen von schmerzhaften Erfahrungen wohl nicht möglich".

Elizabeth sah, dass ihrem Vater eine zarte Träne von der Wange rann. „Ach, Vater, ...", schluchzte Elizabeth, fiel ihm um den Hals, ließ ihren Tränen nun freien Lauf und schämte sich dieser nicht mehr.

Der Graf hielt Elizabeth lange in seinem Arm und tröstete sie sanft, wobei er zart mit seinen Händen über ihren Rücken strich. Als Elizabeth sich beruhigt hatte, fasste er sich ein Herz: „ Ich möchte, dass Du weißt, dass ich Dich sehr schätze und liebe – was immer geschieht".

Ein gewisses Timbre in seiner Stimme ließ sie aufmerken. Sie schraubte ihren Kopf aus der liebevoll-schützenden Umarmung und sah ihn lange forschend an. Ihre Augen begegneten sich lange schweigend. Sie spürte, dass irgendetwas Besonderes vorgefallen war, das sie beide anging. Endlich traute sie sich: „Vater, ist irgendetwas nicht in Ordnung?"

Der Graf druckste ein paar unverständliche Worte, fasste sich dann jedoch ein Herz: „Weißt Du, neulich war unsere Nachbarin ...Patricia Miller, bei uns zu Gast. Erst ganz spät ist mir die große Ähnlichkeit mit Deiner Mutter aufgefallen, als ihr Sohn ihr Portrait im Speisesaal betrachtete und plötzlich monumental verstummte. Wir haben dann Untersuchungen vornehmen lassen ...Ich... ich ... bin – auch - ihr Vater. Deshalb habe ich eben zu Dir gesagt, was immer geschieht, an meiner väterlichen Liebe zu Dir und Deiner Schwester kann – und wird sich nichts ändern. Ich habe Euch als meine Töchter aufwachsen sehen und erlebt und geliebt. Diese Liebe kann man nicht durch das Betrachten von Tatsachen hinweg denken und auslöschen. Und das will ich um Gottes Willen auch nicht ..." Er berichtete jetzt, was im einzelnen vorgefallen war. Er ließ keine Nuance aus. Auch den Schatzfund nicht. Schließlich rückte er auch damit heraus, dass sie und Audrey im Krankenhaus seinerzeit mit einem anderen Zwillingspärchen vertauscht worden sind – nämlich Patricia und ihre durch einen tragischen Reitunfall verunglückte Schwester...

Betretenes Schweigen schwelte nun zwischen den beiden. Während der Graf keinen Zweifel an der väterlichen Liebe auch zu seinen Scheintöchtern hegte, war sich Elizabeth der Liebe ihres – Vaters? – nicht mehr so sicher – verständlicherweise. Wie würden wir uns in dieser Situation fühlen, in der sich Elizabeth gerade befand? Was würden wir sagen? Was denken? Wohin schauen? Was würden wir uns erhoffen, wovon träumen?

Sie schaute nach langem Nachsinnen auf zu ihrem – Vater? Prüfend sah sie ihn an und sprach: „Das ist ja fürchterlich – tragisch! Für uns alle! Ich weiß ja, dass Du mich liebst wie Deine leibliche Tochter – aber wie schlimm muss es für Patricia erst sein!"

„ Stimmt. Sie hat ihre Scheineltern und wirkliche Schwester verloren. Dafür hat sie ihren leiblichen Vater dazu gewonnen"

„Du bist ihr ein ganzes Leben vorenthalten worden!"

„Ja, aber ob sie heute glücklicher wäre, wenn sie hier aufgewachsen wäre? Sicher, existentielle Sorgen hätte sich Patricia nie machen müssen. Aber ist das immer gut? Die Sorge um die Zukunft treibt den Menschen doch an, irgendetwas zu machen, was ihm sein Auskommen sichert, was ihn zufrieden macht und die Sorge nimmt. Und wenn er abends in seinem Kämmerlein sitzt, sich entspannt in seinem Sessel zurücklehnt und noch Zeit hat, den Tag Revue passieren zu lassen und darüber nachzudenken, was er eigentlich Tolles geleistet hat, so wird er zwangsläufig irgendwann einen Punkt erreichen, in dem er so etwas wie Stolz in seinem Herzen aufsteigen spürt, selbst etwas bewegt, auf die Beine gestellt zu haben. Nicht er ist bewegt worden, sondern er selbst hat etwas bewegt, ist nicht wie das Pendel einer Uhr ständig von Tick zu Tack geschwenkt, sondern hat selbst aus eigenem Antrieb heraus das Pendel bewegt und in Schwingung gebracht". Hier machte der Graf eine Pause und überlegte, während er einer Schwalbe nachschaute, die an seinen Trauben geknabbert hatte und nun einen Verdauungsflug unternahm. „Jedenfalls war das früher mal so. Ich habe heute oft den Eindruck, als lähme der Sozialstaat diesen – ja sagen wir ruhig Urinstinkt des Menschen. Der Bär muss nicht mehr selbst erlegt werden. Jeder bekommt ein kleines Stückchen vom Fell – und natürlich vom Fleisch ab. An sich stellt diese Behandlung des vermeintlich mittellosen Bürgers durch den Staat die schwerste, wenn auch subtilste Form der Beleidigung dar. Der Mensch wird nicht danach gefragt, was er selbst zur Jagd auf den Bären beitragen kann. Er möge sich ruhig schon einmal an den Tisch setzen, bald seien die Jäger mit dem Braten da. Durch die Teilnahme am

gemeinsamen Gelingen wird der Mensch als soziales und in irgendeiner Form
kompetentes Wesen geehrt. Doch den einzelnen an der gemeinsamen Tafel
auf Dauer teilhaben zu lassen, ohne von ihm irgendwann einmal eine Gegenleistung zu fordern – wenn er sie denn nicht schon freiwillig erbringt -, ist im
höchsten Grade asozial..." Der Graf stutzte und nach einer kurzen Pause
fragte er noch immer verdutzt: „Sag´ einmal, Liebes, wie kam ich da jetzt eigentlich d´rauf?"

Kapitel 23

Hoch oben am Himmel schwebten elegant zwei Seeadler durch die Lüfte
und sie genossen es vermutlich, vermöge der Thermik auf- und abzugleiten
und ohne eigenen Beitrag zu fliegen. Ernten ohne zuvor gesät zu haben ist zur
Abwechslung auch einmal etwas ganz Feines. Einer der Adler hatte nun offenbar etwas entdeckt und setzte Flügelschlag ein, um ganz schnell zur Erde zu
gelangen. Kurz vor dem unvermeintlichen Aufprall breitete er geschwind, elegant und souverän seine Flügel aus und landete, geradeso, als wäre es einer
seiner leichtesten Übungen. Das war es natürlich auch für den Seeadler. Sein
Schnabel schien jetzt vergrößert und fürwahr! Für einen kleinen Frosch hatte
diese zuvor so friedliche Szene einen bitteren Beigeschmack: Seine Sanduhr
würde in Kürze abgelaufen sein. So grausam ist die darwinistische Natur und
doch kann sie ohne diese Grausamkeit nicht überleben. In dieser Szene feierte
der Adler und der Frosch zahlte die Zeche. Sicher landete der Seeadler nun
auf dem äußeren Rand seines Nestes, wo er schon sehnsüchtigst von seinen
Sprösslingen erwartet wurde.
Der Graf nahm deutlich seinen Tritt unter den saftigen Wiesen wahr und
noch deutlicher spürte er seinen Herzschlag durch seine Weste. Lange war er
nicht mehr so aufgeregt gewesen. Aber er gewann dieser Aufregung durchaus
etwas Positives ab. Aus Erfahrung wusste er, dass die zunehmende Aufregung
keinesfalls dazu führte, dass er irgendwann platzen musste. Deshalb war er
auch in der Lage, „ja" zu dieser Aufregung zu sagen und war offen für das, was
weiter geschehen würde. Er war jetzt nicht mehr weit von ihrer Kate entfernt
und vernahm aus jener Richtung dumpfe Klopfgeräusche. Er ortete diese hinter der Kate und ging einmal umzu. Dort stand sie - bildschön – wie seine Frau
einst gewesen war – und trieb den Meißel in den Stein. Er sah ihr zu - seitlich
zugewandt – etwa 14 m entfernt. Sein eigen Fleisch und Blut! Seine Tochter!
Seine Vorstellung davon, was es heißt, Vater dieser bezaubernden, tüchtigen
Frau zu sein, die soviel Krisen in ihrem Leben in bewundernswerter Manier
gemeistert hatte, die dort Mut und Zuversicht gefasst hatte, wo andere verzweifelt gewesen wären und insgeheim auf Hilfe von Außen gewartet hätten,
entwickelte eine Eigendynamik. Er wusste nicht, wie es dazu kam: Plötzlich
schluchzte er und zarte Tränen rannen, ohne sich ihrer zu schämen, von seinen Wangen. Patricia hatte sich plötzlich zur Seite gewandt und ihre Blicke
trafen sich. Der Graf hielt - wie ein Schüler sein erstes Zeugnis, das er noch

nicht lesen kann - hilflos einen Brief in seiner rechten Hand und seine emotionale Verfassung war aus der Entfernung leicht auszumachen. Ihr war klar, was das zu bedeuten hatte. Sie war jetzt ebenso heftig bewegt. Zahllose Bilder schossen ihr in Windeseile durch den Kopf und sie bewegte sich unwillkürlich mit einem großen, sehnsuchtsvollen Ausdruck in ihren schönen braunen Augen auf ihren Vater zu, der noch wie angewurzelt dort stand. Ihre letzten Schritte wurden schneller und sie flog ihm schließlich in die Arme ...

Lange standen sie eng umschlungen und weinten ungeniert. Tränenjahre flossen aufeinander zu und vereinten sich zu einem großen Strom.

Als sich Patricia langsam aus der Verströmung gelöst hatte und sie ihren Vater ansah, war nichts mehr, wie es vorher einmal war. Vater und Tochter waren sich plötzlich begegnet und nichts konnte sie mehr trennen. Egal, was vorher gewesen war. Im wahrsten Sinne des Wortes war plötzlich das Blatt gewendet und zeigte ganz andere Konturen.

„Meine kleine Patricia – meine kleine – große - tüchtige Tochter. Ich bin so froh, dass ich das noch erleben darf: die Aufdeckung eines der schrecklichsten Irrtümer, die im Leben eines Menschen passieren können. Und wie wundersam uns das Schicksal wieder zusammengeführt hat! Lange Zeit haben wir in unmittelbarer Nachbarschaft gelebt – ohne zu ahnen, wie großartig die Nachbarschaft sich noch einmal verwandeln könnte.

Patricia schaute ihren Vater lange an, durchdrang seine Augen, als wäre dies der Eingang zur Vergangenheit. Freilich war er das! Nur: Sie konnte nicht zum Start wieder zurück. Sie konnte nur Einblicke nehmen in die Vergangenheit ihres Vaters. Erst ab sofort würden sie eine gemeinsame Gegenwart und Zukunft haben – um später auf eine gemeinsame Vergangenheit zurückschauen zu können, wo sie bewusst als Vater und Tochter zusammengelebt haben.

„Va- Vater", traute sich Patricia langsam an diesen Begriff heran, den sie erstmals zum Grafen assoziierte. Sie dachte kurz an den Mann, den sie bisher für ihren Vater gehalten hatte – und der schon gestorben war. Sie hatte ihn auch wie einen Vater geliebt und seinen Tod hatte sie lange betrauert – er war stets gut zu ihr. Vielleicht deshalb, weil ihr Scheinvater schon tot war, fiel es ihr leichter, sich mit dieser neuen Situation anzufreunden. Sie würde ja ihrem alten Vater – Scheinvater – durch die Anerkennung ihres leibliches Vaters kein Leid mehr zufügen können – nicht auf Erden. „Das Ergebnis ist also da?", fragte Patricia überflüssigerweise.

Der Graf nickte und hielt ihr den Briefumschlag entgegen. Patricia öffnet ihn und las:

...Und damit bist Du, mein alter Freund und Kupferstecher, mit 99,9 %iger Wahrscheinlichkeit der Vater von Patricia Miller..."

„Jetzt ist es also amtlich?"

„Ja"

„Noch letztes Jahr hätte ich gesagt: Ach du liebe Güte, ausgerechnet der Graf! Das wird ja eine schöne Verwandtschaft werden! Nachdem das Schicksal uns jedoch noch ein wenig Zeit gegeben hat, einander – zunächst als Nachbarn – sehr menschliche Nachbarn – kennen zu lernen, bin ich froh – ach was! – bin ich glücklich, dass Du mein wirklicher Vater bist. Ich glaube, mein Vater – ich meine der, der mich aufgezogen hat, und den ich natürlich wie einen Vater geliebt habe, wird mir, wenn er uns aus dem Himmel zusieht, nicht böse sein, wenn er uns hier so sieht – als Vater und Tochter. Im Himmel hat man, glaube ich, für sehr viel mehr Verständnis als hier auf Erden. Sicher ist er traurig, dass er nicht die Chance erhalten hat – so wie Du – zeitlebens noch einmal seine wirklichen Töchter zu erleben".

„Ich bin glücklich, dass Du meine Tochter bist – Patricia. Du denkst in solch einem Weichen stellenden Augenblick nicht nur an Dich, sondern siehst Dich als Teil des Ganzen. Du stellst Beziehungen her zu den Menschen, die Dir etwas bedeuten - und bedeutet haben-, und stellst erst im Nachhinein Deine Gefühle auf die Probe..." Hier sah der Graf nachdenklich nach oben. „Da bist Du Deiner Mutter sehr – sehr ähnlich".

„Schade, dass sie nicht mehr lebt. Weißt Du was. Ich koche uns einen schönen Kaffee und Du erzählst mir ein bisschen von Euch, ja?"

„Eine gute Idee. Nur: Bring uns zum Kaffee einen Cognac mit. Ich glaube, den könnten wir beide jetzt ganz gut vertragen. Wenn wir den Cognac schwenken und dabei tief in das geschwenkte Gold hineinsehen - und uns Geschichten aus alter Zeit erzählen, vielleicht schwappt dann Deine Jugend in mein Gläschen hinüber - und umgekehrt. Trinken wir von der sonderbaren Mixtur ...", hier machte der Graf eine Pause und lächelte süffisant, als wollte er der nachfolgenden Erklärung a priori den Ernst nehmen ..."können wir am Ende vielleicht feststellen, dass auch Vergangenheit in Cognac löslich ist und in dieser Form gern seelenverwandte Bindungen eingeht ..."

Kapitel 24

Audrey war - äußerlich gefasst - langsam die Stufen zu ihrer Kammer hochgegangen. Kaum hatte sie die Tür hinter sich geschlossen, schleuderte sie ihre Pumps ziellos durch den Raum. Geräuschvoll landete der eine am Kleiderschrank, der andere an einer Blumenvase. Im nächsten Wimpernschlag fiel sie kraftlos auf ihr Bett und weinte - trockene, verbitterte Tränen. Sie machte durchaus nicht den Eindruck, als wäre sie traurig darüber, dass der Graf nicht ihr Vater ist. Viel eher schienen ihre Gefühle den möglichen – erbrechtlichen – Konsequenzen in Bezug auf ihre Person zu gelten. Mehrfach trommelte sie jetzt mit ganzer Kraft und ihren Fäusten auf die Matratze, bis sie erschöpft und in ihren Bewegungen langsamer werdend endlich das unsinnige Vorhaben aufgab.

Einige Zeit lag sie reglos und ausgestreckt auf ihrem Bett. Plötzlich regte sie sich, hob ihren Kopf und sah über den Beistelltisch hinweg - auf dem eine aufgeschlagene, eselsohrige Illustrierte mit Tony Blair auf der Titelseite neben einem Lippenstift, einem Taschentuch und einem halb geleerten Whiskeyglas unordentlich lag - durch das halb geöffnete, klematisumrankte Butzenfenster und war mit Blicken und Gedanken plötzlich meilenweit enteilt. Ihre Pupillen waren weit geöffnet und sie wirkte wie in Trance. Jetzt falteten sich ihre schmalen, roten Lippen und braungebrannten Wangen langsam zu einem Lächeln – zu einem rundum zufriedenen – diebischen Lächeln und sie kehrte allmählich aus der Ferne zurück in ihre Kammer. Nun etwas bewegter erhob sie sich, gewahrte mit einem Seitenblick das Whiskeyglas, ergriff es, hob es auf Augenhöhe, drehte sich zum Licht und genoss den Anblick des flüssigen Goldes – um dieses dann ganz plötzlich – und ohne dass sie diesen Angriff auf das Gold zuvor durch irgendeinen Mucks angedeutet hätte - sich einzuverleiben. Lange noch kaute sie den Nachgeschmack auf ihrer Zunge, während sie strahlend und nachdenklich zum Garten hinaus blickte, über die Baumwipfel hinweg zu den Grundstücksgrenzen und darüber hinaus, wobei sie zärtlich das Whiskeyglas streichelte. Entschlossen stellte sie jetzt das Glas ab, suchte ihre Pumps, streifte sie zärtlich über und verließ in offensichtlicher Vorfreude ihre Kammer. Zielstrebig stolzierte sie Richtung Wohnzimmer, wo der Familienschmuck ohne Bewehrung in einer Glasvitrine ausgelegt war. Jetzt öffnete sie diese wie in Trance, ergriff zwei Ringe und ein Kollier und schloss die Vitrine, wie sie sie vorgefunden hatte. Sie umklammerte den Schmuck mit beiden Händen und schaute in gewisser Vorfreude auf die Folgen ihres Vorhabens zur Zimmerdecke, drehte sich auf dem Absatz und schaute nun zum Fenster hinaus, wo sie in der Ferne die Kate gewahrte. Sie kniff die Augen zusammen, umklammerte ganz fest den Schmuck und verließ diebisch-schmunzelnd den Raum.

Kapitel 25

Das Daddyhole war eine ziemlich schmale Küstenstraße, die zudem zu dieser Jahreszeit von etwa einen Meter hohen Rapspflanzen flankiert war. „Eine tolle Pflanze und was für ein außerordentlich schönes gelb! Wie geschmeidig-elegant sich die Stängel im Wind bewegen, ohne Schaden anzurichten. Es grenzt doch an ein Wunder, dass kein einziges Blättchen verloren geht, obwohl doch der Wind sich scheinbar alle Mühe gibt, irgendwelche Blätter oder Blüten aus den Pflanzen heraus zu blasen, vor sich herzutreiben, hoch und runter - und zu beobachten, wie sie reagieren auf unterschiedliche Windströme. „Na ja, der Herbst kommt ja bald", überlegte Kevin, „ dann kommt Deine Zeit, liebster Wind, dann hast Du ein Erfolgserlebnis nach dem anderen, wenn Zweige oder Stängel nach Deiner Stärke lechzen, um frei und unbeschwert zu sein für den Winterschlaf. Sie selbst können sich aus eigener Kraft heraus nicht von den Blättern lösen – auf Dich sind sie schon angewiesen. Du bist Deinerseits aber auch auf die Blätter angewiesen! Ohne sie hättest Du einen sehr angenehmen Spielgenossen weniger und würdest ihn sehr missen. Ohne diesen könntest du Dich doch nur noch – wenn Du Dich mit Windkameraden gleichen Schlages vereintest, auswirken, indem Du Bäume, Häuser und sonstige menschliche Einrichtungen, Schiffe nicht zu vergessen, und andere, dem freien Himmel preisgegebene Dinge auf ihre Windfestigkeit prüfst".

Kevin war bester Dinge und dachte jetzt schmunzelnd an eine Episode aus der Schule. Johnny hatte sich die ganze Geschichtsstunde über im Schrank versteckt. Mr. Buck, der Johnny auf dem Kieker hatte – wahrscheinlich wegen seiner langen Haare und weil „dieser Flegel" keinen Respekt vor ihm hatte -, bemerkte seine vermeintliche Abwesenheit natürlich sofort. „Kann mir vielleicht einer von Euch sagen, wo Johnny ist?", fragte der Lehrer in die Klasse hinein und drehte dabei wie ein Radarschirm und in der Hoffnung auf eine befriedigende Antwort langsam seinen Kopf von links nach rechts – und wieder retour. Wo er gerade hinsah, herrschte betretenes Schweigen; wo er nicht hinsah, waren die drolligsten Töne zu vernehmen und Grimassen zu bewundern. Sah er dann in jene Richtung, war dort plötzlich wieder alles ruhig und auf der anderen Seite rumorte es. „Ich stelle fest, dass ich nichts höre", säuselte Buck jetzt grimmig. Buck – das musste man ihm lassen – beherrschte die Kunst, während eines Rundumblicks etwas zu sagen, so dass jeder Schüler überzeugt war, nur er persönlich könne gemeint sein. Johnny hielt es bei der vorgenannten Feststellung im Schrank kaum noch aus – so sehr musste er sich einen heftig sich aufbäumenden Lachimpetus verkneifen. Es gelang ihm mäßig – seine Mitschüler in Schrankesnähe schworen, ihn deutlich kichern vernommen zu haben. Jeder Anwesende – mit Ausnahme von Buck – stellte sich jetzt die Qualen vor, die er auszustehen hätte, wenn er selbst im Schrank wäre. Eigentlich eine äußerst spannende Sache: Auf der einen Seite hatte man kein Risiko – man befand sich ja de facto an seinem Platze – auf der anderen Seite konnte man wegen der tatsächlich vorherrschenden Spannungslage mit Johnny richtig mitfiebern. Buck bewegte sich jetzt - schweigend – seinen Blick starr auf den Schrank gerichtet – in dessen Richtung und blieb vor ihm stehen. „Ende der Vorstellung", hatte Johnny gedacht, als sich Buck plötzlich umdrehte, zu seinem Katheder ging, sich setzte und mit seinem typischen Rundumblick sprach: „Na schön, Hefte raus, unser Thema heute lautet: „Die Französische Revolution - unter besonderer Berücksichtigung der Freiheitsideale im Allgemeinen und Robespierre und unter anderem sein Verlangen nach Verurteilung des Königs ohne Prozess im Besonderen". Man konnte, wenn man deutlich hinhörte, die Kinnläden der Schüler der Reihe nach wie aneinander gestellte Bauklötze zuschnappen hören. Johnny im Schrank war heilfroh, dass er sich zwar Gedanken zu diesem Thema machen durfte – wenn er wollte – und Muße dazu gehabt hätte; diese hatten allerdings – und Gott sei Dank! - keinerlei Auswirkungen auf seine Zensur, die ihm irgendwie – Hand aufs Herz – doch nicht so ganz gleichgültig war. Alle Schüler haben Blut und Wasser unter der Last dieses geschichtsträchtigen und fraglos für unsere heutige Gesellschaft nicht minder richtungweisenden Themas geschwitzt. Buck war zwar nicht sonderlich beliebt unter den Schülern, doch seine Zensuren waren durchaus ernst zu nehmen. "Was hat der Buck doch nur für einen fiesen Charakter", dachte Kevin jetzt und schmunzelte wieder, was ihm wegen der zeitlichen Distanz zu diesem Ereignis - und räumlichen zum Lehrer jetzt nicht mehr schwer fiel. Noch in dieser Erinnerung mit all seinen optischen und akustischen Nuancen verstrickt vernahm Kevin plötzlich das Quietschen von Reifen und plötzlich fühlte er sich leicht wie eine Feder, die von Wind und Thermik getragen eine lange Reise antritt.

Kapitel 26

In der Mittagshitze saß Robert Hurst gemütlich an Bord seiner Cezanne unter der Persenning in einem deckchair und sog Gedanken versunken an seinem Mittagstee. Eine Touristenbarkasse passierte gerade die Mole, wobei die Erläuterungen des Kapitäns trotz der Entfernung deutlich zu vernehmen waren. Robert sah durch die Barkasse hindurch und dachte dabei an Patricia. Er fragte sich, warum sie sich nicht meldete. Er hatte bereits mehrfach – in netter Form - auf ihre Mailbox gesprochen und zärtlich um Rückruf gebeten. Keine Reaktion. Er machte sich Sorgen, ließ die letzte Begegnung mit ihr Revue passieren und fragte sich, ob er wohl etwas falsch gemacht hatte. Plötzlich klingelte sein Handy. „Hurst?", meldete er sich.

„Hallo Robert, hier ist Dany", sagte ich. „Sag` mal, stimmt irgendetwas nicht mit Dir und Patricia?"

„Du wirst lachen, darüber zerbreche ich mir gerade den Kopf. Aber wieso kommst Du da jetzt d`rauf?"

„Wir sind hier gerade im Mount Stuart Hospital. Kevin ist vermutlich von einem Auto angefahren worden und schwer verletzt…"

„Das ist ja furchtbar! Ist er bei Bewusstsein?"

„Nein, leider nicht. Die Ärzte meinen aber, er habe eine gute Verfassung und - er könne es schaffen. Patricia hat mich sofort informiert und – ähm - ich wundere mich offen gestanden, dass sie Dir nicht Bescheid gegeben hat".

„Die Gründe sind mir im Augenblick einerlei. Auf welcher Station liegt er?"

„Unfallchirurgie - Intensivstation".

„Ich bin sofort da. Danke, dass Du mich informiert hast, Dany".

Schon von weitem sah er Patricia nervös den Gang auf und ab gehen. Als sie ihn gewahrte, machte sie sofort kehrt. Robert spürte reaktiv einen Stich in der Herzgegend, fasste sich aber sofort und beschloss für sich, ihr mit der Haltung zu begegnen: „was immer vorgefallen sein mag und ihr Gefühl zu mir betrübt hat, kann nur auf einem Missverständnis beruhen. Mit warmer, emphatischer Stimme rief er sanft ihren Namen: „Patricia".

Das war zuviel für sie. Bisher hatte sie gefasst und vernünftig reagiert. Diese Ansprache jedoch warf alles über den Haufen – wie ein kleiner Windhauch ein Kartenhaus. Unter demselben lagen ihre Gefühle – blank! Wie gänzlich anders hatte sie sich doch das erste Wiedersehen mit Robert vorgestellt – nach dessen wie auch immer gearteten Intermezzo mit jener aufgeblasenen Ziege! Die kalte Schulter wollte sie ihm zeigen – so tun, als hätten sie sich nie zuvor gesehen. Jawohl! Sie wollte ihn verletzen – so wie er sie verletzt hatte, als er die andere Frau geküsst hatte – wenn auch nur flüchtig. Aber auch ein flüchtiger Kuss kann tiefere Bedeutung haben. Er kann beispielsweise die Bestätigung eines vorangegangenen, leidenschaftlichen Dauerbrenners und tete-a-tete – in welcher Form auch immer - sein. Wie dem auch sei! Vermöge der Umstände und der besonderen Ansprache waren alle ihre Vorsätze plötzlich außer Kraft gesetzt. Aufgelöst-aufgewühlt wandte sie sich um und stürzte in seine flugs ausgebreiteten Arme. Das Tor zum Staudamm ward geöffnet und die Talsperre ergoss sich mit der ganzen Kraft der aufgestauten Elemente ins Tal – und vereinigte sich mit den im Wege stehenden Bäumen, Büschen und Sträuchern - in der Gestalt von Robert, der sie leidenschaftlich umarmte - und nun ebenso leidenschaftlich schluchzte wie Patricia.

Kevin lag reglos da. Angeschlossen an vielen medizinischen Instrumenten wirkte die Situation bedrohlich. Roberts Blicke wanderten von Kevin über das Bett zu dem neben dem Bett placierten Stuhl, auf dem fein säuberlich seine Kleidung aufgehängt war. An der Jeans fiel Robert sofort auf, dass ein großer Fetzen herausgerissen war. Ansonsten schien sie unauffällig. Nun wandte er sich wieder Kevin zu, sah ihn lange nachdenklich-mitfühlend an und strich ihm zart über eine Wange. Als er sich umdrehte, wanderten seine Gedanken zum feigen Täter, der rücksichtslos unter Gefährdung von Leib und Leben und Ausnutzung seiner Motorkraft seiner Freude an der rasanten Autofahrt gefrönt und eine Verletzung anderer möglicherweise billigend in Kauf genommen hatte. Spontan wurde ein Impuls in ihm stark - er hatte Schwierigkeiten, sich dieses auch mit der gedanklichen Wortwahl einzugestehen – „dem Täter dafür die Fresse einzuschlagen". Schweigend verließen er und Patricia das Zimmer, als die Schwester mit einem bedeutungsvollen Ausdruck im Türrahmen erschien und dort verweilte, bis die zwei an ihr nickend vorbei geschlichen waren.

Kapitel 27

Robert Hurst war unterwegs, um seinen Wagen bei seinem alten Schulfreund Joffrey zur Inspektion abzugeben. In Höhe der vermeintlich baufälligen, aus Feldsteinen erbauten Kneipe „Captain Flint`s Treasure" stockte der Motor seines alten Rover und nahm kein Gas mehr an. „Das passt ja prima – fast jedenfalls. Die letzten 5 km hättest du Dich ruhig noch ein wenig zusammenreißen können, alte Lady". Über Handy schilderte er Joffrey sein Missgeschick und bat um Hilfe. Sodann stieg er aus, musterte „Captain Flint`s Treasure" und stellte überrascht fest, dass er hier schon seit seiner Schulzeit nicht mehr eingekehrt war. „Verdammt lange her, altes Haus", dachte Robert und lächelte süffisant vor sich hin, während er die Distanz zum durchaus einladenden Eingang der Kneipe verkürzte. Den Eingang bildete ein riesiges, weinrotes Weinfass. Unwillkürlich lief ihm das Wasser im Mund zusammen. „Wie früher. Edle Tröpfchen haben uns das ohnehin schon angenehme Billardspiel weiter versüßt. Betsy! Wie lange hab` ich an Dich nicht mehr gedacht! Weißt Du noch, wie wir hier so manche schöne Stund` verbracht haben – unter dem

Kellergewölbe im schummerigen Schein schöner Kerzen, die in bauchige Weinflaschen eingepflanzt waren und diese kunstvoll betropften. „Ma solitude" schwingt mir jetzt im Ohr, als wäre ich gerade auf dem Weg zu unserer Verabredung. Wie heißt doch noch gleich der Sänger? Irgendwas Griechisches – mit eine`französische`Vornamen. Georges ... Georges ... ich hab`s: Georges Moustaki. Wie romantisch seine Lieder doch sind! Philosophie war unser Steckenpferd. Wie unschuldig saßen wir da und philosophierten über den Sinn des Lebens. Und jedes gesprochene Wort schien so bedeutsam, so eminent bedeutsam, dass es immer wieder neu im anderen eine Gänsehaut auslöste. Unsere Pupillen waren weit geöffnet und der Magnetismus zwischen unseren Mündern nahm sekündlich zu. Jeder hütete in sich sein eigenes Pulverfass. Wie gern wäre ich doch schon viel früher zu ihr um den Tisch herum gerückt – und hätte sie geküsst. Wie weit gestaltete sich doch dieser Weg, der de facto doch nur vielleicht 47 cm weit war. Doch war es nicht so viel schöner? Das Knistern konnte auf diese Weise doch lange erhalten werden. In der Rückschau war die knisterige Phase die schönste. Vielleicht, weil die Fantasie mehr Möglichkeiten bietet als die Wirklichkeit unter den Bedingungen unserer Unzulänglichkeiten, Ängsten und dergleichen zulässt".

Plötzlich stutzte Robert, als er vor einem blauen Jaguar stand. An der Stoßstange war etwas befestigt, was dort offensichtlich herstellerseits nicht hingehörte. Ein Stofffetzen – von einer Jeans. Instinktiv spannten sich seine Muskeln an und das Schlüsselbund in seiner Hand wurde dort wie von einem Schraubstock gequetscht. Seine Gesichtszüge nahmen entschlossene, Furcht erregende Formen an. Gerade wollte Robert durch das Fass eintreten, als er die Bremsen von einem Transporter sanft aufquietschen hörte. Es war Joffrey, der fröhlich-schmunzelnd aus dem LKW hüpfte und seinem alten Freund entgegen ging.

„Na, wenn eine kleine Panne schon solche grämlichen Falten in Dein Gesicht wirft, möchte ich Dich bei einer anständigen Katastrophe nicht erleben". Er freute sich herzhaft über seine Formulierung, stutzte aber, als sich der Ausdruck von Robert nur unwesentlich veränderte.

„Joffrey, schön, dass Du so schnell gekommen bist. Ich erkläre Dir alles später. Hier sind die Schlüssel", sagte dies und war auch schon vom Fass verschluckt.

Er hinterließ einen verdutzten, nachdenklichen Joffrey, der noch lange auf das Fass schaute, das seinen Freund geschluckt hatte.

Ungeduldig sah sich Robert in der Kneipe um, in der sich etwa 10 Gäste verteilt hatten. Sein Blick fokussierte sich jetzt auf einen Mann, der dort hinten in einer Ecke - auf Roberts altem Stammplatz - Notizen auf einen Zettel kritzelte, eine Zigarette rauchte und dessen Hand jetzt nach dem vor ihm aufgebauten Guinnessglas fingerte, ohne dass der Herr dazu aufschaute. Mit handlichem Orientierungs- und Spürsinn hielt seine Hand das bauchige Bierglas bald fest umschlungen. Seine Hand streichelte sanft um das Glas herum wie um die Hüfte einer Frau. Nun hob er das Glas und nahm einen mächtigen

Schluck. Durch das Glas begegneten sich ihre Augen. Der Mann im Glas sah jenen auf sich zukommen und setzte das Glas langsam ab. Robert hatte seine Fäuste in der Hosentasche geballt und versteckt und hielt direkt vor dem Fremden an: „Entschuldigen Sie, gehört der Jaguar Ihnen?" Er versuchte, dabei möglichst unverbindlich zu wirken, was ihm misslang – aber vom Visavis nicht bemerkt wurde.

„Ja, wieso? Gefällt er Ihnen. Ich verkaufe aber nicht, bed..."

In diesem Augenblick flog der Sprecher nach hinten über seinen mit ihm gekippten Stuhl, nachdem Robert eine mächtige Rechte – nicht in Gestalt einer Faust, sondern entgegenkommenderweise in Gestalt einer handflächigen Bratpfanne – auf dessen linker Wange placiert hatte. Jener drehte sich auf dem Boden und sah Robert ungläubig-fragend an. Robert streckte ihm nun – vermeintlich in die Rolle des barmherzigen Samariters schlüpfend - seine Hand entgegen und zog ihn zu sich hoch, holte im nächsten Atemzug mit dem rechten Bein Schwung und traf mit seinem beschuhten Fuß dessen Südpol mitten ins Herz, wobei sich dieser reflexartig und schmerzgekrümmt nach vorn beugte, um sodann erneut vermöge der handflächigen Bratpfanne einen Schwinger zu empfangen, der ihn kurzfristig der Bodenhaftung enthob und mit der Wand Bekanntschaft schließen ließ, wo er wie ein nasser Sack abtropfte und seitlich zur Ruhe kam. Robert bückte sich, packte dessen Hemd in Schlüsselbeinhöhe und zog ihn zu sich hoch, um ihn dann auf dessen Stuhl, den er gleichzeitig mit der linken Hand ergriffen hatte, fallen zu lassen. „Herr Ober! Zwei Guiness bitte!", rief Robert in die zwischenzeitig eingekehrte – und durchaus interessierte - Stille hinein und blickte seinen Visavis lange unverwandt an. Dieser tat es jenem gleich und schien auf eine Erklärung zu warten, während er mit einer Hand über seine Wange strich, offenbar in dem Bestreben, die Pein aus dieser heraus zu reiben. An seinen Südpol hingegen trauten er sich nicht, obwohl ...

Nach längerem Schweigen, währenddessen sie sich gegenseitig beäugt hatten, eröffnete Robert das Gespräch: „Ich frage mich gerade, was Sie für ein Mensch sind, mein Herr. Fahren ein Schulkind an und setzen unbeirrt Ihre Fahrt fort, ohne sich um das Schicksal des von Ihnen zum Opfer Beförderten zu kümmern".

„Woher wiss ... ähm, ich meine, ich verstehe kein Wort".

„Wir haben uns beide sehr wohl verstanden", erwiderte Robert und blickte dabei grimmig sein Gegenüber an. „Der Stofffetzen an der Stoßstange Ihres Jaguars fehlt aus der Hose des Jungen, der übrigens schwer verletzt im Krankenhaus liegt. Wenn Sie nicht nachweisen können, dass Sie vor kurzem Ihr Fahrzeug verliehen haben, scheiden mehrere Milliarden Menschen als Täter aus. Noch irgendwelche Fragen?"

Sein Visavis war mit seiner aktuellen Lebenssituation offenbar höchst unzufrieden. Unter dem Eindruck dieser Stimmung verlagerte er sein Gewicht von der einen Arschbacke auf die andere. Dazu flackerten seine Augen unruhig – Anzeichen für Robert, dass dem Herrn gegenüber tausend Gedanken gleichzeitig durch den Kopf jagten.

„Was wollen Sie von mir? Geld? Wie viel wollen Sie?"

Robert schüttelte gering schätzend den Kopf. „Ich finde es traurig, dass Sie zuerst danach fragen, statt sich genauer nach dem Befinden des Jungen zu erkundigen. Wie dem auch sei! Wir werden jetzt mit dem Tatwerkzeug eine kleine Spritztour machen, bei der Sie mich freundlicherweise begleiten werden. Fragen Sie jetzt bloß nicht: Wohin! Sonst übernehme ich für meine Linke, die nach ihrem Recht auf Gleichberechtigung gegenüber der Rechten lechzt, keinerlei Haftung! Wenn ich dann freundlichst um die Schlüssel bitten dürfte?", fragte Robert und streckte seine offene Handfläche aus. Wortlos staunend und quasi in Zeitlupe legte der Herr die Schlüssel in die offene Hand und folgte Robert - wie abgeführt mit unsichtbaren Handschellen - zum Ausgang.

Kapitel 28

Patricia saß kreidebleich auf einem harten Stuhl vor dem Krankenbett ihres schlafenden Sohnes. Die Bettdecke hob und senkte sich ganz zart im Rhythmus seines geschwächten kleinen Herzens. Unbewusst bewegte Kevin jetzt seine Lippen, als kostete er eine leckere Flüssigkeit. Patricia beugte sich zu ihm herüber und küsste ihn zärtlich und mit mütterlicher Hingabe. Aus der Tiefe der Erinnerung stiegen Bilder aus jüngeren Tagen an die Oberfläche. Sie lag in ihrem Bett und wurde plötzlich von einem heftigen Geräusch geweckt. Spontan schlug sie ihre Augen auf und sah in das Gesicht ihres einjährigen Sohnes, der in seinem Kinderbett stand, mit den Streben desselben seine Kräfte maß und sie Freude strahlend anlächelte. Welch ein Geschenk! Morgenstund` hat Gold im Mund! Das reine Strahlen eines Kindes, unschuldig und ohne Falsch, nichts Böses fürchtend und nur das Beste hoffend. Stunden hätte sie ihn da so mit den Streben rasselnd und sie nimmermüde anstrahlend betrachten können. Ihr Herz bebte vor Glück. „Schön, dass es viele solche Momente mit Kevin in meinem Leben gegeben hat", bilanzierte sie vorsichtig lächelnd. Jetzt schlief ihr Sohn und sie rasselte nun seit Stunden innerlich an den Streben des momentan Unabänderlichen – und natürlich ohne Erfolg. Und ihr Sohn wurde davon nicht wach – natürlich nicht.

Sie erschrak, als die Tür plötzlich geöffnet wurde und Prof. Barnes ernsten, aber verbindlichen Blickes eintrat.

„Haben Sie das Ergebnis, Professor?"

Dem Professor fiel die Antwort sichtlich schwer, daher antwortete er nicht sogleich. Erst nach kurzem Blickkontakt zu Patricia fasste er sich ein Herz: „Wir haben eine einseitige, wenn auch nur geringfügige Niereninsuffizienz bei Ihnen festgestellt..." Er hielt kurz inne, als er ihre erschrockene Reaktion wahrnahm und sprach dann verhaltener weiter: „Als Spenderin kommen Sie daher leider nicht in Betracht. Wir haben aber alle Hebel in Bewegung gesetzt, um über die Datenbanken einen Spender ausfindig zu machen. Das kann jetzt natürlich noch ein bisschen dauern. Ich bin aber sicher, dass wir einen Spender finden. Was wir jetzt brauchen, ist ein wenig Geduld. Im Augenblick können wir nichts weiter machen. Versuchen Sie ... – ich weiß: Es ist leichter gesagt als getan – versuchen Sie, sich ein wenig abzulenken. Ich schlage vor, dass Sie nach Hause fahren. Ich werde Sie sofort benachrichtigen, wenn sich etwas getan hat – einverstanden?"

„Wahrscheinlich haben Sie Recht. Ich bleibe aber trotzdem hier. Zuhause würde ich ohnehin nicht die nötige Ruhe finden. Aber ich werde mir im Garten ein wenig die Beine vertreten".

Sie suchte ihre Handtasche und wollte gerade den Handknauf drücken, als die Tür von außen geöffnet wurde. Zwei Augenpaare sahen einander wie paralysiert an...

Patricia ballte spontan die Faust und sah ihn – hochvoltige Blitze aussprühend - an, als wollte sie sogleich auf ihn eindonnern. Sie ging mit dieser Geladenheit auch einen Schritt auf ihn zu, hielt dann aber inne, als habe sie eine Stimme zurückgerufen - eine Stimme, die ihr sagte, dass dies kein adäquates Forum für ihren berechtigten Zorn sei. „Du hier?", fragte sie stattdessen, bemüht um einen Ausdruck, dessen Banner die Farben der Verblüffung trug – was ihr sehr gut gelang. Schließlich war sie tatsächlich – neben der Wut – auch verblüfft, den Vater ihres Kindes nach Jahren, in denen er seine Existenz zumindest ihr gegenüber in Abrede zu stellen schien, ausgerechnet in diesem existentiellen Stadium im Leben des gemeinsamen Sohnes wieder zu sehen.

Peter Bachler war nicht minder irritiert. Mit leicht geöffnetem Mund und weit aufgeschlagenen Augen sah er sie an, als sei sie der Leibhaftige. „Wa-wa-was machst Du denn hier, Pa-Pa-tricia?", stammelte Peter.

„Ich bin hier wegen ..." hier stockte sie, dachte kurz nach und sprach dann forsch weiter:"... wegen unseres Sohnes, dem es nicht gut geht. Er ist von einem Auto angefahren worden und braucht jetzt dringend eine neue Niere. Ich komme als Spenderin leider nicht in Betracht. Der Arzt hat aber bereits Kontakt zu möglichen - Spendern - aufgenommen ..." Sie hielt inne, sah ihn lange und eindringlich an und hatte -offensichtlich eine Idee: „Wärest Du bereit, für Deinen Sohn eine Niere zu spenden?"

Peter starrte sie entgeistert an und wandte sich dann ab. Robert fing seinen um Haltung bemühten Blick ein. In Roberts Blick lag etwas Bedrohliches, als wollte er sagen: „Es ist Deine freie Entscheidung. Aber solltest Du Dich dagegen entscheiden, ramme ich Dich zwischen die Lamellen des Heizkörpers".

Peter dachte lange nach und ging dabei nervös im Zimmer auf und ab. Im Garten des Klinikums sah er eine winzige, alte Dame spazieren gehen, eingehakt in die Ellenbogenbeuge eines Kindes, wohl ihres Enkels. Vergangenheit und Zukunft, vereint in der Gegenwart. Sie schienen sich gut zu unterhalten, die zwei. Beide hatten einen heiteren Gesichtsausdruck und freuten sich womöglich über einen Streich, den der Enkel seinem Lehrer in der Schule gespielt hatte. Im Gegenzug gab vermutlich die Alte ihrem Enkel eine Episode aus längst vergangenen Zeiten preis, die belegte, was sie als Schülerin doch für ein Früchtchen gewesen war.

Peter wandte sich nun seinem bewusstlosen Sohn zu, konnte den Anblick aber nicht lange ertragen. Nur Robert konnte seine Gedanken und Krise ermessen. Er befand sich selbst in so etwas wie einer Krise: Er hatte mit viel Glück durch Zufall den Täter der Unfallflucht ermittelt. Und nun stellt sich plötzlich heraus, dass der Täter auch noch der Vater von Kevin sein soll. Ein Deutscher! „Und dieser Mistkerl hat mit Patricia ...". Er wagte es nicht einmal in seiner Fantasie, den Gedanken zuende zu denken. Er spürte, wie sich erneut seine Faust in seiner Hosentasche aufblähte und nach Entlastung heischte. Während wirre, aggressiv geladene Gedanken durch Roberts Kopf wirbelten, drehte sich Peter plötzlich um und sagte mit der Miene eines geständigen Pennälers: „Ich bin es ihm wohl schuldig, oder?"

Normalerweise hätte Patricia auf Fragen wie diese schneidend-schnippisch geantwortet: „Auf diese Frage erwartest Du ja wohl ernsthaft keine Antwort!" Aber diese Situation war schon außergewöhnlich und so sagte sie stattdessen – sichtlich ergriffen: „Kevin hat es verdient ... Er hat es verdient, dass sein Vater für ihn wenigstens einmal über seinen Schatten springt und dabei uno actu und mit einem Schlag große Versäumnisse aufholt – wenn er auch dabei ein großes Opfer erbringen muss – ein Opfer für ihn - seinen Sohn, dessen Existenz er die ganzen Jahre geleugnet hat.

Die Untersuchung hatte ergeben, dass Peter in der Tat als Spender in Betracht kam. Dann ging alles ganz schnell. Peter selbst war an einer raschen Erledigung interessiert – bevor er es sich anders überlegen würde. Vater und Sohn lagen nun, nach erfolgter – und erfolgreicher - Transplantation im selben Krankenzimmer.

Patricia und Robert saßen neben dem Bett von Kevin - an der dem Bett von Peter abgewandten Seite. Robert legte langsam seine Hand auf die von Patricia. Beide Köpfe drehten sich langsam und wie vom selben unsichtbaren Faden gezogen, so dass sie sich anschauen konnten. Derselbe Golfstrom pulsierte durch ihre Adern, befeuerte ihre Augen, Herz und Seele und ließ sie eins werden. Auch ihre Lippen verschmolzen nun für eine wunderbare kleine Ewigkeit zu einer Einheit. Langsam lösten sie sich wieder. Sie schauten sich lange an, mit einem Ausdruck von Glückseligkeit. „Ich liebe Dich", flüsterte Robert.

„Ich liebe Dich auch", erwiderte Patricia. „Noch vor kurzem war ich der unglücklichste Mensch auf diesem schönen Planeten. Und nun erlebe ich die schönsten Augenblicke meines Lebens".

Kapitel 29

Der Club der Verschworenen hatte beschlossen, gut die Hälfte des Schatzes dem Königreich auszuliefern und nur den Erlös aus der andern Hälfte nach und nach einem Kinderhilfswerk zu fließen zu lassen. Dieser Kompromiss wurde getroffen, nachdem der Graf doch Bedenken bekommen hatte. Denn hätte man den gesamten Schatz nach und nach auf dem freien Markt veräußert, wäre er für die Allgemeinheit verloren, weil er sich stets in Privatbesitz befinden würde. Und keiner dieser Begüterten hätte Lust, sein Geheimnis vom Besitz dieser Kostbarkeiten zu lüften, indem er beispielsweise diesen Besitz zeitweise für Ausstellungszwecke zur Verfügung stellte.

Man kann sich gut vorstellen, dass die Nachricht von dem Schatzfund im Ministerium freudig aufgenommen worden war. Ein Besuch ranghoher Beamter wurde schon gleich für den nächsten Morgen angekündigt.

Ein schwarzer Rollce Royce kam langsam auf dem Kiesweg knirschend angefahren – eskortiert von 7 Polizisten auf Motorrädern. Der Graf, Patricia und Kevin, Robert und meine Wenigkeit – eskortiert von Archi – standen in der Sonne vor dem Portal des Schlosses in Erwartung der hohen Beamten, der beim 6. Glockenschlag von zwölfen und damit pünktlich seine Aufwartung machte. Der Chauffeur stieg aus und öffnete behutsam auf der anderen Seite die Türen, um diese ja nicht zu beschädigen. Zum Vorschein kamen Tony Blair, der Premierminister, gefolgt von seiner Gattin Cherie und einer weiteren Dame, vermutlich eine Vertreterin aus dem Innenministerium und – last but not least: Prinzessin Anne. Schöne Beamte waren das! Wir gingen unseren Besuchern Freude strahlend und majestätisch schreitend entgegen. Den gleichen Stil bevorzugten unsere Besucher. In der Mitte trafen wir uns.

„Majestät, Herr Premierminister … Es ist mir eine besondere Freude, Sie auf meinem bescheidenen Schloss begrüßen zu können…"

„Und uns ist es eine besondere Freude, Bürger unseres Landes kennen zu lernen, die sich um unser aller Mutterland England verdient gemacht haben, indem sie mit der gebotenen Pioniersneugier einen lange verschollenen und bestens versteckten Schatz entdeckt und – dem Reiz des Besitzen-Wollens widerstanden haben", erklärte Tony Blair feierlich.

„Und Du bist sicher der junge Pionier, dem wir den Großteil des Schatzes zu verdanken haben", mischte sich die Prinzessin ein – Kevin freundlich zugewandt und ihm ihre Hand entgegenstreckend.

Kevin machte einen Schritt auf sie zu, hielt inne und drehte sich zögernd zu seiner Mutter um, die ihm Augen zwinkernd Mut machte. Langsam wandte er sich wieder der Prinzessin zu, ergriff ihre Hand und küsste diese.

Archi hatte sich unauffällig mit unbewegter Miene genähert, auf der einen Hand ein Tablett mit Champagner, Gläsern und einer Karaffe mit Maracujasaft balancierend, während er auf dem anderen Arm elegant, fein säuberlich und ordentlich eine weiße Serviette gelegt hatte, die nach beiden Seiten gleich lang herunter hing.

„Junger Mann", führte sich Mrs. Blair in die Unterhaltung ein, „mich würde interessieren, wie Du auf die Fährte des Schatzes gestoßen bist".

Kevin berichtete artig und mit einer anständigen Prise Stolz, wie es sich seinerzeit zugetragen hatte…

„Könntest Du uns einmal in Euren Keller führen, dass wir uns die Pforte zum Geheimgang einmal ansehen können. Ich bin ja so fürchterlich neugierig!", gestand die Prinzessin. „Mich interessieren brennend Geschichten im Zusammenhang mit Schätzen und damit verbundenen Lebensschicksalen".

„An denen ja nicht selten die Krone in irgendeiner Form beteiligt war", stellte Robert scherzhaft und zur allgemeinen Heiterkeit fest, während von irgendwo aus den hohen Rotbuchen ein Kuckuck eine Kostprobe seiner hohen Gesangskunst zum Besten gab.

„Auch ich", mischte sich jetzt der Premierminister ein, „bin ein unheimlicher Liebhaber von Piratengeschichten. Ich wette, dass auch so mancher Pirat im Kampf um diesen Schatz über den Jordan gegangen ist".

„Da gehen wir auch von aus", erklärte der Graf. Nach den uns vorliegenden Urkunden zeichnet kein geringerer als unser alter Sir Francis Drake für den seinerzeitigen Raub des Schatzes verantwortlich. Einzelheiten dazu später".

„In der Höhle, in der ich neulich den anderen Teil des Schatzes gefunden habe, fand ich gleich im Eingangsbereich eindrucksvoll Spuren eines heftigen Zweikampfes", mischte ich mich ein. Von der Art der Waffen und der Bekleidung her konnte selbst ich als historischer Laie erkennen, dass es sich bei dem einen Skelett um einen Piraten gehandelt haben muss".

„So? Wie haben Sie das denn als Laie feststellen können?", fragte interessiert die Dame aus dem Innenministerium, Mrs. Mc Coy.

„Das war nicht allzu schwierig! Auf der einen Augenhöhle trug das Skelett eine Augenklappe, die der Spitzbube in müßiger Stunde mit einem Totenkopf bemalt hatte".

„Diese Schlussfolgerung hätte ich – in geschichtlichen Dingen doch immerhin recht gut bewandert – allerdings auch getroffen", bestärkte mich Mrs. Blair zu allgemeiner Freude.

„Vielen Dank, Mrs. Blair, Sie haben eventuell vorhandene Restzweifel nunmehr zum Schweigen gebracht", konterte ich amüsiert, um dann mit ernsterer Miene fortzufahren: „Im Übrigen haben wir bei den Schätzen an beiden Fundorten Übereinstimmungen festgestellt, die darauf schließen lassen, dass die Herkunft jedenfalls der übereinstimmenden Schätze die gleichen sein könnten".

„Das ist ja sehr interessant", warf der Premierminister ein. „Die spannende Frage für mich ist: Wieso ist der Schatz nicht insgesamt an nur einem Ort versteckt worden?"

„Vielleicht wollte man wenigstens einen Teil des Schatzes sichern, wenn der andere Teil durch hundsgemeine Spitzbuben geraubt würde", schlug Mrs. Blair vor.

„Safety first, nicht schlecht, Mrs. Blair", warf der Graf ein. Möglicherweise gab es außer meinem Vorfahren aber auch noch einen anderen Mitstreiter von Sir Francis Drake, der an der Krone vorbei sich selbst eine Sonderprämie genehmigt und an einen sicheren Ort verbracht hat".

„Nach der Größe des Schatzes zu urteilen", führte ich weiter aus, „handelte es sich dabei um mehrere Sonderprämien, die unser historischer Ganove nach jeder Rückkehr von einer königlichen Raub-Odyssee von dem

Schatz, der ja eigentlich in Gänze beim König als neuem Eigentümer abzuliefern war, abgezweigt hat. Streng juristisch betrachtet ist natürlich die Krone nicht der rechtmäßige Eigentümer".

„Nicht? Ja, wer denn dann?", wollte die Prinzessin mit aufrichtigem Interesse wissen.

„Mit Verlaub, Majestät. Wenn man Ihnen die Kronjuwelen raubt, würden Sie sagen, dass der Räuber der neue rechtmäßige Eigentümer derselben ist?"

Nachdenklich erwiderte die Prinzessin nach kurzer Überlegung: Nein, selbstverständlich nicht"

„Würde ich auch sagen. Denn eine Sache, die dem rechtmäßigen Eigentümer abhanden gekommen ist, kann nicht rechtmäßig durch einen Dritten erworben werden, einerlei, wie oft die Sache weiterveräußert wird. Da kann der Erwerber noch so gutgläubig sein. Einmal abhanden gekommen – immer abhanden gekommen".

„ Mir fallen eine ganze Menge Schmuckstücke ein, wo die Herkunft nicht dokumentiert ist -und die sicher auch nicht bei einem hiesigen Juwelier in Auftrag gegeben worden sind. Na, ja, wenn ich so an die Korsaren denke, die im Namen der Krone auf maritimen Raubzug gegangen sind …"

„Wo kein Kläger, dort kein Richter", spann ich den Faden weiter. „Wenn sich bei bestimmten Schmuckstücken ein Abhandenkommen beweisen ließe, müsste die Krone den Gegenbeweis führen. Jedenfalls wäre das nach Deutschem Recht so. Wie es genau im Internationalen Schatzraubrecht aussieht, wurde an der Universität nicht gelehrt".

„Da haben sich sicher die Königshäuser für stark gemacht, dass solche Themen auf dem Lehrplan nicht auftauchen", intervenierte Robert zur allgemeinen Heiterkeit. Selbst Prinzessin Anne ließ sich nicht lumpen und lachte beherzt auf.

„Sie haben sich eben schon mit Ihrer letzten Bemerkung höchst unbeliebt gemacht", spielte die Prinzessin anschließend persönlich betroffen.

„Unbeliebt jedenfalls bei der Krone", stellte der Premierminister mit einem süffisanten Lächeln klar.

„So, so, Herr Premierminister, Sie billigen also diese die Krone verunglimpfenden Erklärungen? wollte die Prinzessin wissen, wobei aus Tonfall und Mimik deutlich wurde, dass sie scherzte.

„Ich muss schon sagen, Majestät", erklärte ich, „ich bin beeindruckt von Ihrem Humor und differenzierter Distanz zu den Dingen, die sich im Namen des Königs zugetragen haben".

Sie lachte und sah mich dabei forschend an. „Haben Sie mir denn eine andere Wahl gelassen? Jede andere Reaktion meinerseits wäre doch auch töricht gewesen! Oder? Außerdem kann ich mich heute – ohne mir einen Zacken aus der Krone zu brechen und mein Gesicht dabei zu verlieren – leicht und locker von den Missetaten längst verstorbener Monarchen glaubhaft distanzieren, nicht wahr?"

Zweifellos war diese Sicht der Dinge nicht weiter verhandelbar. Kevin führte uns voller Ungeduld in den Keller seines Hauses und erklärte uns – nun voller Stolz -, wie er den Geheimgang entdeckt hatte. Nach anfänglicher Befangenheit wurde er in seiner Schilderung der Geschehnisse immer selbstbewusster und flüssiger. Seine Zuhörer klebten mit ihren Augen förmlich an seinen Lippen, während er sie durch den – jetzt durch Fackeln erleuchteten – Geheimgang zu den einzelnen versteckten Orten führte, die er kürzlich zunächst mit seiner Mutter und sodann mit Robert – selber Herz klopfend – entdeckt hatte. Dabei wurden seine Schilderungen begleitet von piepsenden und flatternden tierischen Geräuschen – die freilich nicht von irgendeinem Mitglied dieser Schatzforscher stammten.

Cherie Blair fröstelte und erklärte alsbald: „Ich muss gestehen, dass ich diesen Geheimgang ziemlich unheimlich finde. Noch nie in meinem Leben habe ich einen derartigen Ort aufgesucht, der mich dergestalt erschaudern ließ".

„Ich muss gestehen, dass ich in meinem Magen ein Gefühl verspüre, als würde ich die spannendsten Stellen der Edgar Wallace Verfilmungen alle zur gleichen Zeit sehen und erleben", machte nunmehr Mrs. Mc Coy aus ihrem Magen keine Mördergrube.

„Auch ich bin nicht gänzlich frei von Sentimentalität aus der soeben beschriebenen Kategorie", setzte ich die Reihe der Eingeständnisse schwacher Gefühle fort. Das Aufregendste, was ich bisher erlebt habe, war ein Erlebnis, da war ich 10 Jahre alt. Ich hatte mit meinem Freund Thomas Vahldiek ein in der Nähe unseres Hauses gelegenes Waldgebiet in Bremen durchkämmt, wobei wir uns vorgestellt hatten, wir seien zwei Kommissare und wären einer Räuberbande auf der Spur. Wir schlichen uns von Baum zu Baum, ob waagerecht oder senkrecht, gingen dann sofort nach Erreichen des nächsten Zieles gefechtsmäßig in Deckung, sahen uns in alle Himmelsrichtungen um und überprüften sodann unsere Schreckschusspistolen. Nach diesem Schema entdeckten wir plötzlich in der Ferne ein Haus. Als wir uns näherten, schien uns dieses Haus verlassen, weil wir unter anderem schon aus der Ferne zerborstene Scheiben und eine aus den Angeln gehobene Eingangstür ausmachen konnten. Die Spannung stieg. Wir sahen uns mit unseren ängstlichen Kinderforscheraugen an und – der Forscherdrang obsiegte gegenüber dem Drang, den raschen Rückzug anzutreten. Noch vorsichtiger, langsamer und geräuschloser näherten wir uns dem Haus. Das Herz hing uns ganz ganz tief im Süden unseres Lebens, als wir uns endlich trauten, den Schritt von der Überdachung ins Innere zu wagen. Wir mussten dazu die Eingangstür etwas nach vorn drücken, um passieren zu können. Dies verursachte ein Quietschen und Ächzen, wie es vortrefflicher von Alfed Hitchcock nicht hätte eingefädelt werden können. Zu allem Überfluss krächzte irgendwo in den Bäumen aufgeregt und ausdauernd ein großer Vogel, vermutlich ein Adler, dem gewaltigen Timbre nach zu urteilen. Eigentlich Zündstoff genug für den sofortigen Rückzug, doch wir zitterten uns voran, wo wir doch schon einmal den entscheidenden Schritt ins Innere des Geisterhauses gesetzt hatten. Es war ein relativ großes Haus mit 3

Ebenen und etwa 15 Zimmern. Wir standen ganz eng beieinander, als wir uns wie im Krimi an die einzelnen Räume zunächst – das Herz immer noch ganz tief im Süden, versteht sich – anpirschten und anschließend etwas erleichtert unter die Lupe nahmen, nachdem wir festgestellt hatten, dass die Luft rein ist und wir auch in jenem Raum die einzigen waren. Als wir die Tür zum Wohnzimmer – knarrend öffneten, hefteten sich unsere Blicke unwillkürlich sofort an großflächige Wandmalereien von Künstlern, die nicht gerade die von mir bevorzugte Kunstrichtung vertraten. Abstrakte Kunst, wobei jeweils zentral mindestens ein Auge hervorstach, das den Betrachter von jedem Punkt des Raumes im Blick zu haben schien. Das Auge schien zu wandern. Dass es dem äußeren Anschein nach tote Masse war, machte die Sache nicht einfacher. Nachdem wir uns von der Kunst gelöst hatten, wurden wir von einem in der Mitte des Raumes aufgestellten, dreibeinigen Tisch eingefangen. Uns stockte der Atem, als wir feststellten, dass dort 2 Pistolen abgelegt waren. Wir sahen uns an – mit weit aufgerissenen Augen. Irgendwie war das zuviel für unsere guten, erst 10 Jahre alten Seelen. Nun waren wir zwar selbst bewaffnet mit 2 Furcht einflössenden Schreckschusspistolen, die sich von den beiden auf dem Tisch liegenden Waffen nur unwesentlich unterschieden. Aber ungeprüft stand für uns dennoch ohne jeden Zweifel fest, dass diese beiden Wummen mit echten, massiven blauen Bohnen gespickt waren, die ganz sicher vor kurzem noch geraucht hatten. Innerhalb von Sekundenbruchteilen hatte jeder für sich einen Krimi dazu fantasiert. Da wir noch nicht alle Räume durchkämmt und uns im Haus mucksmäuschenstill verhalten hatten, war ja nicht auszuschließen, dass die mehr oder minder rechtmäßigen Träger dieser Waffen sich noch im Haus aufhielten. Rasch nahmen wir unsere Beine unter den Arm und ergriffen die Flucht – selbstverständlich nicht, ohne uns dabei massiv zu verletzten. Die Fluchtwege mussten eng genommen werden. Die denknotwendige Folge waren Prellungen an Hüfte und Oberschenkeln. Wenn wir später mal wieder zufällig in die Gegend kamen, gedachten wir schweigend unter Aufrichtung unserer Nacken- und Unterarmhaare jenes Erlebnisses".

Plötzlich knallte es. Wir schreckten alle auf und sahen im gespenstischen Licht der Fackeln, wie Cherie Blair etwas aufhob. Es war ein wunderbar ziselierter Dolch, den sie schweigend betrachtete. Als sie aufsah und feststellte, dass sie im Zentrum der Aufmerksamkeit stand, erklärte sie – selbst leicht irritiert: „Ich bitte vielmals um Entschuldig. Ich bin versehentlich gegen diesen Dolch gestoßen. Aber finden Sie nicht auch: Dasselbe Ereignis hätte doch, na sagen wir in einem Museum, eine eher gelangweilte Reaktion der Umstehenden bewirkt, nicht wahr?"

„Cherie, mein liebes Weib, in diesem Fall hast Du mal wieder den Regenwurdm zwischen den Augen getroffen. Ich muss gestehen, dass auch in mir dieser historische Ort, der uns, könnte er sprechen, sicher eine ganze Menge spannender Geschichten erzählen könnte, die Fantasie mehr und mehr anregt – und mich zunehmend erschaudern lässt. Dabei habe ich doch schon in meiner Jugend das Leben in seiner unverblümten Realität und Gewalt kennen gelernt, wo es teils um das nackte Überleben, die weitere Existenz oder um ganz banale Politik ging. Abreibungen im Vorübergehen, körperliche Straßenschlachten oder unkörperliche politische Schlammschlachten haben mein jugendliches Leben begleitet und mich geprägt. Oft denke ich noch an einen Raubüberfall auf eine Bäckerei. Ich war erst zarte 9 Jahre alt, hatte gerade Toast gekauft, war stolz, diesen Vorgang selbstständig und unfallfrei erledigt zu haben, als plötzlich die Türe gewaltsam aufgestoßen wurde und 2 Jugendliche mit ausgefransten und löchrigen Jeans, langen schmierigen Haaren – zu meiner Jugendzeit hätte diese Beschreibung auf fast jeden Jugendlichen zugetroffen – meine Person inbegriffen - schnellen Schrittes zum Tresen eilten. Zum Bezahlen hatten sie zwei Küchenmesser dabei und einer der beiden hielt mir seines an meinen Hals. Da es damals dort noch nichts zum Rasieren gab, war mir klar, dass jedes überflüssige Wort zu unangenehmen Problemen führen könnte. Ich mischte mich also – entgegen meiner schon damals bestehenden Überzeugung – nicht ein und vernahm, wie der andere der Bäckereiverkäuferin damit drohte, mich umzubringen, wenn sie ihm nicht sofort in einem weißen Leinensack 22 Kopenhagener überreiche. Ich dachte so für mich, das ist ja für jeden ein Kopenhagener, wenn jeder aus 2 Fußballmannschaften je einen bekäme. Die Verkäuferin füllte schleunigst den Leinensack mit Kopenhagenern und übergab diesen mit sichtlicher Anspannung, weil sie ja nicht wusste, was weiter passieren würde. Ich wurde gewaltsam – das Messer am Hals – rückwärts hinausgeführt. Auch ich war brennend daran interessiert zu wissen, wie es wohl mit mir weiterginge und vor allem: Ob ich wohl auf eine Zukunft hoffen dürfe – ob mit oder ohne Kopenhagener, die ich ebenfalls sehr gern mag, war mir in dem Moment einerlei. Derjenige, der die ganze Zeit über das Messer geführt hatte, klappte dieses innerhalb von Sekundenbruchteilen in seinen Schaft, lächelte mich an und überreichte mir einen Kopenhagener: „Du warst echt cool, Kleiner. Tut mir echt leid, war nicht persönlich gemeint“, sagte er, als er plötzlich von seinem Kompagnon am Ärmel fortgerissen wurde. Ersterer drehte sich noch einmal Achsel zuckend und Augen zwinkernd zu mir um und war schon bald nicht mehr gesehen. Ich stand da und betrachtete verwirrt den Kopenhagener, der mir sicher in jeder anderen Lebenssituation das Wasser im Munde hätte zusammenlaufen lassen. Irgendwie hatte ich in der Situation keine Vorstellung davon, dass ich nicht der rechtmäßige Eigentümer dieser Kostbarkeit war“ – dabei sah er mich forschend an, so als ob er eine Reaktion darauf erhoffte, dass er die Lektion über den Erwerb von abhanden gekommenen Sachen begriffen hatte – „und zog nachdenklich in mir versunken nach Hause“.

„Nun, jetzt kennen wir den Grund, warum Sie sich, Herr Premierminister, so für unsere Jugend einsetzen“, meldete sich der Graf beeindruckt von dessen Schilderung aus seinem Leben. Leider häufen sich nach meinem Geschmack und Wahrnehmung Straftaten Jugendlicher wie Raub, Körperverletzung und dergleichen, ohne dass den Jugendlichen auch nur der Hauch eines Unrechtsbewusstseins anhaftet“.

„Diesen Eindruck habe ich auch von vielen Jugendlichen in Deutschland, die ich dort wegen solcher Straftaten zu verteidigen hatte. Unbeeindruckt von den Schilderungen der betroffenen Zeugen saßen sie auf der Anklagebank und wenn sie nicht ironisch lachten über die falschen Anschuldigungen – den Eindruck falscher Anschuldigung und als wenn die gesamte Veranstaltung ein lächerlicher Justizirrtum sei, wollten sie jedenfalls vermitteln -, so lachten sie in sich hinein. Stereotype Antworten wie „keine Ahnung" kennzeichnen ihre eigene Einlassung und damit leider auch ihren beschränkten Wortschatz. Aber ich glaube, wir sind aus ganz anderen Gründen zusammengetroffen, als über Jugenddelinquenz zu debattieren, nicht wahr?"

„So ist es, mein lieber Danilo", stellte Patricia fest. Ich würde Ihnen jetzt gerne die Geheimtür zeigen, die zum Schloss führt".

„Au, ja", frohlockten die Besucher unisono. Als wir gerade dabei waren, die erste Schatzkammer zu verlassen, wurden wir im Geheimgang unfreundlich begrüßt mit den Worten: „Hände hoch, Eure Lordschaften, oder wie das in Euren verschissenen Kreisen heißt! Und schön umdrehen, langsam, Hände oben lassen. Beine breit machen – nicht was Sie denken, Schätzchen, auf Zicken wie Dich stehen wir nicht, tut uns leid, keine Chance", sagte einer mit einem Lächeln auf den Lippen an die Adresse von Mrs. Mc Coy. „Mit einem Meter Abstand gegen die Wand lehnen, und kein Mucks, verstanden, Ihr Wichser?"

Langsam, widerwillig und mit einer gefletschten Faust, die wir leider nicht ausfahren konnten, folgten wir den Anweisungen zweier Jugendlicher, die sich nicht einmal vermummt hatten. Sie mochten vielleicht 17 Jahre alt sein, trugen Pudelmützen ohne Pudel und Markenklamotten, von denen ich in dem Alter nur träumen konnte. Sie hatten einen Akzent und braune Hautfarbe, nicht von der Sonne, sondern von Geburt. Ich vermute, es waren Iraker, Iraner oder Afghanen, deren Englisch darauf schließen ließ, dass sie schon längere Zeit in England lebten. Während einer mit einem Sack in der Schatzkammer verschwand, hielt uns der andere mit seiner Waffe in Schach.

„Woher wisst ihr von der Schatzkammer?", wollte Patricia wissen.

„Schnauze, alte Schlampe! Wenn hier einer Fragen stellt, bin ich das, kapiert. Ihr seid ein jämmerlicher Sauhaufen, wie Ihr da so an der Wand gelehnt steht, wisst Ihr das eigentlich?" Als keine Antwort kam, rammte er mir das Ende seiner Pistole zwischen meine Schulterblätter. Den Schmerz behielt ich für mich. „Hey, Du Sack, wenn ich mich nicht irre, habe ich eben eine Frage in den Raum gestellt. Da Du Dich auch in dem Raum befindest, schuldest auch Du mir eine Antwort!"

„Ich kann mir sehr gut vorstellen, dass wir in unserer Stellung an der Wand ein Bild für die Götter abgeben. Wir sind aber für dieses Kunstwerk nicht verantwortlich. Und Ihr wisst auch sehr gut, dass wir viel lieber eine andere Stellung einnehmen würden – eine lockerere vor allen Dingen. Und sicher würden wir mit Euch auch ganz gern eine zünftige Unterhaltung führen, nur gewisse Dinge stehen dem momentan entgegen".

Der Angesprochene lachte vergnügt und freute sich offenbar über die Beschreibung der unterschiedlichen Machtverhältnisse. „Unser Ziel ist es ebenso gewesen, mit Euch Schmarotzern eine zünftige Unterhaltung – ohne Widerreden - zu führen. Und wir haben uns ernsthaft – ganz ehrlich - Gedanken gemacht, wie wir dieses Ziel wohl am ehesten erreichen könnten. Und da sind wir irgendwie darauf gekommen, unseren kleinen Freund hier mitzunehmen. Schaut mal her, ist er nicht süß? Er hat zwar nur ein Auge, dafür kann er aber aus diesem Auge nicht sehen. Er kann aus diesem Auge aber rauchen - und Mails versenden, die jeder versteht, sobald sie in seiner mailbox eingeschlagen sind". Über diese Formulierung lachte er gar fürchterlich und ausdauernd.

Ich für meinen Teil machte mir Sorgen, dass er aus seinem Gefühl der Allmacht heraus versucht sein könnte, das Auge seiner Waffe zum Rauchen zu bringen. Ich wunderte mich jetzt über dessen Art zu reden. Wo hatte er nur gelernt, eine so spitze Zunge zu führen? Aufgewachsen konnte er hier nicht sein, dagegen sprach sein Akzent. Ihm wurde vermutlich eine gewisse Schulbildung angediehen. Auch hatte ich den Eindruck, dass seine Schimpfworte aufgesetzt waren und durchaus nicht von Herzen kamen. Vielleicht beabsichtigte er, uns über seine Motive und Herkunft zu täuschen.

„Mein kleiner Freund hier soll sozusagen als Schiedsrichter darüber wachen, dass der Ablauf unseres Unternehmens nach unseren Vorstellungen verläuft und nicht von Euch nichtsnutzigen Quergeistern versaut wird", setzte jener seine Rede fort.

Nach kurzer Zeit kam sein Komplize aus der Schatzkammer heraus mit einem gefüllten Sack. Kein Geheimnis, womit er gefüllt war. „Wenn ich die Damen und Herren Hochwohlgeboren bzw. Hochwohlgeschleimten mal um die Handys bitten dürfte – und bitte erzählt mir nicht, Ihr hättet keines. Ich wäre sonst veranlasst, unverzüglich eine Sammlung für Sie einzuleiten. Und das wäre Ihnen doch sicher peinlich, oder?"

Mit dieser Einschätzung hatte er zweifelsohne Recht. Entwaffnet überreichten wir ihm unsere Handys, nur die Prinzessin und Cherie Blair hatte keines. Da sie eng anliegende Kleider trugen, die auf keinen weiteren Inhalt als den Körper schließen ließen, wurde auf eine Leibesvisitation verzichtet.

„So, wenn die Lord- und Ladyschaften bitte zurücktreten würden", womit er den Schritt zurück in die Schatzkammer gemeint hatte. Wir folgten seiner am ausgestreckten Arm Weg weisenden Pistole mit einem mulmigen Gefühl im Bauch in unangenehmer Vorausschau des Inhalts der nächsten Stunden, vielleicht Tage- oder gar Jahre? Und schon war die Tür der Schatzkammer hinter uns verschlossen. Damit hatte sich unsere Stellung in dieser Gesellschaft sprunghaft geändert. Wir selbst waren plötzlich ohne eigenes Zutun wesentlicher Bestandteil eines der größten Schätze des Königreiches geworden. Eigentlich eine ernstzunehmende Auszeichnung, die man heftig feiern könnte – aber unter diesen Umständen...

„Das Dumme ist, Ladies und Gentlemen", erklärte der Graf mit einem Anflug von Resignation, „dass dieser Eingang zur Schatzkammer von außen nicht unbedingt als solcher zu erkennen ist. Da bin ich jetzt aber offen gestanden ernsthaft und persönlich daran interessiert, was Ihre Spezialkräfte, geschätzter Herr Premierminister, so alles drauf haben".

„Ich auch, Herr Graf. Ich teile durchaus diese Spannung mit Ihnen in den nächsten Monaten".

In diesem Augenblick lächelte die Prinzessin fröhlich in die Runde, machte auf dem Absatz kehrt und führte ihre Hände irgendwie, für uns nicht sichtbar, vor der Brust zusammen. Dann schien sie mit irgendjemandem zu sprechen: „Hallo Major, ich bin`s, Anne. Wir wurden hier vor der Schatzkammer im Geheimgang vom Landhaus zum Schloss von zwei Jugendlichen überfallen, die mit einem Sack voller Schätze das Weite gesucht haben und uns hier in der Schatzkammer eingeschlossen haben. Die Schatzkammer finden Sie, vom Keller des Landhauses aus gerechnet, nach etwa 100 m auf der linken Seite. Es befindet sich dort irgendwo ein steinerner Löwenkopf an der Wand, flankiert von zwei Fackelhaltern. Wie bitte? Nein, wir sind unversehrt". Wie meinen? Ja selbstverständlich sofort parallel die Verfolgung aufnehmen". Mit diesen Worten verschränkte sie wieder die Arme vor ihrer Brust, drehte sich um und schaute in mehrere erstaunte Augenpaare. „Was ist denn los?", fragte sie scheinheilig.

„Na ja, Sie schienen eben mit einem unsichtbaren Telefon Kontakt zur Außenwelt aufgenommen zu haben", sagte Patricia. Nicht dass uns das gestört hätte. Wir waren nur sehr überrascht. Ich jedenfalls habe mit einer derartig fixen Wendung unseres Schicksals nicht gerechnet. Mikrochiptelefon?"

„So ähnlich. Ich habe mir angewöhnt, egal zu welchen Anlässen, stets einen kleinen Sender mitzunehmen, den ich an für andere schwer zugänglicher Stelle fixiert habe. Über diesen bin ich dann mit dem Diensthabenden der Leibgarde verbunden, der zuvor über alle Schritte von mir – na ja, ähm, fast alle jedenfalls – informiert ist. Ich bin vor zwei Jahren schon einmal in einer sehr unangenehmen Situation gewesen, die ich so zuvor so nicht für möglich gehalten hätte, weil der Termin äußerlich betrachtet eher harmloserer Natur war, sowohl von dem Anlass, der Örtlichkeit als auch von den beteiligten Personen her besehen. Und da habe ich mir geschworen, mich nie wieder so hilflos auszuliefern und für künftige Situationen vorzubeugen".

Fünfzehn Minuten später vernahmen wir erfreut das liebliche Ächzen und Quietschen der Schatzkammertür, die es nun wieder gut mit uns meinte und uns den Weg in die Freiheit wies.

Kapitel 30

Robert Hurst war bester Dinge. Er war mit seinem Rover auf dem Weg zu Patricia und wurde begleitet von Leonard Cohen, der in schmalzigster Tonart von seiner geliebten Mariam sang:

„So long, Mariä-ä-hä-häm, it`s time, that we …"

sang Robert beschwingt mit. Sein Gesang war leidenschaftlich und nur gelegentlich akustisch getrübt durch das Lakritz, das er sich hin und wieder genussvoll einwarf. Er beabsichtigte, Patricia zu überraschen und war gerade im Begriff, sein Gefährt hinter einer Baumreihe vor dem Haus von Patricia abzustellen, als er zwei Jugendliche gewahrte, die auf schnellen Sohlen Kurs auf ihre Mopeds nahmen, die hinter einer gegenüber liegenden Baumreihe abgestellt waren. Einer der beiden trug einen Sack, den er, am Moped angekommen, in ein am Heck desselben angebrachten, überdimensional großen Koffer hineinschleuderte und der Kofferklappe einen Schupps versetzte, so dass sie mit einem dumpfen Knall ins Schloss flutschte. Im nächsten Augenblick saßen beide auf ihren Maschinen und brausten los. Robert nahm die Szene nachdenklich wahr und entschloss sich sodann, den beiden unauffällig zu folgen. „Wer es in diesen Breitengraden eilig hat und zudem einen nicht einsehbaren Sack bei sich trägt, kann nichts Ehrenhaftes im Schilde führen", dachte Robert und fuhr an, als die Mopeds einen – aus der vermeintlichen Sicht der Jugendlichen – beruhigenden und aus seiner Sicht unverfänglichen Vorsprung herausgeknattert hatten. Die Maschinen konnten offenbar nur maximal 50 km/h schnell fahren, so dass Robert keine Mühe hatte, ihnen zu folgen.

Robert versuchte zunächst, Danilo zu erreichen. Dessen handy war jedoch ausgeschaltet.

Bei dem Anschluss von Patricia musste er sich mit dem Anrufbeantworter zufrieden geben: „Sie haben zwar richtig gewählt", gab die Stimme Patricias bekannt. Leider haben Sie uns aber entweder knapp verpasst oder wir benötigen gerade einer schöpferischen Pause. Wenn Sie …"

Als sich andere Verkehrsteilnehmer auf der Torbay Road in die Fahrzeugkette einfädelten, verkürzte Robert geschickt den Abstand zu den Jungs, um sie im engen Stadtverkehr nicht zu verlieren. Sie bogen jetzt seelenruhig in die Chestnut Avenue ein, verlangsamten ihre Maschinen und hielten vor Haus-Nr. 10. Sie waren sich ihrer Sache sicher und erwarteten offenbar nicht, verfolgt zu werden: sie nahmen den Sack und gingen die wenigen Schritte bis zum Hauseingang, ohne sich umzusehen. Robert parkte seinen Rover 20 m davon entfernt und überlegte, was er jetzt Schlaues unternehmen könnte. „Irgendwie spannend", dachte Robert. „Es ist wie im Film. Dort würden die Detektive jetzt ihre Stullen auspacken und erst mal Brotzeit feiern. Er hatte noch jämmerliche 3 Lakritzen. Er wählte wieder die Nr. von Patricia.

„Hallo Robert", meldete sie sich (die Täter hatten Gott sei Dank die handys vor der Schatzkammer liegen gelassen), da sie seine Nr. auf dem Display erkannt hatte. „Du, stell` Dir vor, wir sind überfallen worden - von 2 Jugendlichen …"

„Das ist ja fürchterlich. Aber Gott sei Dank ist Dir nichts passiert. Was ist mit den anderen?"

„Ebenfalls ungeschoren davongekommen".

„Patricia, stell` Dir nur vor, ich sitze hier im Wagen unweit des Hauses, in das – nach Deiner Schilderung – ganz offensichtlich die Täter vor wenigen Minuten hineingegangen sind – samt einem Sack, wobei ich vermute, dass dieser die Beute enthält. Ist Dany in der Nähe?"

„Ja, er steht neben mir. Aber ...".

„Ihn kann ich hier gut gebrauchen. Ich bin hier in der Chestnut Avenue Nr. 10. Kurz davor sitze ich in meinem Rover und warte".

„Okay, sage ich ihm, aber ...".

Von der weiteren Besichtigung der Schatzkammern und der Verbindung zwischen dem Schloss und dem Landhaus von Patricia wurde wegen der außergewöhnlichen Ereignisse vorerst Abstand genommen. Der Fortsetzungstermin wurde – unter Vorbehalt - auch sogleich ausgemacht und gleichzeitig eine Einladung zu einem Empfang im Hause des Innenministeriums ausgesprochen. Die Bitte Roberts hatte mich sehr gefreut. Kaum hatte sie mir Patricia überbracht, hatte ich mich auch schon Hals über Kopf verabschiedet und mich in meinen betagten aber schönen Messerschmidt Kabinenroller begeben, um die erwähnte Adresse anzusteuern. Ich liebte dieses Fahrzeug aus den ersten Tagen des deutschen Wirtschaftswunders. Es hatte freilich nicht allzu viel zu bieten – außer grenzenlosem Liebreiz. Und von diesem war ich immer wieder aufs Neue ergriffen, wenn ich vor ihm stand und kurze Zeit später den Kabinendeckel über mir schloss. Ich drückte heftig auf die Tube und mein Kabinenroller tuckerte gemütlich seinem über das Flugzeugsteuerrad vorgegebene Ziel entgegen. Autorennen waren mit ihm kaum zu gewinnen. Aber zu diesem Behufe hatte ich mir dieses Gefährt ja auch nicht zugelegt. Nach nur zehnminütiger Fahrt hatte ich 2 Wagen hinter dem Rover von Robert eine etwa 2,5 m große Parklücke gefunden. Langsam hob ich den Deckel und pellte mich vorsichtig aus meinem Gefährt. Sodann nahm ich Robert ins Visier. Dieser saß hinter seinem Steuer und schaute gebannt in eine bestimmte Richtung – auf einen bestimmten Hauseingang, wie mir schien. Ich beschloss, Robert einen kleinen Schrecken einzujagen – ein kleiner Scherz erhöht schließlich die Wachsamkeit – und schlich mich unmerklich von der Fahrerseite aus an seinen Rover heran. Die Straße war zu diesem Zeitpunkt recht belebt. Frauen und Männer wechselten geschäftig mit ihren just erstandenen Waren die Straßenseite. Kinder spielten hinter parkenden Wagen Verstecken. Ein fahrender Scherenschleifer hatte 20 m weiter seinen Stand aufgemacht und pries seine Handwerkskunst an.

„ Scheren und Messer, sind sie scharf, schneiden sie besser. Kommt zu Rocky, dem Schleifer, springt herbei mit großem Eifer ..."

An dem Rover angekommen klopfte ich merklich gegen die hintere Tür und beobachtete Robert, der zusammenzuckte und mich mit großen Augen über den Außenspiegel ansah. Ich winkte ihm freudig zu und wechselte die Seite, um auf dem Beifahrersitz Platz zu nehmen.

„Du Schuft, gar fürchterbarer, musst Du mir einen solchen Schrecken einjagen?"

„Kleiner Scherz am Rande. Ich dachte, Du wärest auch Verfechter der These, dass …"

„Ja, ja, schon gut, Dany. Trotzdem schön, dass Du da bist", sagte Robert, während er mir seine Hand zum Gruße entgegenstreckte, die ich wärmstens ergriff. „Seltsame Geschichte, was?"

„Das meine ich auch! Ich frage mich, woher die Jungs die Informationen hatten, dass dort was zu holen ist".

„Äußerst mysteriös, mein Lieber. Nächste Frage: Was machen wir jetzt am Dümmsten?"

„Uns der Polizei stellen", antwortete ich spontan".

„Wieso denn der Polizei stellen?"

„Weiß ich auch nicht. Was Dümmeres ist mir gerade nicht eingefallen. Du hast mich doch um einen dummen Vorschlag gebeten, oder?"

„Dany, sei nicht kindisch. Du weißt genau, worauf ich hinauswollte".

„Okay. Steigen wir aus und sehen uns einmal um. Vielleicht gibt es einen Hinterausgang oder Garten".

Den gab es. Allerdings war es nicht so ganz einfach, überhaupt den Zugang dorthin zu ermitteln. Ein kleiner unscheinbarer Torbogen, der zu einem ganz bestimmten Haus zugehörig schien, mit Efeu berankt und so den Blick in das Gelände dahinter versperrte, ebnete den Weg zu den daneben liegenden Gärten. Die Gärten waren riesig und wegen üppiger Vegetation schlecht einsehbar. Außerdem wussten wir nicht, welcher Garten zu dem gewissen Haus gehörte. Wir mussten also zurück und abzählen. Es war das 15. Haus   vom Torbogen aus besehen. Der Garten hatte von der Pforte bis zum Hintereingang des Hauses eine Länge von etwa 70 m. Auf dieser Länge war buntes Buschwerk und Gesträuch neben schönen, großen Rotbuchen ohne erkennbare Ordnung verstreut, im Herzen des Gartens war ein kleiner Teich mit einem – zugestanden – wunderschönen Bachlauf, bei dem sich das Wasser von einer etwa 3 m hohen Felsformation herabstürzte. Wir hatten keine Mühe, uns unter dem Schutz der Botanik innerhalb kurzer Zeit bis zum Hintereingang vorzuarbeiten. Die Verandatür stand einen Spalt auf. Wir hörten Stimmen – männliche Stimmen. Jetzt kam eine weibliche hinzu:

„Männer, ich bin stolz auf Euch. Das habt ihr ganz großartig gemacht. Wenn das euer Vater hätte noch erleben können, wie ihr der Regierung, der britischen Krone und der gesamten Polizei eine Lehrstunde erteilt habt …"

Wir konnten – in einem Rhododendrongebüsch stehend - in einem geräumigen und orientalisch anmutenden Wohnzimmer insgesamt 3 Personen erkennen, eine Frau und – vermutlich die beiden jugendlichen Täter. Jeder von beiden schilderte wort- und gestenreich aus seiner Sicht den Coup. Zwischendurch ließen sie immer wieder ihre Gläser erklingen und lachten unbeschwert aus freudigem Bauch – verständlicherweise. Hätte ich auch gemacht.

„Schade, dass ihr nicht die dämlichen Gesichter …“

Als einer der beiden dieses gerade stolz formulierte, stand ich ihm plötzlich gegenüber und schaute nun in sein noch viel dämlicheres Gesicht. Mein Erscheinen hatte sichtlich Einfluss auf ihre Grundstimmung genommen. Mit weit aufgerissenen Pupillen und geöffnetem Mund schauten sie mich an, als sei ich der Leibhaftige, bevor ich dringend folgendes loswerden musste: „Entschuldigung, mein Herr, ich hatte Sie unterbrochen. Sie sprachen gerade von dämlichen Gesichtern, nicht wahr?“

Nachdem der Angesprochene sich einigermaßen wieder innerlich versammelt hatte, wollte er wissen: „Wie-wie kom-kommen Sie denn hier her?“

„Teils mit Auto, teils zu Fuß – mein Herr. Nein, im Ernst: Die Buschtrommeln hier in Merry Old England funktionieren teilweise und wider jegliche Erwartung noch recht ordentlich“. Während ich dies sagte, merkte ich über einen Seitenblick, wie der andere eine kaum merkliche Bewegung machte und dann auf meinen Rücken zuschnellte. Reflexartig machte ich einen Schritt zur Seite und sah, wie dessen Kumpel zu einem beachtlichen Sprung angesetzt hatte, um sodann weich und behaglich auf dem anderen zu landen. Mit den Nasen stießen sie freilich – und zu meinem persönlichen Bedauern - zusammen und ich hörte es sanft krachen. Um das Nasenbein des einen oder anderen schien es nicht sonderlich gut bestellt zu sein.

„Au, verdammt, Du Idiot! Kannst Du nicht aufpassen?“

„Halt`s Maul – Kamel!“

Im Liegen hatte er jetzt heimlich einen Gegenstand gefasst, erhob sich langsam, wandte sich dann aber blitzschnell um und wollte mir diesen offenbar über meinen Schädel ziehen. Ich wich geschwind einen Schritt zurück, ergriff dessen bewehrte Hand und beförderte ihn mit einem Fußtritt in eine andere Richtung. Dieses Mal landete er unsanft in einem Kaktus, während der schwere Kerzenständer, den er in seinem Flug gestreift hatte, in dem Blumentopf einschlug und diesen zum Bersten brachte. Laut aufheulend kehrte er der Pflanze den Rücken zu und entfernte mürrisch die Stacheln aus seiner rechten Hand.

„Das ist ja interessant, was Sie da eben gesagt haben!“, sagte ich zum Bruchpiloten.

„Ich habe ja gar nichts gesagt, erwiderte er gequält!“

„Ja eben! Aber blumiger hätte man es mit Worten auch nicht ausdrücken können!“

„Sehr witzig“, fauchte dieser.

„Ja, wer den Schaden hat, spottet jeder Beschreibung – oder wie heißt das kesse Sprichwort? Jetzt aber mal im Ernst: Ist mit noch einem Angriff zu rechnen oder können wir uns jetzt wie zivilisierte Menschen unterhalten? Ach übrigens, darf ich vorstellen? Das ist mein Freund Robert Hurst“, sagte ich, als Robert auf leisen Sohlen – Chingatschkuk gleich, oder wie hieß der Indianer im „Lederstrumpf? - durch die Tür geschlichen kam. Kein Kommentar der vorhin noch so redseligen Jungs, die nur kurz zu Robert aufgeschaut hatten.

„Die Fronten dürften nun geklärt sein, nehme ich an. Sie wissen, warum wir hier sind, meine Dame, meine Herren?", fragte Robert und sah dabei langsam von einem zum anderen.

„Wir sind ja nicht dämlich", gab einer der beiden Robert barsch zu verstehen.

Die Mutter der beiden hatte bisher nur Bahnhof verstanden und konnte sich natürlich nicht erklären, wieso sie in diese Situation geraten sind. Bis eben hatte sie sicherlich auch noch gehofft, wir hätten von der Schatzbeute de Ahnung. Nach und nach dämmerte es ihr und nun sah sie schon ihre Felle dahin schwimmen. Nun galt es, das Beste aus der Situation zu machen. Sie stand jetzt bedeutungsvoll auf, ging im Zimmer mit gefalteten Händen auf und ab und überlegte. Dann wandte sie sich um und sprach: „Meine Herren, was halten Sie davon, wenn wir Sie zu dem führen, was Sie suchen. Und dann betrachten wir die ganze Geschichte als unser persönliches Geheimnis? Einfach Schwamm drüber! Sie sehen doch selber: Meine Jungs sind noch so klein und auch noch ganz schön grün hinter den Ohren. Sie sind im Grunde gut geartet und haben das alles nicht für sich selbst getan, sondern für ihre Schwester, die im Sterben liegt und ganz dringend einer Behandlung bedarf. Die Behandlungskosten, die unverschämt hoch sind" – als sie das sagte, nahmen ihre Gesichtszüge bedrohliche Formen an, so als wollte sie den Krankenhäusern wucherisches Profitstreben um jeden Preis vorwerfen – „ sollten aus dem Verkaufserlös bedient werden…"

„Mir kommen gleich die Tränen", sagte ich. Die Kunst der Menschen aus jenem Kulturkreis, wortreich in blumiger Sprache den jeweiligen Zeitgenossen das Blaue vom Himmel herunter zu lügen und dabei diesen auch noch kostbare Zeit zu stehlen, brachte mich auf die Palme. Wie oft habe ich als Rechtsanwalt eines Beteiligten aus dem orientalischen Kulturkreis an nicht enden wollenden Verhandlungen teilgenommen, nur weil jeder sich unheimlich wichtig nahm und jedes Wort für unbedingt streitentscheidend hielt. Oft habe ich mich gefragt, wie sie es schaffen, ein derartiges Selbstbewusstsein an den Tag zu legen, obwohl sie seit Jahren arbeitslos sind. Der Durchschnittsdeutsche jedenfalls wäre in vergleichbarer Lage bescheiden, kleinlaut, ständig durstig, sozial am Ende der Hühnerleiter und ohne jedes Selbstbewusstsein. Für die Gerichtsverhandlungen wurden natürlich auch noch Dolmetscher beigezogen, weil die Beteiligten nach 15 Jahren in Deutschland immer noch nicht die Sprache in ausreichendem Maße beherrschten. Zu allem Überfluss hatte auch noch jeder der beiden Streithähne bzw. – hennen einen Rechtsanwalt beigeordnet bekommen - selbstverständlich alles auf Staatskosten. „Vorschlag abgelehnt, My Lady. Gegenvorschlag: Wenn wir in den nächsten 5 Minuten im Besitz der Beute sind, werde ich davon absehen, Strafanzeige wegen der versuchten gefährlichen Körperverletzung zu stellen. Ferner werden wir versuchen, ein gutes Wort für Sie alle einzulegen.

„Wir müssen das erst besprechen", versuchte der eine mit starrem Blick - im Stile eines gewieften Taktikers - Zeit zu gewinnen

„Antrag abgelehnt! Mein Vorschlag zur Güte ist dermaßen gütig, dass er nur spontan, hier und jetzt, ohne Wenn und Aber, sofort, widerspruchslos und so weiter angenommen werden kann, verstanden?"

Betretenes Schweigen auf Seiten der Angesprochenen, die zunehmend resigniertes Mimenspiel austauschten und sich mehr und mehr entspannten.

„Ich will ja nicht unhöflich sein – und um Gottes Willen nicht drängen – aber für die eben angesprochene Vergünstigung bleibt Ihnen noch eine Minute - meine Dame, meine Herren", womit Robert sich wieder ins Gespräch brachte und dabei zunächst auf seine Uhr und sodann väterlich von einem zum anderen sah. Die beiden Jungens hatten offenbar verstanden und ließen sich nicht mehr lange bitten. Sie erhoben sich theatralisch – ich auf Sicht unauffällig hinterher - und waren nach kurzer Zeit zurück – mit ihrem Gepäck – der Beute aus der Schatzkammer. Wir nahmen sie dankend entgegen.

„Das war eine vernünftige Entscheidung", sagte ich. „Für das weitere Prozedere benötigen wir jetzt allerdings doch die Polizei – es sei denn, Sie geben Ihre Personalien freiwillig – unter Vorlage Ihrer Ausweise - bekannt, damit wir entsprechend Bericht erstatten können.

Gemächlich erhob sich die Alte, schlurfte in die Küche und kam kurz darauf mit den Ausweisen in der Hand und einem unterwürfigen Lächeln im Gesicht zurück. Wir wechselten bedeutungsvolle Blicke bei Übergabe der Pässe, bevor ich die Personalien notierte. Schau an! Alle drei waren sie geboren in Bagdad. Spontan dachte ich an Aladin und die Wunderschlampe – Verzeihung! Wunderlampe. Diese schöne Geschichte aus Tausend und Einer Nacht hatten wir damals in der ersten oder zweiten Klasse als Weihnachtsmärchen im Theater am Goetheplatz in Bremen gesehen. Das war – in meiner Erinnerung – eine dermaßen gelungene Aufführung, dass ich heute noch oft daran denke. Mein Freund Burkhard hatte zu Ehren der Veranstaltung schon seine neue Hose – mit Bügelfalte – an, die er erst zu Weihnachten geschenkt bekommen sollte. Das habe ich im Grunde bis heute nicht begriffen. Wie konnte der Weihnachtsmann 14 Tage vor dem Fest bereits eine Auslieferung vornehmen, die doch bekanntlich, für alle verbindlich, erst am 24. Dezember stattfinden konnte? Burkhard war für mich damals schon, bevor er nach Düsseldorf zog und damit unser Kontakt abbrach, ein outlaw. Ich wusste zwar noch nicht, was das ist, doch ahnte ich schon, dass es Menschen gab, für die bestimmte Regeln nicht gelten. Burkhard wuchs ohne seinen Vater auf und immer, wenn ich ihn besuchte, öffnete seine vielleicht 25-jährige Schwester im Bademantel, der mir tiefe Einblicke in eine für mich noch nicht erschlossene, aber schon erahnte – und unheimlich aufregende Welt eröffnete, die Tür. Sie sah mich dabei stets mit einem merkwürdigen Grinsen an. „Na, Kleiner, was haben wir denn für Wünsche", fragte sie mit einem süffisanten Lächeln, wobei sie sich gegen den Türrahmen lehnte und die Arme verschränkte, sodass ihre schöne Brust, die mich ebenso anzog wie verlegen machte, besonders zur Geltung kam. Sie wusste genau, wer ich bin. Ich war in jener Zeit ja häufig dort. Wie kam ich jetzt eigentlich darauf? Ich glaube, ich bin ein wenig vom

Thema abgekommen. Ich bitte vielmals um Entschuldigung! Ich gab die Ausweise zurück, schulterte den schweren Beutesack und fragte Robert: „Gehen wir?"

„Wir gehen!", erwiderte Robert lächelnd, während er im nächsten Augenblick die drei ansah und erklärte: „Auf Wiedersehen, ich hoffe, Sie nehmen als Lehre aus dieser Geschichte mit, dass sich Straftaten nicht lohnen, weil man die Täter ja doch irgendwann schnappt. Und dann ist nicht nur die Beute futsch, sondern auch – sehr wahrscheinlich – die Freiheit".

Wir verließen das Haus selbstverständlich über den Straßenausgang und verstauten den Sack im Auto von Robert. „Was machen wir mit den Jungs?", fragte Robert.

„Ich weiß es auch noch nicht. Wenn wir sie der Polizei überantworten, gehen sie in den Bau. Wenn wir es nicht tun, drehen sie vielleicht Morgen schon ein anderes Ding".

„Mit Sicherheit letzteres", meinte Robert. „Bedenke, dass sie dringend Geld brauchen für die OP ihrer todkranken Schwester".

„Du hast die rührselige Geschichte der Mutter tatsächlich abgenommen? Ich halte das eher für frei erfunden, um dem Coup einen sozialen und damit nicht so verurteilenswerten Touch zu geben. Ein kleiner Junge ging an uns vorbei und hatte ein mit Schokolade verschmiertes Gesicht, während er in der rechten Hand einen Schokoriegel hielt und diesen jetzt zum Mund führte, während er uns im Vorübergehen nachsah. „Wie Joe von den Kleinen Strolchen", sagte ich. „Weißt Du Robert, was mir gerade einfällt?"

„Nee!"

„Als ich so etwa 12 war, hatte ich eine Phase, da bin ich fast jeden Tag nach „Mehr Wert", ein großes Kaufhaus bei uns in der Nähe, gegangen und habe mir dort eine Tafel Ritter Sport Nougat geklaut – meine Lieblingsschokolade. Eines schönen Tages hatte ich gerade meine Beute unter mein Hemd gesteckt und wollte durch den Kassenbereich durch, als mir eine warmherzige ältere Dame ins Ohr säuselte: „Sag mal, Kleiner, willst Du die Schokolade nicht lieber wieder ins Regal zurücklegen?" Ich lief sofort rot an wie ein Puter, wandte meinen Blick ab und lief etwas schneller als üblich zum Tatort zurück, um die schöne Schokolade dort wieder abzulegen. Geld hatte ich freilich nicht dabei. Seitdem habe ich nie wieder etwas gemopst. In der ersten Phase danach war das nachwirkende Gewissen sogar so stark, dass ich mich als Täter fühlte, wenn ich an einer Unterhaltung beteiligt war, in der es darum ging, dass irgendwo etwas geklaut wurde. Mein Gewissen strafte mich auf diese Weise rückwirkend für die Fälle ab, in denen ich nicht erwischt worden war. Die Psyche ist doch schon eine tolle Institution!"

„Das heißt, dass bei Dir das Erwischt-Werden ausgereicht hatte, um nicht wieder zu mopsen?"

„So ist es. Manchmal ist es die Reaktion der Gesellschaft auf delinquentes Verhalten, die – gepaart mit der jeweiligen Psyche des Täters - darüber entscheidet, ob jemand seine kriminelle Karriere aufgibt oder – in welcher Form auch immer – fortsetzt".

„Du hältst es ergo für möglich, dass auch unsere orientalischen Kandidaten hier ihre kriminelle Karriere an diesem Punkt beenden?"

„Ja. Sie sind von uns erwischt worden und wenn wir es bei dem Denkzettel belassen und nicht die Polizei einschalten, haben sie eine kleine Chance, dass sich ihre Karriere nicht verfestigt".

„Das glaubst Du doch nicht im Ernst, Dany, oder? Du spielst ernsthaft mit dem Gedanken, nicht die Polizei einzuschalten? Wie willst Du denn den Besitz der Beute erklären?"

„Die Täter könnten doch auf der Flucht die Beute verloren haben und wir im Gegenzug die Spur von den Tätern, nachdem wir diese aufgelesen hatten. Dann überlassen wir es der Polizei, aufgrund der – nebulösen - Täterbeschreibungen fündig zu werden".

„Nicht schlecht der Specht, Dany. Na gut, dann machen wir das eben so!

Die anderen staunten freilich nicht schlecht, als wir bei unserem Eintreffen die Beute präsentierten. Dass wir die dazugehörigen Täter aus den Augen verloren hatten, wurde nicht weiter hinterfragt. Man würde die Täter sicher bei nächster Gelegenheit schnappen und dann würden sie ihrer gerechten Strafe zugeführt – so der allgemeine Tenor. Robert und ich hatten da gewisse Bedenken …

Kapitel 31

Ich hatte von Liz erfahren, dass sie zu der Zeit, zu der sie mich neulich Nacht auf der Esperanza überrascht hatte – wie ich vermeinte -, in London gewesen war. Ergo konnte es nicht Liz gewesen sein, mit der ich das aufregend-erotische tete-a-tete auf meiner Esperanza hatte. Es war also Audrey. Dieses kleine Biest! Ich hatte mir ja schon so etwas gedacht. Obwohl sie Zwillinge waren, gab es doch noch geringfügige individuelle Unterschiede, die freilich bei Nacht und schwachen Mondstrahlen, die via Bullaugen in die Koje hineinlugten, und nur bei gelegentlichem Flüstern nicht so offen zutage treten konnten. Nun hatte ich Gewissheit. Ich hatte offen gestanden einen derartigen sexuellen Übergriff selbst von Audrey nicht für möglich gehalten. Ich beschloss, Audrey zur Rede zu stellen und ihr eine anständige Gardinenpredigt zu halten. Ich bin im Augenblick überfragt, wie so etwas strafrechtlich eigentlich zu würdigen ist, wenn jemand den Irrtum eines anderen über seine Identität ausnutzt, um mit dem diesem ein Schäferstündchen zu verbringen. Es ist kein Betrug, da kein Vermögensschaden entstanden ist. Auch ist es weder eine Vergewaltigung noch eine sexuelle Nötigung, da diese Tatbestände das fehlende Einverständnis des Opfers voraussetzen. Es ist auch nicht unter dem Gesichtspunkt eines Erschleichens von Leistungen strafbar, da es sich bei dem „erschlichenen" Sex nicht um eine Dienstleistung meinerseits handelte, da ich ja meine Brötchen nicht auf dem horizontalen Backblech verdiene. Da ich juristisch überwiegend auf dem Gebiet des Zivilrechts tätig gewesen bin,

bin ich in dieser Frage mit meinem Latein am Ende. Mein Bauch meldet allerdings, dass es nicht in Ordnung sein kann und sicher unter irgendeine Strafrechtsvorschrift subsumiert werden muss, wenn man nachts einen Mann aufsucht, von dem man ganz genau weiß, dass dieser einen für seine Freundin hält.

Einerlei! Ich verabredete mich mit ihr im „Admiral Flint", einer urwüchsigen Hafenkneipe. Es regnete an diesem Wolken verhangenen Nachmittag Katzen und Hunde, wie die Engländer in ihrer eigenen Sprache sagen. Die Straßen waren überraschenderweise wie leer gefegt. Nur hier und da waren Unwetterenthusiasten zu sehen, die in Ölzeug frohgemut an der Kaimauer entlang flanierten. Ein Paar sang sogar, während sie einander an den Händen hielten und die Beine im Takt gleichzeitig in die Höhe schnellen ließen:

„I'm singing in the rain, I'm singing in the rain, ..."

Es ist doch herrlich, wenn man sich mit den gegebenen Verhältnissen, auf die man ohnehin keinen Einfluss hat, zu arrangieren vermag, anstatt seine Energie darauf zu verschwenden, mit dem Schicksal und hier insgesondere Petrus zu hadern. Andererseits hat es aber auch etwas Befreiendes, Verbindendes, mit anderen gemeinsam über das Wetter zu schimpfen und über die Ungerechtigkeit zu philosophieren, dass ausgerechnet jetzt in Torquay Petrus seine Wasserschläuche leert, während Wolverhampton völlig verschont bleibt.

Während ich diese Betrachtungen anstellte, saß ich gemütlich bei einer Tasse Kaffee im „Admiral Flint" und sah dabei über die nur spärlich besetzten Tische durch das Fenster auf die im Hafen schaukelnden Segelyachten. Plötzlich wurde die Schwingtür aufgestoßen und es erschien Audrey in ihrer ganzen aufgebrezelten Pracht. Kurz hinter der Tür blieb sie stehen und prüfte unter den Besuchern genüsslich die Wirkung ihres Auftrittes, während sie langsam mit großem Augenaufschlag die Tische von ihrer Warte aus nach mir absuchte. Hinter ihr pendelte die Tür unter heftigem Quietschen zurück. Durch den dadurch entstehenden Luftzug wurde ihr Rock dreimal – leider mit abnehmender Intensität – jeweils für einen Wimpernschlag aufgewirbelt und ließ noch weitere Einblicke auf ihre schönen Beine zu. Sie hatte sich für dieses Treffen für einen kurzen, geschlitzten Rock und eine aufregende, Rüschen besetzte Bluse entschieden – beides in Weiß. Die textilfreien Körperteile waren nahtlos braun auf makelloser Haut und der Kontrast zur weißen Kleidung war schön anzusehen. Ich stand ihr darin allerdings mit meinem weit aufgekrempelten weißen Hemd in ¾ langer Piratenhose in nichts nach. Nun kann man natürlich mit einem Rock nicht konkurrieren. Von Konkurrenz konnte allerdings im Verhältnis zu uns beiden auch keine Rede sein. Audrey hatte mir dreimal in Situationen, wo wir zufällig einmal allein waren, eindeutige Avancen gemacht. Ich hatte mich ihr gegenüber von diesen geehrt gezeigt, im Hinblick auf die zu ihrer Zwillingsschwester bestehende Liaison und daraus resultierenden moralischen Bedenken allerdings um Verständnis gebeten, dass ...

Als sich unsere Blicke trafen, lächelte sie verschmitzt-verwegen und schritt wie ein Model auf einem Laufsteg unter aufreizenden Hüftschwüngen langsam auf den Tisch zu, an dem ich sie erwartete. Ich müsste lügen, wollte ich behaupten, von ihrem Auftritt unbeeindruckt gewesen zu sein. Ich ließ mir selbstverständlich nichts anmerken. Elegant hängte sie zunächst ihre Handtasche um den Stuhl und ließ sich sodann genüsslich unter einem aufreizenden Stöhnen, das man gewöhnlich zu anderen Tätigkeiten assoziiert, auf demselben nieder. Die ganze Zeit über hatte sie den Blick von mir keine Sekunde abgewandt und sah mich weiter in dem oben beschriebenen Lächeln erwartungsvoll an, bevor sich dann doch ihre Lippen bewegten: „Na, Cherie, hast Du es Dir anders überlegt?"

„Keineswegs, Audrey", erklärte ich ihr mit ernstem Blick, den sie nun erst zu bemerken schien.

„Was ist Dir denn für eine Laus über die Leber gelaufen?"

„Die Laus, die über meine Leber gelaufen ist, sitzt vor mir". Hier machte ich eine Pause, um die Wirkung in ihrer Reaktion zu ermessen. Sie hatte bestimmt verstanden, ließ sich jedoch nichts anmerken. „Du hast mich sehr wohl verstanden, Audrey. Aber ich kann Dir, wenn Du gern auf Nummer sicher gehen möchtest, bevor Du Dich verteidigst, gern weitere Details nennen: Neulich Nacht erschien in meiner Koje eine Frau, die ich für Liz hielt. In dieser Überzeugung hat sich dann so einiges zugetragen."

Audreys Augen strahlten bei diesen Worten noch etwas mehr, bevor sie sagte: „Du meinst also, Du hattest ein erotisches Abenteuer und weißt nicht, mit wem?"

„Ich habe gestern von Liz erfahren, dass sie von Dienstag auf Mittwoch in London gewesen ist, so dass Liz als Teilnehmerin dieser Zusammenkunft ausscheidet. Es kommt damit nur noch eine Person in Betracht, die sehr viel Ähnlichkeit mit Liz hat. Kennst Du zufällig eine Frau, auf die die Beschreibung passt?"

Audrey schien Gefallen an der Unterhaltung zu finden. Ihr süffisant-verschmitztes Lächeln ließ nicht nach. „Ich z.B. habe viele Ähnlichkeiten mit Liz, obwohl" - hier machte sie eine bedeutungsvolle Pause – „ich finde, ich bin in bestimmten Bereichen, die gerade für einen Mann interessant sind, einfach besser als Liz – findest Du nicht auch, Cherie?" Bei diesen Worten schien sie mit ihrem ganzen, zugegebenermaßen nicht geringen Charme vollständig in mich einzudringen. Die Wirkung auf mich wurde noch dadurch verstärkt, dass sie ihren Kopf ein wenig und sehr gesteuert auf meinen zu bewegte, wobei sie in eine Schräglage kam, die weitere Einblicke in ihr Dekollete zuließen.

Jetzt, wo ich Gewissheit über die Identität meiner Konkubine jener heißen Nacht hatte, konnte ich im Stillen ihre Frage nur bejahen. Ich wollte Audrey diesen Triumph über ihre Schwester allerdings nicht gönnen. Außerdem spürte ich, wie mich diese Frage – gepaart mit ihrem verführerischen Blick – verlegen machte. Ich musste ergo rasch diese Kommunikationsebene verlassen.

„Was Du Dir in dieser Nacht erlaubt hast, war eine Trickvergewaltigung, ein Eingriff in meine sexuelle Selbstbestimmung. Wenn sich so etwas ein Mann bei Dir erlaubt hätte, wärest Du wahrscheinlich empört. Sage jetzt bitte nicht, es komme auf den Mann an. Dir scheint der Ernst Deiner Lage nicht bewusst zu sein, so wie Du strahlst. Das ist in Deiner Situation völlig unangebracht. Wenn ich wollte, könnte ich Dich dafür in den Knast bringen, ist Dir das gar nicht klar? Es war kein einverständlicher Sex mit Dir. Ich dachte, Du wärest Liz. Du hast mich bewusst über Deine Identität getäuscht, meinen Irrtum erkannt und diesen für Deine erotischen Bedürfnisse schamlos ausgenutzt. Natürlich hatte ich meinen Spaß. Aber ich wollte diesen Spaß mit Liz haben, nicht mit Dir, was Du sehr wohl wusstest, weil ich es Dir zuvor mehrfach unmissverständlich zu verstehen gegeben hatte". Ich steigerte mich langsam in meine Rolle des „Vergewaltigten" hinein, wobei meine Stimme an Lautstärke sowie Mimik und Gestik an Ein- und Ausdruck zunahmen. Dieser Hieb hatte gesessen: Sie schien jetzt verunsichert, ihr Lächeln war erstarrt. Es könnte natürlich auch reine Verhandlungstaktik von Audrey sein, sich jetzt so zu gebärden. In sie hineinschauen konnte man freilich schlecht: sie war eine gute Schauspielerin.

Nach langer Verhandlungspause gestand sie ein: „Ich sehe jetzt ein, dass es ein Fehler gewesen ist. Du weißt, dass ich stets nach dem Grundsatz handele: "Erlaubt ist, was Spaß macht". Ich hatte mir aber nicht im Entferntesten vorgestellt, dass das nicht erlaubt sein könnte. Das musst Du mir glauben, Danilo. Nun machst du ja aus Deiner offenen Zweierbeziehung zu meiner Schwester auch keinen Hehl und hast hier und da eine Affäre…"

„Und da hast Du Dir gedacht, dass Du mir mit Dir eine neue Affäre aufhelfen könntest, das wäre sicher von meinem latenten Wunsch nach erotischen Abenteuern jedweder Art und Couleur erfasst, sodass über diese Schiene einverständlicher Sex vorliegen könnte. Ist das so?"

Sie kämpfte mit sich, gab es dann allerdings zu: „Ja, so in etwa".

„Ich hoffe, Dir ist der Unterschied jetzt klar geworden. Weiter hoffe ich, dass Dein Unrechtsbewusstsein nunmehr um diese subtile Nuance erweitert worden ist und Du Dich künftig entsprechend verhältst". Nach einer kurzen Pause und Wahrnehmung der Wirkung meiner Worte — was mir ein innerer Kaiserwalzer war - sprach ich weiter: „Ich werde von der Erstattung einer Strafanzeige absehen und auch Liz von Deiner Entgleisung nichts berichten". Mit diesen Worten erhob ich mich, legte einen Schein für den Kaffee auf den Tisch und überließ Audrey ihren Spekulationen.

Kapitel 32

Audrey stoppte ihren Porsche 911 mit quietschenden Reifen vor dem Schloss, stellte den Motor ab und schlenderte mit ihrer Tennistasche Richtung Hintereingang des Schlosses. Es war ein herrlicher Sommertag gegen Mittag und vom Schlosspark aus drangen ihr die herrlichsten Düfte in großer Vielfalt in ihre Nase. Besonders deutlich nahm sie den Duft der von ihr sehr geliebten Westerland-Rose wahr. Sie sah in den üppigen Park hinüber, in welchem in der Ferne Jack, der Gärtner - in niedrigster Gangart - aus einer kleinen Azalee herauslugte und emsig den Boden mit einer Harke beackerte. „Armer Trottel", dachte Audrey, „was weiß der schon vom Leben? Von Frauen? Aber den Garten, den hat er gut in Schuss, das muss man ihm lassen". Viele Vögel und Schmetterlinge freuten sich ihres Lebens. Bald flatterten sie, bald hüpften sie von einer verlockenden Pflanze zur nächsten Blume. Audrey, die dieses auch gerade wahrnahm, musste unweigerlich schmunzeln. „Komisch, in diesem Punkt ähneln die Viecher mir doch ungemein - natürlich nur in diesem Punkt", dachte sie dabei.

Als sie gerade um die Schlossecke bog, gewahrte sie ihren Vater - der ja eigentlich gar nicht ihr Vater war – auf einem verzierten schmiedeeisernen Gartenstuhl sitzend, genüsslich – und ganz weit weg - in ein Buch vertieft. Trotz der letzten Enthüllungen über ihre Abstammung hegte sie für diesen komischen Kauz Gefühle wie zu einem Vater. Na ja, kein Wunder, wenn man sein Leben lang in dem Bewusstsein Kontakt zu diesem Menschen hat, dass es der Vater ist. Man müsste ja jede einzelne Erfahrung löschen und mit neuem Bewusstsein belegen, um diese Gefühle zu eliminieren. Und wer wäre er dann? Der gute alte Onkel Graf! Diese tief schürfenden Betrachtungen stellte Audrey jetzt überraschenderweise an, als sie sich seitlich dem Stuhl des Grafen näherte. „Na, Vater, Du genießt den Tag und hast offensichtlich ein unterhaltsames Buch gefunden!"

„Ach, Du bist es Audrey! Ja, Du hast Recht. Es ist ein recht kurzweiliges Büchlein. Es ist von Wilhelm Hauff: „Das Wirtshaus im Spessart".

„Spezart?"

„ Spessart. Das ist ein Bergwaldgebiet in Hessen, das liegt in Deutschland".

„Aha, nie gehört. Klingt aber interessant! Sag mal, Vater, was hältst Du davon, wenn wir zwei einen kleinen Spaziergang machten? Es ist gerade so schön und ich glaube, Dir würde ein bisschen Bewegung nicht unbedingt schaden"

„Ganz im Gegenteil! Gute Idee, meine Kleine.

Audrey legte ihre Tennistasche ab und half ihrem „Vater" aus dem Stuhl. Sodann hakte sie sich bei ihm ein, um ihm Halt zu geben. Sie wusste, dass er das sehr mochte.

„Na? Wie war Dein Tennisspiel?"

„Ach, weißt Du, ich habe heute mit Gordon gespielt. Der spielt noch nicht so lange. Kannst Dir ja vorstellen, dass ich mich da ziemlich zurücknehmen musste. Ich habe mich da total unterfordert gefühlt und sprühe jetzt noch so vor Tatendrang".

„Kann ich mir gut vorstellen! Dann kannst Du mich ja `ne Runde tragen, was hältst Du davon?"

Beide lachten, während sie an einer majestätisch wirkenden, gewaltigen Rotbuche vorbeikamen und der Graf Audrey zum Stamm der Rotbuche manövrierte. „Weißt Du, Audrey, vor vielen Jahrzehnten habe ich hier einmal mit einer Freundin gestanden. Wir haben uns lange in die Augen gesehen, dann ganz lange und herzlich umarmt und dann noch viel länger geküsst. Als unsere

Lippen brannten, habe ich mit meinem Messer etwas in die Baumrinde hereingeritzt. Weißt Du, wo die Inschrift jetzt ist? „

„Ich schätze, ganz weit oben?“

„Genau! Ich jedenfalls kann sie mit bloßem Auge schon gar nicht mehr erkennen. Aber manchmal komme ich mit einem Feldstecher hier her und sehe ganz weit hinauf, bis ich die Inschrift ausgemacht habe. Mit Feldstecher kann ich sie noch deutlich erkennen. Na ja; ich weiß eben, was dort eingeritzt ist“.

„Und Du hast es bis heute nicht vergessen?“

„Wie könnte ich das? Schließlich haben wir später geheiratet“.

„Mama war es also“, sagte Audrey und schmunzelte dabei, ohne in diesem Augenblick – erkennbar - zu realisieren, dass es nicht ihre Mutter war. „Und was hast Du da eingraviert, in diesen schönen Baum?“

Der Graf sah mit verklärtem Blick lange zum Himmel, bevor er sich wieder Audrey zuwandte: „Unsere Liebe mag stark sein wie dieser Baum – und mit ihm wachsen und alt werden“.

„Ach“, stöhnte Audrey, „muss Liebe schön sein. Ich wünschte, ich wäre in einen tollen Mann verliebt - reich, gut aussehend, stark, unterhaltsam - der auch wahnsinnig in mich verliebt wäre, dass er so etwas Verrücktes machen würde, wie du damals“.

„Ja, gibst Du denn der Liebe überhaupt eine Chance - Audrey?“

„Warum sollte ich nicht?“, fragte sie mit einem gewissen Flackern im Blick.

„Sich in jemanden zu verlieben heißt auch, sich unumschränkt auf jemanden einzulassen, ihn, wenn er klopft, in seinem jeweiligen So-Sein bedingungslos hereinzulassen und sodann bestrebt zu sein, alles zu tun, dass es ihm gut ergehe. Es heißt auch, bei ihm zu sein, wenn er fort ist. Wer das trennungsbedingte Vakuum ausfüllt, indem er sich anderweitig zerstreut, wer den Samen, den er gesät hat, nicht regelmäßig begießt, verpasst die Chance mitzuerleben, wie etwas Großes heranwächst. Wer immer wieder aussät und sich stets nur kurzfristig um die letzte Aussaht kümmert, wird immer nur kleine Pflanzen bewundern können. Liebe ist Arbeit, die Spaß macht, aber Kontinuität erfordert. Auch wenn man aus Erfahrung weiß, dass durch die Arbeit etwas wachsen könnte, erwartet man nichts. Man hofft. Liebe ist ein ständiges Hoffen. Hoffen ist eine gewisse, auf das Ziel gerichtete Aufmerksamkeit. Wer sich nichts erhofft, wird nicht ernten. Ebenso der, der es erwartet, weil er etwa vermeint, einen Anspruch auf die Ernte zu haben. Liebe ist eine Form der Ernte, die unter diesen Bedingungen nicht gedeiht“. Nun wandte sich der Graf Audrey zu und sah sie nachdenklich-empathisch an: „Hast Du Dich bisher in Deinem Leben auf diese Allgemeinen Geschäftsbedingungen der Liebe eingelassen und sie widerspruchslos akzeptiert?“

Nach kurzer Bedenkzeit erwiderte sie: „Ich glaube, ich habe in der Tat vergessen, die Allgemeinen Geschäftsbedingungen der Liebe, wie Du sie so schön nennst, zu bestätigen, um sie dann verinnerlichen zu können“.

„Im Internet und auch sonst, glaube ich, bekommt man schließlich auch nichts, wenn man die Allgemeinen Geschäftsbedingungen eines Vertragspartners nicht akzeptiert".

Nachdenklich und schweigend führte sie der weitere Weg zum Haus von Patricia. Hier flammten Ausdruck und Stimmung in Audrey merklich auf, als sie vorschlug: Lass` uns doch mal sehen, was Patricia so macht. Bestimmt ist sie wieder dabei, Bilder zu verhauen".

„Bilder zu hauen, wenn schon denn schon. Aber mit dem Besuch bin ich einverstanden. Patricia war nicht dabei, Bilder zu verhauen, wie Audrey formuliert hatte. Die angefangenen Objekte standen ohne ihren Künstler reglos im Garten und ließen sich von der Sonne bescheinen. Durchs Küchenfenster hatte Patricia die beiden wahrgenommen und begrüßte jetzt ihre Besucher.

„Schön, dass Ihr mich mal besucht, kommt doch rein. Ich habe gerade Tee aufgesetzt, wollt Ihr vielleicht auch ein Tässchen?"

„Aber sehr gern, meine Liebe. Das ist genau das, was ich jetzt brauche", sprach`s und ließ sich mit einem genüsslichen Seufzer in einen bequem anmutenden Sessel fallen. Audrey flanierte indessen im Wohnzimmer umher und ließ ihre Blicke schweifen. Hier und da nahm sie einen Gegenstand in die Hand, drehte ihn in derselben, um ihn sodann – augenscheinlich wenig beeindruckt - wieder zurück zu stellen. Patricia kehrte mit einem Tablett zurück, als Audrey vor einer kleinen Schatulle stand, diese in die Hand nahm und sich dabei zu den anderen zwei umsah.

„Das ist ja eine hübsche, kleine Schatulle, Patricia. Wo hast Du sie her?"

„Die habe ich – Moment mal – ja aus Pakistan habe ich sie – lange her. Damals war ich noch Studentin. Ach, wie war ich da verliebt – in einen netten Geologiestudenten. Irgendwie hatte er es geschafft, mich in die Studiengruppe einzuschleusen, die in Pakistan Ausgrabungen machen wollte. Ich brauchte nur ein bisschen Taschengeld. Und von dem habe ich mir die Schatulle gekauft. Unter anderem, versteht sich".

Audrey öffnete die Schatulle und Sekundenbruchteile später leuchteten ihre Augen, als sie eine Kette erspähte und diese – für alle sichtbar – in die Hand nahm. „Oh, ist die schön!"

Der Graf stutzte für einen Wimpernschlag und fragte ungläubig: „Dürfte ich die Kette wohl einmal aus der Nähe betrachten?" Er ließ sie nachdenklich durch seine Finger gleiten und schaute sodann nacheinander Patricia und Audrey an. Audrey tat so, als verstünde sie nicht. Patricia dagegen verstand tatsächlich nicht, was das merkwürdige Verhalten des Grafen zu bedeuten hatte. Sie hatte seit Jahren nicht mehr in die Schatulle hineingesehen und hatte, da sie sich für Schmuck nur peripher interessierte, de facto keinen Überblick über die Schmuckstücke, die sich aktuell darin befanden. Beide Damen sahen jedenfalls den Grafen mit erwartungsvollen Blicken an, der mit seiner Erklärung nicht lange auf sich warten ließ.

„Bei dieser Kette handelt es sich zweifelsohne um den Schmuck meiner verstorbenen Frau. Bisher hat er in einer Vitrine meines Wohnzimmers gelegen. Ich frage mich ernsthaft, über welche geheimnisvollen Kanäle er hierher gelangt ist". Dies sagte er mit einem enttäuschten Timbre und nachdenklich, während er mit hängendem Kopf auf die Kette in seiner Hand sah.

Patricia fing sich als erste und erklärte: „Den Schmuck in dieser Schatulle habe ich seit Jahren nicht mehr betrachtet. Wenn mir in zurückliegender Zeit Schmuckgegenstände geschenkt worden sind, so habe ich sie in die Schatulle gelegt, wo sie ein stiefmütterliches Dasein fristen. Ich interessiere mich offen gestanden nicht besonders für Schmuck – wie man schon leicht daran erkennen kann, dass ich zwar Schmuckgegenstände besitze, sie aber nicht trage. Da Schmuck nicht zu meinen Interessengebieten zählt, habe ich offen gestanden auch keinen Überblick über den Inhalt dieser Schatulle. Wenn ich mir die Kette allerdings jetzt genauer ansehe" – dabei machte sie einen Schritt in Richtung ihres Vaters und betrachtete sie eindringlich-nachdenklich -, „kommt sie mir in der Tat unbekannt vor. Da sie ziemlich schön ist, wüsste ich mit Sicherheit noch, wer sie mir wann und zu welchem Anlass geschenkt hat – wenn sie mir denn geschenkt worden wäre. Sie wurde mir aber nicht geschenkt. Ich kann mir allerdings nicht erklären, wie diese Kette dort hineingekommen ist". Mit diesen Worten übergab sie die Kette ohne Anzeichen von Unsicherheit ihrem Vater, der prüfend nacheinander erst Patricia und sodann Audrey ansah. Im Blick beider Frauen fand er jedoch nicht den Ausdruck, nach dem er suchte. Patricia stand offensichtlich vor einem großen Rätsel – ebenso wie der Graf. Das sah man beiden deutlich an. Der Graf beugte sich jetzt vor und sah einige Zeit auf die Kette. Wer allerdings genauer hinsah, konnte feststellen, dass er durch die Kette hindurch sah und in eine Welt eindrang, die den beiden Damen nicht zugänglich war.

Der Graf mochte in dieser Haltung etwa 3 Minuten verharrt gewesen sein, während dessen sich die beiden Frauen zunächst prüfend, dann fragend angesehen hatten, bevor sie ihre Aufmerksamkeit dann wieder dem Grafen zuwandten. Jetzt erhob sich der Graf, steckte die Kette in seine Sackotasche und begab sich zur Tür. Audrey folgte ihm. An der Tür angekommen, drehte er sich zu Patricia um und erklärte mit ruhiger Stimme: „Ich muss ein wenig allein sein".

Audrey hatte sich schon bei ihm eingehakt, doch sie löste zögernd ihren Arm aus der Verbindung, als der Graf sie durchdringend und schweigend ansah und keine Anstalten machte, weiterzugehen.

Kapitel 33

Auf dem Heimweg schlenderte der Graf betrübt durch das hohe Gras. Er fragte sich, wie der Familienschmuck in das Haus seiner Tochter gelangt sein könnte. „Dabei hatte ich so großes Vertrauen in Patricia. Wie sollte der Schmuck dorthin gelangt sein, wenn nicht durch ihre Hände? Andererseits – was sollte sie für ein Interesse haben, den Schmuck an sich zu bringen? Sie hatte doch zuvor Gelegenheit genug, sich an dem großen Schatz zu bedienen, noch bevor sie mich über diesen informiert hatte. Nein! Patricia scheidet als

Täterin aus!" Der Graf war jetzt wieder an seinem aus jungen Tagen vertrauten Baum angelangt und schaute ihn liebevoll an. Plötzlich zuckte er zusammen und schlug sich dabei die Hand auf die Stirn. „Natürlich! Wieso bin ich da nicht gleich d`rauf gekommen? Erst fragt sie mich, ob wir nicht Pat besuchen wollen. Dann findet ausgerechnet Audrey den Familienschmuck in der Schatulle. Und ausgesprochen überrascht schien sie von der ganzen Angelegenheit auch nicht zu sein. Kein Zweifel: Audrey steckt hinter der Sache! Aber warum nur? Was könnte sie für ein Interesse haben, Pat in ein schlechtes Licht zu rücken? Eifersucht vielleicht? Eifersucht wäre in der Tat ein Motiv. Durch das Auftauchen von Pat als meiner einzig wahren Tochter hat sich doch insbesondere für meine beiden Schein-Töchter etwas Entscheidendes verändert! Während ich für Liz noch meine Hand ins Feuer legen würde – trotz der veränderten Umstände -, so doch nicht für Audrey. Für Audrey hätte ich in zweifelhaften Situationen – leider – nie die Hände ins Feuer gelegt. Ich brauche meine Hände noch. Hm… Was mache ich jetzt nur aus dieser Erkenntnis?", dachte der Graf und sah dabei einem bunten Schmetterling zu, dessen zarte und scheinbar zerbrechlichen Flügel denselben doch absolut sicher auf einer Sonnenblume landen ließ. Hier bewegten sich die Flügel nur noch sporadisch, während sie den Körper leichte Drehungen vollziehen ließen. „Kann der Schmetterling jemals von der Sonnenblume enttäuscht werden? Oder von anderen Pflanzen oder Blüten? Hat der Schmetterling überhaupt entsprechende Erwartungen, die enttäuscht werden konnten? Wie oft geht es uns Menschen doch so: Wir sind enttäuscht, weil wir ganz bestimmte Erwartungen mit einem Ziel verbinden. Und wenn sich diese Erwartungen nicht realisieren lassen, sind wir frustriert, enttäuscht. Je unrealistischer unsere Zielvorgabe, umso größer ist die Frustrationswahrscheinlichkeit. Hat man je einen Schmetterling gesehen, der eine Blüte oder Pflanze tätlich angegriffen hat, weil er von dem Besuchsverlauf enttäuscht war? Nein! Ergo haben die Schmetterlinge keine bestimmten Erwartungen im Sinne eines Anspruchsdenkens. Ihre Erwartungen spielen sich in der Sphäre der Hoffnung ab. Wer nur hofft statt ein Ergebnis als selbstverständlich zu erwarten, kann nicht so leicht enttäuscht werden. Vielleicht sollten wir Menschen uns an den Schmetterlingen ein Beispiel nehmen! Wie kam ich da überhaupt d`rauf? Einerlei! Ach ja! Sollte ich Audrey mit meinem gegen sie gerichteten Verdacht konfrontieren? Eigentlich kann ich das nicht so durchgehen lassen! Auf jeden Fall muss ich Patricia vermitteln, dass ich zu keinem Zeitpunkt an ihrer Unschuld gezweifelt habe".

Kapitel 34

Kerzengerade stand der Graf plötzlich in seinem Bett. Er hatte zweifellos schlecht geträumt. Er versuchte sich zu sammeln und ging zum Fenster. Er schob den Vorhang zurück und schaute auf seine auch bei Nacht beleuchteten Rebstöcke. Ein traumhafter Anblick! Auch bei Nacht! Er dachte daran, wie er seinen Haus- und Hofelektriker James gebeten hatte, die Illumination der Rebstöcke so zu gestalten, dass der Anblick derselben bei Nacht und insgesondere von seinem Zimmerfenster aus eine Wonne sei. Wie vortrefflich James doch diesen Auftrag erfüllt hat! Während die Leuchter - im Erdboden installiert – schräg nach oben schienen, schaute der Mond mit seiner Leuchtkraft in dieser Nacht von oben herab. Auf diese Weise ergab sich für den Grafen ein gespenstisch-mystisches Zwielicht, an dem er zunehmend Gefallen fand, je länger er sich von der vortrefflichen Stimmung inspirieren ließ. Gern ließ er sich treiben von der Stimmung, von der Mystik des Augenblicks und der romantischen Situation, die nichts von ihm abforderte als nackte Aufmerksamkeit, schlichtes Da-Sein und Interesse an dem, was weiter geschieht. Wahrnehmung und Fantasie vermischten sich zunehmend und für den Grafen stellte die Summe der Rebstöcke plötzlich eine riesig große Leinwand dar, die ihn in eine andere Welt transportierte und wundersam verzauberte. Diese Reise ließ ihn auf einem Fass in einem kunstvoll mit Bachus-Motiven bemalten und aufwändig ornamentierten Kellergewölbe eines Winzers in der Toskana landen, welches Weinfässer unterschiedlicher Größe und Farbe beherbergte. Seine Augen strahlten, als sich ihm eine attraktive Italienerin mit einer Karaffe näherte, um ihm nachzuschenken, wobei sie sich aufreizend und wie in Zeitlupe nach vorn beugte. Sie hatte Ähnlichkeit mit Patricia und jäh wurde der Graf aus diesem schönen Tagtraum gerissen. „Jetzt weiß ich auch, was mich aus meinem Schlaf gerissen hat", sprach der Graf mit sich selbst. „Patricia! Sie muss doch denken, dass ich sie nach wie vor im Verdacht habe! Das arme Mädchen! Was muss sie durchmachen! Wie spät haben wir`s überhaupt? Erst 4 Uhr! Dann werde ich noch eine Mütze voll Schlaf nehmen und gleich nach dem Frühstück Pat aufsuchen".

Mit einem flauen Gefühl im Magen stand der Graf vor der Tür von Patricias Haus und klingelte nach einem Moment des Zögerns. Die Tür öffnete sich und er sah in ihre traurigen Augen. „Guten Morgen, meine Liebe! Ich wollte Dir eigentlich nur sagen, dass – na Du weißt schon, diese Geschichte mit dem Familienschmuck – ich Dich nie in Verdacht hatte. Ich war in dem Augenblick einfach nur enttäuscht von dem Täter, der Zwietracht zwischen uns säen wollte. Leider erst sehr viel später habe ich mir Gedanken über Dich gemacht und darüber, wie Du Dich fühlen musst. Ich bin manchmal wirklich ein alter, unsensibler Hornochse!"

„Weh getan hat es mir schon, wenn ich auch nicht geglaubt habe, dass Du mich ernsthaft in Verdacht hattest. Ich hatte ganz offensichtlich kein Motiv. Aber auch Dir erst mal einen guten Morgen - Vater! Magst Du nicht hereinkommen - auf eine Tasse Tee?"

„Ja, wenn es Dir keine Umstände macht, liebe Patricia".

„Ich hatte sowieso gerade einen aufgesetzt".

„Na, dann". Sie gingen hinein. Während der Graf es sich im Sessel neben dem Kamin gemütlich machte, bog Patricia nach rechts in die Küche ab. Dem Grafen war nach der überraschend gut verlaufenen Begrüßung schon etwas wohler zumute und er atmete mehrfach kräftig und zufrieden durch, während er sich umsah und dabei Gefallen an einem naturalistischem Gemälde fand, das ein Pferd in einer Heidelandschaft zeigte, welches einen Wagen mit Kutscher hinter sich herzog, in dem offenbar ein Liebespaar auf der hinteren Bank saß, das dem anderen frohen Herzens zugeneigt war. Der Herr hielt schützend einen kleinen Sonnenschirm in die Höhe und von dem Gesichtsausdruck der beiden her zu urteilen gab der Graf dem Paar keine zehn Sekunden, bis sie sich unweigerlich küssen mussten. Bei dieser Vorstellung lächelte der Graf – und die Sehnsucht nach Zärtlichkeit, Liebe und Harmonie wurde in ihm wach. Er seufzte und ihm wurde mit einem Wermutstropfen bewusst, dass die Erfüllung der Liebe zu einem Partner in seiner persönlichen Vergangenheit begründet lag und sich aktuell oder in der Zukunft nicht wieder einstellen würde. Anders lag es freilich mit der Liebe zu seinen Töchtern. Töchtern? Hier seufzte der Graf erneut. „Ich wünschte, dieser kleine Vorfall hätte sich nicht ereignet", dachte der Graf. Ich glaube, ich werde Audrey bei der nächst passenden Gelegenheit darüber in Kenntnis setzen, dass ich Patricia nie ernsthaft in Verdacht hatte und dass nur jemand als Täter in Betracht kommt, der aus irgendwelchen Eifersuchtsgründen Zwietracht säen wollte. Dabei werde ich sie scharf ansehen und schauen, wie sie sich verhält. Gegebenenfalls werde ich sie mit meinem Verdacht konfrontieren".

„Oh, wie der Tee verführerisch duftet", sagte er, als Patricia flink mit dem Tablett um die Ecke kam.

„Nicht wahr? Es ist Wildkirsche! Normalerweise duftet der Tee nur in der Tüte. Kaum gießt Du Wasser d`rauf, schon ist der Duft passe. Mit dieser Mischung habe ich erstmals die umgekehrte Erfahrung gemacht, nämlich dass sich der Duft mit der Beigabe von heißem Wasser noch intensiver entfaltet".

„Verrätst Du mir die Quelle?"

„Ich habe ihn in einem kleinen Teeladen in der Bakerstreet entdeckt. Der Laden heißt: Tea for Two and More" und wird betrieben von einem abgebrochenen Geologiestudenten, der die Teesorte anlässlich eines Studienaufenthalts in Indien entdeckt hat. Er hat den Kontakt zu dem Teebauern hergestellt und gesprächsweise haben beide die Möglichkeit herausgearbeitet, dass er in Torquay einen Teeladen aufmacht und natürlich unter anderem Tee von diesem Bauern importiert. Was zunächst aus einer Teelaune heraus beschlossen worden ist, ist dann tatsächlich in die Tat umgesetzt worden. Der Student hat die Räume in der Bakerstreet günstig anmieten können – wegen großer Renovierungsbedürftigkeit. Dann hat er mit einem Freund den kleinen Raum von Grund auf renoviert und mit einem guten Händchen geschmackvoll eingerichtet, ohne dabei viel zu investieren. Und er hat es tatsächlich geschafft, mit wenig Mitteln ein gemütliches Ambiente zu schaffen, in dem sich der Kunde wohl fühlt. Hier und da stehen ein paar Teekisten herum, auf denen man Platz nehmen und in aller Ruhe eine Teeprobe genießen kann. Bei Interesse des Kunden plaudert George gern ein wenig aus dem Teekästchen. Auf alle Fälle lohnt sich ein Besuch".

„Mir schmeckt der Tee außerordentlich gut. Was hältst Du davon, wenn wir diesem George mal gemeinsam unsere Aufwartung machen? Ich muss gestehen, dass Deine Schilderung von dem Teeladen mich sehr neugierig gemacht hat. Mal sehen, was George so alles für uns tun kann – und wir für ihn".

Kapitel 35

Peter Bachler ging die letzten Schritte ganz genüsslich - eingedenk seines fabelhaft eingefädelten Schachzuges – ganz nach der Fasson eines advocato diabolo (Anwalt, der auch der gegnerischen Partei dient). Von weitem schon nahm er erfreut wahr, dass im kleinen Park vor dem Verwaltungssitz von Johnson & Johnson ubiquitäre Heiterkeit vorherrschte. Die Familie feierte einen vermeintlich guten Deal und hatte Freunde und Verwandte aus dem engsten Kreis zu einer kleinen Feier eingeladen, wobei „engster Kreis" in diesen Kreisen nicht mit einer geringen Zahl gleichbedeutend ist. Wer geschäftlich aktiv ist und dabei die menschlichen Komponenten nicht ausspart, beschreibt auch gesellschaftlich große Kreise, aus denen sich peu a peu auch gewisse Verpflichtungen ergeben dahin, zu bestimmten Ereignissen honoris causa auch gewisse Personen einzuladen, die einem in der einen oder anderen Hinsicht in zurückliegender Zeit von Bedeutung gewesen sind oder im Verdacht stehen, künftig noch einmal eine herausragende Rolle einzunehmen. So wurde auch Peter Bachler – honoris causa - eingeladen, da dieser letztlich den Kontakt zu der Harmsen Privat Brauerei geknüpft hat, die für das überschuldete Familienunternehmen einen stattlichen Kaufpreis zu zahlen bereit war. Eingeladen war ferner der Geschäftsführer der Harmsen Privat Brauerei, Herr Böttcher. En passant nahm sich Bachler von einem ihm vom Butler entgegen gestreckten Tablett ein Glas Champagner, ohne den Butler eines Blickes zu würdigen und heftete sein Augenmerk auf eine elegant gekleidete und zugleich hübsche Schwarzhaarige aus den besten Dreißigern, die scheinbar gelangweilt an einem Bistrotisch stand und nervös an ihrer Zigarette zog, um im nächsten Augenblick schon wieder nach ihrem Champagnerglas zu greifen, während sie - einem Radarschirm gleich - im kreisenden Rundblick ihre Umgebung beäugte, scheinbar aber noch nichts Brauchbares gesichtet hatte. Bachler strahlte siegesgewiss. Er ging frohen Mutes auf sie zu, doch ehe er sie erreicht hatte, wurde er vom alten Johnson abgefangen mit einem älteren, vornehmen Herren im Schlepptau:

„Mein lieber Bachler, herzlich willkommen bei Johnson & Johnson. Darf ich Ihnen Mr. Brett vorstellen, den Direktor unserer Hausbank. Eigentlich hat er es gar nicht verdient, von mir zu diesem Fest eingeladen zu werden, denn er hat uns doch schließlich durch seine restriktiv-konservative Geschäftspolitik die Suppe eingebrockt, nicht wahr mein Lieber Brett?", stellte er die beiden einander vor, wobei er sich wegen seines verwegenen Tons vor Lachen fast ausschütten wollte.

„Der Großvater meines Onkels mütterlicherseits, zufällig gleichzeitig auch der Opa meiner Mutter und seines Zeichens Bankdirektor von der Bank of Merry Old England, pflegte stets in ähnlichen Situationen zu sagen: Safety first: no risk, no cry".

„Na, wenn das man stimmt, mein lieber Brett. Die Verwandtschaftsangaben lasse ich sofort überprüfen. Und so viel ich weiß, ist die Bank von England so manches Risiko eingegangen. Ich erinnere mich da zum Beispiel an den Fall …"

„Ja, schon gut, mein lieber Johnson. Aber in Ihrem Fall waren mir einfach die Hände gebunden. Wir verstehen uns. Um so überraschender …" und dabei wandte er sich Bachler zu, „ist, dass es Ihnen, junger Mann, gelungen ist, einen Käufer aufzutreiben, der bereit war, eine so stattliche Summe für Johnsons alte Brauerei auf den Tisch zu legen. Wie haben Sie das nur geschafft, Herr – ähm, entschuldigen Sie: Wie war noch gleich der Name?"

„Bachler, Peter Bachler mein Name, Mr. Bad"

„Brett, wenn Sie erlauben!"

„Oh, entschuldigen Sie vielmals, Mr. Brett natürlich. Die Antwort dieses Rätsels liegt ganz und allein in meinem Verhandlungsgeschick". Dieses sagte er in ernstem Ton und sah Mr. Brett dabei in die Augen. Kurze Zeit später lächelte Bachler und erklärte: „Nein, ganz im Ernst: Die Harmsens streben seit Jahren den Einstieg in den englischen Markt an, was ihnen bisher nicht gelungen war. Und um dieses erhabenen Zieles willen waren sie durchaus bereit, ein bisschen tiefer in die Portokasse zu greifen".

„Aha, also aus der Portokasse! Macht man denn in Deutschland mit Bier dergestalt gute Geschäfte, dass man Ausgaben von ein paar Millionen kurzerhand der Portokasse entnimmt", wollte der Banker weiter wissen.

„Gewiss! Das Bier ist des Deutschen liebstes Kind, gleich nach dem Auto, und nicht nur wegen des Reinheitsgebotes. Die Harmsens verstehen ihr Geschäft und sind ebenso wie Ihre Brauerei ein altes Familienunternehmen. Werden wir heute das Vergnügen auch mit Herrn Harmsen senior haben?"

„Nein, leider nicht", erklärte der alte Johnson mit einem kleinen Anflug von Betrübtheit. „Er hat stellvertretend seinen Geschäftsführer entsandt. Wie war noch gleich sein Name? Ach ja: Bottcher, oder so ähnlich".

Als der alte Johnson dieses sagte, verlor Bachler für Sekundenbruchteile die Kontrolle über seine Ohren, die zweimal kurz nacheinander vor und zurückschnellten. Freilich fiel das nicht großartig auf, da Bachler seine Ohren ob der soeben erwähnten Eigenart bedeckt hielt. Die Frage, die Bachler zur Zeit am heftigsten bewegte, war dann auch die Frage, wie lange seine Haare noch seinen Ohren ausreichenden Schutz bieten konnten. Er war immerhin schon in den Vierzigern und auch schon leicht ergraut.

„Ah, da ist ja meine verehrte …" zog der alte Johnson beherzten Schrittes auf und davon und einer älteren, nicht unattraktiven Dame ohne Begleitung entgegen.

Bachler orientierte sich neu. Seine Augen suchten die nähere Umgegend nach Herrn Böttcher ab – und fanden ihn schließlich, im Gespräch mit der soeben erwähnten Schwarzhaarigen aus den besten Dreißigern. „Da können wir ja zwei Fliegen mit einer Klappe fangen", dachte Bachler und stand im nächsten Schritt auch schon neben ihnen. „Herr Böttcher, seien Sie herzlich gegrüßt!"

„Nein so etwas! Herr Bachler, was machen Sie denn hier? Darf ich Ihnen Miss Morgan vorstellen, die Chefsekretärin von Johnson & Johnson?"

„Ah, Miss Morgan, sehr angenehm! Mit Sir – ach ja, Henry Morgan verwandt oder verschwägert?"

„Mit dem alten Freibeuter? Dazu verweigere ich meine Aussage", erklärte sie mit einem süffisanten Lächeln.

„Ich bin zwar kein Jurist: Aber können sich nicht ausschließlich Eheleute und Verwandte in gerader Linie auf ihr Aussageverweigerungsrecht berufen?", fragte Bachler in einem gewinnenden Lächeln, während er sich erneut vom Tablett des vorbeiwandelnden Butlers ein Glas Champagner stibitzte und genüsslich einen großen Schluck nahm, ohne aber den Blick von Miss Morgan abzuwenden.

„Ich bin auch kein Jurist, mein Herr! Wie war noch gleich der Name?"

„Entschuldigen Sie, dass ich Sie einander nicht vorgestellt habe! Dies, Miss Morgan, ist Herr Peter Bachler. Er ist Unternehmensmakler und ohne sein Engagement würden unter anderem wir drei Hübschen" - bei dieser seiner eigenen Formulierung lachte er vergnügt auf - „ heute Abend hier nicht stehen und uns nicht des Lebens und seiner vielfältigen hübschen Facetten erfreuen".

„Aha! Sie sind das also! Ich habe mich schon gefragt, was das wohl für ein Mann ist, der es geschafft hat, für beide Seiten, will ich doch wohl meinen, einen so guten Deal auszuhandeln".

„Zuviel der Ehre, Miss Morgan. Das war im Grunde gar nicht so schwer. Wissen Sie. Die ganze Geschichte begann …"

Bachler bemerkte nicht, wie sich Herr Böttcher heimlich von den beiden entfernte, weil offenbar andere Personen sein Interesse erregt hatten. Auf dem Wege dorthin wurde er jedoch vom alten Johnson gestellt.

„Guten Abend, Herr Böttcher. Es ist mir eine besondere Ehre, Sie heute Abend in diesem erlauchten Kreise begrüßen zu dürfen. Wo steckt der alte Harmsen? Hat ihn der Keuchhusten dahingerafft oder eine aparte Blonde, ha - ha …". Hier wollte er sich wieder ausschütten vor Lachen.

„Nein, weder noch. Er lässt sich ganz herzlich entschuldigen. Aber seine Schwiegermutter hat Hochzeit, und da durfte er natürlich nicht fehlen".

„Ha, ha, das ist gut. Das ist Morgen noch gut! Der alte Harmsen ist selber schon alt wie Methusalem. Und nun höre ich, dass seine Schwiegermutter erneut heiratet. Ha, ha. Die muss ja nach Adam Riese noch methusalemer sein als der alte Harmsen selbst. Ha, ha. Und die heiratet! Ha, ha. Na, warten Sie mal. Die muss denn ja mindestens 85 Jahre alt sein". Bei dieser Zahl verdrehte der alte Johnson - leicht ins Grübeln verfallend - die Augen.

„ Volltreffer, versenkt, Mr. Johnson. Exakte und stolze 85 Lenze zählt seine Schwiegermutter und unter uns Pastorentöchtern möchte ich Ihnen folgendes anvertrauen:" Die letzten Worte flüsterte Böttcher ihm zu, wobei sich die Köpfe wie durch eine innere Übereinkunft näherten. „Ich möchte nicht in der Haut des alten Harmsen stecken".

„Wieso nicht?", flüsterte Johnson, immer noch tete-a-tete mit Böttcher.

„Na, ja. Immerhin ist ihr Verflossener nicht in die ewigen Jagdgründe dahin getrabt, sondern sie hat sich erst vor kurzem von ihm scheiden lassen. Und jetzt kommt`s!"

„Die Spannung ist kaum noch auszuhalten", vertraute Johnson seinem Gegenüber flüsternd an, immer noch Kopf an Kopf.

„Ihr neuer Ehemann ist ein junger Künstler, Maler, wenn ich mich recht erinnere, und erst – na, raten Sie mal, wie alt er ist!"

„Ja, was soll ich da mal sagen? Da Sie das so sensationell darstellen, wird er wahrscheinlich erheblich jünger sein. Na, dann sagen wir mal: 65!"

„Falsch geraten, Mr. Johnson!", erwiderte Böttcher, immer noch flüsternd und Kopf an Kopf mit dem alten Johnson. „ Er zählt erst 23 Sommer! Jetzt kommen Sie!"

Die Köpfe stoben auseinander. Johnson war sichtlich beeindruckt. „Was Sie nicht sagen, Böttcher. Nach einiger Zeit der Überlegung merkte er weiter an: „Gibt es irgendwelche Insiderinformationen über die Hintergründe dieser, ähm – Vermählung?"

„Durchaus, Mr. Johnson", erwiderte Böttcher, wobei er wieder die -Tete-a-Tete-Position einnahm. „Man sagt: Es sei Liebe auf den ersten Blick! Sie haben sich im Kino kennen gelernt. Es wurde Harry Potter gespielt. Beide waren jeweils allein da und saßen zufällig nebeneinander. Zunächst sollen sie nur Blicke ausgetauscht haben. Irgendwann soll der Jüngling der Lady Popcorn angeboten haben. Ihre Blicke trafen sich erneut, wobei sie wie zufällig - die Hand des Jünglings berührt haben soll. Dabei sagte Sie: „Mein Herr, wissen Sie was?" Hier machte sie eine kleine bedeutungsvolle Pause, während sie ihn liebevoll ansah. „Ich nehme Ihr Angebot an". Während er ihr die Tüte überreichte, berührten sich ihre Hände erneut wie zufällig und ganz zart. Und noch vor dem Schlussakt des Filmes sollen sie sich noch im Kino auf den dortigen Sesseln geküsst haben, stellen Sie sich das bloß einmal vor, Mr. Johnson!"

Die Köpfe der beiden stoben wieder auseinander, während der alte Johnson – vermöge der letzten Meldung - recht erschüttert schien. Diese Information schien ganz offensichtlich nicht im Einklang zu stehen mit den Gepflogenheiten, die Johnson in seinem bisherigen Leben im Bereich der zwischenmenschlichen Beziehungen unter den dargestellten Bedingungen als möglich erachtet hatte.

„Das sind ja abenteuerliche Geschichten, die Sie mir da erzählen, Herr Böttcher", erklärte Johnson, während er einen Schluck aus seinem Champagnerglas nahm, ein paar Schritte machte und dabei nachdenklich auf den Boden schaute. Irgendwann machte er auf dem Absatz kehrt und fragte seinen Gegenüber - der Sonnenschein auf seinen Gesichtszügen war zurückgekehrt: „Erzählen Sie von Ihrer Firma. Wie ist der alte Harmsen auf die Idee gekommen, sich auf dem englischen Markt einzukaufen. Wenn es dem Esel zu gut geht, begibt er sich aufs Eis, nicht wahr, ha, ha?"

„Ach, wissen Sie, Mr. Johnson, unsere Brauerei hat auch schon einmal bessere Tage erlebt. Vielleicht gibt es da Parallelen zu Ihrer Brauerei. Wir standen sogar schon kurz vor der Pleite. Die Pleite wäre wahrscheinlich perfekt geworden, wenn uns nicht eine englische Brauerei aufgekauft hätte. Damit hat sie uns gerettet", schilderte Böttcher die Ereignisse der letzten Monate mit einem deutlichen Seufzer am Ende.

Johnson stutzte und wurde neugierig. „Verraten Sie mir den Namen der Brauerei, Herr Böttcher", fragte Johnson, wobei er seine Aufregung nicht verbergen konnte.

„Das ist bei uns kein Geheimnis, Mr. Johnson. Wir sind jetzt eine hundertprozentige Tochter von Tailor & Tailor. Johnson & Johnson dürfte damit sozusagen die Enkeltochter von Tailor & Tailor ..."

Böttcher konnte seinen Satz nicht mehr beenden. Der alte Johnson sackte vor den Augen von Böttcher wie vom Blitz getroffen in sich zusammen. Böttcher wurde kreidebleich. „Mein Gott", sagte er verzweifelt, bückte sich herunter zum alten Johnson und rief: „Schnell, einen Arzt!".

Die Gespräche und die allgemeine Heiterkeit erstarben. Erst langsam und dann immer schneller liefen die Gäste und Angehörigen zu dem Ort, von dem aus das Unglück vermeldet worden war. Eine ältere Frau – die Ehefrau vom alten Johnson – beugte sich gefasst herunter zu ihm, nahm sein Handgelenk, um seinen Puls zu prüfen. Beruhigt legte sie seinen Arm beiseite und küsste ihn zärtlich auf den Mund. Dann wandte sie sich Böttcher zu und fragte in der gebotenen Ernsthaftigkeit: „Ist irgendetwas Besonderes vorgefallen?"

„Eigentlich nicht, My Lady", stammelte Böttcher, dem der Schrecken über das Geschehnis noch auf seinem hübschen Gesicht geschrieben stand. „Wir hatten uns unterhalten und plötzlich fiel Mr. Johnson in Ohnmacht". Während er dies vermeldete, schaute er wie gebannt auf den Alten.

„Merkwürdig", flüsterte die Lady leise. Sein Kreislauf ist sonst stabil. Einen solchen Schwächeanfall erlebe ich bei meinem Mann zum ersten Mal". Dabei wischte sie mit einem feuchten Lappen, den sie aus einer Schale von einem Tablett fischte, welches ein Butler ihr entgegenstreckte, zärtlich über sein Gesicht, beugte sich nochmals herunter und küsste ihn erneut zärtlich auf den Mund. „Darf ich fragen, worüber Sie sich unterhalten haben, mein Herr?"

„Aber ja, My Lady. Wir sprachen über Harmsen und die Brauerei. Ach ja, und über Tailor & Tailor.“

„Ach! Über Tailor & Tailor?“, fragte Mrs. Johnson interessiert.

„Ja, über Tailor & Tailor“.

„Und was war dabei genau das Thema?“

„Ich erklärte ihm, dass die Brauerei Harmsen eine Tochter von Tailor & Tailor ist und Johnson & Johnson damit sozusagen eine Enkeltochter von Tailor & Tailor“.

„Ach, du liebe Güte! Das ist ja eine Katastrophe! Ja, wissen Sie denn nicht, wer Tailor & Tailor ist?“, fragte die Lady fast entrüstet den armen Böttcher.

„Aber, nein, My Lady, beziehungsweise: doch, My Lady. Eine englische Brauerei“.

„Wissen Sie auch, wo diese Brauerei angesiedelt ist, mein Herr?“

„Offen gestanden, nein, My Lady“, erklärte Böttcher leicht eingeschüchtert und irritiert.

„Keine 800 Fuß von hier entfernt“, erklärte die Lady in einem etwas erregten, ärgerlichen Ton. Und nach einer kurzen Pause ergänzte sie: „Seit Generationen stehen wir mit dieser Firma auf Kriegsfuss – dergestalt, dass einer die Straßenseite wechselt, wenn er dem anderen auf derselben Seite begegnet. Eine Katastrophe! Eine verheerende Katastrophe!“ Nach einer Weile der Besinnung resümierte sie resigniert und schaute dabei auf ihren Mann: „Mein Bär – wir haben verloren. Man hat uns betrogen“.

Kapitel 36

Die Johnsons saßen gemütlich bei Nachmittagstee und Plätzchen auf der Terrasse. Der Alte war wieder bei Bewusstsein und zu Kräften gekommen. Er genoss sichtlich, wieder frei atmen zu können, den Singvögeln zu lauschen, die vielfältigen Düfte wahrzunehmen und herauszufinden, welche Blume wohl der Spender dieses oder jenen besonderen Duftes sei. Freilich genoss er es auch, mit seiner geliebten Frau Rose hier auf seiner Lieblingsterrasse zu sitzen, ihr in die Augen zu sehen, angeregt zu plaudern oder zu schweigen, um ihr so auf andere, subtilere Weise näher zu kommen. Rose saß jetzt unruhig auf ihrem Gartensessel. Sie hielt den Moment für gekommen, ihrem geliebten Mann die traurige Botschaft zu übermitteln. Er konnte sich ja ganz offensichtlich nicht an das Ende des Gesprächs mit Böttcher und die erschütternde Nachricht erinnern. Als für Augenblicke wieder Schweigen eingekehrt war, räusperte sie sich, wartete, bis ihr Mann sie ansah und hub an: „ Kannst Du Dich noch an unser Fest erinnern? Es war ein schönes Fest! Alle sind sie gekommen. Die Shields, Brookes, Butchers, Cunninghams und all die anderen. Auch Herr Böttcher ist extra aus Deutschland angereist, um an unserem Fest teilzuhaben...“

„Ja, meine Liebe. Ich erinnere mich schwach. Ich habe aber leider keine Erinnerung mehr daran, wie das Fest geendet hat. Habe ich denn soviel getrunken? Nicht dass dies besonders ungewöhnlich wäre – verzeih` bitte: Aber normalerweise kann ich doch `nen Stiefel vertragen, nicht wahr?"

„Das ist wohl wahr, Bärchen. Du hast an diesem Abend aber gar nicht soviel getrunken. Konntest Du auch nicht. Denn … der Abend war noch ziemlich jung, als Du plötzlich …"

„Als ich plötzlich was?", fragte der Alte neugierig erstaunt.

„Als Du plötzlich – na ja – in Ohnmacht fielst".

„Was? Ich soll in Ohnmacht gefallen sein?", fragte der Bär ungläubig und mit weit aufgerissenen Augen. „Weshalb sollte ich denn wohl in Ohnmacht gefallen sein. Es gibt kaum etwas, das mich erschüttern könnte".

„Ja, eben – kaum etwas", entgegnete seine Frau, die spürte, dass sie auf dem richtigen Weg war, ihren Mann langsam und mit Bedacht an die unglaubliche Wahrheit heranzuführen. Dabei sah sie ihn gespannt-emphatisch an wie eine Kripobeamtin, die den Witwer aufsucht, um diesen schonungsvoll und schrittweise auf seine neue Stellung im Leben vorzubereiten.

Der Alte spürte, dass etwas Schreckliches passiert sein musste. Er lehnte sich langsam zurück in seinen Gartensessel, wobei seine großen Augen an die seiner geliebten Frau geheftet waren. „Spann` mich nicht länger auf die Folter, Liebste! Ich ertrage das nicht. Nicht jetzt! Sag`! Was ist passiert!"

„Du musst jetzt ganz stark sein. Und bedenke, dass, was auch immer passiert, wir uns haben, Du immer auf mich bauen kannst. Wir haben eine ganze Menge erreicht im Leben, wir haben zwei herrliche und gesunde Kinder. Wir haben eine große Brauerei geführt durch gute und leider auch schlechte Zeiten. Wir hatten uns am Ende entschlossen, die Brauerei in gute Hände abzugeben. Die Wahl des Käufers schien perfekt. Ein segensreicher Ruhestand sollte uns erwarten. Für unsere Kinder, die ja leider – oder auch Gott sei Dank!- nicht in Deine Fußstapfen getreten sind, ist ebenfalls gesorgt. Was wir nicht wussten, war: Ausgerechnet die Brauerei aus Deutschland, die so weit weg von unseren britischen Geschicken schien, war mit diesen enger verstrickt als uns lieb sein konnte. Sie ist eine …" hier zögerte Rose etwas und biss sich dabei auf die Lippen, „ eine lupenreine Tochter von – Tailor & Tailor".

Der alte Johnson starrte seine Frau ungläubig an, während er nach vorne schnellte, „was?" fragte, um sich im nächsten Augenblick, auf sein Herz fassend, wieder in den Sessel zurückfallen zu lassen.

„Mein, Gott, Liebster …" sagte Rose, während sie sich so rasch es ihr Alter erlaubte aus ihrem Sessel erhob, einen Schritt auf ihren Mann zuging und ihn zärtlich umarmte. Sie tastete sich dabei langsam mit ihrer rechten Hand zu seinem Herzen hin. Etwas beruhigt hob sie etwas den Kopf, so dass sie sich direkt ansehen konnten. „Es tut mir ja so leid, Liebster". Dabei streichelte sie zärtlich seine Wange. „ Böttcher schien überhaupt keine Ahnung zu haben. Er fiel selbst aus allen Wolken, als ich ihm die Geschichte unserer zwei Familien geschildert hatte. Ich glaube ihm.

Der alte Johnson starrte jetzt ausdruckslos an seiner Frau vorbei in den Garten, ohne jedoch irgendetwas Bestimmtes zu erkennen. Er spürte deutlich die Wirkungen einer bitteren Niederlage. Seine Augen waren nach innen und auf die Vergangenheit gerichtet. Er betrachtete sich jetzt selbst von außen, als ihm damals vom Innungsmeister Mc Gregor der Meisterbrief überreicht worden war – vor über 500 Menschen. Wie stolz er doch über diesen Abschluss war – damals. Er sollte ihm das Tor zur Übernahme des Familienbetriebes eröffnen und damit einen neuen Lebensabschnitt, einen verantwortlicheren als bisher, einleiten. Er konnte damit endlich seine geliebte Rose, mit der er als kleiner Junge schon Räuber und Gendarm gespielt hatte, heiraten und eine Familie gründen. Er hatte diese Bedingung, also zunächst den Meister zu machen, selbst geknüpft und sich damit unter Druck gesetzt, um einen Ansporn zu haben, die Prüfung zu bestehen. Die Hürde schien groß, zumal seine Begabungen nicht mit den Naturwissenschaften verwoben waren. Durch Fleiß und Willenskraft hat er jedoch schließlich die große Hürde genommen. Und nicht er allein war stolz auf sich. Seinen Eltern plumpste ein Zentner schwerer Gesteinsbrocken vom Herzen. Sie hatten in den Vierzigern noch einmal Nachwuchs bekommen, ihn nämlich. Sie wussten um seine Schwäche und waren ebenso stolz auf ihn wie froh, die Brauerei nun endlich in seine geschätzten Hände zu übergeben. Denn wenn er auch Schwächen in dem genannten Bereich aufwies: In der Praxis wirkten sich diese nicht aus und sie wussten, dass er anpacken konnte, dass er seine persönlichen Pläne mit der Brauerei hatte und über das Rüstzeug verfügte, diese Ziele zu verwirklichen. Er dachte an seine intelligente und erfolgreiche Werbekampagne, die dazu führte, dass Tailor und Tailor lange Zeit am Rande der Insolvenz entlang schlitterten. Tailor war ihm daraufhin einmal in einer Kneipe an den Kragen gegangen. Freilich war Tailor zu diesem Zeitpunkt erheblich angetrunken. Die Presse war dummerweise – für Tailor - auch an Bord, sodass dieser peinliche Zwischenfall für Tailor noch weitere unangenehme Folgen hatte. Jetzt sah er vor seinem geistigen Auge Peter Bachler und sein Gesicht verfinsterte sich spontan. „Ich hab`s", rief er mit Zornesröte aus und sprang aus seinem Gartensessel auf. Bachler ist das Mistschwein! Kein anderer als er kommt als Täter in Frage. Er allein hat natürlich mit allen Beteiligten verhandelt. Keinem anderen als ihm traue ich es zu, den Kontrakt mit Tailor uns gegenüber dadurch zu verschleiern, dass rein äußerlich betrachtet eine deutsche Firma als Käuferin in Erscheinung tritt. Oh wie durchtrieben dieser Teufel ist! Hat natürlich von beiden Seiten eine ansehnliche Provision bekommen. Von Tailor wahrscheinlich eine noch größere als von uns. Und Tailor, dieser falsche Hund, sitzt jetzt gemütlich im Sessel, trinkt sein ekeliges Bier, reibt sich die Hände und lacht sich eins ins Fäustchen. Ist wahrscheinlich auch noch stolz darauf, den guten alten Johnson aufs Kreuz gelegt zu haben. Mistkerl, verdammter! Na, wartet, euch werde ich schon kriegen!" Er setzte sich wieder, stopfte seine Pfeife, zündete sich diese an und nahm voller Verlangen den ersten Zug, während er in den Himmel sah und nachdachte.

Bachler saß gerade gemütlich im Old Trafford`s Inn, einer alten Hafenkneipe in Torquay. Draußen regnete es Hunde und Katzen, wie der Engländer sagt. Bachler las Zeitung und schlürfte genüsslich an einem Kaffee, während er ab und zu an seiner Zeitung vorbei sah, um Kate, die attraktive blonde Bedienung, zu mustern. Als sich seine gierigen Augen mal wieder in ihren wohlgeformten Schenkeln verheddert hatten, klingelte sein Handy. Widerwillig zog er sein Handy aus seinem Sakko, sah auf die Nummer, wobei sich seine Gesichtszüge aufhellten. „Ah, Mr. Johnson, ich grüße sie herzlich. Wie geht es Ihnen? Haben Sie sich von Ihrem kleinen Schwächeanfall erholt?"

„Ich grüße Sie ebenso herrrrzlich, Herr Bachler. Vielen Dank für Ihre Nachfrage. Es hat sich in der Tat als ein kleiner Schwächeanfall entpuppt. Aber deswegen hatte ich mich ja auch entschlossen, mich aus dem aktiven Berufsleben zurückzuziehen, nicht wahr?"

„Ja, das war durchaus eine vernünftige Entscheidung von Ihnen, Mr. Johnson. Aber was verschafft mir die Ehre Ihres Anrufes, Mr. Johnson?"

„Meine Frau und ich sind wirklich sehr glücklich darüber, dass alles so gut gelaufen ist. Wir würden uns glücklich schätzen, würden Sie uns Gelegenheit geben, uns noch einmal bei Ihnen persönlich zu bedanken für alles, was Sie für uns getan haben. Es wartet – unter uns gesagt – auch eine kleine Überraschung auf Sie, Herr Bachler". Letzteres bemerkte er in einem jovialen Unterton, der in Bachler die Vorstellung auslöste, im Anschluss an den persönlichen Empfang bei den Johnsons würde der Alte mit ihm noch einen Zug durch die Gemeinde machen, insbesondere die hiesigen Nacht-Nackt-Bars. Vielleicht würde der Alte ihn ja mit einer ganz scharfen Nummer bekannt machen. Er hielt den Alten für sehr fantasievoll und ging davon aus, dass dieser ihn nebst seinen Neigungen für das extravagant Besondere schon richtig einschätzen konnte. „Oh, da bin ich aber gespannt wie ein Flitzebogen, Mr. Johnson. Überraschungen liebe ich nämlich sehr"

„Diese seltene Liebe haben wir gemeinsam, Herr Bachler, ha, ha, ha".

„Wann darf ich Sie denn belästigen, Mr. Johnson?"

„Wo denken Sie hin? Sie belästigen uns doch nicht! Die Freude ist doch ganz auf unserer Seite, müssen Sie wissen, Herr Bachler. Wir dachten an heute Abend, sagen wir - so gegen 8 Uhr?"

„Prima. Das geht. Dann also bis um acht, Mr. Johnson", erwiderte Bachler in seiner Vorfreude lüstern schmunzelnd, während er Kates knackigen Po musterte, der sich deutlich durch ihren Mini-Rock abzeichnete.

Bachler wurde nicht schon auf dem Hof abgefangen, wie er erwartet hatte. Er dachte sich jedoch nichts dabei. Mit leeren Händen schritt er über den Kiesweg zum Haupteingang und läutete. Ein Butler öffnete ihm und sah ihn ausdruckslos an. „Mr. Bachler, nehme ich an?"

„So ist es!"

„Sie werden bereits erwartet". Der Butler ließ ihn herein, schloss hinter ihm die Tür und ging vor, Bachler hinterdrein. Vor einer großen, Leder ummantelten Eichentür blieb er stehen, horchte hinein, klopfte und öffnete die

Tür. „Herr Bachler ist eingetroffen, Mr. Johnson", erklärte der Butler betont schwingungslos.

„Er möge eintreten!", erklärte Johnson kurz. Bachler trat ein und war doch recht überrascht, außer Mr. Johnson noch 2 junge Herren in seiner Begleitung zu sehen – stämmige Herren mit der Statur von Rambo. Dafür fehlte Mrs. Johnson. „Meine Frau lässt sich entschuldigen, Herr Bachler, sie fühlt sich nicht wohl und hat sich bereits in ihre Gemächer zurückgezogen, Ihre geschätzte Erlaubnis unterstellt. Setzen Sie sich doch. Machen Sie es sich ganz gemütlich. Schließlich wollen Sie doch noch ein bisschen bleiben, nicht wahr, Herr Bachler?"

Bachler war sichtlich verwirrt. Er musterte die Rambos und fragte: „Ihre Söhne, Mr. Johnson?"

„Meine Kinder hätten diesem Treffen gerne beigewohnt. Sie haben aber leider andere wichtige Termine", erklärte der Alte und genoss es, Bachler, der ob der Rambos ins Grübeln kam und zunehmend verunsichert wirkte, weiter schmoren zu lassen. Nach einer kurzen Pause, während der sich die beiden Hauptdarsteller mit funkelnden Augen musterten, freilich aus unterschiedlichen Gefühlslagen heraus, fragte er seinen Besucher: „ Ach, wie unhöflich von mir, Ihnen noch nichts angeboten zu haben. Sie werden sicher Durst haben, nicht wahr? Was möchten Sie trinken? Vielleicht ein schönes, kaltes Bier?"

„Au ja! Das wäre jetzt genau das Richtige für meines Vaters Sohn".

„Ein Bier aus unserer Brauerei – oder vielleicht lieber von einer anderen, sagen wir mal: Von Tailor & Tailor? Genau! Wie wäre es mit einem schön-widerlichen Bier von Tailor & Tailor, Herr Bachler?", fragte der Alte jetzt in einem unfreundlichen Ton, während sich seine Gesichtszüge merklich verfinsterten.

Bachler war sichtlich beeindruckt, was äußerlich daran zu erkennen war, dass sein rechtes Augenlid und sein linker Mundwinkel kurz aufflackerten. Die Kontrahenten musterten sich eine Weile schweigend. Dann fasste sich Bachler und brach das Schweigen: „Ich verstehe nicht ganz, was Sie mit dieser Frage bezwecken, Mr. Johnson. Natürlich trinke ich lieber ein Bier aus Ihrer Brauerei, wobei ich gestehen muss, dass ich bisher weder Bier aus Ihrer Brauerei noch aus der anderen getrunken habe. Was sagten Sie, wie diese Brauerei heißt?, fragte Bachler scheinheilig.

„Die andere Brauerei heißt Tailor & Tailor, Herr Bachler. Uns ist zu Ohren gekommen, dass Ihnen diese Brauerei bestens bekannt ist. Schluss jetzt mit dem Theater! Stehlen Sie uns damit nicht unsere kostbare Zeit, indem Sie uns für dumm verkaufen!"

Bachler schluckte und kniff die Augen ein wenig zusammen. Er hatte begriffen.

„Sie haben", fuhr Johnson fort, „sowohl von uns als auch von der Gegenseite eine erkleckliche Provision bekommen. Nun wissen wir, dass Sie ein sehr moralischer Mensch mit großen Werten sind", erklärte Johnson, um dessen Lippen bei diesen Worten ein kleines zynisches Lächeln spielte. Als solcher sind Sie ohne jeden Zweifel mit uns der Meinung, dass man für schmutzige

Geschäfte nicht auch noch belohnt werden sollte, nicht wahr, Herr Bachler?"
Auf einen Wimpernschlag des Alten hin näherten sich die beiden Rambos, die
die ganze Zeit über schweigend-gelangweilt an die Fensterbank gelehnt gestanden hatten, dem Sessel von Bachler – ruhigen, aber kräftigen Schrittes.

Bachler sah die beiden aus seinen Augenwinkeln heraus jetzt schräg hinter ihm stehen. Lange überlegte er, während er von den anderen – mit Ge-
nugtuung – gemustert wurde. Er war in der Falle und hatte keine Chance. Das
hatte er in dieser Zeitspanne deutlich realisiert. „Na schön, Mr. Johnson. Was
verlangen Sie?"

Der Alte lächelte, ging im Zimmer einmal hin und her und wandte sich
dann wieder dem Doppelagenten zu: „Nun denn, ich habe es ja im Grunde
genommen eben ja schon gesagt. Sie haben zumindest meine von mir schon
erhaltene Provision nicht verdient. Und die hätte ich ganz gerne zurück – mit
Verlaub: Verständlich, nicht wahr, Herr Bachler?"

Jetzt stand Bachler auf, ging nachdenklich im Zimmer auf und ab, währenddessen er das Schiffsbodenparkett feindlich musterte. Endlich blieb er
stehen, sah auf und erklärte: „Okay. Sie haben vielleicht Recht. Ich werde es
gleich Morgen anweisen".

Der Alte lächelte smart und erklärte dann: „Wir hätten es ganz gerne,
wenn Sie so freundlich wären, die Anweisung telefonisch von hier aus Ihrer
Sekretärin zu erteilen. Bis das Geld auf meinem Konto angelangt ist, dürfen
Sie sich hier wie zuhause fühlen. Dabei werden meine beiden Kollegen hier
Ihnen jeden Wunsch von Ihren charmanten und überaus liebreizenden Lippen
ablesen. Da vorn steht das Telefon". Mit diesen Worten wandte er sich ab und
verließ den Raum.

Bachler saß am Fenster und starrte in den Garten. Er beneidete die Vögel, die frei waren, hinzufliegen, wonach ihnen der Sinn stand. Durch welche
besondere Leistung hatten sie sich diese Freiheit verdient, fragte er sich. Er
hingegen war gefangen in einer alten Brauersvilla und hatte dieses Gefangen-
Sein – das war seine persönliche Überzeugung – ganz und gar nicht verdient.
Dazu hatte er auch noch durch den angewiesenen Geldtransfer ein kleines
Vermögen verloren, das er sich durch Verhandlungsgeschick und Raffinesse –
seiner Überzeugung gemäß - redlich verdient hatte. Er fühlte sich ungerecht
behandelt und missverstanden. Er war fest entschlossen, den alten Johnson
ob seiner Erpressung anzuzeigen, um sich auf diesem Wege sein Vermögen
zurück zu holen. Die Provision stand ihm zu. Dass Tailor & Tailor als Käufer
nicht in Betracht kämen, war schließlich nicht Geschäftsgrundlage ihres Kon-
traktes. Er hatte den Verkauf vermittelt und durch Verhandlungsgeschick
auch noch auf der Käuferseite eine Provision herausgeschlagen. Na und?
Wieso sollte in diesen Umständen Unrecht begründet liegen?

Bachler war dergestalt in seiner von bizarren Rechts- und Moralvorstel-
lungen geprägten Gedankenwelt versunken, dass er gar nicht mitbekam, wie

plötzlich die schwere Eichentür quietschend aufgedrückt und wieder geschlossen wurde und sich schwere Schritte auf dem Schiffsbodenparkett langsam näherten.

Johnson registrierte, dass Bachler seinen Gedanken nachhing. Ihm bot sich zunächst ein Bild melancholischen Sinnierens, welches auf eine reuige Gedankenwelt und eine reaktive Depression schließen ließen - denknotwendige Folge der gedanklichen Begegnung mit dem Unrecht, welches er durch eine außergewöhnliche moralische Gedankenarbeit mit seiner Person zur Deckung gebracht hatte. Doch das war Johnson einerlei. Ihm kam es nicht darauf an, dass Bachler das Unrecht seiner Tat einsah. Das hätte niemals ausreichen können, um ihm den Pfeil aus dem Herzen heraus zu reißen, den Bachler, getränkt mit Tailor-Pfeilgift, ihm dort hineingeschossen hatte. „Na, Bachler, eine unangenehme Situation, nicht wahr. Ich kann Ihnen aber versichern, dass ich mich wegen Tailor & Tailor in einer – gelinge gesagt – viel beschisseneren Lage befinde. Das Geld haben Sie brav angewiesen. Was blieb Ihnen auch anderes übrig. Ich habe hier übrigens noch ein Schriftstück für Sie, wobei ich Sie hiermit in aller Form bitte, dieses unten gegen zu zeichnen. Bachler nahm apathisch verzögert das Schriftstück und las still für sich:

„...Und durch meine Unterschrift bestätige ich den Erhalt eines Darlehens von Johnson & Johnson in Höhe von 500.000,- englischen Pfund, empfangen am 15. 4. 2002, fällig zur Rückzahlung am 27.7.2006. Der Zinssatz beträgt 7 % per anno...“

Bachler wandte sich langsam zur Seite und schaute Johnson ungläubig-fragend an.

Johnson genoss sichtlich – ein süffisantes Lächeln umspielte seine Lippen - Bachlers Hilflosigkeit. Er kostete die Situation weidlich aus. Dann endlich ließ er sich herab, das Gespräch zu fördern: „Haben Sie irgendwelche Fragen, Herr Bachler?“

Bachler stutzte. „Nun, denn – was für ein Darlehen, Mr. Johnson?“

„Aber Herr Bachler! Ich muss mich aber sehr wundern, dass Sie sich an das Darlehen nicht erinnern können, das ich Ihnen seinerzeit gewährt habe. Es liegt zwar schon eine gewisse Zeit zurück. Aber Sie werden in Ihrem Alter doch wohl noch nicht an Pforzheimer – oder wie die Krankheit heißt, bei der einem nichts mehr einfällt - leiden? Oder vielleicht doch? Wissen Sie was? Ich werde jetzt den Raum verlassen und gebe Ihnen hiermit Gelegenheit, sich an das Darlehen zu erinnern“. Er hatte bereits den Türgriff in der Hand, hielt kurz inne und wandte sich nochmals um: „Ich gebe Ihnen einen kleinen Tipp. Das Stichwort lautet: Doppelagent einerseits und Sicherheitsdenken meinerseits andererseits. Ich bin in 2 Stunden zurück – und ich gehe davon aus, dass diese Zeit ausreicht, Ihrer Erinnerung an das gewährte Darlehen auf die Sprünge zu helfen“. Dann schloss sich hinter ihm die Tür. Bachler wusste, wenn er diesen Darlehensvertrag unterzeichnete, würde es keinen Sinn mehr machen, den Alten anzuzeigen. Durch seine Unterschrift würde er den Erhalt des Darlehens bestätigen und er müsste beweisen, dass er seine Unterschrift nicht freiwillig geleistet hätte. Könnte er das nicht beweisen, würde der Darlehensvertrag den Rechtsgrund für die jetzt erfolgte Rückzahlung des Darlehens darstellen. Bachler schloss resigniert seine Augen und sackte am Schreibtisch in sich zusammen

Kapitel 37

Patricia machte mit ihrer Petroleumlampe – wie jede Nacht – die Runde durch die dunklen Räume und verschloss die Haustür. Heute war für sie ein besonders anstrengender Tag gewesen, sodass sie bereits gegen halb elf mit der Lampe in der Hand ihre Kammertür öffnete, um sich zur Nachtruhe zu begeben. Sie genoss diese letzte Tat des Tages und die Runde mit der Petroleumlampe. Dieses Ritual war mit Erinnerungen an alte Zeiten aus ihrer Kindheit verknüpft. Auch ihr Vater – oder vielmehr: Scheinvater – hatte auf diese Weise den Tag beschlossen. Sie hatte ihn so manches Mal dabei beobachtet. Schon damals war sie seltsam berührt und es war ihr stets etwas unheimlich dabei zumute. Eines Nachts war sie von einem Geräusch aufgewacht und begab sich auf Zehenspitzen zu ihrer Zimmertür, während sie ihr Herz so laut schlagen hörte, dass sie vermeinte, es könne jeder hören und ihr eigenes Herz würde sie somit verraten. Sie öffnete dennoch – angetrieben von ihrer Neugierde – ihre Zimmertür einen kleinen Spalt weit und sah eine dunkle Gestalt durch die finsteren, nur durch den Schein der Petroleumlampe leicht erhellten Räume ihres Elternhauses schleichen und im Schlafgemach ihrer Eltern wieder verschwinden. In dem Augenblick wurde ihr klar, dass es ihr Vater gewesen sein musste, eben wegen der Ruhe und Zielstrebigkeit, mit der sich diese Gestalt bewegte, die offenbar auch nicht auf die Wirkung der Verursachung von eventuellen Geräuschen bedacht war. Gewissheit hatte sie freilich nicht. Die folgende Nacht wurde lang. Ihre Fantasie fuhr Achter- und Geisterbahn zugleich und ließ sie ängstlich unter dem Eindruck von furchtbaren Bildern von einer Seite auf die andere drehen.

Die Morgendämmerung beendete ihr Grauen und schenkte ihr noch einige Stunden Schlaf. Es war ein Sonntag, als sie von ihrer Mutter geweckt wurde. Sie berichtete ihrer Mutter hastig, was sie in der Nacht erlebt hatte. Ihre Mutter strich ihr zärtlich-mitfühlend über die Wangen und erklärte ihr, dass es ihr Vater gewesen sei. Es gab natürlich schon elektrisches Licht. Nur: Ihr Vater setzte auf diese Weise eine Tradition seiner Vorfahren fort aus einer Zeit, als es noch kein elektrisches Licht gab. Dieses Ritual war naturgemäß mit Gedanken und Vorstellungen an alte Zeiten verbunden und diese hatten etwas derart Ergreifendes, dass man nicht im Entferntesten auf die Idee verfiel, dieses Ritual aufzugeben. Die Petroleumlampe wurde seinerzeit ab Einbruch der Dunkelheit angezündet und stand bis zur abschließenden Zeremonie auf dem Kaminsims. Sie erinnerte sich jetzt wieder an das Gespräch mit ihrer Mutter, als sie das Licht löschte und stieg mit dieser Erinnerung in ihr weiches, warmes Bett.

Bald sah sie ein Meer von Glockenblumen und sich mittendrin schwimmen. Grashüpfer krabbelten über ihre Hand und kitzelten sie. Der Duft von frischen Blumen und Gras bahnte sich seinen Weg durch ihre Nase und ließ ihre Sinne entzücken. Und plötzlich ein Geräusch, das dazu gar nicht passte. Ein Geräusch, als wenn sich jemand an der Haustüre zu schaffen machen würde. Unsinn! Eine Haustür mitten auf der Wiese! Als sie sich aus ihrer liegenden Position zwischen Glockenblumen und Gras umwandte, sah sie einen kleinen Igel an einem großen Stück Holz nagen – und je länger sie das Stück Holz betrachtete, umso mehr begriff sie, dass dies die Tür war, an der sich jemand zu schaffen machte: der Igel nämlich. Sie robbte vor, um den Igel aus der Nähe zu betrachten. Der Igel ließ jetzt von der Tür ab und sie schauten sich an. Ein putziges Kerlchen! Er kam vorsichtig näher und stupste sein Näschen an ihre. Plötzlich stieß sie jemand an anderer Stelle ihres Körpers an. Es war nicht der Igel, da dieser seine Position nicht verändert hatte. Jetzt spürte sie deutlich eine Hand auf ihrer Brust. Es war nicht ihre Hand.

„Hey, Cevdet, komm` mal her. Hier liegt `ne geile Alte. Die Arbeit kann warten. Lass` uns das Angenehme mit dem Nützlichen verbinden“.

Die Grashüpfer und der Igel waren plötzlich nicht mehr zu sehen. Sie lag nicht mehr in dem Meer von Glockenblumen. Sie lag ausgestreckt in ihrem Bett, was sie zunehmend spürte und hatte eine erste Ahnung davon, dass die Szene mit dem Igel wohl ein Traum gewesen sein könnte. Die Unsicherheit darüber ließ sie im Moment noch in Passivität verharren.

Cevdet knipste das Licht an und stand angelehnt im Türrahmen. In diesem Augenblick fuhr Patricia hoch. Cevdet prüfte schweigend Patricia und trat dann näher. Am Bettende angekommen hielt er inne, starrte sie an und entriss ihr plötzlich in einem Zug die Bettdecke. So wurde der Blick frei auf ihr reizvolles Negligee und herrlich geformte lange Beine. „Nicht schlecht - Madam!“ Auf Knien näherte er sich theatralisch Patricia und hielt vor ihr an. Der andere kam von der Seite, legte sich neben Patricia und fingerte mit einer Hand unter ihr Nachthemd.

Patricia hatte jetzt begriffen, dass diese Episode nicht mehr Teil der Glockenblumenszenerie war. Sie hatte Angst, große sogar – aber den Mut, diese nicht zu zeigen. „Jetzt reicht es aber, ihr unverschämten, gottverdammten Scheißkerle“, hörte man sie fluchen und im nächsten Augenblick schlug sie wie eine Furie um sich.

Die beiden Jünglinge wussten zuerst gar nicht, wie ihnen geschah und wichen überrascht zurück. Nachdem der Überraschungseffekt jedoch verraucht war und die Burschen die Kräfteverhältnisse neu berechnet hatten, fassten sie Mut und näherten sich lächelnd ihrem Opfer. „Ach, wie süß die Kleine doch ist, wenn sie sich wehrt. Ich mag Frauen, wenn sie sich wehren. In Sekundenbruchteilen hatte der, der von dem anderen Cevdet genannt worden war, ihr Höschen und Negligee zerrissen, so dass sie nun vollkommen nackt den beiden ausgeliefert war. Er ergriff ihre beiden Oberschenkel, die Patricia zusammenhielt, und versuchte, sie auseinander zu drücken. Plötzlich fiel er wie ein Sack zur Seite. Als der Mann neben ihr lag, sah sie, nachdem sie kurzeitig abgedriftet war, dass sich ein Messer in seinen Rücken gebohrt hatte. Im nächsten Atemzug holte Robert aus und versetzte dem überraschten Komplizen einen derartigen Fußtritt in dessen Südpol, dass dieser unter heftigen Schmerzen stöhnend nach vorn kippte, während er seine Hände wie zum Schutze vor weiteren Tritten vor seine Weichteile legte. Dieser Reflex war jedoch nicht angebracht, was dieser sofort begriff, als er, gebückt vor Robert taumelnd, aus dieser Position einen Kinnhaken kassierte, der Muhamad Ali zur Ehre gereicht hätte. Der Spitzbube flog nunmehr nach hinten und landete mit dem Hinterkopf an einem Sideboard, wo er liegen blieb. Robert wollte schon nachsetzen, hielt dann aber inne, als er realisierte, dass er auch mit diesem schon fertig war. Er hatte eindeutig genug. Ob er in Ansehung der bereits verwirklichten und noch weiter beabsichtigten Freveltat nicht mehr verdient hätte, wurde von Robert an dieser Stelle nicht weiter geprüft. Robert sah sich kurz um, erspähte einen Seidenstrumpf, ergriff diesen und fesselte damit dem jugendlichen Delinquenten die Hände hinter dem Rücken. Flugs wandte er sich wieder dem anderen zu, der reglos auf der Seite im Bette seiner geliebten Patricia lag. Robert näherte sich von der Bettkante dem Täter und schaute ihn an. Er war bewusstlos, atmete aber noch. Das Messer steckte ihm im Rücken. Es war eine tiefe, kaum blutende Fleischwunde. Er verständigte die Polizei mit der Bitte, einen Notarztwagen mitzubringen. Beruhigt erlaubte sich Robert jetzt, Patricia anzuschauen. Diese hatte sich in der Zwischenzeit die Bettdecke geschnappt und sich damit bedeckt. Lippen und Körper bebten und sie kauerte verstört unter ihrer Decke. Sie konnte noch nicht begreifen, was ihr in den letzten Minuten widerfahren war.

„Liebste Patricia", wisperte Robert jetzt ganz zärtlich. Seine Stimme bebte dabei. Er schaute sie dabei dergestalt mitfühlend-verliebt an, dass Patricia es nicht mehr im Bette aushielt. Sie befreite sich von ihrer Decke und stürzte Robert schluchzend in die Arme. Lange rannen ihre Tränen auf Roberts Wangen und tropften von diesen auf dessen T-Shirt. Robert hielt sie in seinen Armen und streichelte ihr dabei ganz sachte über den Rücken. Irgendwann nahm sie ihren Kopf hoch und schaute Robert lange durchdringend an. „Dich hat mir der Himmel geschickt. Aber sag` mir nur: Wieso bist Du hier so plötzlich auf so wundersame Weise genau im richtigen Moment aufgetaucht?"

„Nach dem, was ich jetzt weiß, scheint das wirklich wundersam zu sein. Ich schmökerte gerade im Sommernachtstraum und plötzlich sah ich Dich gedanklich vor meinen Augen aufleuchten und Deine Augen signalisierten mir, ich möge sofort zu Dir kommen. Gewöhnlich achte ich nicht auf derartige Eingebungen. Aber in diesem Fall habe ich zuhause sofort alles stehen und liegen lassen, noch nicht einmal die Haustür abgeschlossen, war wie von wundersamen Kräften angetrieben sofort in mein Auto gestiegen und bin sofort zu Dir gefahren".

„Ich bekomme eine Gänsehaut, Robert, bei dem, was Du da sagst". Hier stockte sie und schaute auf ihre kleinen Armhärchen, die immer noch aufgerichtet waren. Dann schaute sie an die Decke und senkte langsam wieder den

Kopf. Als sich ihre Blicke trafen, fuhr sie fort: „Glaubst Du, dass Dich vielleicht irgendein Schutzengel von mir hierher geführt hat?"

Robert zuckte zusammen und schaute jetzt auf seinen Arm, wo sich ebenfalls die Härchen zur Decke streckten. Dann sah er selbst zur Decke und langsam-nachdenklich wieder zurück. Er schaute Patricia lange in die Augen, bevor er weiter sprach: „Es ist schon ein merkwürdiges Gefühl, wenn man sich mit dem Gedanken vertraut macht, dass man dem lieben Gott nicht egal ist und er noch hier auf Erden Wunder zu wirken bereit ist. Wenn ich gewöhnlich nicht auf solche Eingebungen achte, warum sollte ich dann hier eine Ausnahme gemacht haben? Und sollte es wirklich Zufall gewesen sein, dass ich ausgerechnet in dem Augenblick bei Dir erschien, wo Du meine Hilfe brauchtest? Es war ja quasi absolutes timing. Einen Augenblick später und … Ich mag gar nicht daran denken! Ich glaube nicht an derartige Zufälle! Ich war ganz offensichtlich – fremdbestimmt". Robert schüttelte sich wie von einem Defilibrator unter Strom gesetzt.

„Ach, wie herrlich wundersam das doch ist, mein lieber Robert. Lass`uns dem Engel dafür danken, dass er Dich im rechten Augenblick hierher geschickt hat".

„Einverstanden! Wie machen wir das?"

„Ganz einfach! Schließe Deine Augen! Falte Deine Hände! Oder noch besser: Falte Deine Hände mit meinen zusammen". Er tat es. Er suchte ihre Hände und brachte die vier Hände irgendwie zur Faltung. „Denke ganz fest an die Situation, in der Du – wie Du sagst – fremdbestimmt warst. Versuche jetzt an den Engel zu denken. Hast Du?"

„Ja, habe ich".

„Lieber Gott, wo auch immer Du bist, wir wissen, dass ich Dir mein Leben verdanke. Wir danken Dir dafür, dass Du Robert im rechten Moment hierher geleitet hast, weil Dir mein Schicksal ganz offensichtlich am Herzen liegt. Amen".

„Amen", schloss sich Robert an.

„Ach ist das schön", säuselte Patricia ergriffen. Ich liebe Dich Robert – von ganzem Herzen, mit meiner Seele und mit jeder Zelle meines Körpers!"

„Unter diesen wundersamen Bedingungen ist das die schönste und gleichsam die ersehnteste Liebeserklärung, die ich jemals vernehmen durfte, meine liebe Patricia. Ich liebe Dich, wie ich noch nie zuvor eine Frau geliebt habe!"

Der folgende Kuss war so zart wie eine Glockenblume, geschmeidig wie Sahne, süß wie Schokolade, wild wie ein Wirbelsturm …

Kapitel 38

Peter Bachler stand am Steuer einer gecharterten 13 m-Segel-Yacht. Er hatte keine Muße, die Sonne, die angenehmen Segelbedingungen bei Windstärken um 3 zu würdigen. Sein Geist war gefangen im Verlies der Erinnerung an die durch Mr. Johnson erlittene Schmach – und vor allem – an die damit

einhergehende Vermögenseinbuße in beträchtlicher Höhe. „So eine verdammte Hühnerkacke", schimpfte er innerlich. „Das Ding hat mich viel Arbeit
gekostet und dann soll plötzlich alles umsonst gewesen sein? Ich könnte mich
vor Wut in den Arsch beißen! Oder noch besser: in den Arsch desjenigen beißen, der mich verpfiffen hat. Miese Kröte von Wicht, der das gewesen ist",
haderte er weiter mit seinem Schicksal, griff wie selbstverständlich – ohne
hinzuschauen - zur Flasche Rum, entkorkte diese mit seinen Zähnen, spuckte
den Korken im hohen Bogen über Bord und nahm einen gewaltigen Schluck,
der dem Piraten Blackbeard zur Ehre gereicht hätte.

Florence lag in einem verführerischen Bikini an Deck und genoss die wär-
menden Strahlen der Sonne auf ihrem schönen Körper, das Wechselspiel zwischen dem Eintauchen des Bugs in das Wellental und das nachfolgende Aufsteigen zum Wellenkamm, gepaart mit einer frischen Brise, die zart ihre Haut
umhuschte, so dass sie eine Gänsehaut bekam. Dazu sangen die frechen Möwen ein melancholisches Lied aus einem fernen Land. Sie dachte an ihre
Schulzeit. In ihrer Fantasie war sie im Schlossparkbad in Bremen-Sebalds-
brück. Sie richtete sich auf und erkannte neben sich auf dem Handtuch Danilo
Baltius, ihre erste Liebe. Er war zwei Klassen über ihr und schon in der zwölf-
ten Klasse. Er spielte leidenschaftlich gern Fußball und immerhin schon als 16-
Jähriger in der 1. Herren in einem Verein der 3. Liga. Ihre Mitschülerinnen
beneideten sie um dieses Prachtexemplar von einem Adonis, der hier braun-
gebrannt und muskelbepackt zu ihrer Rechten lag. Vor ihm lag das Buch, was
Herr Dehning gerade im Deutschunterricht mit ihnen durchnahm: „Homo
Faber" von Max Frisch. Sie mussten zuhause bis zum nächsten Unterricht immer so um die 30 Seiten weiter lesen. Dieser Stoff war dann Betrachtungsge-
genstand des nächsten Unterrichts. Wie oft und wie gern hat er ihr von den
gerade behandelten Novellen erzählt. Und wie hat sie es genossen, mit Danilo
die jeweilige Episode im Anschluss unter allen denkbaren Gesichtspunkten zu
beleuchten. Charakteristik der Romanfiguren, Handlungsalternativen, ge-
schichtliche Zuordnung, Bezug zum heutigen Leben im Allgemeinen und zu
ihnen beiden im Besonderen. Während sie diskutierten, war ihr zuweilen zumute, als hauche ein Wort von Danilo ihr zart in den Nacken ihrer Seele, so
dass sie unweigerlich angenehm berührt zusammenzuckte. Sie erlebte es damals wie den Beweis einer Art von Seelenverwandtschaft. Oft gab es Situationen, da sahen sie sich einfach nur an und schwiegen. Dabei spürte sie in ihrem Inneren ein wohliges Gefühl von Geborgenheit, Harmonie und zunehmender Wärme, die sie dann irgendwann auch gern in südlichen Bereichen
ihres Körpers vernahm. Oft rutschten sie zeitgleich aufeinander zu. Danilo berührte sie, als sie auf Tuchfühlung waren, ganz zart, zunächst am Arm, wobei
er gelegentlich den Kontakt abbrach, um ihn dann – an anderer Stelle - ganz
subtil wieder herzustellen. Ihr wechselseitiges Verlangen kochte auf diese
Weise empor auf Hochofentemperatur. Wer es nicht mehr aushielt, fiel über
den anderen her – leidenschaftlich mit a priori wegen der Umstände abge-

steckten Grenzen. „Ach", seufzte Florence, „wie schön das doch war!" Mit ihrem Fingernagel fuhr sie in memoriam und mit einem Hauch von Wehmut seinen Rücken herunter, um seinen Knackarsch herum und genoss es zu sehen, wie Danilo sich leicht stöhnend rührte und säuselte: „Schön machst Du das, Flo". Im nächsten Atemzug fuhr er – die Augen noch geschlossen – seine Hand in ihre Richtung aus und glitt mit dieser ganz langsam und zart über ihre Oberschenkel. Jetzt schloss auch sie ihre Augen und nahm die vielen Stimmen von lärmenden Kindern und Jugendlichen gar nicht mehr wahr. „Wie wunderbar das doch war!", seufzte Florence erneut. „Warum kann das nie wieder so sein? Wieso hab` ich ihn nur verlassen, damals? ... Ich war vielleicht eine dumme Gans!"

Sie öffnete jetzt – aufgeschreckt durch ein Geräusch – mürrisch und ernüchtert ob ihrer so unsanft unterbrochenen Reise in ihre Vergangenheit vorsichtig ein Auge und sah zu Peter herüber. Dieser hielt mit einer Hand das Steuerrad und hatte mit der anderen gerade eine Flasche Rum angesetzt. Der Rum rann ihm wie ein rauschender Gebirgsbach durch seine chronisch trockene Kehle. Rülpsend setzte er sie ab und schleuderte diese in ihre Richtung. Wütend sprang sie auf, stürzte drei Schritte auf ihn zu und schrie ihn an: „Du bist wohl von Sinnen!? ... Und schon wieder betrunken!", stellte sie schließlich fest und sprühte feurige Blitze in seine Richtung.

„Und weißt Du, was Du bist? Du bist eine elende Schlampe, Du", lallte er und riss das Steuerrad herum, so dass die Yacht eine Halse fuhr. Der Baum schlug um und traf Florence an der Hüfte. Die Wucht des Aufpralls schleuderte sie über Bord.

Kapitel 39

Es ist schon etwas Besonderes, in der ersten Reihe sitzen zu dürfen, wenn der Premierminister eine Rede hält und es in der Rede dann auch noch vornehmlich um einen selbst geht. Kevin war einerseits stolz wie Oskar und andererseits war ihm der Wirbel um seine Person auch ein wenig unangenehm. Mit diesen gemischten Gefühlen hatte Kevin in der ersten Reihe des großen Saales im Rathaus von Torquay neben seiner Mutter, dem Grafen, Robert und mir Platz genommen und wartete auf Mr. Blair. Seine Beine waren ständig in Bewegung und er rutschte von einer Morsbacke auf die andere. Seine Mutter versuchte jetzt seine Aufmerksamkeit auf zwei unter der Decke des Saales hängende Handelssegelschiffe zu lenken, die wirklich schön anzusehen waren und die mich bereits in ihren Bann gezogen hatten. Es handelte sich um zwei Brigantinen. Die Grundform des Rumpfes bestand aus einem herzförmigen Mittelteil, einem kurzen Kiel mit stark überhängenden Heck- und Stevenumrissen sowie einem Rumpf mit niedrigen Seiten und steilem Bug. Diese Rumpfform wurde mit einzelnen Abweichungen in England im 16., 17. und 18. Jahrhundert und auf Jamaika und den Bermuda-Inseln vom späten

17. Jahrhundert bis weit in das 19. Jahrhundert beibehalten. Das Bermuda-modell gelangte im frühen 18. Jahrhundert in die amerikanischen Kolonien, besonders in das Gebiet der Chesapeakebai. Einige als Vollschiff getakelte Modelle wurden schon zur Zeit des Amerikanischen Unabhängigkeitskrieges gebaut. In Europa wurde man erstmalig zum Kriegsende auf diese Toppsegelschoner aufmerksam, die sich als sehr schnelle Kaperschiffe bewährt hatten. Im frühen 19. Jahrhundert wurde der Baltimore-Klipper als schnell segelndes, hochseetüchtiges Modell, das für Marinestreitkräfte, illegalen Handel und zum Transport leichter Frachten und Mädchen gleichermaßen geeignet war, international bekannt. Noch beliebter wurde er, nachdem er sich in den Napoleonischen Kriegen und im Britisch-Amerikanischen Krieg von 1812 bewährt hatte. Danach setzte sich die Baltimore-Brigantine als Sklaven- und Schmugglerschiff sowie als Piratenschiff (in Westindien) durch. Meine Augen wanderten jetzt weiter zu den aufwändigen Holzschnitzereien an den Wänden, auf denen offenbar die Geschichte der Stadt Torquay abgebildet war. Dafür hatten die Künstler sicher Jahre gebraucht! Was hatten die Baumeister damals doch noch für Zeitvorgaben! Heute wäre es undenkbar, einem Architekten für sein Projekt mehrere Jahre Zeit zu geben. Und wer könnte heute noch ein Kunst- oder Bauwerk bezahlen, an dem Jahre lang gearbeitet worden ist? Jetzt fiel mir unser Holzhaus in Bremen ein, das in nur 3 Monaten fertig gestellt worden ist. Eines Tages werde ich es sicher wieder sehen! Jetzt setzte plötzlich ein gleichförmiges Getuschel ein, ich drehte mich um und erblickte den Premierminister, der Freude strahlend im schwarzen Anzug und roter Krawatte den Saal durchmaß und hinter dem Rednerpult Stellung bezog. Er hielt kurz inne, nahm Blickkontakt zu Kevin auf, lächelte und zwinkerte ihm zu, zückte aus seiner Anzugjacke seinen Spickzettel, blickte ins Plenum, hielt kurz inne und hub an:

„Lieber Kevin, meine Damen und Herren,

was wäre England ohne seine Entdecker? Ganz sicher ein armes Land! Und die Steuern wären noch höher als jetzt. England ist stolz auf seine Entdecker und Erfinder, auf die wir hoch schauen und an denen wir uns ein Beispiel nehmen können. In der Geschichte unseres Landes waren sie großzügiger gesät als heutzutage – leider. Unsere Nachbarn haben aufgeholt, während unser Forschungsgeist ein wenig eingeschlafen zu sein scheint. Nicht eingeschlafen ist der Forschungsgeist jedoch bei unserem heutigen Ehrengast, Kevin Miller. Ein großartiger Junge. Er ist noch Schüler und seinem außerordentlichen und unwiderstehlichen Forschungsgeist hat es unser Land zu verdanken, in den Besitz des größten Schatzes gelangt zu sein, der je für England entdeckt respektive" - jetzt hüstelte Blair künstlich – „ähm - geraubt worden ist. Dieser Schatz ist zunächst das Verdienst unseres glorreichen Sir Francis Drake. Er hatte seinerzeit den Schatz erobert und ihn – mehrfach musste er ihn unterwegs bei Angriffen durch Spanier und Piraten verteidigen - heil nach England geschifft. Irgendwo auf dem Landwege ist er jedoch abhanden gekommen – sehr zum Leidwesen unserer Königin und nicht zuletzt von England selbst. Einzelheiten sind bis heute – noch nicht - bekannt. Aber ich bin sicher, dass unsere Forscher schon mit den Hufen scharren und auch dieses Geheimnis bald gelüftet haben werden. Wie kam ich da jetzt drauf? Ach ja! Kevin Miller, unser heutiger, blutjunger Ehrengast! Kevin Miller! Ich sage Dir im Namen der Königin herzlichen Dank für Deine bedeutsame Entdeckung und Deinen Forschungsdrang. Ich darf Dir die herzlichsten Grüße der Königin übermitteln, die leider heute verhindert ist. Sie wird Dir allerdings schon sehr bald ihre Aufwartung machen – und zwar in der berühmtesten Kathedrale unseres Landes. Dort wird sie Dich – zum Ritter schlagen!"

Kevin schlug die Augen nieder und sackte ergriffen nach links in die Arme seiner Mutter, die ihn stolz und liebevoll auffing. Nach wenigen Sekunden hatte er sich jedoch wieder gefangen, schaute nach vorn und nahm den Applaus wahr, der allein ihm galt und nicht enden wollte. Er war sichtlich stolz, strahlte über beide Wangen und war jetzt in der Lage, den Applaus zu genießen. Der Premier verließ nun strahlend sein Pult und schritt feierlich auf Kevin zu, der sich jetzt erhob und artig einen Diener machte. Der Premier überreichte ihm eine goldfarbene Urkunde, die Kevin ehrfürchtig und mit leicht zitternden Händen entgegennahm. Er wusste: Jetzt würde er zum Rednerpult gebeten werden, um dort seine Geschichte zu erzählen. Er hatte noch nie zuvor vor so vielen Menschen – es mochten wohl 200 sein – gesprochen. Mulmig war ihm schon zumute – sehr mulmig sogar! Und jetzt kam die Bitte vom Premier. Sein Forscherherz sank ihm hasenartig in die Hose. Er spürte jetzt eine Hand, die die seine zart ergriff und ihn zum Pult geleitete. Er drehte sich um und nahm zum ersten Mal die Menge der Gäste wahr, die ihm zu Ehren erschienen waren. Er wurde ganz bleich, als er von einem zum anderen schaute.

„Kevin" flüsterte der Premier ihm ins Ohr „mir ist es bei meiner ersten Rede vor so vielen Menschen ebenso ergangen. Weißt Du, was mir geholfen hat? Ich habe mir einfach vorgestellt, die Zuhörer würden auf der Toilette sitzen und hätten Ohren wie ein Hase. Bei diesen Worten musste Kevin unweigerlich schmunzeln und langsam kehrte die Farbe in sein Gesicht zurück. Er hatte diese Vorstellung offenbar übernommen. Jetzt strahlte er wieder, schaute entzückt in das Plenum – offenbar wegen der vorgeschlagenen Vorstellung – und wollte gerade etwas sagen, als ein Zuhörer „Bravo" und „lang lebe England mit solch tollen Burschen" rufend heftig applaudierte. Die anderen ließen sich nicht lumpen und applaudierten ebenfalls unter entsprechenden Zurufen wie „Jawohl! Ein toller Bursche ist das, lang lebe England mit solch tollen Jungs" oder – von einer älteren energischen Dame eingeworfen - : „Es lebe die Jugend und deren Zünftigkeit, Pionier- und Forschergeist und Anstand, jawohl!"

Kevin war ganz bewegt und konnte sein Glück gar nicht fassen. Die Zuhörer machten ihm jetzt zusätzlich Mut und er merkte, wie er von der Vorstellung Abschied nahm, die Zuhörer würden auf der Toilette sitzen und hasengleiche Ohren haben. Er benötigte diesen Kunstgriff nicht mehr. Er konnte die Zuhörer so wahrnehmen wie sie sind, genoss den jetzt verebbenden Applaus – und fühlte sich wohl in seiner Position. Als es ganz still geworden war – solange wartete Kevin – hub er an:

„Meine sehr verehrten Damen und Herren,

ähm - ich fühle mich geehrt, dass Sir Francis Drake mit mir in Verbindung gebracht wird. Und ich bin gerührt von Ihrem Applaus. Ich weiß gar nicht so recht, wie ich anfangen soll. Also: Es fing damit an, dass ich irgendetwas aus dem Keller holen sollte. Ich ging also in den Keller, knipste das Licht an und genau da, wo ich das Teil suchte, sah ich so komische Spuren in der Wand, so als ob dahinter etwas sein könnte…“

Kevin erzählte zunehmend redegewandt, wie es dazu kam, dass das Tor zur lange verborgenen Geschichte und die Verbindung zwischen ihrer Kate und dem Schloss geöffnet werden konnte. Es war ganz still im Saal, nicht einmal ein Husten war zu hören. Kevin hatte seine Zuhörer mit seiner Geschichte gefesselt. Patricia war stolz auf ihren tollen Sohn und darauf, dass er vor so vielen Menschen aus dem Gedächtnis heraus eine so spannende Geschichte erzählen konnte. „Ja, so war das. Ich danke Ihnen fürs Zuhören". Nach diesen Worten verbeugte er sich vor seinen Zuhörern und machte sich auf den Weg zurück zu seinem Platz.

Erst jetzt begann ein Zuhörer zu klatschen. Dieser befreite mit seinem Beifall ganz offensichtlich die anderen Zuhörer aus ihrem Bann, mit dem Kevin alle belegt hatte. Jetzt war der Applaus überwältigend und Kevin strahlte über beide Wangen, die für sein Strahlen kaum ausreichten.

Der Premierminister erhob sich – immer noch Beifall klatschend – und begab sich wieder theatralisch zum Pult. Der Applaus verebbte und er hub an: „Lieber Kevin, meine sehr verehrten Damen und Herren, wir alle waren eben Zeugen einer außerordentlich spannenden Geschichte und wir alle hier im Saal danken Dir von Herzen dafür – und nicht zuletzt natürlich auch für den Schatz, den unser Land allein Dir zu verdanken hat. Im Namen der Königin lade ich Dich, lieber Kevin und Sie, meine sehr geehrten Damen und Herren, jetzt ein zu einem kleinen Imbiss und Umtrunk hier gleich nebenan im Nachbarsaal. Lassen Sie es sich schmecken!".

Die Geschichte war zu Ende. Die Zuhörer waren von der Realität und dem Appetit auf köstliche Schmankerl wieder eingeholt. Kaum hatte der Premierminister das Buffet eröffnet, hatten sich auch schon die ersten Schlangen an den Tischen im Nachbarsaal gebildet, hinter denen Köche in weiß mit Mütze standen, um den Besuchern die kulinarischen Köstlichkeiten vorzulegen. Es entwickelte sich ein allgemeines, lebhaftes Geschnatter und im Laufe des Abends gesellte sich ein alter Offizier in seiner vortrefflichsten Ausgehuniform zu mir, der zunehmend zutraulicher wurde. Er hatte einen herrlichen, roten gezwirbelten Oberlippen- und Backenbart, rote Wangen und Segelohren. Ich berichtete ihm irgendwann von dem Schatzraub der Jugendlichen, woraufhin er am Ende der Geschichte fragte:

„Was glauben Sie, junger Mann, gibt es den geborenen Verbrecher, den delinquento nato, also den Verbrecher, der schon als solcher geboren wird und dessen Karriere sozusagen schon qua Geburt feststeht?"

„Offen gestanden, mein Herr, glaube ich nicht daran. Ich bin davon überzeugt, dass es mehrere Ursachen für Kriminalität gibt. Eine wäre zum Beispiel die entsprechende Wertevermittlung durch die Eltern oder Freunde. Lernen Kinder über ihre Eltern oder Freunde, dass kriminelles Verhalten normal ist und sich lohnt, wird es ein solches Kind schwer haben, ein nicht delinquentes Leben zu führen. Nach einer anderen Theorie ist kriminelles Verhalten, z.B. das Stehlen von Schokolade im Kindesalter, durchaus normales kindliches Verhalten und kein Anzeichen von irgendwelchen Fehlentwicklungen. Erst die gesellschaftliche Reaktion entscheidet im Einzelfall darüber, ob sich dieses kriminelle Verhalten verfestigt oder ob es eingestellt wird. Bei mir zum Beispiel war es ähnlich. Ich hatte als kleiner Junge gelegentlich Schokolade, Teufel, Salinos und dergleichen bei unserem Krämer um die Ecke und auch in einem in der Nähe belegenen großen Kaufhaus geklaut. So hatte ich mir eines Tages – in einem Anflug von Heißhunger auf Schokolade - eine Tafel Ritter-Sport-Schokolade in meine Jacke gesteckt und wollte gerade die Kasse passieren, als eine ältere Verkäuferin hinter mir erschien und mir mit einer warmen, mütterlichen Stimme ins Ohr flüsterte:" Willst Du die Schokolade nicht wieder zurücklegen?" Ich wurde rot bis über beide Ohren und es war mir sehr peinlich, auf diese Weise entlarvt worden zu sein. Mit jeder aggressiven Reaktion eines möglichen Kaufhausdetektivs hätte ich gerechnet – nur nicht mit einer solch entwaffnenden, der ich wirklich kein Paroli bieten konnte. Mir jedenfalls war es eine Lehre und ich habe seit diesem Tag nie wieder etwas gestohlen. Die Reaktion bei mir ging sogar so weit, dass ich mich unwohl und schuldig fühlte, wenn in einem Gespräch, an dem ich beteiligt war, irgendein Diebstahl angeprangert wurde. Wahrscheinlich geht diese übertriebene Reaktion zurück auf eine Ahnung, dass ich ja zumindest theoretisch der Täter hätte sein könnte, wenn ich nicht durch einen wundersamen Zufall auf den geraden Weg zurück geleitet worden wäre. Aber die Menschen reagieren unterschiedlich. Es ist gut denkbar, dass ein anderes Kaliber als ich es bin sich insgeheim über die alte Dame lustig gemacht und seine Karriere fortgesetzt hätte. Ich kann nicht sagen, welchen Lauf meine Geschichte genommen hätte, wäre der Diebstahl aufgeflogen und an die große Glocke gehängt worden. Einer Theorie nach nimmt der jugendliche Täter, wenn er von der Gesellschaft als Dieb gebrandmarkt worden ist, diese Rolle als Dieb an. Er wird dann zwar als Dieb bestraft, in der Hoffnung, dass er keine weiteren Diebstähle mehr begeht, wird jedoch weiter Diebstähle begehen, weil er ja gelernt hat und nun weiß, dass er ein Dieb ist und nicht aus seiner Haut heraus kann. Paradox, nicht wahr? Da versucht man, die Täter durch Strafe zu bessern und dann wird gerade durch die Strafe und das damit zusammenhängende Brimborium die kriminelle Karriere verfestigt".

„Sehr interessant, was Sie da sagen, mein Herr. Sind Sie Kriminologe oder etwas dergleichen?", fragte Mr. Grant interessiert.

172

„Mein Name ist Danilo Baltius, ich komme aus Deutschland und ich wohne in der Marina auf der Esperanza. Ich habe Juristerei studiert und bin später als Rechtsanwalt in Deutschland tätig gewesen. Während des Studiums bin ich natürlich mit den genannten Straftheorien zwangsläufig konfrontiert worden. Später in der Praxis spielten diese Dinge allerdings keine Rolle mehr ".

„Sehr angenehm, Mr. Baltius. Mein Name ist Grant und ich bin Major in der Armee – der hiesigen. Ich wohne mal hier und mal dort - je nach dem, an welchem Brandherd mich die Queen gerade haben möchte. Selbstverständlich bin ich deshalb auch geschieden", erklärte er mit einem wollüstigen Lächeln, so als hätte er die Scheidungsgründe eben der Reihe nach visualisiert und nachempfunden. Dann wurde er wieder ernst: „Was Sie da eben über die Verbrechenstheorien gesagt haben, finde ich hochinteressant. Offen gestanden war ich stets ein Verfechter der Theorie von dem geborenen Verbrecher. Andererseits muss ich einräumen, als junger Kerl auch hier und dort etwas, na ja, sagen wir: stibitzt zu haben - aber natürlich nur, wenn ich die Geschädigten nicht kannte", erklärte er mit weit aufgerissenen Augen und einem Ausdruck in seiner Stimme, als wäre das ja alles wegen der besonderen Umstände nur halb so schlimm. „ Es war eben eine schwere Zeit damals. Wir hatten kaum das Nötigste zum Leben! Das muss man sich heute mal vorstellen! Es geschah alles sozusagen aus der Not heraus. Und dann ist das doch gar nicht mehr so verwerflich, oder, was meinen Sie, Mr. Baltius?"

„Na ja, Verständnis habe ich schon für Ihre damalige Situation. Aber meinen Sie nicht, dass unsere heutigen Täter in einer ähnlichen Situation sind, wo sie ein nicht verbrieftes Recht für sich in Anspruch nehmen, sich von dem großen, verlockenden, ihnen aber nicht zustehendem Kuchen ein leckeres Stückchen abzuschneiden? Sie haben zwar alle das Nötigste zum Leben. Dadurch unterscheiden sie sich vielleicht von Ihrer damaligen Situation. Aber durch die Werbung, die Wahrnehmung des Reichtums anderer und der verlockenden Dinge, die in den Schaufenstern feilgeboten werden, werden Bedürfnisse geweckt, die mit den beschränkten finanziellen Mitteln des bedürftigen einzelnen kaum befriedigt werden können. Und die Rechtfertigung, die der Täter für sich in Anspruch nimmt, ist nicht selten geprägt durch die Überzeugung, der Staat oder der Geschädigte sei zumindest entfernt für seine persönliche miserable Situation verantwortlich. Mit einer solchen Überzeugung werden die letzten, eventuell noch vorhandenen moralischen Hemmschwellen geknackt. Aber, was mich interessieren würde: Wann haben Sie aufgehört mit dem Stibitzen, wenn ich mal so direkt fragen dürfte?"

„Tja, wann war das? Ich glaube, als ich zur Armee ging. Da hatte ich das Nötigste zum Essen und Trinken und sogar noch etwas mehr. In diesem Augenblick war der Grund für das frühere Stibitzen weggefallen. Und außerdem stand ich in der Armee ja auch unter nicht unerheblicher Kontrolle. Stellen Sie sich einmal vor, was mit mir passiert wäre, wenn dem Kompaniechef ein solches Vergehen meinerseits zu Ohren gekommen wäre? Ich wäre geteert und gefedert worden!"

„Man könnte also sagen, dass Sie Ihre kriminelle Karriere aufgegeben haben, weil sich durch Ihren Beruf, das damit zusammenhängende Einkommen und dadurch etwas verändert hat, dass Sie durch die Art der sozialen Einbindung in Ihrer Kaserne mehr als jeder andere, allein lebende Bürger die Reaktion Ihrer Kollegen fürchten mussten".

„Herr Baltius, ich staune, wie Sie das so auf den Punkt bringen. Ich glaube, die Annahme ist zutreffend".

„Dann stellt sich ja für uns wissenschaftlich begeisterte Hobbykriminologen die Frage, was aus Ihnen ohne diese berufliche Veränderung geworden wäre – nicht wahr, Mr. Grant?"

Jetzt stutzte dieser, kratzte sich am Ohr und wurde doch tatsächlich ein wenig verlegen. Dann räumte er kleinlaut ein: „ Tja, also – ähm, ich glaube, ohne diese Veränderung hätte ich doch aller Wahrscheinlichkeit nach, na, ja - weiter gemacht - mit dem Stibitzen meine ich. Tja, und wenn ich mir das so aus diesem Blickwinkel betrachte, kann man eigentlich anderen nicht unbedingt einen Vorwurf machen, wenn sie sich für das Unrecht entscheiden, oder Mr. Baltius, wie sehen Sie das?"

„Ja und nein. Natürlich kann man nicht alles durchgehen lassen. Aber vielleicht sollten wir– jedenfalls mit den jugendlichen Delinquenten – etwas sensibler umgehen. Da ist wirklich manchmal allerfeinstes Fingerspitzengefühl angesagt! Aber da stellt sich schon die nächste Frage: Kann der Staat sich dieses Fingerspitzengefühl leisten? Das alles kostet Zeit - und Zeit kostet Geld! Die Frage aber ist, ob dieser Aufwand nicht eines Tages doch Früchte trägt. Sicher kann man das in den Fällen sagen, in denen der Delinquent tatsächlich von der schiefen Bahn abgebracht worden ist und ein in die Rentenversicherung einzahlendes Mitglied unserer Gesellschaft geworden ist. Jedenfalls müssen wir mit den richtigen Mitteln in die Jugend investieren. Denn diese sichert unsere Rente..."

„Entschuldigt bitte die Störung", unterbrach Robert unser Gespräch. „Kannst Du bitte mal kurz mit rüberkommen. Ich möchte Dir eine gute alte Freundin vorstellen, der ich schon viel von Dir erzählt habe und die ich nicht länger hinhalten kann. Die will Dich jetzt ohne schuldhaftes Zögern Deinerseits kennen lernen".

Ich gehorchte, verabschiedete mich brav und stellte mich ein auf eine alte Schachtel mit aufwändig zieliertem Hut, Sommersprossen und 1 kg Farbe im Gesicht, um diese und anderes zu übertünchen. Woher ich diese negative Erwartungshaltung habe, weiß ich auch nicht. Zu meiner großen Überraschung blieb Robert vor einer hoch attraktiven Lady mit blauen Augen und langen, lockigen, blonden Haaren stehen, die mich kokett von der Seite mit einem verschmitzten Lächeln musterte. Ich will nicht sagen, dass in diesem Augenblick alle Pferde mit mir durch gingen – aber was danach kommt. Alleinstehende Männer sind doch eine gefährdete Spezies! Gleichwohl war ich davon überzeugt, im weiteren Verlauf des Abends allein das rettende Ufer der Planken meiner Esperanza zu betreten. Selbst ein Mann muss einmal „Nein" sagen können!

„Es freut mich sehr, Ihre Bekanntschaft zu machen, mein Herr Baltius.“

„Oh, die Freude ist auch auf meiner Seite“.

„Dany, darf ich Dir meine alte Freundin Sarah Baker vorstellen“.

„Ja freilich darfst Du das, mein alter Freund und Kupferstecher. Ich erhebe nicht den geringsten Einwand“, erklärte ich schmunzelnd. Wie das nun mal so ist, wenn zwei alte Freunde sich wieder sehen, so war es auch hier: Es wurden eingangs einige gemeinsam verübte Schandtaten zum Besten gegeben, wobei wir alle herzlich lachten. Die Geschichten garnierten wir eingangs mit Sekt, später mit Rotwein und ich muss gestehen, die Geschichten wurden immer spannender. Ob das an den Geschichten oder den geistlichen Getränken lag, lassen wir hier einmal offen. „Weißt Du noch, Robert, wie wir damals in der achten Klasse auf der Klassenfahrt nach Portsmouth im Bus gesungen haben:

We will hang Mr. Blackburn on the highest appletree …!

Und schon pustete Robert los. Die beiden wollten sich gar nicht wieder einkriegen vor Lachen. Das Lachen war so herzlich, dass ich mich gern davon, den fantasierten Schülergesichtern und denen meiner Gesprächspartner anstecken ließ. Mittendrin im herzhaften Gelächter gesellte sich Patricia dazu.

„Ihr amüsiert Euch ja prächtig. Hier bleibe ich. Hier ist gut Ding, da weile ich, oder wie spricht der Dichter? Ihr glaubt ja gar nicht, wie langweilig das gewesen ist, mit dem Premierminister über eine geschlagenen viertel Stunde Gemeinplätze auszutauschen. Aber pssst … Nicht weitersagen“.

Wieder pusteten wir los. Patricia reagierte zunächst überrascht, schwenkte nach einem Augenblick der Besinnung jedoch um und nahm volle Kraft Kurs auf Heiterkeit. „Ja gibt es hier denn überhaupt nichts zu trinken, meine Herren?“, fragte Patricia aufreizend, die sich kein Glas an den Tisch mitgebracht hatte.

„Aber selbstverständlich, my Lady“, erklärte Robert. „Ich bitte untertänigst, meine Unaufmerksamkeit entschuldigen zu wollen, my Lady“.

„Die Entschuldigung nehme ich an, aber nun mache er sich endlich auf, dass alsbald mein schon schmerzender Durst gestillt werde“. So oder so ähnlich nahm die Veranstaltung ihren weiteren Lauf und ich hatte meine mit mir selbst abgeschlossene Wette schließlich gewonnen: Ich erreichte doch tatsächlich die Planken meiner Esperanza allein – aber fragen Sie nicht wie!

Kapitel 40

Es regnete in Strömen – cats and dogs. Robert hatte die letzten Schritte als Ehemann angetreten und befand sich gerade auf dem Weg zum Familiengericht. Begleitet wurde er von Patricia – nicht um ihm emotionale Schützenhilfe respektive Rückendeckung zu geben. Nein! Patricia war dabei, weil sie beschlossen hatten, fortan gemeinsame Wege zu gehen und die Gesellschaft des anderen zu teilen – um dadurch das Glück zu verdoppeln. Hand in Hand schlenderten sie schweigend, aber einträchtig, vom Parkplatz zum alt ehrwürdigen und durchaus beeindruckenden, barocken Gerichtsgebäude. Die scheinbare Stille wurde jetzt unterbrochen durch quietschende Reifen, die in Schrägstellung auf dem Parkplatz landeten und im nächsten Moment auch schon in einer Parklücke in Ruheposition gebracht worden waren – vor den Füßen von Patricia und Robert! Die Türen sprangen auf und heraus traten Violet und Mc Allister. „Nanu", dachte Robert, „immer noch derselbe? Wie langweilig das doch für die arme Violet sein muss!" Er tat so, als hätte er sie nicht gesehen und setzte seinen Gang zum Gerichtsgebäude unbeirrt fort. Das ärgerte Violet sichtlich, die drauf und dran war, mit dem Absatz auf den Boden zu trampeln, um im nächsten Augenblick Robert eine Backpfeife zu verpassen. Doch soweit hatte sie sich immerhin in der Gewalt, dass es nicht dazu kam.

In der Zwischenzeit war viel geschehen: Die vor diesem Termin verhandelten und von Violet geltend gemachten Unterhaltsansprüche wurden in Gänze zurückgewiesen, weil sie sich ohne Not aus einer intakten Beziehung durch Zuwendung zu einem neuen Partner herausgewunden hatte. Diesen Beweis konnte Robert mit Erfolg führen. Gott sei Dank hatten sie seinerzeit Gütertrennung vereinbart. Violet selbst verfügte nur über ein kleines Vermögen, was bald aufgebraucht sein würde. Ob dann wohl noch Mc Allister an ihrer Seite besichtigt werden kann? Sie wäre ansonsten gezwungen, selbst ihren Lebensunterhalt zu verdienen, wenn es ihr nicht zuvor gelänge, vermöge ihrer noch immer vorhandenen Reize ein vermögendes Pendant des anderen Geschlechts für sich einzunehmen.

Ein Zwergpudel näherte sich verdächtig dem Auto von Mc Allister, wandte verstohlen den Kopf nach allen Seiten - man hatte den Eindruck: hätte er pfeifen können, hätte er dabei ganz leise gepfiffen - stützte sein linkes Hinterbein gegen das Nummernschild, welches vom Kantstein aus gerade so eben für den Zwergpudel erreichbar war, und pinkelte genüsslich gegen die Schürze des Morgan. Mc Allister, der noch eine Tasche aus dem Kofferraum herausgeholt hatte, bog gerade um den Kotflügel herum und sah das Malheur. Wutentbrannt unter Ausstößen von Beleidigungen der übelsten Sorte wie: „Bastard" oder „Mistvieh" holte er mit dem beschuhten rechten Fuß aus und trat in die Richtung, wo eben noch der Zwergpudel sein Hinterbeinchen gegen das Nummernschild gelehnt hatte. Aber es war halt eben nur eben! Jetzt war der Hund nämlich, aufgeschreckt durch den vor Wut schnaubenden Kerl, plötzlich auf und davon – und der Fuß des armen Mc Allister landete krachend am – im Vergleich mit dem Hundekörper – nicht so weichen Nummernschild. Hier war guter und schneller Rat teuer: Aufjaulen wie ein angestochener Tiger konnte er nicht, obwohl es seiner Natur entsprochen hätte. Den Schmerz ganz zu ignorieren war ebenfalls unmöglich. Ergo ging seine spontane innerbetriebliche Beratung dahin, den Zwergpinscher oder wie auch immer diese Kreatur zu bezeichnen war zähneknirschend zu verfluchen, aber leise – ganz leise. Wie schwer das für einen Mann ist, wissen wir Männer nur zu gut, nicht wahr?

„Wo bleibst Du denn", fragte Violet, als sie sich umdrehte und sah, dass er zurückgeblieben war.

Dass er leicht hinkte und sein Gesicht von Schmerzen gezeichnet war, registrierte sie dagegen nicht. „Ich komme ja", zischte er.

Robert und Patricia saßen derweil Hand in Hand auf der Bank, der harten, vor dem Gerichtssaal und unterhielten sich gerade über die weiteren heutigen Termine der beiden, als sie über die Lautsprecher vernahmen: „In Sachen Hurst gegen Hurst bitte eintreten in Saal 4". Just in dem Augenblick kam die Noch-Ehefrau nebst Gefolge um die Ecke gepumst, während Robert eintrat. Patricia verharrte auf der Bank. Die Öffentlichkeit war ja ausgeschlossen. Violet schlug die Tür hinter sich zu und nahm Aufsehen erregend Platz. Ein schnippischer Seitenblick zu Robert sollte diesem signalisieren, was sie von der Veranstaltung und ihm hielt. Der Richter – ein älterer, ernster Herr - musterte die beiden und überprüfte ihre Personalien. Von draußen waren jetzt Schritte zu hören. Die Tür wurde geöffnet und es traten ein zwei Herren in Roben, die sich für ihr spätes Erscheinen entschuldigten, ihre Mandanten begrüßten und jeweils reichlich Platz nahmen. Der Richter fuhr mit seiner Befragung fort und wollte jetzt wissen, seit wann sie getrennt leben und ob sie ihre Ehe für gescheitert hielten. Violet hatte Schwierigkeiten, diese letzte Frage zu bejahen – nicht, weil sie nicht hinter der Bejahung dieser Frage stand, sondern weil die Bejahung ja denknotwendigerweise mit juristischen Konsequenzen pekuniärer Art verknüpft war. Deswegen zögerte sie zunächst, bejahte dann auf Nachhaken des Richters aber doch, nachdem ihr Anwalt ihr ernst zugenickt hatte. Schließlich hatte sie auch ihren Stolz, der es ihr nicht erlaubte, an dieser Stelle ein Possenspiel zu treiben. „Soll auf Rechtsmittel verzichtet werden?", fragte der Richter abschließend, wobei sein Blick von Patricia jetzt zu Robert wanderte.

„Wieso Rechtsmittel?", wollte Patricia wissen.

„Na ja, Sie haben ja theoretisch die Möglichkeit, gegen das Scheidungsurteil Berufung einzulegen, Mrs. Hurst. Wenn Sie aber sofort geschieden werden möchten, dann sollten Sie auf Rechtsmittel verzichten. Dann wird das Scheidungsurteil sofort mit Verkündung rechtskräftig. Was möchten Sie? Wollen Sie sofort geschieden werden?"

„Ja, natürlich", erwiderte Patricia, nun ganz überzeugt.

„Ich verzichte ebenfalls", erklärte Robert, der Frage des Richters zuvorkommend.

„Aha, also rechtskräftig", murmelte der Richter mehr zu sich selbst, während er etwas auf einen Zettel schrieb. Dann erhob er sich und wartete solange, bis auch die anderen Anwesenden verstanden hatten, dass sie aufzustehen hatten. „Dann ergeht im Namen des Volkes also folgendes Urteil: Die am 26.9. 1986 vor dem Standesamt Torquay geschlossene Ehe der Parteien wird geschieden... Das Urteil ist rechtskräftig und geht Ihnen in den nächsten Tagen über Ihre Anwälte zu. Damit ist die Verhandlung geschlossen". Der Richter hatte emotionslos seinen Job erledigt, setzte sich wieder, schloss die Akte, legte sie auf die rechte Seite, schaute kurz auf, wie um sich zu vergewissern, dass die Teilnehmer bereits im Begriff waren, den Saal zu verlassen, stellte zufrieden fest, dass dem so war und schnappte sich die nächste Akte vom linken Stapel, öffnete sie und blätterte darin, um sich einen Überblick über den nächsten Fall zu verschaffen.

Robert und Patricia verließen derweil Hand-in-Hand schweigend das Gerichtsgebäude; jeder hing seinen eigenen Gedanken nach, die zweifelsohne zum einen mit dem soeben vollzogenen Akt zusammenhingen, zum anderen in die Zukunft gerichtet waren. Schweigend mochten sie wohl zwanzig Minuten nebeneinander hergeschlendert sein. Keiner von beiden vermochte später zu sagen, wer denn die Richtung vorgegeben hatte und wer wem gefolgt ist. Tatsache ist: Sie vernahmen plötzlich das Geräusch von einer größeren Möwenversammlung, gepaart mit Brandungsgeräuschen. Irgendwann zog Robert seine Patricia immer schneller und wechselte seine Gangart ins Traben. Patricia hatte Mühe, ihm zu folgen, aber sie waren ja über die Hände verbunden. Sie hatten schon fast das Meer erreicht, als sie plötzlich stürzte. Da ihre Hände fest vertäut waren, zog sie Robert ebenfalls in den Sand. Er landete direkt neben ihr. Sie sahen sich an und fingen gleichzeitig an zu lachen. Dabei schnauften sie erschöpft. In diesem Augenblick gab es für die beiden nur den anderen, diesen Augenblick, den eigenen und den Atem des anderen, dessen verführerische Augen und butterweichen Lippen, die Brandung, den weißen, weichen Sand, die Gewissheit, dass sie hier ganz allein waren, sie keiner stören würde ...

„Komm`, Liebste, lass` uns baden gehen", sagte er später und packte sie behutsam im nächsten Atemzug, nahm sie auf den Arm, schaute sie an und ging mit ihr langsam ins Meer, wobei sie jeden Schritt und jede damit verbundene Berührung genossen. Als Robert bis zur Brust im Wasser war, ließ er Patricia langsam ins Wasser gleiten. Wie verliebt die beiden doch waren! Aus dem Gefühl tiefer Liebe schauten sie sich an und umarmten sich lange. Als er die Umarmung löste, schaute er sie lange eindringlich an. „Patricia, ich liebe Dich von ganzem Herzen", kam es buttersanft über seine Lippen. Danach schluckte Robert ein wenig, bevor er weiter sprach: „ Mö-möchtest Du meine Frau werden, liebste Patricia?"

Patricia strahlte vor Glück und schaute Robert kopfschüttelnd an. Dann hauchte sie zunächst ein verhaltenes „Ja", welches sie lauter werdend wiederholte, bis sie es schließlich in den Himmel schrie: „Jaaaaaaaaa!", wobei sie Robert um den Hals fiel und mit ihm in der nächsten Welle versank.

Kapitel 41

Ich hatte wohl mehrere Stunden in der Marina auf meinem Schemel vor meiner Staffelei gesessen, um ein ganz bestimmtes Motiv einzufangen. Den Old Pirate`s Inn, vor dem doch tatsächlich Typen saßen, die etwas Piratenhaftes an sich hatten. Solche Männer hatte ich hier schon lange nicht mehr gesehen. Möglicherweise waren es noch nicht einmal Seeleute. Heutzutage kann man ja auch wirklich niemanden mehr richtig einschätzen. Wer konnte sich dafür verbürgen, dass es sich dabei nicht um eine illustre Runde Soziologieprofessoren handelte, die ihre Wirkung auf Menschen in ihrem neuen Outfit einmal testen wollten? Oder ohne diese hintergründige Absicht immer so aussahen – was wahrscheinlicher war? Niemand! Für das Motiv war mir die Antwort auf diese Frage jedoch einerlei. Sie passten einfach vortrefflich mit ihrem liederlichen Aussehen in dieses Ambiente einer Hafenkneipe, die sowohl von der Einrichtung als auch vom sonstigen Eindruck her exakt so war, wie man sich eine Kneipe vorstellte, die sich „Old Pirate`s Inn" nannte.

Der Wind frischte jetzt auf und blies ein altes englisches Piratenlied an mein Ohr, welches aus dem Innern der Hafenkneipe drang. Dieses schöne und sicherlich alte Lied hatte ich lange nicht mehr gehört und führte mich in meiner Fantasie zu fernen Küsten, fremden Sitten und Gebräuchen, schönen Landschaften, Frauen und Schiffen. Ich sah zum Himmel, stand plötzlich auf, packte meine Sachen und verlies diesen malerischen Ort der Beschaulichkeit.

Als ich mich umdrehte, war der Hafen kaum noch zu sehen. Ich fühlte mich sauwohl. Das Piratenlied war offenbar nicht ohne jede Wirkung verblieben. Ich hatte urplötzlich Lust auf die See verspürt, zuerst im Herzen und von dort drang sie in jede Zelle meines Körpers ein. Unwillkürlich hatte sie mich in meine Yacht hineingezogen. Ich konnte mich gegen diesen Impuls nicht wehren – und wollte es auch nicht. Ich war ein freier Mann und keinem gegenüber rechenschaftspflichtig – nicht einmal Liz gegenüber. Es trieb mich auch nicht zu einem kleinen Törn mal eben um die nächsten Buchten Süd-West-Englands. Ich hatte Lust auf mehr - auf St. Malo, dem alten französischen Piratennest, welches in dem Lied besungen wurde und wo ich schon lange nicht mehr gewesen war. Zuerst und zuletzt war ich als Student mit einem Freund dorthin getrampt, um mir bestimmte Windjammer anzuschauen, die sich zum Hafengeburtstag angesagt hatten. Leider – oder auch glücklicherweise - hatten wir damals St. Malo zu spät erreicht. Es war bei unserem Eintreffen an interessanten Schiffen nur noch eine Nachbildung der alten Bounty zu bestaunen. Grund für unsere Verspätung war aber eher ein angenehmer: Wir hatten unsere Fränzösischkenntnisse auffrischen dürfen, als wir von zwei flotten Mädels aus Lyon in ihrer Ente mitgenommen worden waren. Eine Woche hatten wir gemeinsam mit ihnen im Ferienhaus der Eltern einer der beiden an der Gironde in der Nähe von Bordeaux verbracht. Ich verstehe heut` noch nicht, wieso Kurt unbedingt noch die Windjammer sehen wollte. Es war schließlich bis dahin nie langweilig mit Nadine und Marie gewesen. Sie studierten in Lyon Biologie und wussten alles über Flora und Fauna – und fast alles über Männer – und wir noch nicht alles über Frauen. Gleichwohl war das Interesse der Mädels an Männern nicht erloschen. Man mag es kaum glauben, aber wir waren fast jede Nacht unterwegs, um seltene Tiere in der Gegend aufzuspüren, zu beobachten und zu filmen. Natürlich - das muss ich zu meiner Schande gestehen - hatten Kurt und ich uns die Nächte eingangs auch etwas anders vorgestellt – aber es gab ja auch noch den Tag! Das Verblüffende war, dass wir nach einiger Eingewöhnung und gedanklicher und stimmungsmäßiger Loslösung von Betrachtungen über alternative nächtliche Aktivitäten die nächtlichen Exkursionen per saldo doch als sehr prickelnd empfanden. Oft lagen wir der Länge nach nebeneinander im hohen Gras und beobachteten aus der Deckung heraus mit Infrarotfeldstechern die nähere Umgebung: Hier quakten Frösche, dort wieselten Wiesel durch das hohe Gras, bald hüpfte ein Fisch übers Wasser und tauchte Momente später platschend wieder ein, bald luxte ein Lux einem Jäger niederer Zunft eine Feldmaus ab und irgendwann latschte ein vermutlich verschnupfter oder trunkener, jedenfalls aber tollpatschiger Dachs, der uns offenbar nicht wahrnehmen konnte, frech über meine Haxen. Über uns schien der Mond – es war Vollmond seinerzeit – und die Sterne zeigten sich in ihrer unverhüllten Schönheit und Vielfalt. Hin und wieder machte eine Flasche Bordeaux die Runde, an der wir vorsichtig, aber umso genüsslicher nippten, denn pro Nacht hatten wir nur eine Flasche dabei. Im Interesse der Wissenschaft war das sicherlich eine kluge Entscheidung der beiden Mädels, denn ein Mehr an Wein hätte auch die Lust auf das leibliche Wohl beflügelt, womit das ursprüngliche Ziel der Exkursion gefährdet gewesen wäre. Vernunft ist das Vehikel, die uns um der höheren Ziele willen auf gewisse Dinge verzichten lässt, wobei uns der höhere, veredelte Genuss oftmals erst am Ziel begrüßt. Hier war es – wie bereits erwähnt – so, dass ein Genussaustausch auf dem Weg zum Ziel stattfand mit der Maßgabe, dass wir nach einer gewissen Eingewöhnungsphase feststellten, dass das Arrangement mit dem Verzicht auf die Dinge, die uns zunächst spontan eingefallen waren, dazu führte, dass wir die nächtlichen Naturerlebnisse plötzlich als aufregend und spannend erlebten, was uns ohne den Verzicht auf das zunächst nahe Liegende nie in den Sinn gekommen und damit nie zugänglich gewesen wäre. Frühmorgens bei Sonnenaufgang war unsere Nachtschicht beendet und wir schlichen Rucksack bepackt und Händchen haltend zu unserem Landhaus, wo wir alle nur noch einen Wunsch hatten: Augen zu und schlafen. Andere Wünsche wurden erst wieder mit dem Erwachen – so gegen 11 Uhr - geboren. Und diese hatten durchaus auch so ihre Reize ...

Als Florence wieder aufgetaucht war und sich umschaute, war die Yacht wohl schon etwa 30 m entfernt – und zu ihrem Schrecken stellte sie fest: Auf altem Kurs! Peter saß unbeirrt und scheinbar regungslos am Steuer und drehte sich nicht einmal nach ihr um. Florence war fassungslos. Ihm konnte doch nicht entgangen sein, dass sie vom Baum getroffen ins Meer gestürzt war. Sie drehte sich um die eigene Achse – in der Hoffnung auf Hilfe von anderer Seite. In der Ferne nahm sie erfreut ein Segel wahr. Jetzt wandte sie sich wieder Peter und der dahin gleitenden Yacht zu und schrie – weil es ihr ein tiefes inneres Bedürfnis war - aus Leibeskräften: „Peter, du Dreckskerl! Du mieser Dreckskerl!" Für sich resümierte sie das Geschehen: „So was nennt man ja wohl die kalte Entsorgung von unbequemen Geliebten!"
Ein heftiger Stoß in ihrem Nacken ließ sie aufschrecken. Geistesgegenwärtig stellte sie sich – eine Wende einleitend - dem vermeintlichen Seeungeheuer und machte die angenehme Erfahrung, dass es sich um ein großes

Brett handelte. „Na, ja! Zwar kein Seenotkreuzer, aber eine kleine Schwimmhilfe ist besser als ein Seeungeheuer. Die See ist frisch und wer weiß, unter welchen Segeln ich wann meine Haare und den Rest, der von mir noch übrig geblieben ist, trocknen kann". Sie krabbelte auf das Brett und dachte bald, wie sie das Brett zwischen ihren Schenkeln spürte, an die Hexen im Harz. Eine winzige Kleinigkeit unterschied sie von diesen: Die Hexen konnten auf ihren Reisigbesen fliegen! Diese Fähigkeit hätte sie jetzt auch ganz gern. Florence beschloss, mit mäßiger Kraft auf den Punkt zuzusteuern, den sie für die Küste hielt. Sie brauchte sich so nicht auf fremde Hilfe zu verlassen. Vielleicht konnte sie es ja mit auflaufendem Wasser schaffen.

Nach etwa zwei Stunden merkte Florence leider zunehmend ihre schwindenden Kräfte. Sie hatte Mühe, den Kontakt zum Brett zu halten und war jetzt bemüht, eine Position auf dem Brett einzunehmen, die möglichst wenig Kraft kostete. Hin und wieder wandte sie sich nach allen Seiten um – in der Hoffnung auf ein Segel, Schornstein oder andere potentielle Hilfe. Unwillkürlich dachte sie jetzt daran, wie ihr damals der sicher geglaubte Geschäftsführerposten durch die Lappen geglitten war. Sie hatte zugunsten ihres Jobs ihr Privatleben und ihre Liebe aufs Spiel gesetzt, um diesen Job zu bekommen. Plötzlich stand sie mit leeren Händen da. Volker hatte sich von ihr getrennt; hinzu gesellte sich jetzt der Karriereknick. Wie hatte sie Anja aus der Feuilleton-Abteilung nur übersehen können. Wie um alles in der Welt konnte sie sich quasi noch auf der Zielgeraden abfangen lassen? Gab es da irgendwelche Stimmungen, Bewegungen, Verschwörungen, die ihr entgangen waren? Vielleicht sogar persönliche Beziehungen zum alternden Alleingesellschafter? Jedenfalls fühlte sie sich, als wenn ihr plötzlich der Boden unter den Füßen weggezogen würde, als der Gesellschafterbeschluss die Runde gemacht hatte und an ihr Ohr gedrungen war. „Wie lange ist das eigentlich jetzt her?", fragte sie sich. „Ich muss wohl so um die 31 gewesen sein. Wieso erinnere ich mich jetzt daran? Schlappe, Niederlage, Untergang ... Ich darf jetzt nicht aufgeben", gab sie sich einen Ruck. Schon allein um Peter ein Schnippchen zu schlagen. Der bringt es doch fertig und meldet mich aus unbekannten Gründen als vermisst, lässt mich dann irgendwann für tot erklären, wenn meine Leiche nicht gefunden wird und kassiert die Lebensversicherungssumme. Wie konnte er nur soweit gehen? Na schön: Er war erheblich angetrunken. Mag auch sein, dass er mich nicht absichtlich von den Planken in die See befördert hat. Aber er hat mit Sicherheit mitbekommen, dass ich plötzlich ins Wasser fiel – und hat nicht versucht, mich zu retten. Also kam ihm mein vermeintliches Unglück doch zumindest sehr gelegen. Wieso eigentlich? Unsere Beziehung hatte Höhen und Tiefen – zugegeben: zuletzt mehr Tiefen. Aber wie um alles in der Welt konnte er soweit gehen, mich einfach abbuddeln zu lassen? Habe ich da auch wieder irgendetwas nicht mitbekommen?

Der Wind hatte nachgelassen. Die Esperanza lief nur noch 2 Knoten. Ich überlegte, ob ich unter Motorkraft weiterfahren sollte. Diesen Gedanken verwarf ich jedoch wieder. Ich hatte es ja nicht eilig. „Ich glaube, ich werde mir erst mal eine schöne Tasse Kaffee kochen und dabei ein bisschen schmökern", beschloss ich, setzte das Steuer fest und ging in Vorfreude auf den Kaffee und meinen angefangenen Roman in die Kombüse. Ich genoss den Kaffee sehr – auf See schmeckt alles eine Idee besser als an Land – komische Geschichte – und war sehr in den Roman von Rosamunde Pilcher: „Muschelsucher" vertieft, als ich plötzlich ein Geräusch vernahm, das von außerhalb der Yacht kam und sich so anhörte, als wäre die Yacht mit einem Gegenstand kollidiert – vielleicht ein Stück Holz. „Egal", dachte ich. „Ein Stück Holz kann meine Esperanza nicht zum Kentern bringen". Da auf See aber zur Zeit wenig los war und die „Muschelsucher" ebenfalls zur Zeit nicht so besonders interessant waren, ging ich nachsehen. Gemächlich stieg ich die Treppen empor und schaute zunächst am Bug nach. Nichts zu sehen. Ich wandte meinen Blick längsschiffs Richtung Heck als mir plötzlich der Atem stockte. Etwa 30 Meter achteraus lag ein Mensch im Wasser. Jetzt machte er scheinbar automatisch – und kraftlos - einen Beinschlag. Mit seinem Kopf lag er seitlich auf einem Brett. Er hatte offenbar nicht gemerkt, dass er mit einem Schiff zusammengestoßen war. Und offenbar lebte er noch – Gott sei Dank! Rasch barg ich die Segel, warf den Motor an, um genauer manövrieren zu können und wendete. Am Ziel angekommen schaltete ich auf Leerlauf und lief schnell zu dem Unglücklichen. Es war eine Frau. Im Vorbeigehen hatte ich eine Leine gefasst und diese am Großbaum befestigt. Ich seilte mich jetzt ab. Vorsichtig legte ich die Leine per Palstek unter ihre Arme, um sie beim Hochziehen nicht zu verletzen. Wieder an Bord zurück zog ich vorsichtig an der Leine, so dass die Frau bis zum Po aus dem Wasser schaute. Mit einer Hand zog ich weiter an der Leine. Als sie mit den Füßen Deckshöhe erreicht hatte, hob ich von der Innenseite der Reling die Frau über dieselbe, nahm sie auf beide Arme und trug sie in meine Koje. Behutsam zog ich ihren Bikini aus, frottierte sie trocken und legte meine Bettdecke über sie. Natürlich hatte ich keine Wärmflasche an Bord. Eine solche könnte die Dame jetzt sicherlich gut gebrauchen. Ich überlegte, ob ich mich nicht selbst als Wärmflasche zu ihr legen sollte, hatte aber moralische Bedenken. Schließlich war sie für mich eine fremde Frau. Zum ersten Mal betrachtete ich ihr Gesicht. Da traf mich doch der Schlag! Das konnte doch nicht wahr sein! Fremde Frau? Es war Florence, meine Jugendliebe! Ich war wie von Sinnen. Sekundenlang drehte sich alles in mir und Bilder aus längst vergessenen Zeiten schossen mir durch den Kopf. Wie kam sie denn hier her? Wie war meine kleine, süße Florence nur in diese Situation gelangt? Spontan legte ich mich - nun aber doch - neben sie – unter dieselbe Decke - schließlich war meine Jugendliebe mir nicht fremd, ich hatte eine offene Zweierbeziehung und unter derselben Decke konnte ich ihr mehr Wärme abgeben. Komischerweise wurden nunmehr zunehmend Hemmungen wach, als ich mir ihre Reaktion beim Erwachen vorstellte. Sie könnte mich nicht erkennen und mich empört zurückstoßen. Oder mich zwar erkennen, mich aber gleichwohl zurückstoßen. „Unsinn", verwarf ich diese Gedanken und strich ihr zart mit meiner Hand über ihre Wangen. Sie seufzte.

Lange lag ich so neben ihr, versuchte, Wärme in ihren unterkühlten Körper zu transportieren und schaute sie einfach nur an. Gelegentlich streichelte ich ihre Wange. Erinnerungen tauchten aus der Tiefe an die Oberfläche. Mir fiel jetzt eine Szene ein, wo wir bei Jürgen, einem Klassenkameraden von mir, zur Fete eingeladen waren. Florence und ich kannten uns schon flüchtig über unsere beiden kleineren Schwestern, die in derselben Klasse waren – wie wir, am Gymnasium an der Parsevalstraße. Wir – zwei Klassenkameraden und ich – hatten während der Pause einen Rundgang durch unsere Schule gemacht – ein Hobby, das wir mit vielen Schülern teilten. Dabei begegnete man sich etwa alle 7 Minuten. Wir waren zur dritt. Abwechselnd war einer von uns pro Runde dran, ein entgegenkommendes Mädchen anzusprechen und zur Fete einzuladen. Eine spannende, aufregende Sache. Manchmal geschah es, dass der Kreis geschlossen war, ohne dass sich der, der dran war, getraut hatte, ein Mädchen, was er schon angepeilt hatte, anzusprechen. Mir ging das auch oft so. Wir haben uns dann aber immer wieder gegenseitig Mut zugesprochen – und irgendwann hat es dann doch noch geklappt – das Ansprechen jedenfalls. Je hübscher und begehrenswerter ein Mädchen war, umso größer die Wahrscheinlichkeit, dass mehrere Kreise sich schlossen – ohne Ansprache. Wieder lief dann die Sanduhr bis zum nächsten Treffen. Anke Thake hatte mal auf Ansprache nach der 6. Runde empört erklärt: „ Ich kenne Euch ja überhaupt gar nicht, wie soll ich da mit Euch zu irgendeiner Fete gehen?" Es hätte ja nahe gelegen zu kontern;: „Du könntest uns ja vorher oder auf der Fete kennen lernen. So ungezwungen spontan waren wir aber nicht. Wir haben die Einlassung artig akzeptiert und uns getrollt. Jetzt war ich wieder an der Reihe. Florence kam uns nun schon zum dritten Mal – flankiert von Ingrid und Susanne – entgegen. Nach der zweiten Begegnung ohne Ansprache hatte ich schon einen freundschaftlichen Seitenhieb von Lobertus erhalten. Die besondere Schwierigkeit, Florence anzusprechen, war: Sie war einerseits besonders hübsch und begehrenswert, zum anderen hatte sie jedes Mal bei unserer Begegnung, wenn der Kreis sich schloss, jene spezifischen erotischen Signale ausgesandt, die mich jedenfalls total verwirrten. Ich bekam Angst vor meiner eigenen Courage – Courage? Welche Courage? Ich hatte bis zu dem Zeitpunkt noch kein Mädchen geküsst! Wie in Trance muss ich sie dann doch in dieser 3. Runde angesprochen haben. Überraschenderweise antwortete Ingrid – die ich zu dem Zeitpunkt noch nicht kannte -, dass sie mich gern zu der Fete begleiten würde. Meine Ansprache war ergo offensichtlich dergestalt allgemein gehalten und verunglückt, dass sich das Angebot an beliebig Annehmende gerichtet hatte. „Verdammt", dachte ich. Wie komme ich da jetzt raus? Ingrid war zwar auch eine ganz passable Erscheinung – eigentlich auch ein Bild von einer Frau. Mit Florence wäre das Boot aber quasi schon „voll" gewesen. Und Florence wollte ich doch! Wie ich mich aus der Situation herausgerettet habe, weiß ich heute nicht mehr. Irgendwie ist es mir dann aber doch gelungen. Jedenfalls stand Florence eines Tages am verabredeten Ort und ich hielt an. Ich begrüßte sie aufgeregt und setzte ihr unbeholfen einen Helm auf ihren hübschen Kopf, der bei dem ersten Versuch auch noch zu Boden fiel. Ich stand total unter Spannung. Dann tuckerten wir mit meiner Zündapp 50 Richtung Arbergen zu Jürgen. Ich habe den ganzen Abend natürlich nur mit Florence getanzt. Wir haben beide zusammen und mit den anderen gelacht und viel Spaß gehabt. Beim Schwofen zu Procul Harum habe ich es sehr genossen, ihren Kopf zu spüren, der sich auffällig genüsslich zunehmend an meinen schmiegte. Wie auf einer unbekannten Fährte versuchte ich das auch – vorsichtig und - ängstlich. Zwischendurch drehte sie langsam ihren Kopf und suchte den Blickkontakt. Wie spannend-aufregend das doch war! Wie gern hätte ich sie jetzt geküsst. Aber dann hätte sie ja gemerkt, dass ich noch nie geküsst habe. Aber irgendwie, irgendwann musste ich mich ja mal offenbaren. Mitten in dieser Gedankenwelt spürte ich heiße Lippen – die sich zärtlich auf meine gelegt hatten. Ich bemerkte einen sanften Schwindel im Kopf, ein Spannungsgefühl im Magen und einen rasenden Herzschlag, der mit jedem Paukenschlag des Herzens seine Signale in jede Zelle meines Körpers auszusenden schien. Ich dachte zunächst, ich sei schwanger. Dann fiel mir ein: „Gott sei Dank! Du bist ja ein Mann, Dany! Kannst ja gar nicht schwanger werden! Aber was ist es dann?" Es war ein Meilenstein in meinem Leben. Von da an wurde nichts mehr, wie es war und alles irgendwie eine Nuance anders. Die Beziehung zu Mädchen hatte sich verändert. Heraus aus der idealen Traumwelt in die - manchmal - noch süßere Wirklichkeit. Mir war zwar bewusst, dass der Kuss nicht optimal angesetzt war. Florence sprach dies aber erst – ganz verständnisvoll und ohne mein Ehrgefühl zu verletzten – sehr viel später an. „Das müssen wir aber noch ein bisschen üben", hauchte sie mir verführerisch-lächelnd zu und küsste mich leidenschaftlich, während ich versuchte, die Wege ihrer Zunge nachzuempfinden und ähnliche Wege zu gehen.

Bei ihr in der Hudemühlerstraße angekommen, haben wir noch lange unter einer Laterne gestanden – Arm in Arm. Es war Sommer und relativ warm. Verdammt, war ich glücklich! Wie auf einer Wolke segelte ich mit meinem Moped nach dem Abschied in die Garage meines Vaters und schwebte von dort, liebevoll getragen von Wolke Nr. 7, glückselig in mein Bett. Ich glaube, das war einer der schönsten Tage in meinem Leben! Irgendwann schlug sie vor, wir sollten die Beziehung nicht so eng nehmen, wir seien noch so jung und sollten unsere Erfahrungen machen, auch mit anderen Partnern. Was für ein Tiefschlag das doch war! Ich hatte mich gerade verliebt und sollte nebenbei mit anderen …? Danach stand mir ganz und gar nicht der Sinn. Enttäuscht hatte ich dies Florence offenbart, die dies nicht weiter kommentierte. Als mir dann von Freunden entsprechende Kontakte von Florence zu einem Jungen aus meiner Parallelklasse ans Ohr getragen worden waren, war ich total am Boden. Ich war zutiefst gekränkt und habe sie fortan nicht mehr angeschaut. Wenn wir uns in den Pausen auf dem Schulhof oder auf den Gängen begegneten, schaute ich demonstrativ regungslos an ihr vorbei, was mir gut gelang – was den Ausdruck nach außen anbetraf. Innerlich kochte ich freilich und vom Gefühl her hätte ich lieber den Kontakt gesucht. Das mochte wohl so eine Woche gegangen sein. Dann übergab sie mir, als ich gerade wieder an ihr vorbeigehen wollte, einen kleinen Zettel. Ich nahm ihn – scheinbar regungslos -

entgegen. Hinter der nächsten Kurve, wo ich sicher war, dass sie das nicht beobachten konnte, rollte ich den Zettel hastig auf und las:

„Wieso bist Du so rau und garstig zu mir? Es tut mir leid, ich wollte Dich nicht verletzen. Jetzt, wo ich weiß, dass ich Dich verloren habe, weiß ich erst, wie sehr Du mir fehlst und dass mein Vorschlag – Du weißt schon, welcher - falsch war. Meinst Du, wir könnten noch einmal von vorn anfangen?"

Ich war total gerührt und den Tränen nahe. Mein Eis war gebrochen. In der nächsten Pause ging ich auf sie zu, lotste sie aus ihrer Freundinnengruppe heraus, aus der sie von sich aus schon ein, zwei Schritte herausgetreten und mir entgegengekommen war, und wir verabredeten uns für 13 Uhr 20, also für Schulschluss, vor dem Haupteingang. Ich fieberte diesem Treffen aufgeregt entgegen und konnte dem Unterrichtsstoff schon aus diesem Grunde nicht mehr folgen (der andere Grund war: es handelte sich um Chemie, wo ich auf der Kippe zur 6 stand). Ich träumte von meiner kleinen, hübschen, wunderbaren Florence und wie das vielleicht weiter gehen könnte - mit uns zwei. Ich hörte den Gong, hatte im Nu meine Sachen gepackt und war auch schon verschwunden, wahrscheinlich grußlos. Als ich vor den Haupteingang unserer Schule trat, war Florence bereits da. Sie lehnte lässig gegen einen Pfeiler und zeigte mir ihren Rücken, während sie in den Wolken verhangenen Himmel schaute. Tja, was sollte ich jetzt sagen, nach allem? Ich trat vor sie hin, schaute sie einfach mit meinen verträumten Unschuldsaugen an und sagte: „Na - Florence?"

Sie lächelte jetzt wieder ganz vorsichtig. „Na, Dany – alter Freund?"

Als sie das sagte, vor allem: wie sie das sagte: Mit einem Augenaufschlag und einer Sehnsucht, die aus ihren Augen ausströmte und zunächst in meine vehement eindrang, die sich von da aus rasch wie ein Lauffeuer auf den ganzen armen Danilo ausbreitete, bekam ich schon wieder ganz weiche Knie. Irgendwann stammelte ich: „Ich danke Dir für Deinen lieben Brief. Er hat mich mitten ins Herz getroffen….Gehen wir ein bisschen?"

„Ja, lass` uns gehen". Wir hatten eine etwa 400 m lange, gemeinsame Teilstrecke bis nach Hause, die nur über einen Fuß- und Fahrradweg entlang des Sportplatzes führte. Wir gingen nebeneinander, ohne uns anzufassen – obwohl Herzen und Hände sich danach sehnten. Der Laternenpfahl bildete den Abschiedspunkt, den wir im Verlauf der nachfolgenden Stunde mehrfach umkreisten. Mit unseren Gesprächen umkreisten wir wechselseitig und zart unsere Herzen, setzten hier und da einen Akzent, der den anderen in angenehmster Form in jeder Zelle seines Körpers erreichte – und streichelte. Zum Abschied sagte ich: „Ich bin ja so froh, dass Du Dich überwinden konntest, mit mir grässlichem und fürchterlich stolzem Eisklotz wieder Kontakt aufzunehmen. Aber ich war zutiefst gekränkt und unfähig, mit Dir darüber zu reden, Dir das Wort zu gönnen. Ich habe mich in meine gekränkte Eitelkeit zurückgezogen – und habe unheimlich dabei gelitten".

„Und wie ich erst gelitten habe, lieber Dany! Schreibe es meiner Jugend zu, dass ich mich einfach habe gehen lassen, dass ich das entfernte, weniger deutliche Ziel aus den Augen und mich in dem schnell erreichbaren Ziel verloren habe. Jugend will so viel, will alles gleich, bedenkt nicht die Gefahr, die auf diesem Wege lauert, nämlich, dass sie zum Beispiel auch verlieren kann, wenn wesentliche Interessen im Widerstreit mit einander liegen".

„Das hast Du aber schön gesagt. Das war ja richtig philosophisch. Da fällt mir Shakespeare ein, der in einem seiner Stücke geschrieben hat:

„Be wary then, best safety lies in fear. Youth to itself rebels, though non else near".

„Die Stelle kenne ich auch, mein Lieber. Die Antwort der Schwester war:

„I shall, good brother, the effect of your words keep, as a watchman to my heart. But do not, as some ungracious pastors do, show me the steep and thorny way to heaven, whiles himself, like a puffed and reckless libertine, the primrose path of libertine treeds and recks not his own reed".

Schweigen. Ich war absolut sprachlos und mochte Florence angeschaut haben wie ein Auto. Sie genoss mein Erstaunen in vollen Zügen. Sie freute sich gleichzeitig darüber, dass wir zwei uns aus tausend möglichen Dramen von den gleichen Passagen desselben Stückes haben inspirieren und faszinieren lassen. Schließlich hatten wir beide uns ja auch aus tausend möglichen Alternativen erwählt. Das konnte kein Zufall gewesen sein! Wenn man sich liebt, hat man eine Übereinkunft in wesentlichen Dingen. Dabei ist die Wahrscheinlichkeit, dass die Liebenden einen gemeinsamen Interessenfocus haben, relativ groß.

„Du erstaunst mich immer wieder, liebste Florence", gestand ich, als ich mich wieder beruhigt hatte. Ich bin immer noch ganz baff, dass ausgerechnet Du die gleiche Passage – eine aus abertausend möglichen Stücken – dahersagen kannst. Oder kannst Du noch mehr aufsagen aus diesem Dialog der beiden Geschwister?"

„Natürlich – natürlich … nicht!", erklärte sie.

„Aber was hat Dich an dieser Passage genau fasziniert, dass es Dir wert war, es auswendig zu lernen?"

„Ganz einfach! Ich hasse Leute, die mir schöne Regeln aufstellen, und sich selbst nicht daran halten, Leute, die Wasser predigen und selbst Wein saufen. Und diese Einstellung wird mit so vortrefflichen Worten von der Schwester – war es Ophelia? Ich weiß es nicht mehr – beschrieben, im Dialog mit ihrem Bruder, der sie vor den Gefahren ihrer eigenen Jugend warnen will, aber wahrscheinlich gar nicht vorhat, in der Fremde sich selbst an diese hehren Vorgaben zu halten".

Ich fühlte mich tatsächlich ein wenig angesprochen. Geht es mir doch selbst gelegentlich so, dass ich für andere die Anforderungen höher schraube als für mich selbst, womit ich den kategorischen Infinitiv überschritten hätte. Ich schämte mich jetzt fast für diese Unsportlichkeit, die mir persönlich bewusst wurde, ohne dass Florence diesen Angriff gegen mich gefahren hätte. Wahrscheinlich hatte sie insofern nicht einmal den leisesten Verdacht gegen mich. Zum Abschied hielten wir lange unsere Hände, schauten uns verträumt und sehnsüchtig an und hatten alle Sensationen der großen Liebe. Artig und auf das höhere Ziel bedacht, dem Verlangen noch nicht sofort nachzugeben, gingen wir kusslos unserer Wege – glücklich, ein ganz großes Ziel im Visier zu haben, bereit zu sein, dafür auf momentanen Genuss zu verzichten mit der Vorstellung, später durch noch viel größere Lust reichlich für den vergangenen Verzicht entlohnt zu werden. Wie lange kann man so etwas wohl aushalten? Wir hielten es jedenfalls so an die 3 Monate aus – bis zu dem Abend, wo wir uns gemeinsam einen Film im Kino angeschaut hatten. Ich weiß noch ganz genau, um was es dabei ging. Nur den Titel erinnere ich nicht mehr. Jedenfalls traute ich mich irgendwann, ihre auf ihrem Schenkel liegende rechte Hand zu erspüren, sie ganz zärtlich zu streicheln. Das war kurz vor Ende des Films und bis dahin hielten unsere Hände nicht mehr still. Es war wie ein Orgasmus der Sinne nach drei Monaten Vorlauf, in denen das Verlangen nach dem anderen peu a peu durch sinnliche Reize allein gesteigert worden war. Vor dem Kino haben wir uns dann endlich geküsst – aber ausführlich! Und nachhaltig! Auf kommod sich anfühlenden Schäfchenwolken schwebte ich dann irgendwann nach Hause und muss wohl die ganze Nacht auf diesen Wolken zugebracht haben. Jedenfalls erwachte ich wie ein Prinz und entsprechend begierig war ich, die Prinzessin, mit der ich mich verabredet hatte, alsbald wieder zu treffen, um mit ihr noch die Zeit bis zum Schulbeginn zu verbringen. Treffpunkt: Laternenpfahl gegenüber dem Sportplatz, viertel vor acht.

Ich verließ an dieser Stelle meiner Gedanken das Steuerrad, aktivierte den Autopiloten und sah nach Florence. Sie schlief den Schlaf der Glücklichen, die eine große Lebensgefahr gemeistert und am Schluss auch noch völlig überraschend ihre Jugendliebe wieder getroffen hatte. Ich schaute sie lange an, küsste sie zärtlich auf die Stirn, wobei ich mich sehr zurückhalten musste, nicht zufällig dabei auf ihre doch sehr einladenden Lippen abzurutschen und widmete mich sodann wieder der Navigation. „Navigare necesse est, Seefahrt muss sein. Am Steuerrad angekommen, sah ich wieder in die vor mir sich aufbäumenden Wellen und erkannte in diesen schon wieder Florence. Verrückt, nicht? Plötzlich schwirrte mir das Lied von Matthias Reim durch den Kopf:

„Und ich denke schon wieder nur an Dich! Verdammt ich lieb` Dich ... will Dich nicht verlier`n ...“

Das sang ich jetzt und brüllte es aus mir heraus: „...ohouwouhouwou- houooo ...“

den Wellen entgegen. Mir fiel jetzt ein, wie wir uns verabredet hatten, zum ersten Mal ... Wie peinlich mir das war, beim Friseur Präservative zu besorgen! Und dann geriet ich auch noch an eine Friseuse, die mir sicher auch lieber andere Dinge verkauft hätte. Meine Eltern und Geschwister waren übers Wochenende außer Haus und ihre Familie war leichtsinnigerweise nach Grömitz gefahren. So hatten wir alle Zeit der Welt, einander ganz behutsam anzunähern. Wie der andere im Bikini bzw. in Badehose aussah, wussten wir bereits. Alles andere war bis jetzt Fantasie. Die Teile des geliebten anderen Körpers, der uns bis dahin verborgen geblieben war, begrüßten wir voller Auf- und -erregung mit vielen Küssen und Zungenschlägen und all den Maßnahmen, die wir uns zuvor aus einem Anleitungsbuch, das ich verschämt aus einem Sex-Shop am Hauptbahnhof erworben hatte, angelesen bzw. angeschaut hatten. Ach wie war das doch aufregend! Wie war das erste Mal doch schön! Was für eine Spannung doch in der Luft hing und durch unsere Adern pulsierte! Es war etwas ganz Besonderes! Zu wissen, dass es für uns beide das erste Mal ist, und dann ausgerechnet mit dem geliebten Menschen. Bis dahin hatte ich geglaubt, dass die Liebe zu Florence nicht mehr steigerungsfähig sei. Aber nach unserer wechselseitigen Defloration war die Liebe zu ihr noch intensiver, noch heißer, noch inniger, noch fruchtbarer, von noch größerer Unruhe beseelt ...

Ich spürte plötzlich einen unwiderstehlichen Impuls, erneut nach Florence zu sehen. Als ich sie ansah, wurde mir ganz warm ums Herz. Ich erinnerte mich jetzt wieder an die 15-jährige Florence, am Morgen danach. Ich war als erster wach und genoss einfach ihren Anblick, wie sie da schlafend neben mir lag. Jetzt schlug sie plötzlich ihre Augen auf. Langsam verdrängte das Jetzt die Schatten der verklärten Erinnerung und wir sahen einander - 30 Jahre später und älter – erneut ganz tief in die Augen. Der Gesichtsausdruck hatte sich freilich ein wenig – wirklich nur um unwesentliche, vernachlässigbare Nuancen - verändert. Der Glanz in ihren Augen war aber kaum verblichen. Mit diesem Glanz in den Augen sah sie mich lange ungläubig an und schien ihrerseits in Erinnerung abzutauchen. Dann kehrte sie zurück, sah sich um und schien sich peu a peu zu erinnern, was geschehen war. „Dany?", flüsterte sie und sah mich aus ihren wunderschönen blauen Augen ungläubig an.

„Ja, meine liebe Florence, ich bin`s".

„Dany – mein alter, lieber Freund", flüsterte sie kraftlos. „Ich kann es nicht glauben, dass Du es bist! Was machst Du hier? Hast Du mich etwa gerettet?"

„Ja", sagte ich knapp, gefühlvoll – und mit einem mächtigen Kloß im Hals. Ich war den Tränen nahe, so sehr war ich von den Umständen des Wiedersehens und natürlich auch von dieser Frau, meiner kleinen Florence, ergriffen. Auch ich konnte es nicht glauben, was uns gerade widerfuhr. „Die Welt ist so groß! Und dann treibt man plötzlich irgendwo im Ausland auf offener See aufeinander zu – nachdem man sich 30 Jahre nicht gesehen hat!"

„Ja", sagte sie erschöpft und fiel erneut in einen tiefen Schlaf. Ich vermeinte, ein zartes, zufriedenes Lächeln auf ihren Lippen vernommen zu haben.

Ich übernahm wieder das Ruder und hielt weiter Kurs auf Torquay. St. Malo konnte ich noch andere Male ansteuern. Ich hielt es für besser, Florence rein vorsorglich von einem Arzt untersuchen zu lassen. Also retour in den Heimathafen!

Ich stand an meinem Steuerrad mit verklärtem Blick auf die Nordsee. Ich hing meinen Gedanken nach und konnte es immer noch nicht fassen, dass Florence, meine große Liebe, in meiner Koje lag, dass dies hier kein Film von Rosamunde Pilcher ist, sondern honigsüße Wirklichkeit. Habe ich honigsüß gesagt? Ja, warum eigentlich honigsüß? Ich ging in mich und stellte fest, dass mir wirklich so war, als würde warmer Honig durch Magen und Herz fließen und diese zärtlich liebkosen. Auch spürte ich die Planken unter meinen Füßen gar nicht mehr, vielleicht, weil ich ein wenig über denselben auf einer tief fliegenden Wolke schwebte. Ein tolles Gefühl! Was war los mit mir? Ich starrte auf die jetzt unruhiger werdende See und zwischendurch tauchte aus den Wellen Florence auf, die mich ernst forschend ansah. Und jedes Mal, wenn sie wieder auf dem Wellenkamm auftauchte, wurde mir wohler ums Herz. Meine Gedanken entführten mich jetzt in den Schnoor ins Katzen-Cafe in Bremen, wo ich mit ihr damals bei einem Gläschen Wein – sie Rhein- und ich Moselwein - in dieser Form nicht mehr wieder erlebte glückliche Stunden verbracht hatte. Vielleicht, weil sie die erste war, weil ihre Blicke als erste ihre Liebesspuren und ihren Namen in mein Herz geritzt haben und vielleicht, weil die ersten Spuren dieser Art die deutlichsten und nachhaltigsten sind. Vielleicht können die ersten Spuren nicht ausgelöscht werden? Ich erinnerte mich jetzt an andere schöne Dinge, die ich irgendwann in meinem Leben zum ersten Mal erleben durfte. Mir fiel jetzt auf, dass aus der Erinnerung heraus auch diese ersten Erlebnisse den nachhaltigsten Eindruck hinterlassen hatten. Wir waren umgeben von historischen Fassaden des ältesten Stadtteiles von Bremen, altem Backsteingemäuer, deren spannendsten Geschichten aus den Jahrhunderten in diesem kleinen Innenhof des Katzen-Cafes zu hören waren – wenn man denn die Antennen dafür ausgefahren hatte. Und wir hatten beide die Antennen dafür – damals. All unsere Sinne waren geöffnet! Gelegentlich lief uns ein Schauer über Rücken und Arme, so ergriffen waren wir von der ganzen Situation. Es war natürlich eine Mischung aus der Einbindung in die Geschichte dieses herrlichen Ortes einerseits und dem Erlebnis andererseits, einem Menschen in die Augen zu sehen, dessen Anblick so ziemlich alles an und in einem in Wallung bringt. „Du konntest einen so wunderbar kokett ansehen!“, säuselte ich leise vor mich hin. „ Und wenn Du mir im nächsten Augenblick mit Deinen schönen Fingern über meine raue Hand und meinen Arm gefahren bist, schnellte stante pede - unter anderem - meine seinerzeit noch nicht so ausgeprägte Armbehaarung in die Höhe“. Die Erinnerung war jetzt so präsent, dass sich dieses Erlebnis reaktualisierte. Auch jetzt wieder richtete sich meine Armbehaarung auf und ich schüttelte mich, so als ob sich ihre Finger erneut zart auf meinen Arm gelegt hätten. Wie schön das doch ist! Wie schön es doch ist, wenn man unbeschreiblich schöne Erlebnisse durch das gedankliche Abrufen und die visuelle Vorstellung der seinerzeitigen Situation nachempfinden kann!

„Mein lieber Dany, es ist so unheimlich schön mit Dir“, hauchte sie mir jetzt – in memoriam - entgegen. „ Du bist so vielseitig, ebenso sensibel wie oberflächlich, kannst ebenso ernst sein wie Du zu blödeln vermagst. Du bist sehr geistreich, voller Witz, leidenschaftlich, anmutig, gebaut wie Adonis, sportlich, begeisterungsfähig, gefühlvoll, einfühlsam. Du bist eine absolute Stimmungskanone, bist der erste auf der Tanzfläche und der erste, der anfängt, ein Lied anzustimmen. Na, ja … “Und an dieser Stelle sah sie mich wieder so kokett lächelnd mit leicht geneigtem Köpfchen an „…von den anderen

Qualitäten ganz zu schweigen, mein Lieber. Ich gebe Dich unter keinen Umständen her. Der Dschungel ist dunkel, aber Du bist der Tiger, dessen funkelnde Augen wie eine kleine Sternenformation überall im Dschungel erkennbar sind".

„Vielen Dank für Dein Kompliment, liebe Sonne. Aber wenn mein Licht von überall erkennbar ist, dann ist zumindest meine nächtliche Jagd ja immer relativ Kräfte zehrend".

„Exercendo vires augentur. Durch Übung hältst Du Dich fit, mein Lieber – für mich, wie ich zu hoffen wage. Und eine gewisse Fitness kann ich schon erwarten, schließlich bin ich ja auch nicht gerade Lieschen Müller von nebenan, oder".

Hier sah sie mich, scheinbar nach Komplimenten heischend, erwartungsvoll an. Und ich tat ihr den Gefallen. Aber: Es kam von Herzen: „Du bist ganz sicher nicht Lieschen von nebenan. Zum einen wohnst Du zwei Straßen weiter und damit schon einmal nicht nebenan. Zum anderen zieren Dich eine Anmut, ein großer Geist, ein Kämpferherz – nur scheinbar untypisch für eine Frau - ein Liebreiz, eine von einer erotischen Stimme begleitete Eloquenz, eine weibliche Eleganz, eine Schönheit", und nun noch leidenschaftlicher: „eine sagenhaft erotische Ausstrahlung – Eigenschaften, die ich bei anderen Frauen" – ich vermied ganz bewusst den Begriff: „Mädchen", um Florence aufzuwerten – „in dieser Form noch nie bewundern durfte". Ich fingerte jetzt – nicht ohne eine gewisse innerliche Anspannung – in meiner Hose nach einer kleinen Schachtel. Ich fand sie und nahm sie in beide Hände. Mit der linken öffnete ich sie.

„Oh, Dany, Liebster! Du hast also daran gedacht", brach es Freude strahlend aus Florence heraus. „ Ich hatte schon befürchtet, Du könntest es vergessen haben".

„Wie könnte ich etwas vergessen, was uns beiden am Herzen liegt?" Ich entnahm feierlich der Schachtel die Ringe, die ich von meinem durch Nachhilfeunterricht selbst verdienten Geld bei einem Juwelier auf der Berliner Freiheit in Bremen erworben hatte, legte den einen beiseite und steckte den anderen zärtlich-zitternd Florence auf den Ringfinger. Nun ergriff sie den einen und steckte ihn mir ebenfalls mit einem kleinen Tremor zärtlich auf meinen Finger. Wir sahen uns erwartungsvoll an.

„Sag was, Dany!", verlangte Florence nach stimmungsvollen Worten.

Ich war zutiefst ob der Bedeutung dieses Ringtausches an unserem letzten gemeinsamen Abend vor ihrer Amerikareise bewegt. Ich musste erst ein paar Male schlucken, bevor ich in der Lage war zu sprechen: „Florence, meine Liebe - meine große Liebe. Nimm diesen Ring zum Zeichen dafür, dass ein Stück von mir immer an und in Dir ist. Wenn Du verzweifelt bist und Dich einsam fühlst in den USA, wende Dich vertrauensvoll an diesen Ring. Er steht stellvertretend für mich und soll Dir Trost spenden, Dir zuhören, Dein Herz erwärmen …" Weiter konnte ich nicht sprechen. Ich war den Tränen nahe. Mir wurde in diesem Moment bewusst, dass sie mich am nächsten Tag für geschlagene 365! Tage verlassen würde, um in den USA Land, Leute, Kultur und Bildung zu genießen.

„Und Du, Geliebter, nimm diesen Ring zum Zeichen dafür, dass ich die Deine bin. Verletze mein ach so zartes Herz nicht. Ich sehne mich jetzt schon danach, Dich wieder zu sehen - wenn ich aus den USA zurück bin …“. Auch sie konnte an dieser Stelle nicht weiter sprechen. Ihre Augen leuchteten Tränen erfüllt – wie wohl meine jetzt auch. Wir reagierten aufeinander so wunderbar! Wie herrlich das doch ist, wenn zwei Menschen, die sich lieben, emotional so verbunden sind! War der eine aufgewühlt, war es der andere in Bruchteilen von Sekunden später ebenfalls. War der andere von einem gewissen Umstand begeistert, ließ sich der eine davon ebenfalls anstecken. Spontan erhoben wir uns fast zeitgleich und fielen uns schluchzend in die Arme. So mochten wir wohl zehn Minuten gestanden haben, ohne Rücksicht auf die anderen Gäste. Florence löste als erste die Umarmung, als unsere Tränen getrocknet waren. Jetzt sah sie mich mit ihren leuchtend-schmachtenden, glücklich-unglücklichen Augen an und im nächsten Moment spürte ich ihre geliebten, heißen Lippen auf den meinen…

„Wirst Du, während ich in den USA bin, auf mich warten und – und - und mir treu sein, Dany – liebster Dany?“ Bei dieser Frage zitterten ihre Lippen ganz sacht, während ein Rotkehlchen sich zu uns auf den Tisch setzte und zweifelnd von einem zum anderen schaute.

Ich musste unwillkürlich erneut schlucken bei dem Gedanken daran, dass sie sich entschlossen hatte, für 1 Jahr über den Schüleraustausch „Youth for Understanding“ nach Amerika zu gehen. Dieser Tag stand jetzt bevor. Ich schaute ihr traurig in die Augen und erklärte: „Meine Liebe zu Dir macht mich so galaktisch glücklich, dass ich gar nicht möchte, dass mich dieses schöne Gefühl jemals verlässt und sich meine Sinne öffnen für eine andere. Ist der nicht töricht, der einen Menschen verlässt, den er liebt und dessen Gegenwart ihn auf dergestalt angenehme Weise elektrisiert, dass alle anderen Wünsche zur Bedeutungslosigkeit verkümmern und nur noch eines wichtig ist: die Gegenwart des anderen, ein liebreizender Blick mit weit geöffneten Pupillen, ein Lächeln – ein, zwei zärtlich gesäuselte Worte - eine zarte Berührung - ein zarter Kuss - ein feuriger Kuss - eine wilde Umarmung - ein …“

An dieser Stelle piepste das Rotkehlchen, das noch immer ganz frech und zutraulich auf dem Tisch saß – als wollte es zu diesem Thema Stellung beziehen. Wir setzten uns wieder und unsere Hände spielten ganz zart und verliebt miteinander. Lange Zeit saßen wir einfach nur so da, schauten einander in die Augen, tauchten auf diese Weise auf den Meeresgrund der Seele des anderen und nahmen über die Augenwinkel verschwommen wie in Trance wahr, dass sich noch ein zweites Rothkehlchen dazu gesellt hatte, das auf unserem Tisch vorsichtig und fast schüchtern mit dem anderen Kontakt aufnahm, genossen die romantische Stimmung, die Kerzen, die überall auf den Tischen standen, an denen teils Geschäftsleute saßen, teils Freunde und teils andere Verliebte. Angenehme Gerüche von edlen Speisen, die von einigen Gästen zu so später

Stunde noch gewünscht wurden, bezirzten unseren Geruchssinn. Gelegentlich huschte eine flotte Bedienung an uns vorüber. Doch wir sahen nur uns. Mir war plötzlich so wohl und warm ums Herz! Ich fühlte mich so dermaßen sauwohl, wie es mir noch nie in meinem Leben ergangen war. Ich hielt ihre Hand ganz fest, als erneut eine Träne aus einem meiner Augen rann, ganz langsam, so als wollte sie jeden Millimeter des Abstieges an meiner Wange genießen. Schließlich kam das ja nicht so häufig vor. Ich schämte mich dieser erneuten Träne des Glückes – und der vorausfühlenden Trauer - nicht, hatte auch keine Gelegenheit dazu, bemerkte ich doch, dass Florence die gleiche Sensation ereilte. Ich ergriff nun auch die andere Hand und hielt beide ganz fest. Ich beobachtete den Weg, den die Träne, zunächst aus ihrem linken Auge, nahm, ganz genau. Sie hatte sich mitnichten für den geraden Weg nach unten entschieden, sondern rollte ganz langsam wie trunken serpentinenförmig die Wange hinunter. Ein tolles Schauspiel, und wir waren mittendrin. Ich spürte, wie das Glück, das ich die ganze Zeit über schon gespürt hatte, an Kraft gewann. Sollte ich vor Glück platzen? War das überhaupt möglich? Was sollte ich jetzt unternehmen? Vielleicht schnell wegsehen oder die Augen schließen, um nicht zu zerbersten vor Glück? Ich konnte es nicht. Ich musste Florence einfach weiter ansehen und jede Träne, die aus ihren Augen rann, wie ein kostbares Liebesgeschenk in Empfang nehmen!

Es war schon spät, wir mussten gehen, da wir morgen früh ja schon wieder früh in die Schule mussten. Auch wenn es nur Zeugnisse gab. Ich seufzte jetzt bei dem Gedanken an mein geliebtes Gymnasium an der Parsevalstraße, schenkte mir in memoriam ein Glas Sherry ein und leerte es Gedanken versunken in einem Zug. Ich verzog dabei genüsslich die Mundwinkel und schmeckte noch lange das Aroma auf meiner Zunge. Aber: Ich spürte fast wieder die tiefe Trauer, die ich damals als Jüngling empfand, als sie mich für ein Jahr verlassen hatte. Trauer? Es ging mir richtig beschissen! Ich war entwurzelt, entzweit, geviertelt, heimatlos, freudlos, depressiv, eingesperrt in einem tiefen und dunklen Kerker, in dem ich ständig die Ketten der anderen Gefangenen hörte und kein Silberstreif am Horizont erblicken konnte. Der einzige Höhepunkt wurde gebildet durch die Momente, wo ich mit meinem Freund Frank über die Dinge, die die Welt bewegen, auseinander treiben und zusammen halten, philosophieren konnte, nicht zuletzt auch durch den Fußball, insbesondere, wenn ich ein Tor geschossen hatte. Wenn man sich an dieses Tor erinnert und dem Ball aus der Erinnerung heraus hinterher schaut, klebt der Ball zuweilen Minuten lang im Netz. Eine absolut geile Erfahrung. Eine Art Ersatzbefriedigung, die mir sicher geholfen hat, nicht noch längere Zeit im Kerker verweilen und dem Klang der rasselnden Ketten der Mitgefangenen lauschen zu müssen. Ich musste noch einmal mein Glas füllen. Warum? Ich konnte es offen gestanden nicht ertragen, an diese schwarzen Tage meines jetzt so farbenfrohen Lebens erinnert zu werden, die mich fast erledigt hätten, weil ich Ideale hatte, die sich unter den gegebenen Lebensbedingungen beim besten Willen nicht verwirklichen ließen, wenn man nicht den richtigen Partner hat. Wir hatten uns geschworen, uns wöchentlich zu schreiben. Ich hatte mich daran gehalten, auch an den Treueschwur – das ganze Jahr über! Florence hatte sich auch daran gehalten – zunächst. Die Regelmäßigkeit nahm jedoch ab. Aus dem wöchentlichen Rhythmus wurde ein zweiwöchiger, dann dreiwöchiger. Wie einen doch der Briefkasten abhängig machen kann! Wie er einen Menschen einerseits doch zu erfreuen, andererseits aber auch zu enttäuschen vermag, wenn man große Hoffnung auf ihn setzt. Und wie groß war die Hoffnung, die ich das Jahr über in diesen Mistkerl von Briefkasten gesetzt hatte! Der letzte Brief kam 3 Monate vor ihrer Rückkehr. Und wie inhaltsleer er war. Kein Wort von Heimweh, Sehnsucht, Freude auf die Rückkehr! Das gab Raum für die schlimmsten Befürchtungen. Schluss jetzt! Ich will nicht länger dieser Zeit gedenken! Ich hatte alle Veranlassung, mir noch einen Schluck zu genehmigen - oder was sagen die Suchtspezialisten dazu?

Die Sonne hatte sich gänzlich verzogen und die See wurde rauer. Schon seit Stunden kämpfte ich gegen die See – wir kamen kaum voran. Es dürstete mich, gedanklich erneut zu der historischen Situation im Katzenkaffee zurückzukehren. Ich kniff ein wenig die Augen zu und sah, wie wir zahlten und Hand-in-Hand durch die romantisch-schmalen Gassen des Schnoorviertels, an herrlich gemütlich anmutenden kleinen Kneipen, in die wir hineinsahen und hier und da ein angenehmes Stimmungsbild aufschnappten, vorbei schlenderten, sah, wie wir geschmackvoll beleuchtete kleine Boutiquen auf dem Weg zum Schüsselkorb, wo wir die 25 bestiegen, passierten. Der Fahrer war muffelig, doch das störte uns nicht. Wir waren in higher spirits und damit in einer Verfassung, in der man gern Nachsicht übt und eher auf Harmonie bedacht ist als Differenzen aufspürt. Wir lösten zwei Fahrscheine und nahmen in der letzten Reihe Platz. Ich legte meinen Arm um Florence und schaute zunehmend betrübt durch die Busfenster im plötzlichen Bewusstsein, wie die Sanduhr ausläuft. Wir fuhren jetzt an der Sögestrasse vorbei, die um diese Zeit – es war so gegen 11 – noch sehr belebt war. Jugendliche schlenderten ausgelassen und irgendetwas gröhlend, das ich nicht verstand, die heimliche Hauptstraße Bremens entlang und schienen noch nicht an den Morgen zu denken. Ich dachte schon an übermorgen, den Tag, an dem Florence mich für ein Jahr verlassen würde. Ich konnte das nie verstehen, wie Florence es übers Herz bringen konnte, mich zu verlassen, nur um eine andere Kultur nebst Sprache kennen zu lernen – auf die Gefahr hin, bei ihrer Rückkehr nach einem Jahr die Liebesbeziehung wie einen zerbrochenen Krug vorzufinden. Ich hätte das nie übers Herz gebracht! „Mensch, Florence, wie habe ich Dich geliebt! Wie konntest Du das nur machen? Warum nur, warum? Scheißeeee! Verdammte Scheißeeee!", brüllte ich aus mir heraus und spürte im nächsten Augenblick, wie Tränen meine Wangen hinunter purzelten – Tränen, die die unvollendete und tragische Liebesgeschichte beweinten, die sich jetzt auch an das kühle Wiedersehen erinnerten. Wir trafen uns zufällig nach einem Jahr in der Bardowickstraße, wo ich inzwischen schon nicht mehr wohnte, gingen aufeinander zu und – aneinander vorbei. Bei dieser Erinnerung ergoss sich ein weiterer Tränenschwall aus meinen Augen. Florence hatte sich geschämt und ich war in dem Moment wie versteinert. Wir kamen nie wieder zusammen! Wie tragisch! Die Wege der Liebenden hatten sich nach einem Jahr wie durch ein Wunder – wie damals, wo wir uns ständig zufällig irgendwo trafen – gekreuzt. Aber die Ereignisse und die unterschiedlichen, nicht vertrauensvoll ausgetauschten Erfahrungen in unterschiedlichen Welten hatten uns in unterschiedliche Richtungen an dieser Stelle unseren Weg fortsetzen lassen. Wir waren einfach aneinander vorbeigegangen! Wir hatten ganze 365 Tage diesem Tage entgegen gefiebert. Und dann war dieser Tag endlich gekommen. Wir trafen diesen geliebten Menschen nach einem Jahr wie zufällig in alt vertrauter Gegend wieder, wir sahen den anderen schon aus der Entfernung, wir näherten uns, wir konnten dem anderen schon in die Augen sehen, bis irgendwann der eine den Blick des anderen nicht mehr aushalten konnte, ich glaube, es war Florence, und weiter ging – am geliebten Menschen vorbei, den er ein Jahr nicht gesehen hat, in einem Augenblick, dem beide ein geschlagenes, fürchterliches Jahr entgegen gefiebert hatten. Wir hatten an diesem Punkt, an dem wir einander begegneten, die Chance auf einen weiteren Neubeginn – wir hatten ihn nicht genutzt! Wie tragisch dieser Augenblick unseres gemeinsamen Lebens doch war! Wieso hatten wir danach nicht wieder, aus der Besonnenheit heraus und zeitlichem Abstand, vorsichtig wieder Kontakt aufgenommen? Vielleicht war es auf meiner Seite gekränkter Stolz, der den ersten Schritt unter den gelebten Bedingungen von ihr erwartet hätte. Und Florence hat sich geschämt und war deshalb nicht in der Lage, den ersten Schritt zu gehen. Ach, wie schwer doch zuweilen das menschliche Miteinander ist! Und welche tragischen Folgen ein falsch gelebter Stolz doch zuweilen auslösen kann! „Scheißeeeee…!", brüllte ich erneut.

Die Esperanza tauchte genüsslich und elegant durch die Wellen. Plötzlich war mir so, als würde jemand seinen Kopf in meinen Nacken legen und seine Hände von hinten um meinen Bauch legen. Ich sah unauffällig zu meinem Bauch hinunter und erkannte mir bestens vertraute Hände: die von Florence! Ich ließ es geschehen und übte, wohl um mich abzulenken, noch stärkeren Druck auf das Steuerrad aus. Ich stand plötzlich unter so was von Hochspannung! Ich wusste nicht recht, was ich machen sollte. „Na ja, das Steuerrad nicht loszulassen, war ja schon einmal nicht ganz so falsch - bei dem Seegang", rechtfertigte ich mich vor mir selbst

„Mein lieber Dany - dass ich Dich hier wieder sehe", säuselte sie schwach und rieb kaum merklich meinen Bauch. Jetzt küsste sie meinen Nacken ganz zart. Das hatte sie also nicht vergessen, dass ich an dieser Stelle ganz besonders empfindsam bin! Ich reagierte sofort und bekam eine Gänsehaut. Ich war verwirrt und machte mir meine Gedanken: „Was soll das jetzt? Ist das eine von Florence` Augenblicksstimmungen oder was steckt dahinter? Mir fiel jetzt wieder der Typ mit seinen langen, schmierigen Haaren auf der Fete bei meinem besten Freund Frank ein, mit dem Florence, ohne sich dabei etwas zu denken, Bruderschaft trank – wohl wissend um meine Gegenwart. Okay! Ich war erst 17 und sie zarte 15. Was soll man da an Differenziertheit und Rücksicht erwarten? Einigen wir uns darauf, dass sie davon ausging, dass „Bruderschafttrinken" ein gesellschaftlich anerkannter Dauerkuss sei – und ich in meiner Verwirrung von dem Vorliegen einer Nothilfesituation ausging dergestalt, dass sie von dem schmierigen Typen zu diesem Kuss genötigt worden und somit ein Kinnhaken die gebotene erforderliche Nothilfereaktion war, um Florence aus dieser Notlage zu befreien. Was dachte sich Florence jetzt, Jahrzehnte später, entsprechend differenzierter, nehme ich an, dabei, mich plötzlich und unvermittelt so liebevoll zu behandeln? Bei dieser Frage angekommen hielt ich es nicht mehr aus in meiner Chefetage. Mein Herz eine Etage tiefer meldete einen Notfall und ich hätte mich gefälligst auf dem kürzesten Wege via Paternoster dorthin zu begeben. Das Herz sei so allein auf sich gestellt mit der ungewöhnlichen Situation überfordert. Dem Herzen Gehorsam zollend stellte ich auf Autopilot und drehte mich langsam – und total aufgeregt - um. Ich schaute in strahlend-glückliche blaue Augen, umrandet von einem noch immer schönen Gesicht, langen blonden Haaren. Ihre Hände berührten zart meine Wangen; dabei strahlte sie mich auf eine verführerische Art an - so wie früher. Mir war so, als tauchte ich durch einen Kanal, mal in die eine Richtung, mal in die andere. Und jedes Mal wurde ich am Ausgang von derselben Person empfangen: Florence! Mal war sie jünger, mal älter. Mit der Zeit verwischten die Unterschiede. Ich erkannte Florence jetzt wieder ganz deutlich. Ich spürte den dringenden und unwiderstehlichen Impuls, Florence zu küssen. Ich tat es aber nicht! Und warum tat ich es nicht? Meine Knie! Die wurden jetzt weicher und weicher. Die Esperanza tauchte wieder durch ein Wellental und wurde jetzt von einer anderen, kreuzenden Welle aufs Korn genommen, sodass sich die Yacht unvermittelt quer legte. Ich stürzte zuerst und zog Florence in meinem Sog ebenfalls mit herunter. Mit einer Hand umklammerte ich die Reling, mit der anderen hielt ich Florence ganz fest. Dergestalt von den Naturgewalten durchgeschüttelt, war ich auf den Punkt wieder voll da. Und da meine Lippen gegenwärtig keine andere Beschäftigung hatten, stützte ich diese auf denen von Florence ab Aus dieser zunächst rein stützenden Tätigkeit entwickelten sich mit der Zeit dynamische, angenehm fließende Bewegungen. Unsere Lippen waren wie inspiriert durch die unruhige See - und wie eine Welle in die andere überschwappte und mit dieser eine neue Vereinigung einging, so rutschte ein Teil ihrer weichen Lippen auf einen Teil meiner Lippen, wobei diese in dieser Formation kurz vereinigt waren, um sodann von unseren Zungen wieder in andere Formationen gespült zu werden. Ach, wie herrlich Küssen doch ist! Und um wie viel herrlicher Küssen doch ist, wenn sich die eigenen Lippen sehnsuchtsvoll auf geliebte Lippen pressen!

„Ach, Dany, mein alter Freund! Ich habe Dir soviel zu erzählen, aber ich möchte am liebsten den Augenblick festhalten – Dich festhalten – Dich für immer festhalten!"

„Das ist ganz in meinem Sinne, liebe schon wieder oder immer noch geliebte Florence! Ich hätte mir nicht im Traum ein Wiedersehen auf so wundersame Weise ausmalen können. Wie schön Du immer noch bist, liebe Florence! Du ziehst mich an wie am ersten Tag, als Du mir im Rundgang unserer Schule zum ersten Mal begegnet bist. Nein, stimmt gar nicht: Jetzt noch viel mehr!"

„Und Du, Dany? Du hast ein bisschen zugelegt, mein Lieber! Keine Fußballerfigur mehr, eher die eines Steinewerfers. Gefällt mir aber viel besser!" Sie küsste mich leidenschaftlich.

Ich zog sie hoch und vertäute uns zwei Hübschen am Steuerrad, das ich zuvor festgestellt hatte. So standen wir bestimmt eine geschlagene Stunde Arm-in-Arm gefesselt am Steuerrad und trotzten Wind und Wetter. Die See hatte sich dann ein wenig beruhigt. Ich sah Florence an, die in den Himmel schaute, so als würde sie dort etwas ablesen:

„In dieser Winterfrühe
Wie ist mir doch zumut
O Morgenrot, ich glühe
Von deinem Jugendblut"

Ich glaube, mich traf in diesem Moment erneut der Schlag. Ich hatte nicht vermutet, dass Florence unser Lieblingsgedicht heute noch rezitieren konnte. Ich fuhr nach einem Wimpernschlag des Zögerns fort:
„Es glüht der alte Felsen
Und Wald und Burg zumal
Berauschte Nebel wälzen
Sich jäh hinab ins Tal"
Florence übernahm:
„Mit tatenfroher Eile
Erhebt sich Geist und Sinn
Und flügelt goldne Pfeile
Durch alle Ferne hin"
Ich:
„Auf Zinnen möcht` ich springen
In alter Fürsten Schloss
Möchte` hohe Lieder singen
Mich schwingen auf das Ross"
Florence:
„Und stolzen Siegeswagen
Stürzt` ich mich brausend nach
Die Harfe wird zerschlagen
Die nur von Liebe sprach"
Ich:
„Wie? Schwärmst du so vermessen
Herz, hast du nicht bedacht
Hast du mit eins vergessen

Was dich so trunken macht?"
Florence:
„Ach wohl, was aus mir singet
Ist nur der Liebe Glück
Die wirren Töne schlinget
Sie sanft in sich zurück"
Ich:
„Was hilft, was hilft mein Sehnen?
Geliebte, wärst du hier!
In tausend Freudetränen
Verging die Erde mir".

Das Gedicht war zuende. Wir hatten es nach Jahrzehnten unfallfrei wieder aufsagen können! Wir sahen uns an und standen beide unter dem Eindruck des Erstaunt-Seins über den anderen. „Ich bin ganz gerührt, liebe Florence. Entschuldige bitte meine Fehleinschätzung, aber ich hätte geschworen, dass Du das Gedicht heute nicht mehr hersagen könntest. Wie hast Du Dir die Erinnerung bloß erhalten?"

„Es ist immer wieder schön, Dich zu erstaunen, lieber Dany! Auch ich schätze die Erinnerung an schöne Zeiten und kehre gern zu historischen Plätzen zurück, die mich seinerzeit sehr bewegt haben. Dieses Gedicht und das Eingebunden-Sein in unsere Liebe gehört zu diesen Schätzen, die ich seit damals regelmäßig pflege. In Stunden der Muße mache ich es mir gemütlich zuhause, schließe meine Augen und schaue mein ganz persönliches historisches Fernsehprogramm. Und gelegentlich wende ich mich diesem schönen Gedicht zu und stelle mir vor, wie wir es damals abwechselnd aufgesagt haben. Ich rutsche dann in die Rolle des Betrachters und schaue von außen auf uns beiden Hübschen. Ich kann mich an Deinen Gesichtsausdruck von damals heute noch ganz genau erinnern, weil ich eben die Erinnerung regelmäßig aufgerufen habe. Aber sag`: Wieso kannst Du es heute noch hersagen, lieber Dany?"

„Ganz einfach! Ich habe die gleiche Methode angewandt! Aber so schön, wie Du das eben formuliert hast, hätte ich das sicher nicht beschreiben können. Du warst mir damals schon in Formulierungen überlegen, obwohl Du ja 2 Klassen unter mir warst. Ich habe Dich dafür immer bewundert. Deine Sprache ging mir zuweilen so richtig schön unter die Haut!"

„Du hast aber beträchtlich aufgeholt, mein Lieber, wenn ich so betrachte, was Du mir bisher schon so alles erzählt hast – und wie Du es mir erzählt hast".

Wir fingen schon wieder an, uns gegenseitig durch Komplimente aufzuwerten. Eine schöne Angewohnheit und allemal konstruktiver als sich gegenseitig fertig zu machen, finden Sie nicht?

„Wie um Himmelswillen bist Du nur in diese schreckliche Situation geraten, liebe Florence?", wollte ich jetzt endlich wissen. Florence berichtete es mir und fand in mir einen erstaunten Zuhörer. Ich stand da mit weit aufgerissenen Augen und konnte nicht glauben, was Florence über ihre Havarie erzählte. Zunehmend baute sich in mir eine nicht mehr zu bändigende Aggression gegen Bachler auf. „Von welchem Hafen seid Ihr aufgebrochen?"

„Torquay!"

„Das ist ja `nen Ding! Ich auch. Die Marina von Torquay ist inzwischen mein Heimathafen. Dann wird der Mistkerl nach Adam Riese ja wieder dorthin zurückkehren. Na warte, Dir schlage ich die Zähne ein, wenn ich Dich zu fassen kriege!"

„Mach` Dir an ihm nicht die Hände schmutzig. Er ist es nicht wert, dass Du ihm vielleicht auch noch Schmerzensgeld bezahlen musst!"

„Er könnte doch bei dem Sturm mit den Vorderzähnen voran gegen den Mast geschleudert worden sein, ungeschickt, wie der wahrscheinlich ja ist, oder?"

Weitere Betrachtungen in dieser Richtung stellten wir nicht an. „Wo habt Ihr gechartert?"

„Den Namen habe ich mir nicht gemerkt. Aber wenn wir im Hafen sind, finde ich es wieder".

Florence lotste mich dorthin. Wie bei nüchterner Überlegung nicht anders zu erwarten war, war das Schwein mit der Yacht zurückgekehrt. Das Schiff lag ordnungsgemäß vertäut an seinem Liegeplatz. Der Mitarbeiter im Büro berichtete uns, dass er die Yacht schon vor 8 Stunden zurückgebracht hatte. „Mir kam das komisch vor, dass er ohne die hübsche Lady ..."

„Oh, vielen Dank!", mischte sich Florence ein.

„Ach, da sind Sie ja!", wunderte sich der Mann. „Ich hatte Sie eben gar nicht erkannt! Aber hatten Sie nicht gestern ein weißes Kleid angehabt?"

„Das haben Sie aber scharf beobachtet, mein Herr! Sie sind ein guter Zeuge. Dieser Herr" – mit einem Seitenblick deutete Florence auf mich – „war so freundlich, mich neu einzukleiden".

Der arme Mann stutzte, traute sich aber nicht, die sich aufdrängende Frage zu stellen. „Na, ja, wie ich schon sagte: Mir kam es komisch vor, dass der Herr ohne Sie, gnädige Frau, zurückgekehrt ist. Ich fragte ihn dann ja auch, ob er seine Frau im Meer versenkt habe ..." Dabei schaute er zweifelnd Florence an. „Und der Herr lachte darüber. Es war ein ganz eigenartiges Lachen! Und dann sagte er noch: Aber selbstverständlich. Sie haben den Nagel auf den Kopf getroffen. Und wieder lachte er dieses eigenartige Lachen. Zum Schluss sagte er dann, er habe Sie, gnädige Frau, woanders abgesetzt. Ich habe mir nichts Besonderes dabei gedacht. Ist denn irgendetwas nicht in Ordnung?", fragte der gute Mann schüchtern, seine Neugier war jedoch stärker.

Florence log – aber wir hatten es schließlich eilig.

Im Hotel hieß es, er sei vor einigen Stunden abgereist. „Tja, dann müssen wir wohl die Polizei verständigen, was meinst Du, Dany?"

„Tja, das wird sich wohl nicht verhindern lassen", erklärte ich enttäuscht. Ich sah meine Felle wegschwimmen – in der Gestalt der Zähne von dem Mistkerl. Wenn die Polizei erstmal seiner habhaft wäre, käme man an die Zähne von dem Mistkerl nicht mehr so leicht heran. „So ein Mist!"

Florence erstattete Strafanzeige wegen versuchten Mordes – sie schluckte dabei, als stellte sie sich vor, wie es gewesen wäre, wäre sie nicht gerettet worden - und gab eine Personenbeschreibung heraus, beschrieb den PKW und gab das Kennzeichen an. Im Anschluss brausten wir in meinem Messerschmidt Kabinenroller zur nächsten Fähre. Florence meinte merkwürdigerweise, dieses Gefährt würde gar nicht zu mir passen. Sollte sie tatsächlich vergessen haben, dass ich ein eigenartiger Kauz mit einem außergewöhnlichen Geschmack bin? Flo saß hinter mir – im Kabinenroller kann man nur hintereinander sitzen – und streichelte zart und liebevoll meinen Nacken. Unterwegs erzählte sie mir, wie launisch und unberechenbar Bachler sei. Mal hätten diese Eigenschaften zum Positiven hin ausgeschlagen, mal ins andere Extrem. Wenn der Bruch zwischen ihnen nicht durch das schreckliche Unglück und die nachfolgende unterlassene Hilfeleistung gekommen wäre, dann auf natürliche Weise dadurch, dass sie sich von ihm getrennt hätte.

„Tja, manchmal nimmt einem das Schicksal Entscheidungen ab, die erforderlich sind, zu denen man aber erst dann den Mut fasst, wenn es schon fast zu spät ist". Ich blickte Florence dabei via Rückspiegel sehr besorgt an und sie schluckte in memoriam heftig. Ich stellte mir dabei vor, was dabei Florence alles durch den Kopf gegangen war und war sehr bewegt. Ich hielt an – wir waren schon im Hafenbereich. Ich drehte mich um und sprach: Ich bin ja so froh, dass alles gut gegangen ist – und dass ich Dich wieder habe! Ich liebe Dich, Florence!" Tränen rannen ihr jetzt aus den Augen. Wie Augen doch manchmal herrlich miteinander harmonieren, wenn sie Herz gesteuert sind! Auch meine Augen wurden jetzt ganz feucht. Wie jetzt in dem beengten Gefährt die Gefährtin umarmen? Ich öffnete also die Haube, stand auf, zog Florence zu mir hoch und gab meinem starken Verlangen danach, Flo zu umarmen und zu küssen, reichlich Raum. Oh, wie schön das doch ist! Wiederhole ich mich da etwa?

„Und ich bin ja so froh, dass ich fast ertrunken bin!"

Das erstaunte mich doch jetzt. „ Das verstehe ich nicht!"

„Na, ja: Hätte mich Peter gerettet, hättest Du mich nicht retten können, und wir hätten unseren Törn fortgesetzt und wir zwei wären uns wahrscheinlich nie mehr im Leben begegnet! Wenn ich mir vorstelle, dass ich nie wieder in Deine geliebten Augen hätte schauen können ..." Ein Kloß in ihrem Hals verhinderte einstweilen die Fortsetzung. Wieder schluckte sie und umarmte mich. Dabei schluchzte sie mir ins Ohr: „Wie ich Dich liebe, Dany! Um dieser Liebe willen habe ich die Odyssee – in der Rückschau - doch gern ertragen. Hätte ich das doch nur vorher gewusst! Dann hätte ich jeden Meter im Meer im Überlebenskampf genossen. Denn mit jedem einzelnen Meter wäre ich dann in meiner Vorstellung eine Meile näher an Dich heran gerückt, lieber geliebter Dany". Jetzt schaute sie auf und mich ängstlich an, so als ob sie plötzlich daran zweifelte, ob ihre Liebe erwidert würde. „Ich glaube, ich habe nie in meinem Leben eine außergewöhnlichere Liebeserklärung gehört, liebe Florence. Und dann von Dir. Es gibt kaum etwas Unangenehmeres als eine Liebeserklärung zu hören von einem Menschen, dessen Liebe man nicht erwidert …"

Florence schluckte empört.

„…Und es gibt nichts Wunderbareres, als einer Liebeserklärung zu lauschen von dem Menschen, den man selbst auch liebt", ergänzte ich schnell. „Denn in dieser Erklärung und in der Erwiderung der Liebesgefühle durch den Geliebten liegt die größte vorstellbare Wunscherfüllung auf Erden. Ich liebe Dich, Florence! Ganz doll schrecklich und fürchterbar!"

Mit strahlend glücklichen Augen fiel Florence mir wieder in die Arme. Sie drückte mich ganz fest an sich, so als wollte sie dadurch unsere feste Bindung besiegeln. Ich erwiderte den Druck und genoss es, durch ihre Bluse ihren warmen, attraktiven, begehrenswerten Körper zu spüren.

„Da hinten ist der Mistkerl!", unterbrach Florence unsere romantische Stimmung und zeigte auf einen Mann, der auf der Fähre genüsslich rauchend neben seinem Jaguar stand – nichts ahnend, was ihm und zunächst seinen Zähnen Schreckliches bevorstand – schon sehr bald! Er war uns also nicht entkommen! Die Fähre war noch an den Pollern vertäut. Wir konnten die nächsten Schritte ergo ohne Eile und ganz in Vorfreude genüsslich auskosten! Wie schön! Wir ließen mein Traumauto stehen und gingen Hand-in-Hand zur Fähre, lösten 2 Fahrkarten beim Fährmann (obwohl es doch eigentlich heißt: „Don`t pay the ferryman, until he takes you to the other side") und bahnten uns den Weg durch die Autoreihen. Bachler zog immer noch genüsslich an seiner Zigarette und ließ den Blick schweifen zum Fährmann, der die schweren Seile von den Pollern löste und auf die Fähre warf. Zufrieden nahm er jetzt den Parkplatzbereich in Augenschein. Die Fähre legte ab und Peter stieß einen vernehmlichen Seufzer aus. Seine Zigarette schnipste er über die Reling und wollte sich gerade in Bewegung setzen, als wir ihm in den Weg traten. „Na, Peter, wohin des Weges?", fragte Florence, wobei sie diesen Moment sichtlich wie einen Triumph auskostete. Peter hingegen vermeinte offenbar ein Gespenst vor sich zu sehen und starrte sie lange an wie der Leibhaftige das Kreuz. Er schaute sich kurz um, wie um einen Fluchtweg auszumachen und stellte offenbar fest, dass sich die Fähre noch in Hafennähe befand; im nächsten Augenblick rannte er in Richtung Heck der Fähre. Ich wollte ihn flüchten sehen. So ging ich gelassenen Schrittes hinterher und beobachtete, wie Bachler umständlich über die Reling krabbelte und sich in die See stürzte. Armer Teufel! Vermeinte er wirklich, er könne uns entkommen? An der Reling angekommen, entledigte ich mich in aller Ruhe meiner Hose und meines Hemdes. Keine Perlen vor die Säue, war meine Devise. Dann jumpte ich in die See und kraulte dem Flüchtling hinterher. Bald hatte ich ihn eingeholt. Ich hatte beschlossen, ihn in eine Situation zu bringen, in der er das nackte Leben an sich zu schätzen lernte. Ich landete von achtern auf seinem Rücken und tauchte ihn unter. Er wehrte sich – vergeblich. Ich ließ ihn erst nach etwa 20 Sekunden wieder Luft schnappen. Dann tauchte ich und zog ihn von unten in die Tiefe. Er schlug, soweit man unter Wasser überhaupt davon reden kann, wild um sich und landete in der Tat einen empfindlichen Treffer gegen meine Stirn. Das erregte verständlicherweise meinen Zorn, vermeinte ich mich mit meiner Behandlung des Mörders doch im Recht! Also trat ich in seine Richtung und stellte fest, dass er schon wieder auf dem Weg an die Oberfläche war. Na, ja, was sollte er schließlich auch hier unten? Ich setzte ihm nach, holte ihn ein, ließ ihn und mich kurz Luft holen, wehrte seine Linke ab, ergriff diese und rutschte wieder auf seinen Rücken. Erneut tauchte der Fahrstuhl der Sühne in die Tiefe. Dabei versetzte ich ihm noch einen Schlag zwischen die Schultern, diesem Mistschwein! Sein Widerstand war gebrochen, er rührte sich nicht mehr. Ich hatte schwer mit mir zu kämpfen, ob ich das Mistschwein wieder an die Oberfläche befördern und an Land retten sollte. Als alter Tierfreund tat ich es. An Land wurde er freundlich begrüßt durch die inzwischen alarmierten Polizisten. Er spuckte kräftig Wasser und haderte mit seinem Schicksal – statt froh zu sein, dass ich ihn gerettet hatte. Nicht ein Wort des Dankes passierte seine Lippen. Ich schlug noch einmal kräftig auf seinen Rücken, zum einen, um ihm zu helfen, das geschluckte Wasser nach oben zu befördern, zum anderen, um durch einen entsprechend harten Schlag noch einmal abschließend und nachhaltig meine Visitenkarte zu hinterlassen.

„Mr. Bachler, Mr. Peter Bachler, ich verhafte Sie im Namen des Gesetztes wegen versuchten Mordes. Ich weise darauf hin, dass es Ihnen frei steht …“ Dann zogen sie von dannen. Bachler konnte inzwischen schon wieder selbstständig gehen und als er im Polizeiauto verschwand, stieß ich einen kräftigen Seufzer aus und machte kehrt. Die Fähre erschien nur noch als kleiner Punkt in der Nordsee – und Florence war natürlich gar nicht mehr zu sehen. Aber nicht alles, was man nicht sehen kann, ist nicht mehr existent. Sie war da irgendwo auf der Fähre und hatte sich natürlich aus verschiedenen Gründen Sorgen gemacht. Die Sorgen waren berechtigt: Selbst mir hätte durch irgendeinen dummen Zufall, einen Augenblick der Unaufmerksamkeit oder dergleichen etwas zustoßen können. Ein kleiner Schlag hatte mich ja schließlich auch getroffen. Kaum, dass ich daran gedacht hatte, spürte ich ihn prompt wieder, wenn auch nur marginal in der Gestalt eines Pochens unter der Schädeldecke. Das hätte auch anders ausgehen können. Eine Schnapsidee war das! Eine absolute Schnapsidee, dem Mistkerl auf diese Weise eine Lektion erteilen zu wollen. Aber so bin ich eben! Alea iacta est. Que sera, sera…

Erst jetzt bemerkte ich, dass ich immer noch in Unterhose dastand und auf den kleinen Punkt am Horizont starrte. So konnte ich – wenn man es streng nimmt – unmöglich zur Marina wandern. Warum hatten die Polizisten mich nicht gefragt, ob sie mich ein kleines Stückchen mitnehmen können? Wäre nicht nur ein feiner Zug gewesen, sondern auch eine moralische Verpflichtung: Schließlich hatte ich ihre Arbeit erledigt! „Undankbare und unaufmerksame Brut“, schimpfte ich laut. Andererseits: Ich hätte selbst auch an meinen Zustand denken und von mir aus die Polizisten um den kleinen Gefallen bitten können. Egal! So jumpte ich wieder in die See und kraulte von hier aus in die Marina zu meiner Esperanza, die friedlich im Hafenbecken neben der Cezanne vor sich hindümpelte und die so tat, als hätte sie von nichts etwas mitbekommen. Typisch! Wäre sie ein Mensch, hätte sie vielleicht ein Lied vor sich hin geträllert... Rasch trocknete ich mich ab und zog mir frische Klamotten an. Dann suchte ich Jim, den Hafenmeister, auf und entlieh mir dessen Motoryacht. Denn mit der Esperanza hatte ich keine Chance, die Fähre einzuholen. Das lag natürlich nur an den gegenwärtig vorherrschenden widrigen Winden – sonst ...

Letztes Kapitel

Es war in der Tat ein Jahrhundertsommer, dieses Jahr! Hatte es überhaupt schon einmal geregnet? Man hatte zur Zeit recht viel Gelegenheit, die Flora zu wässern, wollte man ein vorzeitiges Ende des Sommers für diese verhindern. Morgens und abends waren Wasserfontänen, die sich über Rasenflächen, Pflanzen und Blumen ergossen, allgegenwärtig. Wenn der Strahl nicht sorgfältig genug eingestellt war, geschah es schon einmal, dass Passanten, die der Grundstücksgrenze eines Gartenfreundes zu nahe kamen, plötzlich und unvermittelt eine Dusche bekamen. Während die einen für diesen Segen insgeheim dankten, empörten sich die anderen und wünschten den Gartenfreund zur Hölle. Es war hier wie überall auf der Welt: Dem einen gefällt`s, dem anderen ist es ein Gräuel. Und es handelt sich in beiden Fällen um dieselbe Sache, die einmal Freude und einmal Ärger bereitet. Komisch, nicht wahr?

Auch im Schloss war die Stimmung recht gemischt: Während Audrey eigentlich etwas Besseres vorhatte als an einer Hochzeitsfeier von Personen teilzunehmen, die sie nicht interessierten, war der Graf doch recht aufgeregt. Er hatte seinen Frack wieder ausgezogen, nachdem ihm Archibald vermeldet hatte – selbstverständlich in verklausulierter, netter Form -, dass er aus diesem herausgewachsen sei. Also begnügte er sich mit einem Smoking, was ihn ein wenig mürrisch machte; zu gern wäre er stilgerecht im Frack zur Hochzeit seiner Tochter erschienen. Seine Stimmung erhellte sich jedoch wieder bei der Vorstellung von der Reaktion seiner Tochter über sein nobles Hochzeitsgeschenk. „Archibald!", rief er jetzt seinen Butler, als er in den schwarzen Anzug hinein geklettert war, vor dem Spiegel stand und sich kritisch von allen Seiten beäugte.

„Der Graf hat mich gerufen?"

„Archi. Was meinen Sie. Kann ich so gehen?", fragte der Graf unsicher wie ein Teenie, der sich auf den Abtanzball vorbereitet.

Archibald trat ein, näher und betrachtete den Grafen wie befohlen kritisch von allen Seiten, während der Graf nervös sein Gewicht von dem einen Fuß auf den anderen verlagerte. Dann blickte Archi auf und vermeldete:

„Recht passabel, Herr Graf. Sie machen im Smoking eine bessere Figur als im Frack – mit Verlaub".

Der Graf war von dieser Antwort sichtlich nicht begeistert und verzog seine Mundwinkel, wusste er doch selbst, welch schlechte Figur er in dem Frack gemacht hatte. Wenn er im Smoking nur „eine bessere Figur" machte, konnte diese immer noch haarsträubend sein. „Sei es drum", erwiderte er. Im Moment stehen mir keine Alternativen zur Verfügung. Konnte ich ja nicht wissen, dass der Frack eingelaufen ist".

Währenddessen stand Elizabeth unglücklich vor dem Spiegel und schluchzte. Seit langer Zeit hatte sie davon geträumt, Dany in den Hafen der Ehe zu führen. Sie hatte Dany nur eine „offene Zweierbeziehung" abringen können. Nun war eine andere gekommen, die offenbar erfolgreicher war als sie. Was hatte Florence, das sie nicht hatte? Sie kannte Florence nicht und wusste von Dany nur, dass sie seine frühere Jugendliebe war. Sie dachte jetzt bewegt an ihre eigene Jugendliebe und fragte sich, was wohl aus Thomas geworden war. Die Erinnerung war allerdings nicht mehr mit warmen Gefühlen für Thomas besetzt. Auch hatte sie nie wieder, nachdem man sich getrennt hatte, den Wunsch verspürt, die einstige Liebe zu Thomas wieder aufzufrischen. Traurig machte sie sich bewusst, dass Dany offenbar eine andere Beziehung zu seiner Jugendliebe hat. Wahrscheinlich hatte ein fatales Missverständnis seinerzeit die Trennung bewirkt und nun nach Jahren eine glückliche Fügung des Schicksals dieses aufgelöst. Elizabeth war in ihrer Liebe zu Dany differenziert genug, diese Möglichkeit in ihre Gedanken an ihr zerbrochenes Glück einzubeziehen. Trotz ihrer Enttäuschung und Trauer vermochte sie Danys Entscheidung zu akzeptieren. Er hatte ihr in einem langen Gespräch seine Hochzeitspläne erläutert. Sie dachte jetzt daran, wie Dany dabei auf ihre Gefühle bedacht war und hatte den Eindruck, dass es ihm hoch unangenehm war, sie mit seinen Plänen zu konfrontieren. Sie entschloss sich, eine gute Verliererin zu sein und Dany alles Liebe dieser Welt zu wünschen. Ihre letzte Träne war getrocknet, als sie noch einmal vor den Spiegel trat, um ihr Make-up aufzufrischen.

Robert hatte gestern Nacht mit mir in der Marina auf der Cezanne noch recht ausgiebig seinen Abschied aus seinem verhältnismäßig kurzen Junggesellendasein gefeiert – und entsprechend lange geschlafen. Er war sich jedoch sicher, dass kein unerfüllter Wunsch, der nichts mit Patricia zu tun hatte, der Eheschließung mit ihr im Wege stand. Im Gegensatz zu Violet, das wusste er jetzt, war Patricia einfach wie für ihn geschaffen. Viele gemeinsame Interessen und ähnliche Wesenszüge zierten ihr Glück. In stiller, zufriedener Vorfreude stellte er sich vor, während er seine Fliege vor dem Spiegel noch einmal zurechtzupfte, wie er gleich neben seiner geliebten Patricia vor dem Altar stehen würde.

Patricia fand in ihrem Sohn einen bewanderten Berater, was sie erstaunte und ein wenig nachdenklich machte. Nie zuvor hatte sie ihr Äußeres zum Gegenstand einer Unterredung mit ihrem Sohn gemacht. Stets hatte sie nach ihrem eigenen Gusto entschieden. Sie war stolz auf Kevin zu beobachten, dass ihm die Einbeziehung in Geschmacksfragen eine ernste Angelegenheit war und wunderte sich über Formulierungen, die er zu den einzelnen Gestaltungsformen wählte. Sie liebte ihn um diese neu entdeckte Facette seiner Entwicklung umso mehr. Sie selbst gefiel sich in ihrem weißen Hochzeitskleid und ihrer aufwändigen Frisur, die sie sich in Abweichung von ihrer sonstigen Gewohnheit einmal gegönnt hatte. Make-up brauchte sie kaum aufzutragen – nur ein bisschen Lidschatten -, war sie doch durch ihre Arbeit im Garten von der Sonne mit einem verführerischen Teint belohnt worden.

Unterdessen saß Florence breitbeinig vor ihrer Kommode in ihrem Hotel, hatte die Bürste in der Hand und beobachtete, wie eine Träne nach der anderen aus ihren wunderbaren, blauen Augen rann. Gerade hatten sich unwillkürlich Bilder der Nordseewellen vor ihr geistiges Auge geschoben, die sie fast verschlungen hätten - wäre da nicht Danilo gewesen, der wie von Engelhand geführt genau zur rechten Zeit am rechten Ort gewesen ist. Es kam ihr vor wie ein Traum. War es wirklich ihr erster, alter, bester, geliebter Freund aus Teenytagen gewesen, der sie aus dem Bauch der Nordsee gerettet hatte? Ausgerechnet Danilo, den sie solange nicht gesehen hatte. Ein Schauer lief ihr über den Rücken, als sie an das tragische Wiedersehen dachte, als sie aus den Staaten zurückgekehrt war. Aus Scham darüber, dass sie den Treueschwur nicht einzuhalten vermochte, hatte sie dem Blick Danilos beim Wiedersehen nicht standhalten können und war einfach weitergegangen. Und weil er auch keine Regung gezeigt hatte, hatte sie sich nie wieder getraut, Kontakt zu ihm aufzunehmen. Wieso war er gerade hier? War es vom lieben Gott so vorherbestimmt, dass sie sich eines Tages auf so wundersame Weise wieder sehen sollten? Wenn es Gott so gewollt hatte: womit hatte sie das verdient, wo sie doch zu ihm nie so den rechten Draht hatte? Jedenfalls würde sich das jetzt ändern, beschloss sie. Und nicht nur, weil sie gleich ohnehin zur Trauung seine geheiligten Räume aufsuchen musste. War es wirklich wahr? Sollte sie gleich wirklich die Frau von Danilo werden? Sie zwickte sich in den Arm und beobachtete, wie noch ein paar Tränen des Glücks ihre Augen benetzten. „Ja – ja – jaaaaaaaaaaaaaaa", rief sie lauter werdend aus sich heraus und sprang am Ende überglücklich in die Höhe. „Ja, ich will, ich will, ich will …"

Was mich selbst anging: Ich war zwar bei der Suche nach meinem Smoking erfolgreich. Als ich jedoch hineinschlüpfte, stellte ich fest, dass er eingelaufen war. Diese Erfahrung teilte ich mit dem Grafen, in Bezug auf dessen Frack, wie ich später von diesem zu meiner nur geringfügigen Erleichterung feststellte. Ich ärgerte mich über mich selbst, war es doch typisch für mich, dass ich gewisse Dinge nicht in allen Dimensionen ausleuchtete und bestimmte Parameter als selbstverständlich voraussetzte, die doch bei gebotener Aufmerksamkeit Veranlassung zum Nachforschen gegeben hätten - wobei die Lücke aufgefallen wäre. So auch meine veränderte Figur im Vergleich zu der Zeit, zu der ich zuletzt in den Smoking gestiegen war. Ich war einfach kräftiger geworden! Mens sana in corpore sano war ja eine meiner Devisen, was mich offenbar aber nicht davor bewahrte, Defizite auch in bestimmten geistigen Bereichen zu produzieren. Was tun, sprach Zeus? Zunächst warf ich in meinem Ärger über mich selbst den Smoking über Bord (ich weiß: gar fürchterlicher Umweltfrevel! Nach der Hochzeitsreise ertauchte ich ihn jedoch wieder, als ich mich dieser Sauerei erinnerte. Ich stellte dabei zu meiner Überraschung fest, dass sich dieser vom Grund meines Liegeplatzes in der Marina zu Torquay nicht fortbewegt hatte. Treue Seele, mein alter Smoking!. Als ich ihn auf dem Meeresboden liegen sah, war das Wiedersehen wie mit einem alten Freund und ich schämte mich fast, ihn so herzlos über Bord geworfen zu haben). Ich ergriff jetzt den Schwarzen, bügelte diesen noch einmal über, ebenso wie das Hemd (ich hasse es, Hemden zu bügeln – eine Freundin von mir sagte einmal – es war Lony -, uns würden Welten trennen, nur weil ich stets mit ungebügelten Hemden herumlief) und legte eine Krawatte an. Sodann begab ich mich an Deck, nahm auf meinem Lieblingssitz in der Plicht Platz und tastete träumend meine Brusttasche nach Zigaretten ab, bis ich irgendwann feststellte, dass keine da waren – kein Wunder! ich rauchte ja nicht! Was war nur los mit mir? Zweifelsohne befand ich mich in einem Ausnahmezustand. Sonst würde ich nicht Dinge begehren, die mich nie zuvor in meinem Leben interessiert haben. Ich blickte Gedanken versunken über die Reling auf die Nordsee. Meine Augen wurden gefangen von einem Möwenpaar, das sich von einander entfernte, um sodann wieder zusammen zu kommen. Sie saßen jetzt auf dem Verklicker der Cezanne und schnäbelten herzlich verliebt und ausgiebig miteinander. Sodann flog einer der beiden wieder fort, wobei er sich von dem Verklicker dergestalt abstieß, dass der andere auf demselben mehrere Runden drehte – scheinbar zu dessen großem Vergnügen. Er hatte das Geschenk des anderen angenommen und würdigte es auf seine Weise. Als der Verklicker wieder zum Stillstand gekommen war, schien er sich seines Partners zu erinnern und nahm dessen Fährte auf. Der erste hatte indessen seine Geschwindigkeit verlangsamt und sogar mehrere Kreise hoch über dem Verklicker gedreht – offenbar, um dem anderen die Chance zu geben, ihn noch einzuholen. So ist das wohl in der Natur: Liebende nutzen gern den Freiraum, machen sich allerdings Sorgen, wenn sie den Eindruck haben, vom anderen nach angemessener Zeit nicht vermisst zu werden. Wie hatte ich Florence die ganzen Jahre über vermisst! Das wurde mir erst jetzt bewusst! Warum hatte ich nichts unternommen, ihre Fährte aufzunehmen, um sie zurück zu gewinnen? Verlorene Jahre! Verlorene? Na, ja, verloren waren sie, wenn ich bedenke, dass wir zwei die ganze Zeit über bis jetzt – vermutlich – in glücklicher Eintracht hätten miteinander leben können. Nicht verloren waren die Jahre freilich, weil ich - von Florence wusste ich noch gar keine Details – diese Jahre zumindest in Zufriedenheit verbracht hatte, wobei mein

Leben ausgefüllt war durch meinen Beruf, zunächst als Rechtsanwalt und später als Schriftsteller und Maler, durch meine Liebe zu Torquay, meiner Esperanza, durch meine Freunde und viele schöne Ereignisse, die ich nicht missen möchte und nicht erlebt hätte, hätten Florence und ich ein Paar gebildet. Glückliche Fügung des Schicksals? Vielleicht! Denn auf diese Weise hatte ich ein vergleichsweise größeres Spektrum als ich gehabt hätte, wären Florence und ich zusammen geblieben. Ach was! Wer kann schon wissen, wozu mich Florence die ganzen Jahre über befeuert hätte und zu welchem Erfahrungsschatz wir uns gegenseitig verholfen hätten? Wie auch immer: Ich war überglücklich, in der Weise beschenkt worden zu sein, Florence überhaupt wieder sehen zu dürfen. Und nicht nur das! Mir wurde das seltene Glück zuteil, sie nach Jahren wieder - lieben zu dürfen! Die Unruhe zu spüren, wenn sie fort war und dann wieder vor mir stand. Ich hatte das aufregende Kribbeln nach langer Zeit wieder gespürt, das Kribbeln, das das Leben ausmacht und uns alle umtreibt, vom Magen ausgeht und von dort in jede Zelle des Körpers transportiert wird, um irgendwann wieder im Magen zu landen, der sodann den Kreislauf erneut in Gang setzten würde. Ein Wunderwerk der Natur, ein wunderbares Geschenk Gottes! Und ich war einer der Beschenkten! Lieber Gott, ich danke Dir! Für die Gnade, die ich eigentlich, streng genommen, bestimmt nicht verdient hatte, wenn man einmal mein Lebenswerk unter moralischen Gesichtspunkten gewürdigt hätte.

Ich blickte auf die Uhr: es war halb sechs. Um sechs war die Trauung. Ich musste los.

Der Küster von St. Mary machte seine Runde durch die – in Ansehung der äußeren Verhältnisse - angenehm kühle Kirche und prüfte, ob auch wirklich alles an seinem vorgesehenen Platz stand. Zufrieden stellte er fest, dass dem so war. Gerade wollte er die Sakristei auf dem Weg in sein Büro links liegen lassen, als ihm scheinbar etwas einfiel. Er drehte bei und betrat die Sakristei. Im Eingang stehend, blickte er sich über die Schulter um, wie um zu prüfen, ob jemand in der Nähe sei. Er war allein! Lautlos schlich er einem mit Messing beschlagenen Mahagonischränkchen entgegen und – schloss seine Augen, als er seine Hand an dem Knauf angelegt hatte. Er schien zu wissen, was kommen würde. Und was kam? Langsam zog er an der Tür, die sich heftig wehrte, nicht ohne dabei die typischen Waffen einer ehrwürdigen Tür aufzufahren: Ein Quietschen und Knarren par excellence! Der Küster litt sichtlich dabei, fürchtete er doch, durch derlei Geräusche den dienstbeflissenen Pfarrer zu einem außerordentlichen Spontaneinsatz zu motivieren. Alkohol kurz vor einer Trauung und erst recht vor einer doppelten war bei internen Ordnungsmaßnahmen strengstens untersagt. „Morgen öle ich Dich, Du saublöde Tür", entfuhr es dem Küster, der sich mehr über sich selbst ärgerte als über die Tür, weil er dies ja schon längst hätte erledigen können. Wie oft hatte er schon in ähnlichen Situationen Blut und Wasser geschwitzt, sich vorgenommen, bei nächst bester Gelegenheit die verräterische Geräuschquelle versiegen zu lassen. Wieso hatte er es denn stets wieder aufs Neue vergessen?

Kopfschüttelnd und jetzt, als er die Früchte seiner Leiden fest im Visier hatte, mit erwartungsschwangerer Vorfreude, entlockte er diesem eine – angebrochene - Flasche Rotwein. Er lauschte – drehte die Flasche liebevoll, ja fast zärtlich, in seiner Hand, bis er das Etikett erblickte, schien sich offenbar an dem abgebildeten Winzer in dessen Weinkellergewölbe zu ergötzen, schraubte den Korken vorsichtig und nicht ohne Genuss heraus, setzte an und nahm einen kräftigen Schluck aus der Flasche. Ein nun doch leicht vernehmliches „a-a-a-a-a" ließ er sich entlocken, verdrehte genüsslich die Augen, wischte sich mit der Linken über den Mund, verkorkte die Flasche dankbar wieder und stellte diese zurück. Noch zufriedener als soeben, dafür aber weniger heimlich, verließ er die Sakristei, sah auf dem weiteren Weg zu seinem Büro wie Don Camillo zu Jesus am Kreuz empor und erklärte flüsternd: „Ich danke Dir, Herr, dass Du so ein vollkommenes, wohlschmeckendes Getränk für uns schwache Menschen geschaffen hast, um uns des Lebens zu freuen. Und ..." hier legte er eine Ehre erweisende Kunstpause ein, „ich weiß diese Freude sehr zu schätzen - Herr".

Der Pfarrer überflog noch einmal seinen Text. Es handelte sich schließlich um eine Doppelhochzeit, statistisch gesehen würden ergo doppelt so viele Menschen in die Kirche strömen als bei einer einfachen Hochzeit, und er hatte den Anspruch, seine Predigt möglichst frei zu halten, unter Einschluss der persönlichen Worte für die Paare. Er war jung, euphorisch und noch beseelt von lauter guten Ideen und Vorsätzen. Er war überzeugt davon, diese eines Tages in die Tat umsetzen zu können – wie alle jungen Pfarrer, bis sie von den lebendigen klerikalen Quertreibern, Querulanten und dem täglichen Trott ausgebremst werden und nur noch im Strom ihren nicht mehr Aufsehen erregenden, normalen Dienst verrichten. Schade eigentlich um die einst so zündenden Ideen! Er zupfte jetzt an seinem spärlichen Bärtchen und schaute auf, als ihm beim Studium der unterschiedlichen vitae auffiel, dass einer der Hochzeiter ein Deutscher war. Er erinnerte sich an die Geschichten, die ihm sein Großvater, als er selbst noch ganz klein war, vom Krieg und den schrecklichen Deutschen erzählt hatte. Für einen kurzen Moment verfinsterte sich sein Gesicht. Dann wurde ihm allerdings bewusst, dass ja auch nicht alle Deutschen hinter dem Führer gestanden haben – und schon gar nicht die nächsten Generationen. „Jeremy, was sind das wieder für destruktive Gedanken, die Du da hegst?", sagte er kopfschüttelnd zu sich selbst, nahm einen kräftigen Schluck aus seiner Teetasse und begab sich zu seinem Fenster. Dabei nahm er den Küster wahr, der glückselig über den Hof schritt. „Seltsam", dachte er. „Kurz vor einer Messe ist er immer bester Dinge, während er ansonsten eher nachdenklich wirkt. Vielleicht sollte ich ihn mehr in die kirchlichen Aufgaben einbinden!".

Die Sonne strahlte ihr schönstes Lächeln, einige Vögel zwitscherten ihre schönsten Arien, der herrliche Duft von Blumen kitzelte meine Seele, die Glocken zu St. Mary läuteten ihren schönsten Klang, als ich durch den Torbogen auf den Kirchenvorplatz schritt und vor der großen Eiche Robert erblickte, im Gespräch mit dem Pfarrer vertieft. Ich wollte aber zuerst die Braut sehen – meine Braut, meine geliebte Florence! Endlich sah ich sie, inmitten einer Gruppe von Frauen und Männern, die ich nicht kannte – und die Florence ebenfalls unbekannt sein mussten – bis dahin jedenfalls. Florence war ja eine Frau, die es vermochte, vermöge ihrer emotionalen Frische binnen kurzer Zeit einen recht lebendigen Kontakt zu wildfremden Menschen herzustellen. Und jetzt stand sie da, gestikulierte in ihrer unnachahmlichen Art, so wie früher, scherzte, freute sich – und verstummte, als sie mich erblickte. Dann schoss sie plötzlich auf ihren hochhackigen Schuhen los - und flog mir in die Arme. „Wie wunderschön Du bist, Florence!", sagte ich, nachdem ich es einige Zeit genossen hatte, diese wunderbare Frau in meinem Arm zu halten, ihren griffigen, sportlichen Körper durch ihr Kleid zu spüren, ihren Duft wahrzunehmen, um sie dann anzuschauen. „Nie zuvor habe ich eine Umarmung so genossen wie jetzt", offenbarte ich ihr, wobei ich sie immer noch im Arm hielt. „Nein, stimmt nicht ganz. Die erste Umarmung nach unserem Wiedersehen an Bord war vielleicht noch schöner, wundersamer. Aber diese hier ist beseelt von einem ganz besonderen Ereignis, an dem wir zwei gleich teilhaben dürfen".

Florence strahlte mich überglücklich an und küsste mich zärtlich und leidenschaftlich. „Dany, dies ist der schönste Tag meines Lebens. Ich lasse Dich nie wieder los – nur ein ganz klein bisschen vielleicht, aber nur, um Dich dann umso intensiver in meinen Armen und in meinem kleinen Herzen spüren zu können".

„Na, was ist denn hier los?", mischte sich eine Stimme ein. Es war der Graf! „Hier in England wird die Frau nicht vor der Hochzeit geküsst, damit Ihr das ja wisst!", scherzte er.

„Wir bitten untertänigst um Vergebung, aber diese Regel war uns soeben für einen Moment entfallen. Wir bitten, diesen faux pas zu entschuldigen, geloben Besserung und bieten dem Herrn Grafen Satisfaktion in der Weise an, indem wir hiermit feierlich geloben, uns nach der Vermählung um diesen einen verbotenen Kuss weniger zu küssen als es unserem Gemüt entspricht", erwiderte ich gespielt devot und schloss meine Rede mit einer Verbeugung.

„Das ist unfair, mein Herr! Wie soll unser einer denn das nachprüfen?", erwiderte der Graf und konnte jetzt sein Lachen nicht mehr zurückhalten – wir ebenfalls nicht.

„Was ist hier für ein Aufruhr, und das vor einem so heiligen Fest?", erkundigte sich Robert, gespielt ernst. „Das grenzt ja schon fast an Meuterei. Ich glaube, ich muss dem Kapitän sofort Meldung machen".

„Tu er das bitte nicht! Ich werde mir selbst ganz höchstpersönlich vor dem Schlafengehen mit der achtschwänzigen Katze 48 Hiebe verpassen", versprach ich.

„Das wird er ganz gewiss nicht", protestierte Florence. Dieser Herr wird heute Nacht noch gebraucht, und zwar ohne Kratzer. Die verpasse ich ihm schon lieber selber – später, sollte er sie einmal verdient haben. Und so wie ich Dany kenne, wird dieser Tag bestimmt kommen".

„Dany, diese Frau ist ja brandgefährlich. Hast Du Dir das auch gut überlegt, mit der Heirat, meine ich", mischte sich Patricia jetzt ein.

Feurige Blitze verließen spontan die Ladungsschlitze aus den Geschützen der Augen von Florence und schlugen bei Patricia ein. Es handelte sich dabei natürlich um ein Feuerwerk, welches eher der emotionalen Erfrischung angetan war als eine Gegenspielerin zu erlegen.

Der Hochzeitsmarsch war nun zu vernehmen, der uns spontan in eine ganz andere Stimmung versetzte, eine feierliche nämlich. Die Bräute wurden vom Grafen und einem blaublütigen Kollegen zum Altar geleitet, wir trotteten hinterdrein. Ich spürte jetzt eine unsichtbare Hand, die nach meinem Herzen griff. Ich war bewegt! Sehr sogar! Ein unbeschreiblich tolles Gefühl umfing mich und hielt mich noch sehr lange in seinem Bann. Als der Pfarrer die Frage stellte, ob irgendeiner der hier Anwesenden irgendwelche Einwände gegen diese Eheschließungen vorzubringen habe, stockte mir kurz der Atem, als mir spontan der Film „Reifeprüfung" mit Dustin Hoffman einfiel, in welchem er als plötzlich hereinschneiender Störenfried solche vorbrachte und mit der Braut aus der Kirche entschwand. Gott sei Dank war Dustin Hoffmann nicht in der Nähe! Es ging alles glatt! Dann kam die Frage aller Fragen, die den dicksten Eisklotz zum Schmelzen bringt: „Und nun frage ich Dich, Danilo Baltius, willst Du die hier anwesende Florence Weingartner" (den Umlaut „ä" brachte er natürlich nicht über seine Lippen) „zu Deinem angetrauten Weibe nehmen, dann antworte mit: Ja!"

Ich holte tief Luft und antwortete zutiefst bewegt, wobei ich vermeinte, eine kleine Träne aus einem Äuglein kullern zu spüren: „Ja, ich will!"

„Und nun frage ich Dich, Florence Weingartner, willst Du denn hier anwesenden Danilo Baltius zu Deinem Dir angetrauten Mann nehmen, so antworte mit: Ja!"

„Ja, ich will, ich will, ich wollte es schon immer", brüllte Florence ihr ganzes Glück und ihre Bewegtheit aus ihrem Herzen und als ich sie anschaute, erblickte ich auch in ihren Augen einen von einer zarten Träne gezierten Glanz.

„Sie dürfen die Braut jetzt küssen", erklärte der Pfarrer. „Sie dürfen die Braut jetzt küssen", erklärte der Pfarrer nochmals, diesmal etwas lauter, als ich nicht reagierte. Erst jetzt hatte ich seine Worte vernommen und tat, wie mir anempfohlen. Es war ein besonderer, geheiligter Kuss, den ich heute noch auf meinen Lippen schmecke, wenn ich an die Situation zurückdenke. Und: ich denke oft daran, als wollte ich den Zauber dieses besonderen Tages in die Gegenwart transportieren. Und wie durch ein Wunder war mein Gefühl für Florence nach dieser Gedankenreise zu unserem Hochzeitstag in der Tat wie damals! Die Liebe wurde wie von Gottes Hand gesteuert fortwährend mit frischer Glut befeuert und das daraus geborene Gefühl des Eins-Seins mit Florence ist das höchste Glück, das ich mir vorstellen kann.